Au fil des jours à Blossom Street

DEBBIE MACOMBER

Au fil des jours à Blossom Street

Jade

Titre original :
A GOOD YARN
publié par MIRA®

Traduction française de SEMA KILICKAYA

Jade® est une marque déposée par le groupe Harlequin

Photo de couverture
Divers fils : © JULIE TOY / GETTY IMAGES
Conception graphique : LES QUATRE LUNES

83-85, boulevard Vincent-Auriol, 75646 PARIS CEDEX 13.
www.harlequin.fr
ISBN 978-2-2808-5153-4 — ISSN 1773-7192

A Mary Colucci,
directrice de la fondation Warm Up America !,
et à David Blumenthal, son président.
Merci à vous deux d'adoucir la vie de tant de gens.

1

Tricoter à la main une paire de chaussettes nous relie à l'Histoire. Cette activité nous donne un aperçu de la vie de ceux qui, avant nous, ont tricoté des chaussettes en utilisant les mêmes compétences et les mêmes techniques.

NANCY BUSH, auteur de *Folk Socks* (1994),
Folk Knitting in Estonia (1999),
et *Knitting on the Road, Socks for the Traveling Knitter* (2001),
ouvrages publiés par Interweave Press.

Lydia Hoffman

Le tricot m'a sauvé la vie. Il m'a aidée les deux fois où j'ai été atteinte d'une forme particulièrement terrifiante de cancer. Il se créait dans mon cerveau des tumeurs, cause de céphalées épouvantables. J'ai souffert comme jamais je n'aurais cru pouvoir souffrir. Le cancer a gâché mon adolescence et le début de ma vie d'adulte, mais j'étais bien décidée à survivre.

Je venais d'avoir seize ans quand le diagnostic est tombé, et j'ai appris à tricoter pendant la chimiothérapie. Au cours de ces séances, j'étais assise à côté d'une femme que l'on soignait pour un cancer du sein. Adepte du tricot, elle m'a transmis son savoir. La chimio était presque aussi terrible que les maux de tête. Le tricot m'a aidée à supporter ces heures interminables au cours desquelles je me sentais nauséeuse et sans force aucune. J'avais l'impression que, munie de deux aiguilles et d'une pelote de laine, je pouvais affronter toutes les épreuves. Mes cheveux sont tombés par poignées, mais ce n'était pas grave puisque j'étais capable de monter le fil sur une aiguille et de former un point, capable de suivre un modèle et de mener un ouvrage à terme. Alors que j'avais du mal ne serait-ce qu'à avaler plusieurs bouchées de suite, j'arrivais à tricoter. Je m'accrochais à ce fil ténu mais précieux qui me donnait le sentiment d'être encore créative.

Oui, c'est le tricot qui m'a sauvée. Le tricot et mon père, qui, lui, m'a donné la force morale nécessaire pour traverser la deuxième épreuve. J'y suis arrivée. Contrairement à mon père. Quelle ironie du sort, n'est-ce pas ? J'ai survécu, mais mon cancer a tué papa.

Le certificat de décès indique que mon père est mort d'une crise cardiaque qui l'a emporté comme un éclair. Je suis persuadée que la cause est tout autre. Je crois que, de nous deux, c'est lui qui a été le plus affecté par ma rechute. Comme maman n'a jamais été capable d'affronter la maladie, c'est mon père qui s'est occupé de moi. Il m'a aidée à supporter la chimio, il s'est entretenu avec les médecins, il m'a donné la volonté de vivre. Trop épuisée par ma lutte contre la mort, je n'avais pas conscience du prix que mon père était en train de payer en échange de ma guérison. Quand on m'a officiellement déclarée en rémission, le cœur de papa l'a tout simplement lâché.

Après sa mort, j'ai su que je devais donner une orientation à ma vie afin de rendre hommage à mon père. Ce qui signifiait que j'étais prête à prendre des risques. Moi, Lydia Anne Hoffman, je décidai de marquer ce monde de mon sceau. Avec le recul, cela semble plutôt mélodramatique, mais c'était bien ainsi que je me sentais, il y a un an. Et, me direz-vous, qu'ai-je fait de si révolutionnaire ?

J'ai ouvert un magasin de laine et de fil sur Blossom Street, à Seattle. Il n'y avait pas de quoi pavoiser, d'accord, mais, pour moi, c'était d'une extrême importance. Mes grands-parents m'avaient laissé un petit pactole, et j'ai misé jusqu'au moindre centime dans cette affaire. Moi qui n'avais jamais travaillé plus de quelques semaines au même endroit, moi qui ne connaissais rien aux affaires, qui ne savais même pas ce qu'était un bilan, j'ai investi tout ce que j'avais dans la seule activité que je maîtrisais vraiment : le tricot.

Naturellement, j'ai rencontré quelques difficultés. A l'époque, la rue était en pleine rénovation, et l'épouse de l'architecte, Jacqueline Donovan, a été l'une de mes premières élèves avec Carol et Alix. Toutes les quatre, nous sommes devenues de très bonnes amies. L'été dernier, quand j'ai ouvert Au fil des jours, la rue était fermée à la circulation. Celles qui arrivaient à se frayer un chemin jusqu'à ma boutique devaient ensuite supporter le bruit incessant et la poussière. Mais il n'était pas question de laisser ce chantier et ces désagréments refroidir mon enthousiasme. J'étais persuadée que mon entreprise allait marcher. Et, par chance, c'était également l'avis de mes clientes.

Je n'ai pas eu le soutien auquel on pouvait s'attendre de la part de ma famille. Maman a bien essayé de m'encourager, mais elle était en état de choc après la disparition de papa. Elle l'est encore, d'ailleurs. La plupart du temps, elle erre comme une âme en peine, perdue dans un brouillard de chagrin. Quand je lui ai fait part de mon projet, elle n'a pas cherché à me décourager, mais elle ne m'a pas poussée non plus. Autant que je me souvienne, elle a dit : « Mais bien sûr, ma chérie, vas-y si tu penses que c'est ce que tu dois faire. » Rien de plus.

De son côté, Margaret, ma sœur aînée, n'a eu aucun scrupule à me dresser un tableau apocalyptique de ce qui m'attendait. Le jour de l'ouverture, elle est entrée dans la boutique d'un pas martial, avec des prévisions lugubres. L'économie était au plus bas. Les gens s'agrippaient à leurs sous. Je devrais m'estimer heureuse si j'arrivais à tenir six semaines. Au bout de dix minutes à écouter ses sombres prédictions, j'étais prête à déchirer le bail et à mettre la clé sous la porte. Mais j'eus un sursaut. C'était mon premier jour et je devais encore vendre ma première bobine.

Comme vous avez pu le deviner, la relation entre Margaret et moi est un peu compliquée. Qu'on ne se méprenne pas : j'aime ma sœur. Jusqu'à ce que le cancer me frappe, nous étions comme n'importe quelles sœurs, avec des hauts et des bas dans notre relation. Le jour où l'on m'a annoncé que j'avais une tumeur au cerveau, Margaret a été formidable avec moi. Je me rappelle qu'elle m'a acheté un ours en peluche pour que je l'emporte à l'hôpital. Je l'ai encore. Il doit se trouver quelque part, à moins que Moustache n'ait mis la patte dessus. Moustache est mon chat et il a tendance à mettre en pièces tout ce qui a un aspect duveteux.

C'est quand j'ai rechuté que l'attitude de Margaret a sensiblement changé. Elle s'est alors comportée comme si j'avais fait exprès d'être malade, pour qu'on s'occupe de moi. Lorsque j'ai accompli mes premiers pas hésitants vers l'indépendance, j'espérais qu'elle me soutiendrait. Au lieu de cela, elle a tout fait pour me décourager. Mais, avec le temps, les choses ont évolué et mes efforts ont fini par payer et par la gagner à ma cause.

Margaret n'est pas vraiment du genre spontané et chaleureux. Ce n'est que quand j'ai eu une troisième alerte, quelques mois après avoir ouvert la boutique, que j'ai compris à quel point elle tenait à moi. Comment décrire la frayeur que j'ai ressentie lorsque le Dr Wilson m'a prescrit ces terribles examens que je connaissais pourtant bien ? C'était comme si mon monde venait soudain de s'arrêter. A dire vrai, je ne pense pas que j'aurais pu faire face à la maladie encore une fois. J'avais déjà pris ma décision. Si le cancer était revenu, j'aurais refusé de me faire soigner. Ce n'était pas parce que je souhaitais mourir, mais quand on est déjà passé très près de la mort, elle ne semble plus aussi terrible.

Mon indifférence à mon propre sort perturba ma sœur qui ne pouvait accepter mon fatalisme. Comme chez beaucoup de gens, la mort était un sujet qui la mettait mal à l'aise tandis que, pour moi, le fait de mourir était devenu aussi anodin que d'éteindre la lumière. Cette perspective ne m'effraie pas. Heureusement, les résultats des examens se sont révélés négatifs. Je vais de mieux en mieux et ma boutique marche bien. C'est pendant ces semaines-là que j'ai découvert la profondeur des sentiments de ma sœur à mon égard. Au cours de ces dix-sept dernières années, je ne l'ai vue pleurer qu'à deux reprises : à la mort de papa et quand le Dr Wilson m'a remis un bilan d'examens négatif.

Quand j'ai repris mon travail à plein temps, Margaret n'a eu de cesse que je renoue avec Brad Goetz. Brad est le chauffeur d'UPS. C'est lui qui me livre à la boutique. Nous avons commencé à sortir ensemble l'année dernière. Il est divorcé et il a la garde de son fils, Cody, âgé de huit ans. Dire que Brad est un bel homme serait un euphémisme. Il est tout simplement sublime. La première fois qu'il est entré dans mon magasin en poussant plusieurs cartons de laine sur un diable, je suis restée clouée sur place, bouche bée. J'étais tellement troublée que c'est à peine si j'ai pu signer le bon de livraison. Il m'a demandé de sortir avec lui trois fois avant que j'accepte d'aller prendre un verre en sa compagnie. Etant donné le peu d'expérience que j'avais des hommes, j'étais sûre de ne pas être dans mon élément. Je n'aurais jamais eu le courage de dire oui, si Margaret ne m'y avait pas poussée.

Je dis toujours qu'Au fil des jours est ma « déclaration de vie » mais, d'après Margaret, j'avais peur de la vie. Peur de vraiment vivre, de m'aventurer hors du petit cocon que je m'étais créé dans la boutique. Elle avait raison, et je le savais. Mais je résistais. Cela faisait tellement d'années que je n'avais pas passé une heure avec un autre homme que mon père ou mon médecin, que je me sentais complètement décalée. Aucune excuse, cependant, n'était valable aux yeux de Margaret et, bientôt, Brad et moi nous sommes retrouvés autour d'un verre, puis nous sommes allés dîner ensemble. Il y a eu ensuite les pique-niques avec Cody et les jeux de ballon. J'aime le fils de Brad autant que mes deux nièces, Julia et Hailey.

Depuis quelque temps, nous nous voyons beaucoup, Brad et moi. Quand j'ai eu mon alerte, j'ai pris mes distances, ce qui — comme n'a cessé de le répéter Margaret — était une grave erreur. Mais Brad m'a pardonné et nous avons recommencé à nous voir. Bon, d'accord, nous faisons preuve de prudence. C'est moi qui évite de précipiter les choses. La situation convient très bien à Brad. Il a déjà souffert une première fois quand son ex-femme est partie sous prétexte qu'elle avait besoin de trouver sa « véritable personnalité ». Et puis il ne faut pas oublier qu'il y a Cody. Ce gamin est très proche de son père et, même s'il m'aime beaucoup, je ne veux pas rompre l'équilibre précieux de leur relation. Jusqu'à présent, tout va très bien entre nous, et nous envisageons de plus en plus l'avenir ensemble. Brad et Cody font tellement partie de mon quotidien, maintenant, que je ne peux imaginer vivre sans eux.

Même si elle a mis beaucoup de temps, ma sœur voit désormais ma boutique de laine d'un très bon œil. Elle y croit même dur comme fer. Il faut dire qu'elle est venue me rejoindre. Oui, ma sœur et moi travaillons ensemble. Cela tient presque du miracle. Nous avons parfois des heurts, mais on peut dire que notre relation progresse à grands pas. Je suis tellement heureuse qu'elle soit avec moi, dans tous les sens du terme.

Avant que je ne me laisse aller, j'aimerais vous parler de ma boutique. Au premier regard, j'ai vu ce qu'on pouvait en tirer. En dépit de tout le chantier causé par les travaux, des désagréments que cela entraînait et notamment du changement de configuration au niveau du voisinage, j'ai su que c'était l'endroit idéal. J'étais prête à signer le bail avant même d'avoir vu l'intérieur. J'ai tout de suite aimé ses grandes vitrines qui donnent sur la rue. Moustache y dort la plupart du temps, lové au milieu des pelotes de laine et des écheveaux de fil. Les bacs à fleurs m'ont aussitôt rappelé la première boutique de cycles que mon père avait possédée. Pour moi, c'était un signe, comme si papa me donnait son feu vert pour cette entreprise. L'auvent coloré aux rayures couvertes de poussière a fini de balayer le reste de mes hésitations. L'affaire pour moi était conclue. Je savais que cette petite boutique au parfum d'antan pourrait devenir l'endroit accueillant que j'avais à l'esprit. Et c'est bien ce qui s'est produit.

Les gros travaux de Blossom Street sont presque terminés.

La banque a été transformée en appartements de grand standing, et le magasin de vidéo adjacent est devenu un café de style français que le gérant a judicieusement appelé French Café. Alix Townsend, qui a assisté à mes tout premiers cours de tricot pour débutants, et qui travaillait autrefois dans ce magasin, y a été embauchée comme chef pâtissier. On peut dire que c'est bien tombé. Il y a un autre café un peu plus bas dans la rue : Chez

Annie. Malheureusement, il est fermé. Mais les locaux ne resteront pas vides longtemps. C'est un quartier en pleine expansion.

Le carillon de la boutique retentit, annonçant l'arrivée de Margaret. C'était le premier mardi matin de juin et la journée promettait d'être belle. L'été n'allait plus tarder à s'installer sur les côtes nord-ouest du Pacifique.

— Bonjour ! lançai-je en me détournant de la cafetière que j'avais installée dans l'arrière-boutique.

Lorsque Margaret se décida enfin à me répondre, ce fut plus un grommellement qu'autre chose. Connaissant ma sœur et ses humeurs, je décidai de ne pas la bousculer et d'attendre le bon moment. Si elle s'était disputée avec l'une de ses filles ou son mari, elle finirait bien par me le dire.

— J'ai mis du café en route, lui dis-je tandis qu'elle me rejoignait dans l'arrière-boutique pour mettre son sac à main sous clé.

Sans répondre, elle saisit sur le plateau une tasse que je venais juste de laver et souleva la verseuse. Le breuvage continua à s'écouler, grésillant sur la plaque chaude, mais elle ne sembla pas s'en rendre compte.

Finalement, je n'y tins plus.

— Qu'est-ce qui t'arrive ? demandai-je d'un ton qui trahissait mon impatience.

Se tournant vers moi, Margaret réussit à esquisser un sourire hésitant.

— Rien… Excuse-moi. C'est juste que j'ai tellement l'impression d'être lundi.

La boutique étant fermée le lundi, la semaine pour nous commence le mardi. Je regardai ma sœur, les sourcils froncés, me demandant quel était le véritable problème. Impossible cependant de déchiffrer son expression impassible.

Avec ses épaules larges et son épaisse chevelure noire, Margaret est une belle femme. Grande et mince, mais avec une ossature solide. Elle n'a rien perdu de la forme athlétique qu'elle avait autrefois. J'aimerais bien, cependant, qu'elle change de coiffure. Depuis le lycée, elle arbore toujours le même carré séparé au milieu par une raie. Raides comme des baguettes, ses cheveux lui arrivent jusqu'aux épaules, où ils s'incurvent docilement vers l'intérieur comme si elle les avait torturés avec un fer. Le fer à boucler, la laque, le coup de brosse vigoureux : la même routine depuis son adolescence. Le style est classique et lui va bien, je suppose, mais je donnerais n'importe quoi pour qu'elle essaie autre chose.

— Je vais ouvrir un nouveau cours, annonçai-je dans l'espoir de la tirer de son humeur sombre.

— Un cours de quoi ?

Ah, elle manifestait de l'intérêt ! C'était bon signe. La plupart des cours que j'avais lancés s'étaient bien passés. J'avais ouvert un cours pour débutants, un autre pour le niveau intermédiaire et un jacquard, mais il y en avait un autre auquel je pensais depuis pas mal de temps.

— La question est si difficile ?

La remarque sarcastique de ma sœur me tira de ma brève rêverie.

— Des chaussettes. Je veux leur apprendre à tricoter des chaussettes, répondis-je.

Depuis que les nouvelles pelotes créatives avaient été lancées sur le marché, les chaussettes tricotées faisaient fureur. Je me targuais d'avoir en magasin un choix varié des marques européennes, ce qui n'était pas pour déplaire à mes clientes. Certaines des nouvelles pelotes étaient conçues pour permettre de créer des motifs compliqués. C'était stupéfiant de contempler une paire de chaussettes en sachant que le motif était dû au fil qui avait été utilisé et non aux talents de celle qui l'avait tricotée.

— C'est bien, approuva ma sœur avec un haussement d'épaules. Je suppose que tu vas proposer de les tricoter en rond avec des aiguilles circulaires plutôt que d'utiliser la méthode des doubles pointes, ajouta-t-elle d'un ton neutre.

— Bien sûr !

Je préférais utiliser deux aiguilles circulaires.

Margaret, quant à elle, avait une prédilection pour le crochet et, même si elle savait tricoter, elle ne s'y adonnait que rarement.

— On dirait que les gens s'intéressent beaucoup aux chaussettes depuis quelque temps, n'est-ce pas ?

Le ton était toujours neutre, presque indifférent.

J'observai ma sœur plus attentivement. D'habitude, quand je lui exposais une idée, elle avait toujours trois ou quatre arguments pour me démontrer que ça ne pouvait pas marcher. C'était devenu presque un jeu entre nous. Mais, aujourd'hui, cette absence de réaction me priva du plaisir que je prenais toujours à me défendre.

— Donc tu penses qu'un cours de chaussettes attirerait les clients ? demandai-je pour tenter de lancer le débat.

Bon sang, si Margaret ne réagissait pas, c'est que quelque chose ne tournait vraiment pas rond !

Personnellement, j'aimais bien tricoter des chaussettes, pour des raisons qui n'avaient rien à voir avec leur popularité du moment. A mes yeux, le principal avantage résidait dans la rapidité de l'exécution. Après avoir fini un pull en jacquard ou un afghan, je recherchais toujours quelque chose de facile à faire. Je trouvais gratifiant après des heures interminables de tricot de voir une chaussette prendre forme aussi vite. Les chaussettes n'exigeaient pas d'investissement important en termes de temps ou de fournitures et, de plus, elles pouvaient constituer de jolis cadeaux. Oui, c'était décidé : j'allais ouvrir un cours. Comme le mardi était plutôt calme au magasin, il semblait logique de l'organiser ce jour-là.

Margaret hocha la tête en réponse à ma question.

— Oui, je pense que ça marchera, murmura-t-elle.

Dévisageant ma sœur, il me sembla un instant voir des larmes briller dans ses yeux. Je l'observai plus attentivement. Comme je l'ai dit auparavant, Margaret ne pleure que rarement.

— Ça va ? lui demandai-je doucement.

Je ne voulais pas paraître curieuse, mais si effectivement il y avait un problème, je tenais à l'assurer de mon soutien.

— Arrête de me demander ça ! répliqua-t-elle d'un ton brusque.

Je poussai un soupir de soulagement. La Margaret que je connaissais était de retour.

— Tu veux bien mettre un écriteau sur la vitrine pour annoncer le cours ? demandai-je.

Margaret était beaucoup plus douée que moi sur le plan artistique et je me reposais toujours sur elle pour ce genre de chose.

Sans particulièrement montrer d'enthousiasme, elle haussa de nouveau les épaules.

— Ce sera prêt avant midi.

— Super ! dis-je en me dirigeant vers la porte d'entrée.

Celle-ci était fermée à clé. Je l'ouvris et retournai l'écriteau qui portait l'inscription « Ouvert ». Lové dans la vitrine, où il paressait au soleil du matin, Moustache ouvrit un œil. Dans leurs bacs, les géraniums faisaient des taches d'un beau rouge vif. Comme la terre semblait manquer d'eau, je remplis un arrosoir et le portai à l'extérieur. Du coin de l'œil, je vis une camionnette tourner à l'angle de la rue. Un sentiment familier de bonheur m'envahit. C'était Brad.

Il se gara devant chez Fanny, la fleuriste, juste à côté de ma boutique, et descendit du véhicule sans se départir de son sourire.

— Quelle belle matinée ! dis-je.

Son regard tendre faisait tellement chaud au cœur ! Il sourit de tout son être et il a les yeux bleus les plus intenses qui soient. Ils sont comme un phare pour moi. Ces yeux-là sont tellement bleus que je jure que je pourrais les voir à plus d'un kilomètre de distance.

— Tu as une livraison de laine ? lui demandai-je.

— La seule chose que j'ai à te livrer aujourd'hui, c'est moi-même. J'ai quelques minutes, si tu as du café à m'offrir.

— Il y en a.

C'était notre rituel. Avec ou sans livraison, Brad s'arrêtait à la boutique deux fois par semaine — voire davantage quand il le pouvait. Il ne restait jamais longtemps. Il remplissait sa Thermos de café, et me volait un baiser avant de retourner travailler. Comme à l'accoutumée, je le suivis dans l'arrière-boutique, feignant la surprise lorsqu'il me prit dans ses bras. J'aime les baisers de Brad. Cette fois-ci, il commença par mon front avant de peu à peu descendre sur mon visage jusqu'à mes lèvres. Tandis que sa bouche se posait sur la mienne, je sentis des frissons électriques me parcourir tout le corps. Brad produit cet effet-là sur moi et il le sait.

Il me tint dans ses bras, attendant que je retrouve mon équilibre. Puis il me relâcha pour prendre sa Thermos. Au moment de se retourner, je vis qu'il fronçait les sourcils.

— Y a-t-il un problème entre Margaret et Matt ? demanda-t-il.

J'ouvris la bouche pour lui assurer que tout allait bien, mais je me rendis compte qu'en fait je l'ignorais.

— Qu'est-ce qui te fait dire ça ?

— Ta sœur, chuchota-t-il. Elle est bizarre depuis quelque temps. Tu ne t'en es pas aperçue ?

— Si. Tu as raison. Il y a sûrement quelque chose.

— Tu veux que je lui pose la question ? s'enquit Brad en oubliant de baisser la voix.

Je ne répondis pas tout de suite. Je craignais que Margaret l'envoie promener comme elle l'avait fait avec moi.

— Il vaut mieux éviter, je crois, dis-je finalement.

Mais, après tout, ma sœur avait un faible pour Brad. S'il y avait une personne qui pouvait faire tomber ses défenses, c'était lui.

— Oh ! et puis après tout, oui : interroge-la. Mais pas maintenant.

— Quand ?

— On pourrait organiser quelque chose tous ensemble.

Brad secoua la tête :

— Ce serait mieux si Matt n'était pas dans les parages.

— D'accord, dis-je en me mordillant la lèvre inférieure. Tu as une autre idée ?

Avant qu'il ne puise répondre, Margaret écarta d'un geste brusque le rideau qui isolait l'arrière-boutique et posa sur nous un regard furieux. Brad et moi sursautâmes. La culpabilité que nous éprouvions devait se lire sur nos visages.

— Ecoutez bien, les deux tourtereaux : si vous avez l'intention de parler de moi, je suggère que vous le fassiez à voix basse.

Sur ces mots, elle laissa retomber le rideau et s'éloigna d'un pas furieux.

2

Elise Beaumont

La retraite correspondait exactement à ce qu'Elise Beaumont avait espéré et craint. Dans les points positifs, il y avait la neutralisation définitive de l'alarme de son radio-réveil. Elle se réveillait quand elle n'avait plus sommeil ; elle mangeait quand elle avait réellement faim et non plus pendant la pause imposée par la réglementation de la bibliothèque où elle travaillait.

Mais il y avait aussi des inconvénients. Pendant des années, elle avait économisé jusqu'au moindre sou, dans l'espoir de s'acheter une parcelle de terre pour y faire construire sa propre maison. Après plusieurs mois de prospection, elle avait fini par dénicher l'endroit idéal à l'extérieur de la ville. Même si le site ne donnait pas sur l'océan, il avait l'avantage d'être joli et de surplomber un bosquet de conifères. Elle se voyait déjà en train de prendre le café sur son petit patio tout en regardant les chevreuils sortir du bois au petit matin. Elle avait vidé son compte-épargne et effectué un premier versement en liquide. Elle prenait le promoteur pour une personne de confiance. En fait, c'était loin d'être le cas. Elle et d'autres acheteurs s'étaient tout simplement fait escroquer. En un mois, le promoteur s'était mis en liquidation judiciaire. Résultat : elle n'avait plus ni économies ni toit. Pour couronner le tout, elle était criblée de dettes, et le cauchemar ne faisait qu'empirer.

Allongée dans son lit, Elise se rappela que, depuis des années, elle voulait voyager au-delà de la limite du Puget Sound[1], région dans laquelle elle était née et avait grandi. Eh bien, on pouvait dire que ce projet était tombé à l'eau puisqu'elle n'avait plus les moyens de le réaliser. Pour la première fois de sa vie d'adulte, cependant, elle ressentait le besoin de donner libre cours à sa créativité. Elle envisageait de se remettre au tricot et de prendre des cours de peinture à l'huile. Ayant passé la grande partie de sa carrière au milieu des livres, elle avait caressé un instant l'idée d'écrire un roman. Un roman pour enfants, pourquoi pas ? Elle était ouverte à tout mais, en attendant l'issue du procès, elle passait son temps à ruminer sur ses finances mises à mal et à s'inquiéter de la bataille juridique à venir.

Sa vie était en suspens. Il n'y avait plus qu'à patienter tandis que les avocats s'occupaient de la paperasse et que la procédure suivait son cours. Dans le meilleur des cas, ils auraient une réponse d'ici un an et pourraient récupérer une partie de l'argent investi. Tout ce qu'Elise pouvait faire, c'était espérer et prier pour que tout ne soit pas perdu.

Le problème qu'elle avait rencontré avec l'entrepreneur n'avait été que le début de ses ennuis. Persuadée que sa maison serait achevée à temps, elle avait donné son préavis de départ pour l'appartement qu'elle louait. Cela avait été une erreur d'agir aussi prématurément. Les logements vides n'étaient pas légion à Seattle. Non seulement il serait difficile d'en trouver un mais, de plus, elle était terrifiée à l'idée que le gros de sa pension de retraite passe dans un loyer trop coûteux. Sur la proposition de sa fille, elle avait emménagé chez elle. Pour une courte période, s'était-elle promis. Seulement voilà : ça faisait déjà six mois…

Non ! Elise refusait de consacrer une seconde de plus à penser à son désastre financier. Cela ne faisait que la déprimer. Dans sa hâte d'avoir sa propre maison, elle avait presque tout perdu. Au moins, il lui restait encore la santé physique et mentale, sa fille et ses petits-enfants.

1. Le Puget Sound est un bras de mer de l'océan Pacifique bordant le nord-ouest des Etats-Unis d'Amérique.

— Mamie ! Mamie ! cria soudain le petit John, âgé de six ans, en tambourinant à la porte de sa chambre. Tu es réveillée ? Je veux entrer. Je peux ?

Se glissant hors de son lit, Elise alla ouvrir au petit garçon qui leva vers elle sa frimousse parsemée de taches de rousseur. Il souriait d'un air espiègle. Il avait les cheveux de Maverick : des cheveux couleur carotte coupés en brosse. Souvent, quand son regard se posait sur la tignasse rousse de son petit-fils, Elise ne pouvait s'empêcher de penser à son ex-mari, qu'elle n'avait revu qu'à de brèves reprises depuis qu'ils s'étaient séparés, trente ans auparavant. Encore aujourd'hui, elle ne parvenait pas à s'expliquer comment elle s'était débrouillée pour tomber sur un mordu du jeu et l'épouser. Cela avait été un coup de tête. Un coup de cœur aussi. Le seul et unique.

Oh, mais comme elle l'avait aimé ! Elle avait été complètement folle de lui. Ils s'étaient mariés quelques semaines après s'être rencontrés. Une rencontre qui avait eu lieu dans une épicerie… Peu de temps après, Aurora était née, mais les problèmes avaient déjà commencé. A l'époque, Marvin « Maverick » Beaumont travaillait pour une compagnie d'assurances, mais il avait un tel penchant pour le jeu que cette dépendance avait failli les détruire tous les deux. Finalement, Elise s'était dit qu'elle n'avait pas d'autre solution que de le quitter. Chaque fois qu'elle le menaçait de divorcer, il la suppliait de revenir sur sa décision, de lui laisser une autre chance, mais rien ne changeait. Cela avait continué ainsi jusqu'à ce qu'Elise comprenne qu'elle devait réellement le chasser de sa vie. Encore aujourd'hui, elle ressentait la douleur de cette séparation. Jamais elle n'avait aimé un homme avec la même intensité. Elle avait pourtant essayé, mais aucun autre n'avait suscité en elle les mêmes émotions.

Espérant se remarier, elle avait fait de réels efforts pour sortir et rencontrer du monde. Elle avait eu une relation vraiment sérieuse et qui avait failli aboutir. C'était quand Aurora avait quinze ans. Et puis Elise avait découvert que Jules, qui était musicien au sein d'un orchestre symphonique, avait une épouse et deux filles vivant à San Francisco. Complètement anéantie, elle s'était repliée sur elle-même, évitant les hommes. Rien ne valait une vie simple, s'était-elle dit.

Aurora surgit, l'air préoccupé.

— John, je t'ai déjà dit de laisser ta grand-mère tranquille ! lança-t-elle.

Saisissant son fils par un bras, elle l'écarta de la porte.

— Désolée, maman. J'ai pourtant bien dit aux garçons de te laisser dormir le matin ! dit-elle avec un regard d'excuse.

— Ne t'en fais pas. J'étais déjà réveillée.

Partager la maison de sa fille ne faisait peut-être pas partie des plans qu'Elise avait prévus pour sa retraite. Dans l'immédiat, cependant, cet arrangement leur convenait à toutes les deux. D'accord, sa situation était précaire — son mobilier était dans un garde-meubles et on ne pouvait présager de l'issue du procès — mais, au moins, elle avait un toit au-dessus de la tête.

Un toit qu'elle payait. En effet, Elise versait un loyer à David et Aurora. Il était modique, certes, mais il mettait tout de même un peu de beurre dans les épinards de la famille, dont le budget était modeste. Elise aidait également sa fille à s'occuper des enfants. David, son gendre, qui était informaticien, partait souvent en déplacement pour une ou deux semaines. Il voyageait à travers le continent nord-américain pour installer des réseaux informatiques d'entreprises. Elise et Aurora, toujours très proches l'une de l'autre, se tenaient compagnie, et la mère appréciait les encouragements et le soutien de sa fille.

— Tu peux nous emmener au parc cet après-midi ? fit John d'une voix suppliante.

— Peut-être, répondit Elise, qui n'avait jamais le cœur de lui refuser quoi que ce soit. J'ai quelques courses à faire ce matin. Je ne sais pas combien de temps ça me prendra.

— Je peux venir avec toi ?

John était un petit garçon adorable, curieux de tout, qui ne tenait pas en place.

— Non, mon chéri, tu vas à la garderie ce matin.

Son visage s'allongea aussitôt mais, faisant contre mauvaise fortune bon cœur, il haussa les épaules et alla rejoindre son frère aîné.

— J'avais envie d'aller voir ce nouveau magasin de laine qui a ouvert dans Blossom Street, dit Elise à sa fille.

Manifestement, Aurora semblait ravie du regain d'intérêt que sa mère manifestait pour le tricot. C'était en revenant de l'étude de son avocat qu'Elise était passée devant la boutique. Elle en avait parlé à sa fille.

Les changements qui s'opéraient dans cette rue étaient une agréable surprise. Pendant des années, ce quartier, avec ses établissements miteux, avait offert un spectacle navrant. La reprise en main n'était pas ce à quoi Elise s'attendait. Au lieu de complètement démolir les vieilles bâtisses, l'architecte avait décidé de les rénover, donnant ainsi un coup de neuf à ce quartier laissé à l'abandon. Les boutiques étaient très attrayantes, avec leurs auvents, leurs fleurs et leurs étals sur le trottoir. L'impression qu'elle en avait gardée était celle d'un petit univers cosy où se mêlaient chaleur et tradition. Difficile de croire qu'à quelques pâtés de maisons de là s'élevaient des gratte-ciel. Juste en bas de la colline se trouvaient les grands groupes financiers, les compagnies d'assurances, les complexes et les autres centres d'affaires importants qui composaient le centre-ville de Seattle.

Alors qu'elle regardait la vitrine d'Au fil des jours, Elise avait remarqué un écriteau pour des cours de tricot. Peut-être n'allait-elle pas profiter de sa retraite comme elle l'avait espéré, mais il était hors de question de mener une vie de recluse sous prétexte que ses finances étaient au plus bas. De plus, le tricot pouvait s'avérer un excellent dérivatif pour l'empêcher de ressasser ses déboires.

Après avoir bu une tasse de thé dans sa chambre, Elise s'habilla. Elle avait conservé sa silhouette de jeune fille. Elle choisit un pantalon couleur pêche qui était à la fois élégant et confortable. Puis elle épingla un petit camée rose sur son corsage blanc. C'était son plus beau bijou. Maverick le lui avait offert bien avant qu'ils ne se marient. Elle l'aimait beaucoup et le portait souvent.

Elle appréciait le fait que Maverick ait gardé le contact avec sa fille, même s'il ne la voyait pas très souvent. En ce qui la concernait, elle ne voulait rien avoir à faire avec lui, mais elle comprenait que sa fille n'ait pas coupé les ponts… Elle fronça les sourcils. Cela faisait deux fois ce matin qu'elle pensait à lui. Bien sûr, il n'était pas question de l'oublier complètement — comment cela aurait-il été possible, alors que son petit-fils le lui rappelait constamment tant il lui ressemblait ? — mais elle se laissait rarement aller à évoquer ses souvenirs. Elle ne voulait pas penser à lui ni se rappeler les journées et les nuits passées à s'aimer.

Elle se donna un coup de brosse dans les cheveux. Ils lui arrivaient jusqu'aux épaules. Exempts de toute trace de gris, ils constituaient sa seule fierté. Sa main s'immobilisa tandis qu'un autre souvenir lui étreignait le cœur. Maverick préférait qu'elle les laisse détachés. Elle avait l'habitude de se faire un chignon impeccable pour travailler à la bibliothèque mais, quand la journée était finie, la première chose qu'il faisait était de retirer les épingles qui les retenaient. « Raiponce, Raiponce[1] », murmurait-il. Et elle souriait. Avec une pointe d'irritation, Elise serra les lèvres et se força à chasser ces pensées.

Lorsqu'elle descendit dans la cuisine, Aurora était en train de verser du lait sur les céréales.

— Tu es très jolie, maman, déclara-t-elle.

Les compliments embarrassaient toujours Elise, et elle se contenta de la remercier d'un petit signe de tête.

— Passez une bonne journée à l'école ! dit-elle à l'adresse des deux garçons tandis qu'elle ouvrait la porte d'entrée.

Ils la regardèrent partir, le visage renfrogné, comme si elle les abandonnait à un funeste sort. Elise adorait ses petits-fils. Ils étaient une source de joie pour elle, mais elle se demandait toujours comment Aurora faisait pour gérer leur impétuosité, et elle s'émerveillait de ses talents de mère et d'épouse.

Elle-même pensait avoir échoué sur ces deux tableaux. Il fallait

1. Personnage d'un conte des frères Grimm. En allemand, Rapunzel. La jeune fille avait de longs cheveux.

croire qu'elle n'était pas faite pour le mariage. Ses deux années de vie commune avec Maverick en étaient la preuve. Aurora était l'unique trésor qu'elle avait réussi à sauver de ce naufrage. Sa fille était une véritable bénédiction.

Maverick n'avait jamais omis de payer la pension alimentaire qu'il devait à sa fille, et il n'hésitait pas à lui passer un coup de fil lorsque l'envie lui en prenait. Chaque fois, il semblait habiter dans un endroit différent. Peu après leur mariage, il avait renoncé à exercer un travail régulier pour se consacrer au jeu. Les attaches — qu'elles soient professionnelles ou familiales — étaient incompatibles avec la vie d'un joueur professionnel. Pendant qu'Elise était en train d'accoucher, son cher mari avait lancé un jeu de poker dans la salle d'attente, ce qui lui avait fait rater la naissance de son unique enfant.

Elise prit le bus 47 qui menait de Pill Hill à Blossom Street, et descendit trois arrêts avant la bibliothèque municipale de Seattle. Celle-ci venait d'être complètement rénovée. Par le biais de son travail, Elise avait pu rencontrer les bibliothécaires les plus importants de Washington. Parmi eux se trouvait Nancy Pearl, qui avait lancé le programme « Si tout le monde lisait le même livre ». Toutes les villes des Etats-Unis avaient emboîté le pas à Seattle. Elise était ravie du succès de cette initiative. C'était la preuve que la bibliothèque restait un lieu important au sein de la communauté.

En descendant du bus, elle serra son sac contre elle. Ce quartier était autrefois connu pour ses pickpockets et ses agressions. Cela ne semblait plus être le cas maintenant, mais on ne pouvait jamais être sûr.

Devant Chez Fanny, la fleuriste, elle s'arrêta pour admirer un ensemble d'œillets violets. Elle n'en avait jamais vu de cette couleur et elle fut tentée d'en rapporter un bouquet à Aurora. Mais peut-être valait-il mieux éviter les dépenses inutiles…

Un gros matou sommeillait dans la vitrine de la mercerie. Elise poussa la porte et le carillon retentit. Visiblement habitué à ce bruit, le chat ne bougea pas.

— Bonjour ! lança une femme au visage avenant.

Une autre femme, un peu plus âgée et qui se tenait près du comptoir, la salua d'un signe de tête.

Elise se sentit immédiatement en confiance avec la plus jeune des deux femmes. Elle semblait fort sympathique. Quant à la boutique, elle était agréable, bien agencée et aérée.

— Je viens pour les cours de tricot, expliqua-t-elle tandis que son regard, distrait par la profusion de couleurs et de textures, faisait le tour des bacs.

Des échantillons d'ouvrages étaient exposés de façon astucieuse sur des cadres de fer. L'attention d'Elise fut attirée par un pull-over orné d'un dinosaure sur le devant. Luke et John adoreraient ça. Peut-être qu'un jour elle en tricoterait deux semblables pour ses petits-fils.

— Nous lançons un atelier de chaussettes cette semaine.

— Des chaussettes ? répéta Elise sans enthousiasme. J'ai déjà tricoté avec cinq aiguilles, mais ça ne date pas d'hier.

— Nous allons utiliser deux aiguilles circulaires. Tenez, je vais vous montrer.

La femme attira Elise vers l'allée centrale où étaient exposés différents modèles de chaussettes sur des pieds en plastique. Les motifs lui parurent compliqués. Elle n'était pas sûre d'avoir vraiment envie de s'embarquer là-dedans.

Elle était sur le point de le dire à la jeune femme lorsque celle-ci lui expliqua que les motifs étaient déjà intégrés à la laine.

— Vous voulez dire que je n'aurai rien à faire sinon tricoter ?

— C'est ça. Le motif se crée au fur et à mesure que vous montez votre tricot.

Elle lui précisa ensuite le jour où aurait lieu le cours ainsi que les tarifs qui comprenaient les fournitures.

— Au fait, je suis Lydia Hoffman et voici ma sœur, Margaret. Elle travaille avec moi.

— Elise Beaumont. Je suis ravie de vous connaître.

En observant les deux femmes de plus près, on voyait bien qu'il y avait entre elles un lien de parenté. Margaret avait une grosse ossature, mais Lydia était menue avec des traits délicats.

Cependant, elles avaient la même forme de visage avec des pommettes prononcées et de grands yeux noirs.

Elise s'aperçut qu'elle était en train de les dévisager et s'empressa d'expliquer :

— Je viens de prendre ma retraite et j'avais envie de me remettre au tricot.

— Excellente idée !

L'enthousiasme de Lydia fit sourire Elise. Margaret avait reporté son attention sur les catalogues et les bons de commande qui se trouvaient sur le comptoir.

— Un cours me semble être le lieu idéal pour commencer, dit Elise.

Lydia acquiesça.

— Je suis vraiment contente que vous ayez décidé de venir nous voir, dit-elle en se dirigeant vers le fond de la boutique, où étaient disposées une table et des chaises. Si vous êtes libre le vendredi après-midi, j'aimerais également vous inviter à nos ateliers de tricot à but caritatif.

— Encore un cours ?

Elise ne pouvait se le permettre financièrement.

— Pas tout à fait. C'est gratuit. Un bon nombre de mes clientes participent à ces ateliers afin d'aider certaines associations humanitaires. Vous seriez la bienvenue, Elise.

Lydia évoqua différentes associations telles que Le Secours populaire américain, le projet Linus[1] ou encore Chimiocap pour les malades atteints du cancer.

— C'est vous qui fournissez la laine ? demanda Elise, soucieuse de son budget limité.

— Oui. Nous avons également des dons. Certaines clientes ont rapporté des chutes en vue du projet « Couvertures pour l'Amérique » du Secours populaire. Et il y a une remise pour tout achat de fournitures dans le cadre de ces projets.

1. Projet qui consiste à tricoter des couvertures pour les enfants en détresse ou atteints d'une maladie grave.

— Je viendrai peut-être, dit Elise, qui ne demandait qu'à s'occuper.

Elle s'était déjà inscrite à un groupe de lecture dont les membres se réunissaient une fois par mois à la bibliothèque de Seattle. Elle s'était également portée volontaire pour le pliage de bulletins d'informations de différentes paroisses. Ardente supportrice de la banque du sang, elle s'était proposée pour en assurer la permanence le lundi matin jusqu'à midi.

— Vous voulez vous inscrire pour le cours de chaussettes ? lui demanda Lydia.

Elle était tellement sympathique qu'Elise sentit sa bonne humeur revenir.

— Oui, répondit-elle en ouvrant son sac à main pour sortir son carnet de chèques. Combien serons-nous ?

— J'aimerais me limiter à six.

— Il y a de la demande ?

— Pas encore. Mais je n'ai posé l'écriteau que mardi matin. Vous êtes la première à vous inscrire.

— La première, répéta Elise.

Elle ignorait pourquoi, mais cette perspective lui faisait extrêmement plaisir.

Elle décida alors d'acheter finalement des fleurs pour Aurora.

3

Béthanne Hamlin

Ce n'était pas censé être comme ça, se lamenta Béthanne Hamlin tandis qu'elle engageait sa voiture dans l'allée qui menait à sa maison située à Capitol Hill. Celle-ci, construite dans les années trente, avant que l'on ne déclare l'usage de la brique imprudent et irréaliste en zone sismique, avait été la maison de ses rêves. Elle en était tombée amoureuse au premier regard. En suivant l'allée qui descendait en pente raide, on se retrouvait rapidement au garage situé au sous-sol de la maison. Des marches en béton menaient à un petit porche et à la porte d'entrée arrondie — une porte de chaumière, comme dans les contes de fées. A l'étage, la chambre à coucher principale, coiffée de son pignon, faisait saillie, surplombant tout le quartier. Béthanne s'était souvent assise dans ce renfoncement pour lire ou rêvasser. C'était dans cette belle maison qu'elle avait autrefois passé une vie merveilleuse…

Elle éteignit le moteur et resta un instant assise dans la voiture — une Plymouth achetée cinq ans auparavant. Il lui fallait trouver le courage et la force d'entrer chez elle avec le sourire. Prenant une profonde inspiration, elle se glissa hors du véhicule et rassembla ses courses sur le siège arrière.

— C'est moi ! annonça-t-elle d'un ton faussement enjoué en ouvrant la porte d'entrée.

Elle se sentit soulagée de ne pas obtenir de réponse.

— Andrew ? Annie ?

Elle déposa ses sacs sur le plan de travail de la cuisine et plaça la bouilloire sur le feu. Elle n'avait jamais été une grande buveuse de thé. Du moins jusqu'à son divorce. Depuis un an, cependant, elle ne pouvait plus s'en passer : elle en buvait deux à trois théières par jour.

— C'est moi ! répéta-t-elle.

Mais elle n'obtint pas plus de réponse que la première fois.

Quelques minutes plus tard, la bouilloire se mit à siffler et Béthanne versa l'eau chaude sur les sachets d'Earl Grey. Puis elle transporta la théière jusqu'à la table où ils prenaient habituellement le petit déjeuner.

Là, elle essaya de réfléchir à sa vie et de comprendre ce qui leur arrivait à elle et ses enfants depuis deux ans. Plus rien ne semblait aller. Comme si les saisons ne se succédaient plus dans l'ordre. Ou encore comme si la lune avait soudain remplacé le soleil. Elle avait toujours du mal à comprendre ce qui s'était passé et pourquoi c'était arrivé.

Tout avait commencé seize mois plus tôt, le matin de la Saint-Valentin. Les enfants étaient déjà réveillés et se préparaient pour l'école. Elle les avait entendus se chamailler pour savoir qui aurait la salle de bains en premier. Elle avait alors enfilé sa robe de chambre, et elle s'apprêtait à descendre pour préparer le petit déjeuner lorsqu'elle avait aperçu son mari assis dans le lit, les genoux remontés et les mains sur le visage. Béthanne avait d'abord cru que Grant avait la grippe. D'habitude, il était toujours debout le premier. Il aimait son travail d'agent immobilier et gagnait suffisamment sa vie pour que Béthanne n'ait pas besoin de travailler. Depuis la naissance des enfants nés à treize mois d'écart l'un de l'autre, Béthanne avait toujours été persuadée que son devoir était de s'occuper d'eux. Grant avait approuvé son choix. Il aimait la savoir à la maison, toujours disponible pour les enfants, et il appréciait beaucoup les petits dîners d'affaires qu'elle leur préparait à lui et à ses collègues.

— Grant, ça va ? avait-elle demandé sans se douter le moins du monde de ce qui l'attendait.

Il avait levé les yeux vers elle. Il y avait tant de souffrance dans son regard qu'elle était revenue sur ses pas pour s'asseoir sur le bord du lit et poser une main sur l'épaule de son mari.

— Qu'est-ce qu'il y a ? lui avait-elle demandé d'une voix empreinte de douceur.

Mais Grant était incapable de parler. Il ouvrit la bouche, mais aucun son n'en sortit.

— Maman ! cria Annie en bas des escaliers. Tu peux venir s'il te plaît ?

Partagée entre les besoins de son mari et ceux de ses enfants, Béthanne hésita un instant. Puis, serrant le bras de Grant, elle lui dit :

— Je reviens tout de suite.

En fait, il lui fallut bien dix minutes avant de pouvoir revenir après que les enfants furent partis pour l'école.

Grant se trouvait toujours dans la même position, le visage blême.

— Parle-moi, lui dit-elle à voix basse, tandis qu'une foule d'idées se bousculait dans sa tête.

Grant avait vu le médecin la semaine précédente pour des examens de routine. Peut-être le Dr Lyman avait-il décelé quelque chose ? Elle se rassit à ses côtés et le matelas se creusa légèrement sous son poids.

— C'est la Saint-Valentin, dit-il d'une voix rauque.

Elle l'embrassa sur la joue et le sentit se raidir :

— Grant, dis-moi ce qui ne va pas.

Il se mit à pleurer, d'énormes sanglots qui secouaient tout son corps. En vingt ans de mariage, son mari n'avait manifesté d'émotions aussi profondes qu'en de rares occasions.

— Je ne veux pas te blesser, murmura-t-il.

— Dis-moi, je t'en prie !

Il la prit par les épaules et elle sentit la pression douloureuse de ses doigts sur sa peau.

— Tu es quelqu'un de gentil, Béthanne, mais…

Sa voix vacilla.

— Je ne t'aime plus.

Elle crut d'abord à une plaisanterie, et eut un petit rire nerveux.

— Comment ça, tu ne m'aimes plus ? Grant, ça fait vingt ans que nous sommes mariés. *Bien sûr* que tu m'aimes.

Il ferma les yeux, comme s'il ne pouvait supporter de la regarder.

— Non. Non, je ne t'aime pas. Je suis désolé, tellement désolé ! J'ai bien essayé. Dieu sait que j'ai essayé. Je ne peux pas continuer cette comédie plus longtemps.

Abasourdie, elle le dévisagea. C'était l'homme qu'elle aimait et près duquel elle dormait depuis toutes ces années. Et voilà qu'en un clin d'œil il était devenu un parfait étranger.

— Que s'est-il passé ? lui demanda-t-elle d'une voix incertaine.

— S'il te plaît, ne m'oblige pas à le dire.

— Dire quoi ?

Elle était à ce moment-là plus perplexe qu'en colère. Elle cherchait tout simplement à résoudre le problème. Elle pensait toujours que, si quelque chose n'allait pas, on pouvait y remédier de la même manière que l'on répare un robinet cassé ou une prise de courant défectueuse. Il suffisait d'appeler le plombier ou l'électricien. C'était aussi simple que ça.

— Si je ne t'aime plus, c'est qu'il y a une raison ! lança Grant, les dents serrées.

Il écarta les couvertures et se leva. Son accès d'humeur la prit complètement au dépourvu.

— Mais enfin, qu'est-ce qui t'arrive ?

Il enfila son pantalon et remonta la fermeture Eclair.

— Tu es vraiment aussi stupide que ça ? Tu veux que je te fasse un dessin ?

En quelques secondes, il était passé des larmes à la brutalité.

— Mais de quoi parles-tu ? demanda-t-elle innocemment, en ouvrant les mains comme pour recevoir ce qu'il avait à lui dire.

Elle était plus choquée par ses manières brusques que par ses paroles.

Il marqua une pause, un bras passé dans sa chemise. Puis, sans la regarder et d'une voix dépourvue de toute émotion, il déclara :

— Il y a quelqu'un d'autre.

Béthanne comprit enfin.

— Tu as… une liaison ?

Complètement paralysée, elle sentit sa bouche devenir sèche. C'était comme si sa langue avait doublé de volume, l'empêchant totalement de parler. Ça ne pouvait pas être vrai. Elle refusait d'y croire. Jamais Grant ne la trahirait ainsi. S'il l'avait trompée, *elle l'aurait su*. Ce genre de choses n'arrivait que dans les films ou les livres, ou encore dans les autres mariages. Pas dans le *sien*. Elle s'accrocha à cette idée pendant quelques secondes tandis qu'il continuait à s'habiller.

— Quand ? Comment ? balbutia-t-elle.

— Nous nous sommes rencontrés au bureau, expliqua Grant. Elle est aussi agent immobilier. Elle est arrivée récemment. (Il poussa un soupir.) J'ai tout fait pour que ça marche entre toi et moi. Mais ça n'a pas été possible.

Il y avait une sorte de supplication dans sa voix qui fut aussitôt remplacée par la colère.

— Bon sang, Béthanne ! Ne complique pas les choses, elles le sont déjà assez !

Puis, comme s'il avait prévu cela depuis plusieurs jours, il sortit une valise du placard et la posa sur le lit.

— Tu… pars ?

Pour toute réponse, il ouvrit ses tiroirs et sortit son linge. Béthanne cilla en le regardant placer au fond de la valise une pile de T-shirts soigneusement pliés. Grant était très maniaque. Il prenait grand soin de son apparence, et son perfectionnisme ne concernait pas seulement sa coiffure et ses vêtements.

— Où as-tu l'intention d'aller ?

Une foule de questions se bousculait dans la tête de la jeune femme, et seules les moins importantes jaillissaient.

— J'emménage avec Tiffany.

— Tiffany ? répéta-t-elle.

Trouvant — elle ne savait pourquoi — ce nom cocasse, et bien que les circonstances ne s'y prêtent vraiment pas, elle se mit à rire.

— Tu me quittes pour une femme qui s'appelle *Tiffany* ?

Il la foudroya du regard, comme si elle avait perdu la tête, et peut-être était-ce le cas à ce moment-là.

— Va-t'en ! dit-elle d'un ton presque cavalier, en faisant un geste de la main comme pour le chasser. Je veux que tu t'en ailles.

Comme pour appuyer ses propos, elle descendit au sous-sol et remonta avec une valise encore plus grande. Tandis qu'elle descendait et montait les escaliers, elle chercha à se rappeler si elle avait rencontré cette Tiffany. A sa connaissance, non. Grant avait de nombreuses collaboratrices, mais jamais Béthanne ne l'aurait cru capable d'une telle traîtrise.

Elle jeta la valise négligemment sur le lit, et un nuage de poussière couvrit l'édredon blanc, mais elle ne s'en soucia pas. Puis, ouvrant d'un geste brusque les portes du placard, elle attrapa ses complets et les tira avec leurs cintres pour les mettre pêle-mêle dans la valise.

— Béthanne ! cria-t-il. Arrête !

— Non, je n'arrêterai pas ! hurla-t-elle.

Puis, d'une voix plus calme, elle demanda :

— Depuis combien de temps cette chose entre toi et Tiffany dure-t-elle ?

Comme il ne répondait pas, elle reprit, incapable de se maîtriser :

— Et quel âge a-t-elle ? Est-elle mariée, ou suis-je la seule à être jetée comme une vieille chaussette ?

Grant détourna les yeux.

— Ça dure depuis longtemps ? reprit-elle.

Une fois de plus, il évita son regard. Sans s'en rendre compte, les vieilles habitudes reprenant le dessus, elle s'était mise à plier ses affaires.

— Un mois ? Deux mois ? C'est un bon coup ?

— Arrête, Béthanne !

— Depuis combien de temps ?

Elle ne renoncerait pas tant qu'il ne lui aurait pas dit la vérité.

Grant poussa un long soupir, comme si l'acharnement de Béthanne l'avait épuisé.

— Deux ans.

— *Deux ans* ? hurla-t-elle, au comble de la rage. Sors de cette maison !

Il acquiesça.

— Va-t'en !

C'était ce qu'elle voulait au moment où elle avait prononcé ces paroles. Mais, ensuite, elle avait ardemment souhaité voir son mari revenir à la maison. Elle aurait donné cher pour regagner son affection. Elle était prête à faire n'importe quoi pour ça : voir un conseiller conjugal, le supplier, lui faire du chantage, tenter de le raisonner. A un moment, juste avant l'audience, elle aurait donné dix ans de sa vie pour que Grant change d'avis.

Mais, quand il avait emménagé avec Tiffany, c'était pour de bon. Il n'avait pas l'intention de revenir. Cette constatation avait failli anéantir Béthanne. Finalement, elle avait dû accepter le fait qu'il ne l'aime plus.

Son mariage était mort et, avec lui, l'estime qu'elle avait d'elle-même. Sans la présence des enfants, Béthanne ne savait pas ce qu'elle aurait fait. Andrew et Annie avaient plus que jamais besoin d'elle et c'était pour eux qu'elle continuait à vivre.

Elle avait finalement pris rendez-vous avec un avocat, et les deux époux étaient parvenus à un arrangement financier qui semblait équitable. Grant payait la maison, les crédits des voitures et une pension alimentaire. Ils partageraient les dépenses pour les études universitaires.

Jusqu'à présent, il avait envoyé ses chèques sans le moindre retard, mais Béthanne était quand même consciente qu'elle allait devoir trouver rapidement un travail. Pour diverses raisons, toutefois, elle en retardait le moment.

Cela faisait maintenant six mois que le divorce avait été

prononcé, et le brouillard dans lequel elle se trouvait commençait seulement à se dissiper. Elle s'était dit qu'elle devait apprendre à vivre au jour le jour avec ce que sa famille et ses amis appelaient sa « nouvelle réalité ». Le problème était qu'elle préférait l'ancienne…

Béthanne but son thé à petites gorgées. Elle fut tirée de ses pensées par la porte de la cuisine, qui s'ouvrit à la volée sur Annie, sa fille de seize ans, qui entra, le visage rouge et couvert de sueur. De fines mèches de cheveux humides étaient plaquées sur ses tempes. Elle portait un dos-nu et un short en Lycra. Visiblement, elle rentrait d'un long footing. Comme Annie avait toujours été très proche de son père, elle prenait ce divorce particulièrement à cœur. Peu après le départ de Grant, l'adolescente s'était mise à la course à pied, courant dix à quinze kilomètres par jour. Malheureusement, cela n'avait pas été le seul changement dans son comportement. Les nouveaux amis qu'elle s'était faits étaient une cause de préoccupation encore plus grande pour sa mère.

La colère de la jeune fille était dirigée contre Tiffany, et Béthanne soupçonnait ses amis de la pousser à commettre des actes répréhensibles pour assouvir son désir de vengeance.

A plusieurs reprises, Andrew avait parlé à sa mère de différents *canulars* dont Annie aurait été l'auteur. Elle aurait notamment pris des abonnements à des magazines et des rendez-vous auprès de vendeurs au nom de Tiffany. Cependant, chaque fois que Béthanne avait tenté d'aborder le sujet avec sa fille, celle-ci s'était murée dans un silence empreint de mépris.

— Tu ne m'as pas dit où tu allais ! lança gentiment Béthanne.

— Désolée, marmonna la jeune fille sur un ton qui montrait bien qu'elle ne l'était pas.

Elle sortit une bouteille d'eau du réfrigérateur, renversa la tête en arrière et but à longues gorgées avant d'ajouter :

— Je pensais que tu t'en douterais. Je cours tous les jours.

Béthanne le savait, mais là n'était pas la question.

— Comment s'est passé ton entretien à l'ANPE ? lui demanda sa fille.

Béthanne soupira. Elle aurait préféré éviter le sujet.

— Pas très bien.

Elle savait que cette recherche d'emploi serait délicate, mais elle ne s'attendait pas à de telles difficultés.

— Quand j'ai parlé de mes talents de boulangère, l'employé n'a pas eu l'air particulièrement impressionné.

— Tu devrais travailler dans une boulangerie.

Béthanne y avait déjà songé, mais l'idée d'être en contact avec de la nourriture huit heures par jour ne l'attirait guère.

— Tous nos amis nous enviaient, Andrew et moi, dit Annie, un brin nostalgique. Personne n'arrivait à nous égaler en fêtes et gâteaux d'anniversaire.

— J'organisais aussi de grandes chasses au trésor, mais ça n'est plus très populaire aujourd'hui.

— Oh, maman ! s'exclama Annie en levant les yeux au ciel.

— Je me mettrai à chercher sérieusement du travail à la rentrée.

— Tu n'arrêtes pas de repousser l'échéance.

Sa fille avait raison mais, après toutes ces années loin du marché du travail, Béthanne ne se sentait plus du tout compétitive.

— Je me disais que je pourrais vendre des produits de beauté à domicile, dit-elle d'un ton hésitant, guettant la réaction de sa fille. Ça me permettrait de gérer librement mon emploi du temps…

— Maman ! C'est nul ! cria Annie avec un regard de colère.

— Beaucoup de femmes arrivent à gagner leur vie grâce à ça et…

— C'est bon pour d'autres mais pas pour toi. Tu es douée dans beaucoup de domaines, mais tu serais une catastrophe en tant que vendeuse : on le sait toutes les deux. Où est passée ta fierté ?

De fierté, elle n'en avait plus depuis seize mois.

— Je n'aimerais pas travailler dans un bureau.

Elle doutait de jamais pouvoir s'habituer à des horaires routiniers.

— Tu devrais faire quelque chose pour toi, déclara Annie. Je ne parle pas seulement de travail.

Tout le monde lui disait la même chose.

— Quelle perspicacité ! lança-t-elle en souriant à sa fille.

— Enfin, maman, il n'y a rien que tu aimerais faire juste pour le *fun* ?

Béthanne haussa les épaules.

— Tu vas encore te moquer de moi et me dire que c'est nul.

— Qu'est-ce que c'est ?

Elle poussa un soupir, hésitant à se confier.

— J'ai vu une boutique de laine l'autre jour. Je me disais que j'aimerais bien me remettre au tricot. Je t'avais fait une couverture de bébé, tu te rappelles ?

— Ça, oui ! J'ai dormi avec cette couverture jaune jusqu'à l'âge de dix ans.

— J'adorais tricoter, mais c'était il y a bien longtemps.

Elles entendirent alors la porte d'entrée s'ouvrir puis se refermer. C'était Andrew qui revenait du supermarché du coin où il travaillait à mi-temps. Entrant dans la cuisine, il se débarrassa de son sac à dos et, sans un mot ni pour l'une ni pour l'autre, alla ouvrir la porte du frigo pour en inspecter le contenu. Apparemment, il n'avait envie que d'un soda. Il referma la porte et, s'appuyant contre le battant, il les regarda, les sourcils froncés.

— Qu'est-ce qu'il y a ? fit-il, son regard allant de sa mère à sa sœur.

— Maman était en train de me dire qu'elle voulait se remettre au tricot.

— Je n'ai encore rien décidé ! affirma Béthanne.

— Tu peux le faire, lui dit Annie d'une voix ferme.

— Ouais, acquiesça Andrew en décapsulant sa canette.

Béthanne, toutefois, n'en était pas aussi sûre. Tout lui semblait insurmontable : trouver un travail, réorganiser sa vie, et même tricoter.

— Peut-être, murmura-t-elle d'une voix hésitante.

— Ah, non ! Tu ne vas pas te défiler comme pour le reste !

décréta Annie en ouvrant la porte d'un placard pour en sortir l'annuaire. Où se trouve cette boutique ?

Béthanne se mordilla la lèvre inférieure.

— Blossom Street.

— Tu te souviens du nom ? demanda Andrew.

Annie tourna rapidement les pages jusqu'à la fin de l'énorme annuaire.

— Non, mais écoutez...

Un doigt sur la page, Annie releva la tête, une lueur de détermination dans les yeux.

— J'ai trouvé !

Avec un sourire triomphant à l'adresse de son frère, elle s'empara du téléphone et composa le numéro avant même que Béthanne ait pu protester. Elle tendit alors le combiné à sa mère.

Une femme décrocha à l'autre bout du fil.

— Au fil des jours, à votre service ! fit-elle d'une voix chaleureuse.

— Heu, bonjour... Je m'appelle Béthanne Hamlin. Je suppose que mon nom importe peu. Je me demandais si vous donniez encore des cours de tricot.

Elle marqua une pause pour reprendre son souffle.

— J'ai tricoté dans le passé, mais ça remonte à loin. Peut-être ferais-je mieux de venir au magasin ? continua-t-elle en levant les yeux vers sa fille.

— Donne-moi ce téléphone ! ordonna Annie, qui, sans plus attendre, lui prit le combiné des mains.

Après quelques secondes de discussion, elle déclara :

— Ah, oui, ça m'a l'air super ! Inscrivez-la, fit-elle en prenant un bloc-notes pour y noter les détails. Elle y sera.

Quelques secondes plus tard, elle raccrochait.

— Tu l'as inscrite ? demanda Andrew.

— Ouais.

— Je... heu...

Béthanne sentit soudain la panique la gagner à l'idée de dépenser ainsi son argent.

— Ecoutez, ce n'est peut-être pas une si bonne idée après tout, parce que…

Sa fille l'interrompit :

— Tu vas apprendre à tricoter des chaussettes.

— Des chaussettes ? se récria Béthanne en secouant vigoureusement la tête. C'est beaucoup trop compliqué pour moi !

— Maman, intervint Andrew. Souviens-toi : tu tricotais tout le temps.

— Tricoter des chaussettes n'est pas si difficile, d'après la gérante du magasin. Elle s'appelle Lydia Hoffman. Elle a dit qu'en fait c'était très simple.

— Bon, d'accord, marmonna Béthanne.

— Tu y vas, maman. Il n'y a pas de refus qui tienne.

— Exactement, renchérit Andrew.

Apparemment, leurs rôles étaient inversés. Béthanne s'en apercevait seulement maintenant. Cela avait dû se produire à son insu.

4

Courtney Pulanski

Courtney trouvait le plan de son père ridicule et injuste. D'accord, elle s'était attiré des ennuis en répondant à ses profs et en se relâchant au niveau des résultats. Mais la situation aurait pu être pire. Par exemple, si la police s'était aperçue que c'était elle qui avait mis le feu dans la benne à ordures, quatre ans auparavant. Cela dit, qui aurait pu le lui reprocher ? Sa mère venait juste de mourir et Courtney se sentait perdue, emplie de colère et complètement troublée. Elle allait mieux, maintenant. Elle avait redressé la barre juste à temps et elle s'était mise au travail pour assurer son passage. Mais ça !

Il était prévu qu'elle passe son année de terminale chez sa grand-mère à Seattle. Elle allait se retrouver coincée là-bas tandis que tous les copains avec qui elle avait grandi passeraient le bac ensemble. Courtney aimait sa grand-mère, mais elle n'avait aucune envie de passer toute une année avec elle.

Il n'y avait personne d'autre pour l'accueillir. Aucun endroit où aller pendant que son père, ingénieur de son état, serait au Brésil, en train de travailler à la construction d'un pont.

Jason, son frère aîné, était en licence et enseignait pendant l'été. Julianna, sa sœur, était en première année de fac et travaillait dans un gîte en Alaska. Leurs frais d'études universitaires ne cessaient d'augmenter. Leur père avait besoin d'argent. C'était aussi simple que cela. Sinon, il aurait attendu que Courtney passe son bac. Etant donné ses résultats, il ne fallait pas compter sur une bourse universitaire. Ses chances d'en obtenir une étaient aussi minces que celles de gagner au Loto. En d'autres termes, son père allait devoir lui payer des études à elle aussi.

Tout aurait été différent si sa mère n'avait pas trouvé la mort dans cet horrible accident de voiture. Cela s'était produit quatre ans auparavant, et l'adolescente avait encore l'impression que c'était hier.

— Courtney ? Tu es réveillée ?

— Oui, grand-mère.

Comment aurait-elle pu continuer à dormir avec la télévision qui beuglait dès 5 heures du matin ? Sa grand-mère avait besoin d'un appareil auditif, mais elle refusait de l'admettre. D'après Véra Pulanski, tout le monde marmonnait dans sa barbe. Tout le monde sans exception !

— Je suis en train de préparer le petit déjeuner ! cria la vieille dame.

Courtney leva les yeux au plafond.

— Je n'ai pas faim.

— Le petit déjeuner est le repas le plus important de la journée.

Elle habitait chez sa grand-mère depuis une semaine, et c'était la septième fois qu'elles avaient cette conversation.

— Je mangerai quelque chose un peu plus tard, promit-elle.

La seule perspective d'avaler des œufs brouillés desséchés lui donnait la nausée, mais c'était ainsi que sa grand-mère les cuisinait. Elle semblait savoir, grâce aux émissions télévisées qu'elle regardait, ce qui était bon et pas bon pour une adolescente. Apparemment, la seule façon de cuisiner des aliments en toute sécurité était de prolonger la cuisson jusqu'au dessèchement. En conséquence, les œufs brouillés avaient un goût de caoutchouc.

— Je déteste jeter la nourriture.

— Je suis désolée, grand-mère.

Etant donné le nombre de repas qu'elle avait sautés depuis son arrivée, Courtney supposait qu'elle avait perdu du poids. Eh bien, non. Pas plus tard que ce matin, la balance lui avait renvoyé cette vérité d'un air accusateur. Courtney venait juste de se doucher et elle était encore nue lorsque, les yeux fermés, elle était montée sur le pèse-personne qui était une véritable antiquité. Elle avait ensuite glissé un regard sur les chiffres et sur ces ridicules petites lignes qui se trouvaient entre. Sa grand-mère semblait tout ignorer de l'affichage numérique. Non seulement Courtney n'avait pas perdu de poids, mais elle avait pris cinq cents grammes ! Elle en aurait pleuré. S'adapter à son nouveau lycée allait être suffisamment difficile. S'il fallait en plus affronter des inconnus en étant grosse comme ça…

— Courtney ?

— Oui, grand-mère ?

Manifestement, Véra n'avait pas l'intention de déclarer forfait ce matin.

— Je sors. J'ai quelques courses à faire.

— Oui, grand-mère.

— Je veux que tu viennes avec moi.

Avec un profond soupir, Courtney se redressa dans son lit. Ses épaules s'affaissèrent tandis qu'elle mettait les pieds par terre.

— Je peux rester ici ?

Après la douche, n'ayant pas de raison de se lever — du moins, pas de *bonne* raison —, elle avait remis son pyjama.

— Ça me ferait vraiment plaisir que tu m'accompagnes. Tu passes beaucoup trop de temps dans ta chambre.

— Bon, d'accord.

— Qu'est-ce que tu dis ?

Courtney se leva lentement et alla jusqu'à la porte.

— J'arrive ! cria-t-elle.

— Bien.

Véra Pulanski était une femme formidable et Courtney avait toujours apprécié ses visites à Chicago. Mais là, c'était différent. L'adolescente n'avait jamais vécu avec une personne âgée. Tout dans cette maison aurait pu être vendu comme antiquité sur eBay.

Avec un manque d'enthousiasme manifeste, elle enfila un jean et un T-shirt beaucoup trop large qui portait sur le devant le logo de la compagnie de son père. Quand elle descendit l'escalier, Véra la gratifia d'un sourire tendre et l'arrêta sur la dernière marche. Levant les bras, sa grand-mère lui prit le visage entre les mains et l'examina.

— Tu es une belle fille.

Courtney lui renvoya un sourire pathétique.

— Tu es la prunelle de mes yeux, ma petite-fille.

— Oui, grand-mère.

— J'ai toujours regretté que Ralph ne t'ait pas connue.

Son grand-père était décédé alors que Courtney n'avait que quelques mois.

— Moi aussi.

— Maintenant, ce que je vais te dire, c'est par amour pour toi.

Courtney se hérissa, prête à écouter un autre sermon.

— Grand-mère, s'il te plaît. Je sais que j'ai besoin de perdre du poids. Tu n'as pas besoin de me le dire, d'accord ?

Courtney ne pouvait s'empêcher d'être sur la défensive. Pas plus qu'elle ne pouvait fuir son reflet dans les miroirs. Elle était grosse et elle le savait. La prise de poids était intervenue à la mort de sa mère. Elle était passée brusquement du 40 au 44. Courtney détestait par-dessus tout qu'on le lui fasse remarquer, comme si rien n'était plus facile que de perdre dix-sept kilos.

— Je ne voulais pas te parler de ça, dit la vieille dame. Je pense que tu as besoin de te faire des amis.

— Je suis d'accord.

Chicago lui manquait tant qu'elle aurait pleuré à l'évocation de toutes les choses et de toutes les personnes qu'elle avait laissées derrière elle. Même sa maison, qu'ils avaient mise en location pour l'année.

— Ce n'est pas en restant cachée dans ton trou que tu vas rencontrer du monde, ma chérie, dit Véra doucement. Tu as besoin de sortir plus souvent.

Ne trouvant rien à répondre à cela, Courtney baissa les yeux.

— Je sais.

— Viens avec moi et je te présenterai du monde.

La jeune fille ouvrit la bouche pour protester, mais changea d'avis. Elle savait que cela ne servirait à rien. La prenant par la main, sa grand-mère la conduisit dans la cuisine. Les œufs brouillés se trouvaient sur la table. Courtney aurait juré que c'étaient ceux de la veille.

— J'ai pensé qu'on pourrait aller à la bibliothèque, puis à l'épicerie et enfin à la boutique de laine.

En d'autres termes, Courtney n'avait pas le choix.

— Je suis prête, ma chérie. Nous pouvons partir quand tu voudras.

— Je suis prête aussi, grand-mère.

Plus tôt elle céderait, plus vite elle pourrait retrouver sa chambre.

— Parfait, dit la vieille dame. Je vais juste vérifier que la porte est bien fermée.

Il leur fallut une bonne dizaine de minutes avant de quitter la maison. Après avoir vérifié la porte d'entrée, Véra alla dans la salle de bains se remettre du rouge à lèvres. Puis elle décida qu'elle ne pouvait pas laisser les œufs ainsi à température ambiante. Elle les couvrit donc d'un film plastique avant de placer l'assiette dans le réfrigérateur, confirmant ainsi les soupçons de Courtney. C'étaient bien les œufs d'hier.

— Es-tu prête, maintenant ? demanda Véra comme si c'était Courtney qui retardait leur sortie.

— Quand tu veux.

— Oh ! J'allais oublier mon sac à main ! Mon Dieu, pour un peu, nous serions restées à la porte.

Enfin, elles réussirent à sortir. La voiture, garée dans l'allée, aurait eu sa place dans un musée. Selon les dires du père de Courtney, cette Ford Ranch familiale, qui datait de 1968, était encore en très bon état. Rien de bien surprenant : elle n'avait que cent quinze mille kilomètres au compteur. La portière pesait une tonne. Elle grinça quand Courtney l'ouvrit. Sans un mot de plus, l'adolescente se glissa sur le siège passager.

Monter en voiture avec Véra n'était pas une expérience que

l'on faisait de bon cœur. Après avoir lancé le moteur, elle se tourna vers sa petite fille.

— Regarde derrière. La voie est libre ?

Courtney se contorsionna.

— C'est bon, grand-mère : tu peux y aller.

Puis il lui vint à l'esprit que Véra n'avait pas posé cette question par simple curiosité.

— Grand-mère, pourquoi ne t'es-tu pas retournée pour regarder toi-même ?

Véra redressa les épaules.

— Parce que je ne peux pas.

— Tu ne *peux pas* ?

— Tu es sourde ou quoi ? Je ne peux pas tourner la tête. J'ai un torticolis depuis vingt ans, mais jamais je n'ai eu aussi mal. Le docteur a dit qu'il n'y avait rien à faire.

Courtney ne souffla mot. A quoi bon ? Elle avait réussi à éviter de prendre la voiture avec sa grand-mère ces derniers jours, mais sa chance ne pouvait durer.

Une autre question lui vint à l'esprit.

— Grand-mère, que ferais-tu si je n'étais pas avec toi ?

Les lèvres serrées, la vieille dame ajusta le rétroviseur intérieur, utilisant ses deux mains pour le diriger dans un sens, puis dans l'autre.

— C'est à ça que servent les rétroviseurs.

— Oh !

— Peut-on partir maintenant ?

Manifestement, Véra était un peu vexée.

— Sûr, répondit Courtney, qui, se sentant coupable, se força à paraître enthousiaste.

Au premier feu auquel elles s'arrêtèrent, Véra se tourna à demi pour la regarder.

— Si ton poids te pose problème, Courtney, je peux t'aider.

L'adolescente lui jeta un regard méfiant.

— Comment ?

— Le sport. Je nage tous les matins avec des amies et tu pourrais te joindre à nous.

Ça n'avait pas l'air très amusant, mais, après tout, le but n'était pas de se distraire.

— Je suppose.

— Tu supposes quoi ?

— C'est juste une expression, grand-mère. Ça veut dire : d'accord, j'adorerais ça.

C'était exagéré, mais la vieille dame faisait un effort pour l'aider et Courtney se dit qu'elle devait y répondre de façon appropriée.

Après avoir quitté Queen Anne Hill, elles s'arrêtèrent d'abord à la bibliothèque, un endroit ultramoderne en comparaison. Véra expliqua que la médiathèque venait de rouvrir après une rénovation complète. Tandis que la vieille dame allait chercher un livre qu'elle avait réservé — le dernier roman à l'eau de rose d'un auteur du coin —, Courtney feuilleta quelques magazines, essayant de ne pas déprimer à la vue des mannequins minces et élégants.

Après la bibliothèque, elles se rendirent à l'épicerie. Courtney ne disposait pas des chiffres du dernier recensement pour l'agglomération de Seattle, mais elle était persuadée que la population s'élevait à plusieurs millions d'habitants. En tout cas, sa grand-mère devait connaître la moitié d'entre eux. Elle ne compta pas le nombre de fois où elles furent arrêtées par des connaissances, amis, anciens voisins, membres du club de bridge… Véra avait dû la présenter à plus d'une trentaine de personnes et aucune — elle était prête à le parier — n'avait moins de soixante-dix ans.

— Et maintenant, en route pour Blossom Street ! dit Véra tandis que Courtney portait les sacs jusqu'à la voiture. Je n'en ai pas pour longtemps, je te le promets.

Dix minutes plus tard, Véra essayait de se garer sur le parking en angle situé devant la boutique de laine. Elle avança d'un centimètre, appuya brutalement sur la pédale de frein qu'elle relâcha ensuite suffisamment pour permettre à la voiture de rouler encore un peu, puis elle freina de nouveau. Courtney aurait dû se douter de ce qui allait se passer ensuite, mais elle fut tout de même prise au dépourvu. Le pare-chocs de la voiture heurta le parcmètre avec suffisamment de violence pour la projeter en avant.

— Oh, zut ! marmonna Véra.

Si « zut » était le pire juron que la vieille dame connaissait, Courtney aurait été ravie d'élargir son vocabulaire...

Sortant de la voiture, elle referma la lourde portière et suivit sa grand-mère à l'intérieur de la boutique. Elle se dirigea aussitôt vers le chat qui dormait dans la vitrine, et commença à le caresser.

— Bonjour, Véra. Comment allez-vous ? demanda une jeune femme menue.

— Lydia, je suis contente de vous voir. Voici ma petite-fille, Courtney. Courtney, je te présente Lydia.

— Bonjour ! fit l'adolescente en levant la main en guise de salut.

— Vous tricotez ? lui demanda Lydia.

Elle haussa les épaules.

— Un peu.

— Je lui ai appris, un été, dit Véra avec fierté. Elle a aussitôt adoré.

Ce n'était pas exactement comme ça que Courtney aurait présenté les choses, mais elle ne voulait pas paraître impolie.

— Courtney va passer l'année avec moi pendant que son père est au Brésil.

N'ayant pas envie d'écouter une nouvelle fois sa grand-mère expliquer longuement le rôle important de son père en Amérique du Sud, la jeune fille se mit à déambuler dans la boutique. Jamais elle n'aurait imaginé qu'il puisse exister autant de variétés de laine. Elle s'arrêta devant une écharpe tricotée dans un panaché de couleurs. Elle était splendide. Il y avait également un chapeau de feutre et un sac à main, ainsi qu'un gilet et un pull-over placés en exposition.

— Il vous suffirait d'une soirée pour tricoter cette écharpe, lui dit Lydia en soulevant une extrémité de l'ouvrage en question pour que Courtney puisse l'examiner.

— C'est vrai ?

Le sourire de Lydia s'élargit.

— Oui, c'est facile avec des aiguilles numéro 13 et une pelote de laine. Il faut monter quinze mailles et vous contenter de tricoter chaque rang. Ce n'est pas plus compliqué que ça.

— Ouah !

Courtney avait de l'argent sur elle, mais elle hésitait. Un billet de vingt ne suffirait certainement pas à acheter les aiguilles et la laine, et elle ne voulait pas demander à sa grand-mère de la dépanner.

Cinq minutes plus tard, alors que l'adolescente était occupée à admirer un ensemble de chaussettes, Véra déposa ses achats sur le comptoir près de la caisse. Courtney ne savait pas ce que sa grand-mère était en train de tricoter, mais il lui semblait qu'elle avait toujours un ouvrage en cours. Elle se hâta de la rejoindre.

— Tu as vu les chaussettes ? demanda la vieille dame.

Courtney acquiesça.

— Ces nouvelles pelotes sont étonnantes, n'est-ce pas ?

— Tu pourrais en tricoter une paire.

— Impossible.

— Vous aimeriez ? demanda Lydia.

Courtney réfléchit.

— Je suppose.

— Ça veut dire oui, affirma Véra. Inscrivez-la.

— M'inscrire à quoi ?

— Au cours de chaussettes. Il est temps que tu rencontres du monde, que tu sortes, que tu t'impliques dans quelque chose.

— Nous serions ravies de vous compter parmi nous ! déclara Lydia.

— C'est mon cadeau, ajouta sa grand-mère.

Courtney sourit, essayant de paraître reconnaissante. En fait, l'idée commençait à faire son chemin. Elle espérait juste trouver une seule personne parmi les élèves qui aurait moins de quatre-vingt-dix ans.

5

N'oubliez pas que vous avez besoin de deux chaussettes. Comment réussir cet exploit ? Tricotez les deux en même temps et renoncez à l'idée qu'elles doivent être identiques !

DEBORAH ROBSON, spécialiste du tricot, écrivain, éditrice d'ouvrages sur le tricot.
www.nomad-press.com

Lydia Hoffman

J'essaie de passer au moins une partie du week-end avec ma mère. Sa vie n'est pas facile depuis le décès de papa. En fait, c'est dur pour nous tous. Je regrette tellement que Brad et lui ne se soient jamais connus. Je suis certaine qu'ils se seraient appréciés. Mon père était quelqu'un d'ouvert et de sympathique, et il trouvait systématiquement quelque chose de positif chez les gens. Il avait toujours un mot gentil, une ou deux blagues à faire. Même quand j'étais au trente-sixième dessous avec la maladie, il réussissait à me faire sourire. Personne ne racontait les histoires mieux que lui. Je me demande si je cesserai un jour de penser à lui, car il semblerait qu'au lieu de s'estomper son souvenir ne devienne de plus en plus présent.

C'est maman, toutefois, qui a eu le plus de mal à s'adapter à l'absence de papa. En quatorze mois, on dirait qu'elle a pris dix ans. Elle est toute rabougrie sur le plan émotionnel. Je ne trouve pas d'autre adjectif pour qualifier ce qu'elle est devenue :

frêle, triste, ne trouvant guère d'intérêt dans les choses qui l'entourent. Physiquement aussi, elle est toute ratatinée. Comme si son corps était le reflet de son état intérieur, de son chagrin, de sa perte d'espoir. En fait, lors de sa dernière visite médicale, nous avons appris que maman avait rapetissé de plus de deux centimètres.

Nous n'avons pas encore les résultats de ses examens pour l'ostéoporose. La santé de maman s'est détériorée brusquement. Pour moi, c'est dû non seulement au chagrin, mais aussi à la solitude. Papa était son point d'ancrage, son compagnon.

C'est peut-être un cliché, mais il est vrai qu'elle a perdu une partie d'elle. Sans lui, elle n'est plus aussi opérationnelle qu'avant. Je comprends ça et, d'une certaine façon, j'éprouve la même chose. Papa faisait également partie de ma vie.

En arrivant dimanche en début d'après-midi, j'ai trouvé maman dans l'arrière-cour, en train de tailler ses roses et de les bichonner. Son jardin est sa fierté ; c'est peut-être même le seul intérêt qu'il lui reste. Elle taille les roses pour les fortifier. Je considère la mort de papa de la même manière. Le fait de le perdre m'a aidée à distinguer ce qui était important dans ma vie, ce qui était réel. Surtout, j'avais besoin de trouver ma propre voie vers le bonheur et d'accepter les défis de l'indépendance. C'est la perte de mon père qui m'a donné le courage de grandir. Je l'ai fait en ouvrant ma propre boutique et grâce à ma relation avec Brad.

Debout dans l'entrée, je restai quelques minutes à observer ma mère. Absorbée par son jardinage, elle ne m'avait pas entendue. Elle portait ses gants verts, et un grand chapeau de paille pour se protéger du soleil. A côté d'elle était posé un seau dans lequel elle jetait ses tailles. Ne voulant pas l'effrayer, je l'appelai doucement.

— Lydia ! fit ma mère en se tournant vers moi tandis que je m'avançais. Je pensais que tu serais là plus tôt.

— Moi aussi, mais j'ai été retenue après la messe.

— Par Brad et Cody ?

J'opinai.

— Je dois les retrouver dans une heure. Nous allons faire une promenade au bord du lac.

Ce parcours de près de cinq kilomètres constituait un bon exercice. Surtout pour moi, qui n'en faisais pas assez. Brad, quant à lui, avait une excellente forme physique et était capable de faire le tour du lac plusieurs fois pendant que je marchais. Cody a un chien, un golden retriever, appelé Chase à cause de sa terrible manie de courir après tout et tout le monde. Il l'amènerait certainement, mais il savait qu'il devait le garder en laisse. Je me dis que je devrais peut-être lui acheter un livre sur le dressage des chiens et que nous pourrions, lui et moi, essayer de lui apprendre les ordres de base. En tout cas, cet après-midi promettait d'être agréable, et j'avais presque envie d'emporter mes rollers afin de pouvoir suivre ces deux-là ou, plutôt, ces trois-là.

Mon regard s'arrêta sur la main de ma mère, qui tremblait tandis qu'elle coupait une autre tige. Ce n'était pas la première fois que je remarquais ce tremblement.

— Qu'est-ce que tu as mangé à midi, maman ?

Ses habitudes alimentaires étaient catastrophiques, et Margaret et moi nous inquiétions beaucoup à ce sujet. Il y avait aussi un problème au niveau des médicaments : je craignais que, certains jours, elle n'en prenne plus qu'il ne fallait et que, d'autres fois, elle les oublie complètement.

— Qu'ai-je mangé à midi ? répéta-t-elle comme si elle ne s'en souvenait pas.

— Oui, maman. Pour le déjeuner, fis-je gentiment.

— Du thon et des crackers ! s'écria-t-elle soudain avec un sourire triomphant.

Je lui rendis son sourire.

— C'est tout ?

Elle haussa les épaules.

— Je n'avais pas très faim. Ecoute, ne me casse pas les pieds pour que je mange quand je n'ai pas faim ! Ton père avait cette manie. Ça ne me plaisait déjà pas à l'époque, alors ce n'est pas maintenant que je vais m'y faire.

— D'accord, maman.

Je décidai de ne pas insister mais, en mon for intérieur, je savais qu'il allait falloir trouver une solution. Soit lui faire porter ses repas à domicile, soit embaucher une gouvernante à mi-temps. J'en parlerai à Margaret.

— C'est la fête des Pères dimanche prochain, fit remarquer ma mère. Tu voudras bien m'emmener au cimetière ? J'aimerais déposer un vase de mes roses sur la tombe de ton père.

— Bien sûr, Margaret et moi, nous t'accompagnerons.

J'avais parlé au nom de ma sœur et j'espérais bien qu'elle serait d'accord pour venir avec nous. Elle avait les nerfs tellement à vif depuis quelque temps. La complicité que nous avions brièvement partagée s'était évaporée comme une flaque d'eau au soleil. Quel que soit le problème, elle ne se sentait pas suffisamment à l'aise pour le partager avec moi. Cette constatation était franchement douloureuse. Notre relation avait progressé, mais dans des moments comme celui-là je me rappelais que nous avions encore beaucoup de chemin à accomplir.

Comme si toute force avait quitté ses jambes, maman tira vers elle une chaise de jardin et s'y affala. Puis elle souleva son chapeau et s'épongea le front d'une main.

— Dieu, qu'il fait chaud !

Jetant un coup d'œil au thermomètre que mon père avait installé sur le côté de la maison, je fus surprise de découvrir 24 °C. Je n'avais pas l'impression qu'il faisait aussi chaud. Mais, bien sûr, ma mère travaillait à l'extérieur depuis une heure, voire deux.

— Tu aimerais dîner au restaurant avec moi ? lui demandai-je, en pensant que cela nous ferait du bien à toutes les deux.

— Non, merci, ma chérie. J'ai rencontré Dorothy Wallace à la crêperie juste après la messe, et nous avons bien mangé.

Ce qui signifiait qu'elle avait pris une petite crêpe nature, suivie de thon et de crackers, et qu'elle ne mangerait plus rien d'ici au lendemain.

— De plus, Margaret a téléphoné pour dire qu'elle passerait avec les filles en fin d'après-midi.

Le sentiment d'inquiétude que je ressentais se dissipa en

partie. Ma sœur s'arrangerait pour que maman prenne un repas convenable en fin de journée.

— Elle apprécie de travailler avec toi, continua ma mère. Elle n'est pas du genre à le dire, mais je sais que ça lui fait plaisir.

Je me demandai si je devais lui faire part de mon inquiétude au sujet de Margaret. Je décidai que non. Pourtant, je n'avais cessé d'y penser depuis que nous en avions discuté, Brad et moi, en début de semaine. Inutile de mêler maman à ça. Elle en parlerait certainement à ma sœur, ce qui la mettrait en colère. Elle m'en voudrait de discuter d'elle avec ma mère et j'en entendrais parler pendant des semaines.

— Tu veux manger ou boire quelque chose ?

— Du thé glacé, fit-elle avec un sourire absent.

J'entrai dans la maison et nous versai à chacune un verre de thé auquel j'ajoutai une rondelle de citron. Plusieurs citrons étaient desséchés. Je les jetai sans rien dire. Une inspection rapide du réfrigérateur me permit de trouver une bouteille de lait périmé depuis un mois et une boîte d'épinards en pleine liquéfaction. Elles prirent également le chemin de la poubelle. Quand je revins sur le patio, maman avait replacé son chapeau sur sa tête et elle était assise le dos au soleil.

Je la rejoignis et lui tendis son verre, toute au plaisir de sentir la chaude caresse du soleil sur ma peau. Au loin, on entendait le pépiement des oiseaux et le bruit du dispositif d'arrosage qui tournait sur la pelouse.

— Parle-moi de la boutique. As-tu reçu de nouvelles laines ?

Maman aimait que je lui parle de mes clientes. Beaucoup d'entre elles étaient devenues mes amies, en particulier Jacqueline, Carol et Alix, mes toutes premières élèves. Un réel lien nous unissait toutes les quatre et il ne se passait pas une semaine sans que nous ne nous voyions. Il y en avait toujours une ou deux pour venir assister aux ateliers caritatifs du vendredi.

Je parlai du magasin pendant vingt minutes sans m'arrêter, décrivant les trois femmes qui s'étaient inscrites aux cours de chaussettes. Celle qui intéressa ma mère en particulier fut

Courtney Pulanski, la petite-fille de Véra Pulanski, qui était l'une de mes fidèles clientes.

— J'ai l'intention d'organiser un dîner à la bonne franquette une fois par mois. Qu'en dis-tu ? lui demandai-je, en partie parce que je voulais qu'elle se sente dans le coup, mais aussi parce que je faisais confiance à son instinct.

Elle avait toujours été de bon conseil pour les affaires de papa.

— Tu as de la place à la boutique ?

— Je pense que ça devrait pouvoir se faire, si je bouge deux ou trois choses.

— Tu es sûre de vouloir de la nourriture autour de toute cette laine ?

J'avais les mêmes réserves que ma mère.

— Je pensais que nous pourrions nous asseoir autour de la table et mettre la nourriture dans mon bureau.

Ma mère haussa les épaules.

— Ça pourrait marcher, mais à quoi vont te servir ces repas mensuels ?

Bonne question.

— Eh bien, je veux que mes clientes apprennent à se connaître. De plus, quand on voit ce que les autres ont tricoté, ça nous donne des idées.

C'était pour cette raison que je disposais souvent mes œuvres sur des présentoirs.

— Tu pourrais te joindre à nous, maman, dis-je d'un ton enthousiaste. Ça nous ferait très plaisir, à Margaret et à moi.

En la voyant froncer les sourcils, je doutai qu'elle m'ait entendue.

— Garde l'idée de l'atelier une fois par mois, mais ne mêle pas la nourriture à ça. Si tu veux déjeuner avec tes clientes, vous n'avez qu'à aller au restaurant.

L'idée me plut.

— Merci, maman.

Je voyais bien qu'elle était contente que je lui aie demandé son avis. Je suis sûre que ce rôle de conseillère qu'elle avait souvent assumé du vivant de mon père lui manquait. Nous continuâmes à discuter de choses et d'autres pendant encore une demi-heure, puis je la quittai pour aller rejoindre Brad et Cody.

Ils m'attendaient sur le parking près du lac. Chase tirait déjà sur sa laisse.

— Salut ! dis-je en sortant de la voiture.

Chase n'était pas le seul qui se réjouissait à la perspective de cette balade. En effet, Cody se précipita vers moi puis, après m'avoir brièvement embrassée, il me dit :

— On peut y aller maintenant ?

Son père lui tapota la tête.

— D'accord, mon petit. Mais ne t'éloigne pas trop de nous, d'accord ? Et, surtout, garde bien Chase en laisse.

Sans prendre le temps de répondre, le gamin s'élança avec son chien, comme une fusée. Ses jambes volaient derrière lui avec une énergie que je lui enviai.

Brad et moi commençâmes à marcher d'un pas vif. Comme nous étions dimanche et que le soleil brillait, l'endroit était très fréquenté. Nous passâmes devant un homme qui, assis sur la pelouse, chantait en s'accompagnant à la guitare, tandis qu'un bambin courait derrière un papillon. Plusieurs canoës se trouvaient près du rivage. Brad et moi marchions côte à côte, en gardant un œil sur Cody et Chase.

— Comment va ta mère ?

Il savait que j'avais passé le début de l'après-midi avec elle.

Pour le moment, je n'avais pas envie de lui en parler. C'était une conversation que je préférais avoir avec Margaret.

— Rien de changé, dis-je, ce qui était vrai. Ma sœur et les filles doivent lui rendre visite en fin d'après-midi. Ça lui fera du bien.

— En parlant de Margaret, elle t'a dit quelque chose ?

— A propos de quoi ? demandai-je avec prudence.

Brad me prit la main. Je lui souris, oubliant Margaret. Quand nous sommes si proches l'un de l'autre, je me sens emplie d'une telle félicité que j'ai du mal à me contenir. Comme toute femme, j'aspire à trouver l'amour, à me marier, à fonder une famille. A cause du cancer, je doutais de pouvoir réaliser ce rêve. Et puis Brad est arrivé dans ma vie, et il m'a aimée en dépit de mes imperfections. Il dit que le fait d'avoir vaincu le cancer à deux reprises me donne une double victoire. Je suis victorieuse et je me sens incroyablement heureuse.

— Je crois connaître le problème de Margaret, dit Brad, me tirant ainsi de mes pensées.

— Ah, bon ?

Je n'avais guère envie de discuter de ma sœur, préférant goûter à la plénitude du moment.

— Oui. Je suis tombé sur Matt à la quincaillerie, hier après-midi.

Mon beau-frère est vraiment quelqu'un de bien. Ils sont complémentaires, lui et Margaret, qui a toujours tendance à voir les choses en noir. Matt ne prend pas la vie aussi sérieusement qu'elle. Il ne réagit pas de façon exagérée comme elle peut le faire. Et encore mieux : il n'est pas rancunier pour un sou.

— Et que t'a-t-il dit ? demandai-je à Brad.

Il nous était arrivé de sortir à quatre, et les deux hommes avaient aussitôt sympathisé. Quelques mois plus tôt, Margaret nous avait invités à dîner et nous avions joué aux cartes jusqu'au petit matin. J'espérais les voir plus souvent, mais ça n'avait pas été possible jusqu'à présent.

— Il ne travaille pas.

— Comment ça ?

Matt était chez Boeing depuis plus de vingt ans.

— Il a été licencié.

— Quoi ? Quand ?

— Ça fait trois mois.

— Non !

Ce n'était pas possible. Trois mois ? Et Margaret avait gardé ça pour elle pendant tout ce temps ? J'étais sous le choc.

— C'est ce qu'il m'a dit. Il cherche du travail, mais il n'a rien trouvé pour le moment.

Je me sentais complètement abattue. Si Margaret ne se confiait pas à moi, à qui allait-elle parler ?

— Matt semblait penser que j'étais au courant. J'ai fait comme si.

Je sentis les larmes me picoter les yeux. Oui, j'avais la gorge nouée.

— Tu vas pleurer ?

Reniflant, je fis oui de la tête.

— Elle aurait pu m'en parler, fis-je d'une voix enrouée.

— Maintenant, au moins, tu sais pourquoi elle est si tendue depuis quelque temps.

Quelle piètre consolation !

— Je pensais que ma sœur me faisait confiance mais, apparemment, je me suis trompée.

Je m'essuyai les yeux avant que les larmes ne coulent sur mes joues. Maintenant, je comprenais. Le comportement de Margaret à la boutique s'expliquait. Non seulement elle était d'humeur sombre, mais elle n'avait fait aucun achat ni chez moi ni au French Café, de l'autre côté de la rue. Je me rendais compte qu'elle ne faisait plus aucune dépense à moins d'y être obligée.

— J'aurais dû m'en douter, chuchotai-je, me sentant soudain coupable. J'aurais dû deviner.

— Comment ?

Ma sœur n'est pas très facile à déchiffrer, loin de là. Mais c'est ma sœur, et j'aurais dû reconnaître les signes. Prêter davantage d'attention aux informations. Les licenciements chez Boeing étaient toujours signalés dans la presse. Je n'avais rien remarqué…

— Tu comptes lui en parler ? demanda Brad.

Je pris le temps de réfléchir.

— Je ne crois pas.

Pour des raisons qui ne regardaient qu'elle, ma sœur n'avait pas jugé utile de me mettre dans le secret. Je n'allais pas l'y obliger maintenant. J'espérais toutefois qu'avec le temps elle finirait par s'y résoudre. En attendant, je devais faire preuve d'amour et de patience face à ses remarques acerbes. Je n'avais plus qu'à attendre qu'elle me fasse confiance.

— Oh, si, tu le feras ! dit Brad d'une voix douce. Je te connais trop bien, Lydia. Tu seras incapable de garder ça très longtemps. Ça ne te ressemble tout simplement pas.

Je me rendis compte qu'il avait probablement raison.

6

Elise Beaumont

Elise s'aperçut qu'elle avait hâte de commencer les cours de tricot. Sans en faire part à sa fille, elle avait acheté de la laine pour tricoter à David, son gendre, la première paire de chaussettes. C'était sa manière à elle de lui montrer à quel point elle appréciait la gentillesse dont il faisait preuve à son égard en acceptant qu'elle partage leur toit pendant ses ennuis juridiques. D'après le dernier rapport de son avocat, l'affaire ne semblait guère progresser. Il ne pouvait que lui conseiller de s'armer de patience. Elle se sentait encore mortifiée à l'idée que, en dépit de tout ce qu'elle avait soigneusement planifié, elle se retrouvait chez sa fille et son gendre, même si cet arrangement n'était que temporaire.

L'après-midi qui précéda le cours du mardi, elle s'assit sur le patio avec un livre. La lecture était une activité qui l'emplissait toujours de satisfaction. Son amour des livres remontait à l'enfance. Quand elle s'asseyait dans son petit lit avec un livre dans les mains, elle se sentait parfaitement heureuse. Cet amour des livres lui avait rendu service au fil des années.

Aujourd'hui, elle relisait *Emma,* de Jane Austen, une œuvre dans laquelle elle aimait se replonger tous les dix ans. Il y avait des livres comme ça, les grands classiques, vers lesquels elle retournait régulièrement. Austen, les sœurs Brontë, Flaubert et son auteur préféré, George Eliot. Ils décrivaient l'existence des femmes et leurs émotions d'une manière qui résonnait encore un siècle plus tard. Elle en était à la scène où M. Knightley corrige Emma quand Aurora fit glisser la porte-fenêtre et la rejoignit sur le patio.

— On peut parler un peu, maman ? demanda-t-elle d'une voix hésitante.

Aurora prit place sur une chaise à côté du transat dans lequel sa mère était allongée. Elle tenait à la main un grand verre de thé dans lequel cliquetaient des glaçons. Elle était de toute évidence nerveuse.

— Bien sûr.

Elise marqua soigneusement sa page et referma *Emma*. A en juger par la manière dont Aurora était penchée en avant, ça devait être important.

— Je veux parler de papa, lui dit sa fille en plongeant tête baissée dans le plus désagréable des sujets.

Elise était toujours extrêmement prudente quand il s'agissait de son ex-mari. Maverick était un homme malin et dangereux, tellement séduisant qu'il était difficile de lui refuser quoi que ce soit.

— Très bien, vas-y.

Aurora connaissait les grandes lignes de l'histoire de sa mère : comment elle avait rencontré Maverick, comment elle était stupidement tombée amoureuse de lui au point de l'épouser. Le mariage n'avait pas duré plus de dix-huit mois — deux ans sur le papier.

Quel beau parleur c'était ! D'après Elise, il aurait pu charmer un serpent à sonnette. Depuis qu'elle était adolescente, elle savait qu'elle n'était pas particulièrement jolie. Maverick lui avait juré ses grands dieux qu'elle se trompait. Etant jeune et naïve, elle avait pris du plaisir à entendre ses compliments. Elle avait tellement besoin de le croire ! Quand elle était avec lui, elle se sentait vraiment belle. Mais il ne lui avait pas fallu longtemps pour se rendre compte qu'elle se berçait d'illusions.

— Que veux-tu me dire à propos de ton père ? demanda Elise d'une voix aussi neutre que possible.

— Tu l'as aimé, n'est-ce pas ?

C'était une question piège à laquelle il était difficile de répondre. Maverick était entré dans sa vie à l'âge où les hormones prennent le pas sur le bon sens. A l'époque, elle s'était crue amoureuse mais, plus tard, elle avait reconnu que c'était du désir qu'ils avaient partagé, et non pas de l'amour. L'amour reste. Ce qu'ils avaient vécu avait été passager. Cependant, en dépit des années qui s'étaient écoulées depuis le divorce, il lui arrivait encore de rêver de lui, d'aspirer à sa présence et de regretter que leur mariage n'ait pas été différent. Leur relation aurait pu marcher, si Elise avait réussi à l'accepter tel qu'il était.

Malheureusement, elle n'avait pas pu et il était trop tard pour eux. Au fil des années, il n'avait cessé de voyager et, d'après Elise, il avait gâché sa vie. D'une certaine manière, elle aussi avait gâché la sienne, reconnut-elle avec tristesse.

— Maman, tu l'aimais, n'est-ce pas ? répéta Aurora d'un air anxieux.

— Oui.

Elle l'avait tellement aimé que le seul fait de le reconnaître maintenant l'emplissait d'effroi.

Sa fille se détendit.

— Nous avons gardé le contact, tu sais ?

Elise était au courant. Maverick vivait avec les rebuts de la société — comme elle aimait le dire —, gagnant sa vie grâce au jeu et Dieu sait quoi d'autre. Apparemment, il s'en tirait plutôt bien — en tout cas, suffisamment pour subvenir aux besoins d'Aurora et lui payer des études universitaires.

En plus de la pension alimentaire qu'il lui avait régulièrement versée et plus tard du paiement de ses frais de scolarité, il n'avait jamais manqué d'envoyer des extras à l'occasion de ses anniversaires et de Noël. Pendant les dix-sept premières années qui avaient suivi le divorce, il avait écrit à Aurora une fois par mois, mais ce n'était jamais de longues lettres. La plupart du temps, il lui envoyait des cartes postales pour l'informer du lieu où il se trouvait et lui dire s'il avait de la chance au jeu. Gagner était très important pour Maverick. En fait, c'était tout pour lui.

Il vivait dans l'espoir de remporter le pactole. Pactole qui, à la connaissance d'Elise, n'avait cessé de se dérober.

— Si tu veux rester en contact avec ton père, ça n'a rien à voir avec moi, dit-elle à sa fille d'un air pincé.

Elise avait lu ces cartes postales mais elle n'aurait sans doute pas dû le faire, car elle avait peur de l'aimer encore et de rêver de ce qui ne devait jamais être.

— Il nous arrive de nous téléphoner avec papa.

Elise le savait. Enfant, Aurora était surexcitée, chaque fois que son père appelait. Adulte, elle réagissait toujours de la même manière. La jeune femme n'avait pas encore perdu ses illusions concernant son père, et Elise ne supportait pas l'idée que sa fille puisse éprouver la même déception qu'elle. Maverick ne cherchait pas à blesser ceux qu'il aimait. Simplement, il ne se souciait pas de leurs sentiments. Les êtres qu'il disait aimer n'étaient jamais prioritaires dans ses préoccupations. On ne pouvait tout simplement pas lui faire confiance. S'il promettait d'être à la maison à 21 heures, c'était à condition qu'il ne soit pas retenu par une partie de cartes. Son humeur variait en fonction de ses victoires ou de ses défaites. S'il gagnait, il était transporté de joie et, dans sa jubilation, il faisait tournoyer Elise dans ses bras tout en parlant des dîners qu'il allait organiser pour fêter ça. Quand il perdait, il cédait à des accès de rage et de désespoir.

— Il va venir, maman, annonça Aurora en regardant sa mère droit dans les yeux.

— Venir ? répéta Elise tandis que tous ses membres s'engourdissaient. A Seattle ?

Aurora acquiesça.

— Est-ce qu'un grand tournoi de poker va avoir lieu ici ?

— Il vient pour me voir, ajouta Aurora avec une pointe de défi dans la voix.

— Quel bon père il fait là ! murmura Elise d'un ton sarcastique. Une fois tous les cinq ou dix ans, il…

— Maman !

— Désolée.

Elise décida de se taire plutôt que de tenir des propos qu'elle aurait pu regretter.

— Voilà ce que je ne comprends pas à propos de vous deux, dit la jeune femme qui semblait lutter pour garder son calme. Tu fais en sorte que je me sente déloyale juste parce que j'ai choisi de ne pas rayer mon père de ma vie.

— Je fais ça, moi ?

La révélation était douloureuse et Elise déglutit avec peine. Tout ce qu'elle voulait, c'était protéger sa fille d'une désillusion certaine.

Aurora hocha la tête, et les larmes qui brillaient dans ses yeux étaient la preuve de ce qu'elle disait.

— Je suis vraiment désolée, dit Elise. Je n'ai jamais eu conscience que… je faisais ça.

Elle se sentait complètement submergée par la culpabilité.

— Mais tu le fais. Jamais pendant toutes ces années, je n'ai entendu papa dire un mot négatif à ton sujet. Pas une seule fois, maman. Toi, par contre, je ne me rappelle pas t'avoir entendue dire une seule chose gentille à son propos.

— Ce n'est pas vrai !

Elise avait tout fait pour cacher à sa fille ses sentiments à l'égard de Maverick. En voyant la souffrance dans les yeux d'Aurora, elle comprit qu'elle avait échoué.

Les épaules d'Aurora se soulevèrent tandis qu'elle poussait un profond soupir.

— S'il te plaît, maman. Je n'ai pas envie de me disputer à ce sujet.

— Moi non plus. Ton père est ce qu'il est. J'aurais aimé t'en donner un meilleur, mais c'est ma faute, pas la tienne.

— Voilà ! J'avais raison ! s'écria Aurora. Tu ne dis jamais rien de positif.

— Laisse-moi te rappeler que c'est moi qui ai été mariée avec lui. Je l'aimais, mais nous n'étions pas faits l'un pour l'autre.

— Je sais qu'il n'a pas été à la hauteur avec toi. Il le reconnaît.

— Avec toi non plus.

— Peut-être sur certains plans, admit Aurora mais, sur d'autres, il a été un père formidable.

Elise comprit que sa fille avait besoin de croire en cette fable. Maverick était son père, le seul qu'elle ait jamais connu. Elle s'était habituée à ses défauts, à ses nombreuses absences. Si ses voyages répétés l'avaient intriguée, elle n'en avait jamais parlé.

— Donc, reprit Elise tandis que la sensation d'engourdissement se dissipait, ton père vient visiter Seattle.

— Oui.

Aurora semblait attendre une autre réponse.

— Cela ne me pose absolument aucun problème. Mais, au fait… il n'a même pas rencontré ses petits-fils.

— Il attend ça avec impatience.

De nouveau, Aurora dévisagea sa mère comme si elle attendait autre chose de sa part.

— Je n'ai pas l'intention de le voir. Je m'arrangerai pour sortir si tu l'invites à la maison.

Ils ne s'étaient pas parlé depuis des années. Il n'y avait aucune raison pour qu'ils le fassent maintenant. C'était mieux ainsi.

— Tu ne pourras pas éviter de voir papa, dit Aurora, le regard fuyant.

— Comment ça ? demanda Elise, tandis que son cœur se serrait.

— Il est prévu qu'il reste ici.

— A la maison ? demanda Elise, effarée.

Ça ne pouvait être vrai ! Mais l'expression d'Aurora lui confirma que si. La sensation d'engourdissement revint avec force, gagnant ses jambes.

— Il sait que j'habite avec toi ?

Aurora hocha la tête.

— Je le lui ai dit, mais il veut quand même venir.

— Combien de temps doit-il rester ?

La jeune femme hésita.

— Deux semaines.

— *Deux* semaines ? explosa Elise en se redressant si brusquement que son livre tomba sur le sol du patio. Il n'en est pas question ! Tu ne crois tout de même pas que nous allons pouvoir cohabiter aussi longtemps ?

Elle en voulait à Maverick. Il avait dû manipuler leur fille pour qu'elle accepte, probablement parce que sa chance avait tourné et qu'il n'avait plus un sou. Elle eut soudain envie de pleurer.

— J'irai habiter ailleurs, dit-elle.

— Maman, s'il te plaît, inutile d'en faire tout un plat !

Glissant les jambes par-dessus le bord de la chaise, Elise eut envie d'enfouir son visage dans ses mains, mais elle se retint. C'était un désastre, mais sa fille ne semblait pas s'en rendre compte.

— Papa ne m'a jamais rien demandé, jusqu'à présent, dit Aurora. Je ne pouvais pas lui dire non.

— Il a essayé de t'apitoyer ?

— Pas du tout ! Il a toujours été généreux et formidable avec David, moi et les garçons.

— On ne peut pas faire confiance à cet homme.

— C'est ta façon de le voir, mais je te rappelle qu'il s'agit de mon père.

Elise se sentit de nouveau gagnée par la culpabilité. Elle décida alors de ne plus rien dire de négatif sur Maverick.

— D'accord. Il vient donc pour deux semaines.

Aurora hocha la tête.

— Et tu es sûre qu'il sait que j'habite avec toi ?

— Oui.

Quelque chose dans le ton d'Aurora fit comprendre à Elise que c'était là une complication à laquelle Maverick ne s'attendait pas. Eh bien, quel que soit l'objet de sa venue, il allait devoir composer avec la présence d'Elise. Heureusement, elle connaissait bien ses ruses. Elle ne se laisserait pas facilement avoir.

— Où as-tu prévu de le coucher ?

Il y avait trois chambres dans la maison, mais elles étaient toutes occupées. Elise avait arrangée la sienne comme un petit studio. Elle y avait sa propre salle de bains, un micro-ondes et un espace télévision avec son lit et un rocking-chair. C'était tout ce dont elle avait besoin. Elle avait son intimité. Elle pouvait se réfugier dans son petit monde, chaque fois qu'elle en avait besoin ou qu'elle voulait laisser les autres tranquilles.

— Papa dormira avec les garçons.

Excellente idée. Maverick n'avait pas l'habitude des enfants. Elise ne lui donnait pas longtemps avant de déguerpir.

— Ce ne sera pas une situation facile, fit remarquer Aurora.

Elise leva les yeux au ciel.

— C'est le moins qu'on puisse dire !

— J'ai besoin que tu sois de mon côté, pas contre moi, maman.

— Jamais je ne ferais quelque chose qui puisse te blesser, dit Elise en cherchant à dissimuler la peine que lui causaient les paroles de sa fille.

— Mais tu veux blesser papa.

— C'est faux ! Je n'éprouve absolument rien pour ton père, ni en positif ni en négatif.

C'était un mensonge, et elle se sentit rougir.

— Maman ! s'écria Aurora, une pointe de défi dans la voix. Il y a tant de choses que tu n'as pas encore réglées avec papa qu'il faudrait des jours pour en dresser la liste.

— C'est ridicule.

Comme sa fille la connaissait bien ! Pour le moment, tout ce qui importait, c'était de feindre l'indifférence. Elle arriverait bien à survivre à ces deux semaines.

— Maman, je veux que tu me promettes de ne rien dire et de ne rien faire — et quand je dis *rien*, c'est vraiment rien — qui pourrait blesser papa.

— Jamais je ne...

— Il est important de garder un climat de paix. Je ne veux pas que les enfants souffrent de ta colère à l'égard de leur grand-père.

— Tu as ma parole. Je ferai tout ce qui est en mon pouvoir pour rendre ce séjour agréable à ton père.

Tant pis si cela impliquait de se cacher dans sa chambre pendant deux semaines.

— Ne t'engage pas à la légère, maman. C'est très sérieux.

Elise se demanda une fois de plus s'il ne valait pas mieux pour tout le monde qu'elle aille momentanément s'installer ailleurs. Malheureusement, elle n'avait nul autre endroit où aller. Elle était coincée dans la même maison que cet homme qu'elle aimait et détestait à la fois depuis trente-sept ans.

7

Il n'y a rien de mieux que des chaussettes bien faites, soigneusement tricotées à la main ; celles qu'on achète dans les magasins ne sont que de pâles imitations.

DIANE SOUCY, *Knitting Pure & Simple*
www.knittingpureandsimple.com

Lydia Hoffman

C'était mon premier cours et j'étais excitée à la perspective d'accueillir mes élèves à 13 heures. L'année précédente, j'avais donné plusieurs cours et j'avais appris combien il est difficile de concilier les caractères des uns et des autres.

Les trois femmes qui s'étaient inscrites à mon cours me rappelaient mes toutes premières élèves de l'année dernière. Je ne voyais rien de commun entre Elise, Béthanne et Courtney, à part leur désir de tricoter. J'avais ressenti la même chose lorsque j'avais monté l'atelier de couvertures pour bébés avec Jacqueline, Carol et Alix. Elles étaient toutes les trois extrêmement différentes, et pourtant nous avons réussi à tisser des liens d'amitié durables sur un laps de temps remarquablement court. Je ne cessais de m'en émerveiller, espérant que l'histoire se répéterait, mais j'en doutais fort. En général, et contrairement à ma sœur, je ne suis pas de nature pessimiste, mais Elise Beaumont m'était apparue comme quelqu'un de rigide, discret et réservé. Béthanne Hamlin, elle, était nerveuse, prête à courir se cacher au moindre bruit.

Courtney Pulanski était une adolescente. J'étais désolée pour elle. La pauvre enfant avait eu l'air consterné lorsque sa grand-mère avait insisté pour l'inscrire. Malheureusement, je n'imaginais pas ces trois personnes ensemble.

Je jetai un coup d'œil en direction de Margaret, occupée avec un client, tandis que je me préparais pour le cours. Ce matin, j'avais donné à ma sœur l'occasion de se confier à moi au sujet de la situation professionnelle de Matt, mais elle était restée muette comme une carpe. J'avais eu du mal à dissimuler ma déception, mais je ne pouvais pas lui dire que j'étais au courant. Pas plus que je ne pouvais l'obliger à se livrer. J'avais mal pour elle — et pour moi. Il y avait une douzaine de questions que je mourais d'envie de lui poser. Je m'inquiétais notamment pour mes nièces, Julia et Hailey. J'ai toujours été proche d'elles et, si elles ne m'en avaient pas parlé, c'était certainement que leur mère le leur avait interdit. A bien des égards, je comprenais les réticences de ma sœur, mais ça ne suffisait pas à me consoler.

Le carillon de la porte tinta et Elise Beaumont entra dans la boutique. Elle n'était pas ce que j'appellerais quelqu'un de sympathique et de chaleureux, mais elle avait été courtoise lors de notre première rencontre. Ce matin, cependant, elle semblait particulièrement mécontente. Si je l'avais mieux connue, je l'aurais questionnée mais, comme c'était une nouvelle cliente, je décidai de m'en abstenir. Mon Dieu, ce cours ne se présentait pas sous les meilleurs auspices !

— Bonjour, dis-je avec l'espoir de la dérider.

Mais elle se contenta de me regarder, les sourcils froncés.

— J'ai besoin de savoir combien de temps dure ce cours.

Je pris sur le comptoir le dépliant préparé par Margaret, et le lui tendis.

— Deux heures.

— Je suppose que ça ira.

La mine sombre, Elise tira une chaise et s'assit, son sac de tricot sur les genoux.

Je me rappelai qu'elle avait déjà choisi la laine dont elle aurait besoin : un bleu clair moucheté de gris et de noir. Elle allait sans doute tricoter ces chaussettes pour un homme.

A peine Elise était-elle installée à la table que Béthanne entra, l'air un peu guindé, presque aussitôt suivie de Courtney, qui, elle, était vêtue de manière plutôt décontractée. Sans un mot, elles se dirigèrent vers l'arrière-boutique et prirent place très loin l'une de l'autre.

Je m'avançai et dis avec un sourire :

— Je vois que vous êtes toutes là. J'espère que vous apprécierez le cours. Mais je crois que nous ferions mieux de commencer par nous présenter. Qui se lance ?

Mes élèves me dévisagèrent, chacune attendant que l'autre démarre.

— D'accord, dis-je. Je m'appelle Lydia Hoffman, et j'ai ouvert Au fil des jours il y a un an. J'adore tricoter. J'aime aussi convertir les autres à ma passion.

Je terminai par un sourire et indiquai d'un geste de la main que c'était au tour de Courtney.

L'adolescente redressa le dos et jeta un regard aux deux autres.

— Salut ! fit-elle avec un petit signe de la main. Je m'appelle Courtney Pulanski. J'ai dix-sept ans et je vais passer mon année de terminale chez ma grand-mère. Ma mère est décédée il y a quelques années et mon père travaille au Brésil en tant qu'ingénieur.

Elle hésita avant d'ajouter :

— Voilà, c'est à peu près tout.

— Tu vas passer ton année de terminale avec ta grand-mère ? répéta Elise, l'air compatissant. Ça ne doit pas être enthousiasmant.

Courtney avala sa salive.

— Ça n'a pas été une décision facile ni pour mon père ni pour moi, mais c'était la meilleure solution. Je ne suis pas loin de mon frère et de ma sœur, et nous nous parlons pratiquement tous les jours. Papa m'envoie des mails quand il peut, mais il est très occupé. Je sais qu'il pense beaucoup à nous.

Elise hocha la tête.

— Ça facilite les choses, bien sûr.

— Oui, chuchota la jeune fille.

Elle baissa les yeux, cherchant visiblement à refouler ses larmes.

Je regardai Béthanne avec un sourire.

— Et vous ?

— Oh, bonjour ! Je m'appelle Béthanne Hamlin. Je suis mariée et mère de deux enfants.

Elle s'interrompit et son désespoir m'alla droit au cœur.

— En fait, je ne suis plus mariée. Mon mari et moi venons de divorcer.

Elle se tourna vers Elise, comme si elle s'attendait à une remarque de sa part, et prit les devants en ajoutant :

— Je ne voulais pas divorcer… Bref, aujourd'hui, ma fille insiste pour que je fasse quelque chose pour moi. Donc me voilà ! conclut-elle avec un petit rire forcé.

— Vous avez déjà tricoté, n'est-ce pas ? lui demandai-je.

— Oui. Quand les enfants étaient petits. Rien de bien compliqué. J'ai le fil et tout ce qu'il faut pour ce cours, mais je crains vraiment de ne pas y arriver. Les chaussettes me semblent trop difficiles.

Béthanne semblait prête à renoncer avant même d'avoir commencé.

— Comme vous n'êtes que trois, je pourrai m'occuper de vous individuellement, lui expliquai-je. Donc ne vous inquiétez pas.

— Et si on n'y arrive pas, est-ce que vous remboursez ? demanda Béthanne d'une voix hésitante.

— Non, désolée.

Je ne pouvais pas me le permettre et, par ailleurs, je ne voulais pas encourager une telle attitude défaitiste.

— Elise ?

— Je suis Elise Beaumont. Peut-être me connaissez-vous déjà. J'ai été documentaliste pendant trente-huit ans à la bibliothèque de l'école primaire Harry-S.-Truman. J'ai pris ma retraite il n'y a pas longtemps et j'avais envie de me lancer dans une activité. Je me suis dit que je pourrais essayer le tricot.

Je laissai passer quelques secondes avant de dire :

— Je suis heureuse que vous soyez toutes là. Vous n'êtes pas nombreuses, d'accord, mais je trouve que c'est mieux en général. Une fois que vous vous serez mises à tricoter des chaussettes, vous allez vous demander pourquoi vous ne l'avez pas fait plus tôt. Vous verrez, c'est amusant, et assez facile quand on utilise des aiguilles circulaires.

Mes élèves m'écoutèrent attentivement tandis que je leur présentais différentes variétés de laine, de la plus fine à la plus épaisse. Je voulais qu'elles commencent par une paire de chaussettes basique, mais je leur expliquai que les motifs étaient aussi variés qu'il y avait de fils différents. Je choisis un motif Nancy Bush parmi mes préférés, persuadée que mes élèves l'apprécieraient autant que moi.

— La leçon d'aujourd'hui va porter sur la façon de monter la maille à la norvégienne, déclarai-je. C'est un peu différent de ce que vous avez l'habitude de faire, mais j'ai une bonne raison de vous recommander cette méthode.

— Ça me semble bien compliqué, dit Béthanne en me regardant enrouler le fil autour de l'aiguille. Je ne suis pas sûre d'y arriver.

— Oh, pour l'amour du ciel ! marmonna Elise, soudain énervée. Attendez que Lydia nous montre et vous pourrez vous plaindre après.

A partir de cet instant, Béthanne se referma complètement sur elle-même et ne dit plus un mot.

— Je vais vous montrer, Béthanne. Ce n'est pas aussi compliqué que ç'en a l'air, dis-je pour briser le silence gêné qui s'était installé.

J'ignorais ce qui avait pu énerver Elise à ce point mais, visiblement, elle reportait sa colère sur la pauvre Béthanne. Dès qu'elle était entrée dans la boutique, j'avais vu que quelque chose n'allait pas.

— Ma grand-mère pense que je devrais tricoter deux mailles

à l'envers, deux mailles à l'endroit, plutôt qu'une maille pour des chaussettes de sport, dit Courtney.

J'aimais beaucoup Véra, la grand-mère de Courtney. C'était une tricoteuse accomplie et l'une de mes plus fidèles clientes. Je me demandai pourquoi elle n'enseignait pas elle-même le tricot à sa petite-fille. Elle était plus que qualifiée pour le faire.

— Qu'en pensez-vous ? demanda l'adolescente.

— Ta grand-mère a raison. Cette méthode donne à la chaussette davantage d'élasticité, mais n'allons pas trop vite !

— Oh, désolée !

Je continuai à parler pendant quelques minutes, m'attardant sur la nécessité de concevoir une chaussette qui épouse bien le pied. Je leur demandai également d'estimer le nombre de mailles à monter en fonction du grammage du fil. Plus le fil était fin, plus il fallait de mailles, et inversement.

— Vous me suivez ?

Elles opinèrent toutes les trois.

Je passai le reste de l'heure à leur montrer comment monter les mailles selon la méthode norvégienne et comment travailler avec des aiguilles circulaires. Courtney comprenait tout rapidement. Elle fut la première à terminer et releva la tête fièrement pendant que Béthanne et Elise avaient davantage de mal avec leurs aiguilles.

Je consacrai la plupart de mon temps à aider Béthanne. Je n'avais jamais rencontré une personne aussi peu sûre d'elle, et je dois reconnaître qu'elle mit ma patience à rude épreuve.

Ma réaction aux difficultés d'Elise ne fut guère meilleure. Je sentais bien qu'elle regrettait son éclat à l'encontre de Béthanne. J'avais aussi le sentiment qu'elle ne me trouvait pas à la hauteur dans mes explications, et je n'étais pas très à l'aise.

Quand tout le monde fut parti, j'étais épuisée.

— Comment c'était ? me demanda Margaret, qui venait de me rejoindre dans l'arrière-boutique, où j'étais en train de me préparer un thé.

— Horrible.

— Ah, bon ?

Je hochai la tête. Je n'avais guère envie d'en parler. Il me vint soudain à l'esprit que c'était peut-être la même chose que ma sœur ressentait quant il s'agissait de discuter de ses ennuis.

— Je sens que ça ne va pas être un bon groupe, murmurai-je.

Margaret n'avait pas l'habitude de me voir pessimiste.

— C'est juste un sentiment.

— Quel genre de sentiment ?

Je soupirai.

— Elise est soupe au lait. Béthanne panique pour un rien et elle est persuadée qu'elle ne sait plus tricoter. Quant à Courtney, elle est pleine de ressentiment.

Je me demandai si je n'allais pas regretter d'avoir monté cet atelier.

8

Béthanne Hamlin

Une fois le cours de tricot terminé, Béthanne se rendit au French Café, de l'autre côté de la rue, et s'installa en terrasse. C'était avec beaucoup de réticence que Grant avait accepté de la rencontrer. Il avait choisi un lieu public, comme s'il s'attendait à ce qu'elle lui fasse une scène. Pourtant, ce n'était pas du tout son intention. Tout ce qu'elle voulait, c'était de l'aide et des conseils. Elle espérait qu'ils pourraient discuter de la situation d'une manière civilisée. Même si ça pouvait paraître surprenant, elle n'éprouvait aucune haine à l'égard de Grant. Pour le bien des enfants, il était nécessaire de coopérer. Il devait le reconnaître, lui aussi.

Béthanne but son café à petites gorgées, cherchant à puiser dans le breuvage chaud et réconfortant le courage qui lui manquait. Elle savait que la conversation ne serait pas des plus agréables, surtout quand elle aborderait l'aspect financier.

C'est alors qu'elle aperçut Grant, qui surgissait à l'angle de la rue. Il était à pied et elle se demanda où il avait garé sa voiture. Il ne l'avait pas encore vue. Il avait belle allure, et bien qu'il l'ait trahie d'une façon innommable, elle ne pouvait s'empêcher de l'aimer encore. La persistance de ses sentiments l'emplit de colère. Mais l'amour qu'elle éprouvait pour lui était désormais teinté de rage, d'horreur et d'incrédulité. Cet homme qui marchait vers elle était devenu un étranger.

Quand Grant l'aperçut, il ne sourit pas, se contentant de la saluer d'un bref signe de tête, insensible à la tenue qu'elle portait et qu'il admirait, pourtant, autrefois. Les cheveux ramenés en arrière et retenus par une grosse pince en argent, elle portait un blazer noir sur un corsage de soie vert pâle et un pantalon noir à la coupe élégante. Une tenue qu'il aimait.

Tirant une chaise, il s'assit sans esquisser l'ombre d'un sourire ni montrer une once de plaisir à la voir.

— Tu veux boire quelque chose ? lui demanda-t-elle en pensant que l'entrevue se déroulerait plus facilement s'ils étaient tous deux détendus.

— Non.

Il vérifia l'heure à sa montre.

— Je ne dispose que de quelques minutes. Quel est le problème ?

Béthanne refoula ses larmes. Son ton était tellement sec !

— C'est à propos d'Annie.

— C'est ce que tu as dit au téléphone et, franchement, je ne vois pas ce qu'il y a d'inquiétant dans son comportement. D'accord, elle éprouve de la colère. Il fallait s'y attendre, et Tiff a bien réagi dans l'affaire des abonnements et des appels de la banque de sang. Tu es la seule à penser qu'Annie est sur le point d'exploser.

— Je ne le *pense* pas, Grant, je le *sais*. Je suis inquiète. Même Andrew partage mon inquiétude. Sinon, il ne serait pas venu m'en parler.

— Bien, donc Andrew et toi êtes inquiets. Je ne veux pas te sembler dur, mais je ne pense pas que les nerfs d'Annie soient en si piteux état. Une certaine dose d'animosité est normale, mais ça lui passera.

— Ce n'est pas toi qui vis avec elle, mais moi, rétorqua Béthanne. Oui, elle semble bien prendre les choses, mais ce n'est qu'une apparence.

Sa colère grandit en voyant Grant hocher la tête avec mépris.

— Depuis quand les effets du divorce sur les adolescentes

sont-ils devenus ton domaine d'expertise ? Qu'as-tu fait ? Tu as lu un livre ?

Il ne fallait pas s'attendre à ce qu'il ait consulté un conseiller ou un psychologue.

Il poussa un soupir et s'adossa à sa chaise.

— Je sais qu'elle s'est mise à la course à pied. C'est une bonne façon pour elle de se défouler.

— Je suis d'accord, mais…

— Tu te sers des enfants pour essayer de m'avoir ! lança-t-il avec une pointe de défi.

— De *t'avoir* ?

Elle avait réussi à ne pas hurler. Sa colère était sur le point d'exploser, mais pour l'amour de ses enfants et parce qu'ils se trouvaient dans un lieu public, Béthanne prit sur elle-même pour se contenir. Elle avait espéré pouvoir l'atteindre, lui montrer que leur fille rencontrait de sérieux problèmes. Elle n'était pas sûre de savoir comment y faire face et elle avait besoin de son aide.

— Je suis censé éprouver de la culpabilité, marmonna Grant. C'est ce que tu essaies d'obtenir. Tu me manipules, et Annie aussi. Dieu sait que les enfants m'en font voir ! D'après les termes du divorce, ils doivent passer un week-end sur deux chez moi, mais ils refusent et tu les laisses faire ! Eh bien, j'en ai assez de votre petit jeu à tous les trois !

Il avait raison. Il n'y avait pas moyen de convaincre Annie et Andrew de se rendre chez leur père lorsque c'était son week-end de garde. Elle ne pouvait tout de même pas les y contraindre. Plus à leur âge.

— Mais je…

Il se leva, comme si tout avait été dit.

Béthanne savait qu'à moins de lui raconter la vérité il s'en irait.

— J'ai… j'ai lu le journal intime d'Annie.

Elle n'en était pas fière, mais son instinct lui avait soufflé que quelque chose n'allait pas. Les quelques pages qu'elle avait lues lui avaient glacé le sang. Annie avait touché à la drogue et elle sortait la nuit rejoindre ses nouveaux *amis*. Béthanne ne connaissait pas ces garçons dont Annie parlait dans son journal. Elle n'osait s'imaginer ce qui se passait pendant leurs rencontres secrètes.

Grant se rassit.

— Tu as… *quoi* ?

— J'ai lu son journal. Oh, Grant, tu ne peux pas savoir à quel point elle nous en veut à tous les deux. Elle touche à… des choses dangereuses et…

Il haussa les épaules, comme pour signifier qu'il fallait s'y attendre.

— Ça lui passera. Ce divorce a été un choc pour elle. Il faut lui laisser le temps de s'en remettre.

— De s'en remettre ? répéta Béthanne.

Etait-ce tout l'effet que ça lui faisait ? La douleur dans sa poitrine était telle qu'elle crut suffoquer. Elle se demanda s'il avait toujours été aussi insensible ou s'il avait complètement changé en si peu de temps.

— C'est normal dans ce genre de situation.

Normal ? Etait-ce normal d'abandonner sa famille ? De faire souffrir ceux qu'il avait juré d'aimer, de chérir ? De se comporter comme si tout cela avait peu d'importance ? Etait-ce normal que, dans sa rage et sa douleur, Annie détruise sa vie ? Béthanne était complètement effondrée en entendant Grant parler de leur fille avec autant de désinvolture.

— Je suppose que tu as raison, murmura-t-elle en baissant les yeux sur son café. J'ai pensé que je devais t'avertir.

Elle avait eu l'intention de lui dire que, selon Andrew, Annie allait partir en croisade contre Tiffany, mais vu sa réaction, autant le laisser se débrouiller le moment venu.

— Y a-t-il autre chose ? demanda-t-il d'un ton impatient.

— Une petite chose.

Béthanne mit ses mains en coupe autour de sa tasse, fuyant le regard de Grant. Discuter d'argent avec son ex-mari était horripilant.

— Oui ? fit-il en poussant un profond soupir.

— Andrew s'est inscrit à un stage de football.

Leur fils était un athlète de talent, et Béthanne était persuadée qu'il obtiendrait une bourse pour l'université de Washington ou pour celle de l'Etat de Washington.

— Oui, c'est ce que j'ai cru comprendre.

— Je n'ai pas les moyens de le lui payer.

Même si c'était embarrassant de l'admettre, elle n'avait pas d'autre choix.

— Si tu pouvais te charger des frais d'inscription, je m'occuperais du reste.

— Qu'entends-tu par *le reste* ? demanda-t-il. Quoi, par exemple ?

Elle devait déjà se soucier d'un certain nombre de dépenses à venir — dépenses auxquelles elle ne savait pas comment faire face.

— J'ai été informée à la fin de l'année scolaire que les frais d'inscription pour le sport allaient doubler en septembre. J'ai pensé qu'il était juste que tu assures ce stage.

Elle ne prit pas la peine d'ajouter qu'à la rentrée il lui faudrait également payer à ses enfants de nouveaux vêtements ainsi qu'une foule d'autres choses.

— Tu n'as pas de quoi régler ces frais de stage ?

— Si, mais après je n'aurai plus de quoi payer le crédit de la maison.

Grant resta un long moment silencieux.

— C'est bien ce que je craignais, murmura-t-il.

— Je n'ai pas l'intention de me précipiter vers toi chaque fois que j'ai besoin d'argent, lui assura-t-elle.

— Pourtant, c'est ce que tu fais.

— Oui, mais…

Il devait bien comprendre que la pension alimentaire qu'il versait suffisait à peine à couvrir les dépenses nécessaires à l'éducation de deux adolescents.

— Béthanne, écoute, je ne peux pas t'aider. Inutile de t'adresser à moi. Je verse déjà une pension alimentaire pour toi et une autre pour les enfants. Au fait, as-tu trouvé un emploi ?

Les yeux baissés, Béthanne secoua la tête.

— Je m'en doutais ! As-tu au moins essayé ? demanda-t-il d'un ton sarcastique, comme s'il connaissait déjà la réponse. Chaque centime que tu touches en ce moment, c'est moi qui te le verse. Je n'ai pas l'impression que tu fasses beaucoup d'efforts pour subvenir à tes besoins.

— J'ai essayé, mais je ne trouve rien.

L'aveu de sa faiblesse était humiliant. Elle avait tellement envie de s'en prendre à lui, de l'accabler de reproches, de le maudire, mais, une fois de plus, elle ravala le peu de fierté qu'il lui restait.

— Commence par les petites annonces dans le journal, lui dit Grant d'un ton condescendant. Au pire, tu peux toujours t'établir comme assistante maternelle et travailler à la maison. Tu as toujours été fière de tes qualités de mère.

Autrefois, oui. De même qu'elle avait toujours cru être une bonne épouse. Apparemment, elle s'était trompée.

Elle s'empressa de chasser la sensation d'échec que lui procurait cette pensée.

— En tout cas, reprit Grant, arrange-toi pour ne plus avoir à me solliciter.

Elle cilla devant la dureté de ses mots.

— Je ne veux pas jouer les méchants, mais il est temps que tu te réveilles, que tu te rendes compte de ce qu'est la vie. Dans deux ans, Annie quittera le lycée et tu ne toucheras plus sa pension.

— Et la fac ?

Elle avait bien l'intention de le lui rappeler. C'était d'ailleurs les termes du divorce.

— On partage, rappelle-toi. Ce qui signifie que non seulement tu devras être en mesure de subvenir à tes propres besoins, mais qu'il te faudra aussi assumer ta part dans l'éducation des enfants. Je te conseille de trouver rapidement un emploi.

— Je sais, mais…

— Tu as toujours une excuse, n'est-ce pas ?

Cette fois-ci, ce fut Béthanne qui se leva, pressée de partir, de quitter cet homme froid et égoïste qui semblait tout faire pour la détruire. Maintenant, plus que jamais, elle était déterminée à lui prouver qu'il avait tort.

— Au revoir, Grant. Rassure-toi : je ne t'importunerai plus, dit-elle en lui jetant un regard noir qui — elle l'espérait — lui ferait ressentir tout le mépris qu'elle avait pour lui.

Comment avait-elle pu vivre autant d'années avec cet homme sans savoir qui il était réellement ?

Béthanne quitta le café mais, une fois que Grant fut parti dans la direction opposée, elle eut besoin de quelques minutes pour retrouver son calme avant de descendre la rue où elle avait garé sa voiture. Son tricot se trouvait dans le coffre. Elle avait essayé de se faire rembourser, estimant que cette inscription constituait une dépense inutile, mais ça n'avait pas été possible. L'argent ayant été dépensé, elle n'avait plus qu'à continuer ses cours de tricot, se dit-elle avec philosophie.

Comme elle arrivait à hauteur de sa voiture, elle remarqua une Cadillac flambant neuve au coin de la rue. Avant le divorce, Grant avait évoqué l'idée d'acheter un véhicule de ce style et de cette couleur. Le regard de Béthanne chercha le conducteur. C'était bien son ex-mari au volant. Il avait refusé de l'aider à payer le stage de football d'Andrew, mais il avait les moyens de s'acheter une voiture luxueuse dont il n'avait même pas besoin.

9

Courtney Pulanski

— Courtney !

La jeune fille entendit qu'on l'appelait depuis le rez-de-chaussée, mais comme elle avait encore sommeil et qu'elle se trouvait bien, au chaud dans son lit, elle décida de faire la sourde oreille.

— Courtney ! insista la voix discordante. Tu m'as demandé de te réveiller, tu te souviens ?

Poussant un grognement, l'adolescente se retourna et, à contrecœur, ouvrit un œil. Son regard tomba sur une horloge de style ancien posée sur sa table de chevet. Sa grand-mère ne connaissait pas les radios-réveils. La grande aiguille se trouvait sur le six et la petite sur le cinq. 5 h 30 du matin !

— Courtney ! cria Véra, tu sais que j'ai du mal à monter les escaliers mais, si je dois en arriver à cette extrémité, je le ferai. Maintenant, lève-toi !

Rejetant les couvertures chaudes, la jeune fille quitta son lit et, d'une démarche mal assurée, gagna le palier.

— Ça y est, je suis levée, dit-elle.

— Dieu merci !

Véra Pulanski s'arrêta sur la troisième marche, visiblement soulagée de ne pas avoir à poursuivre cette ascension pénible.

— Je pars dans dix minutes, annonça-t-elle à sa petite-fille.

Le regard dans le vague, Courtney ne réagit pas. Soudain, il lui vint à l'esprit qu'elle était également concernée, puisque sa grand-mère avait décidé de l'emmener avec elle partout où elle irait.

— Il n'est que 5 h 30 ! protesta-t-elle.

Véra se retourna pour la regarder.

— Je sais quelle heure il est, mais je veux être à la piscine à 6 heures, au moment de l'ouverture.

— Ah !

C'était horrible ! Oui, elles avaient parlé d'aller nager, mais Courtney était loin de s'imaginer qu'il faudrait se lever à une heure pareille ! En fait, la discussion n'était qu'un vague souvenir désagréable. Sa grand-mère lui avait dit que si elle voulait perdre du poids, elle devait faire de l'exercice. Courtney se rappelait vaguement avoir accepté d'aller à la piscine plus pour faire plaisir à la vieille dame qu'autre chose.

Elle extirpa son maillot de bain du tiroir inférieur de sa commode, tout en priant pour qu'il ne soit pas devenu trop petit. Beaucoup de ses vêtements ne lui allaient plus et c'était avec beaucoup de mal qu'elle réussissait à remonter la braguette de son jean. Impossible également de boutonner ses chemisiers sans qu'ils bâillent. Elle les portait donc ouverts sur un T-shirt.

— J'ai une serviette en plus ! cria Véra depuis le rez-de-chaussée. Ne prends pas celles de la salle de bains : elles font partie d'un ensemble.

— D'accord, grand-mère !

Après avoir retiré son pyjama, la jeune fille enfila son maillot. Il lui allait tout juste. Par fierté, elle évita son reflet dans le miroir. Heureusement — et cette pensée la consola —, elle ne rencontrerait aucune personne de son âge à une heure aussi matinale.

Elle passa ensuite un T-shirt et un jogging, et chaussa une paire de baskets avant de descendre rejoindre sa grand-mère.

Celle-ci l'attendait près de la porte avec une serviette, un bonnet de bain violet et des lunettes qu'elle lui tendit.

— Elles ne sont plus toutes neuves, dit-elle en faisant allusion aux lunettes, mais elles feront l'affaire jusqu'à ce qu'on t'en achète une nouvelle paire.

— Tu es vraiment à fond là-dedans, hein ?

En fait, Courtney était impressionnée. Il ne lui était jamais venu à l'esprit que des personnes aussi âgées que sa grand-mère puissent faire de la natation.

Mais elle n'était pas au bout de ses surprises. La piscine olympique était située dans l'enceinte du lycée. Le cours de natation pour adultes avait lieu tous les matins de 6 heures à 7 h 30. Le hall était rempli de personnes âgées qui semblaient toutes se connaître.

Courtney entra en compagnie de sa grand-mère, qui fut accueillie comme si elle n'était pas venue depuis des mois. La vieille dame prit la peine de présenter sa petite-fille à chacune de ses amies. Une douzaine de prénoms fusèrent, à une telle vitesse que, même avec la meilleure volonté du monde, il aurait été impossible de les retenir. Courtney se fit toute petite. A son avis, aucune personne douée de bon sens n'aurait dû être debout à cette heure, même si le soleil était déjà levé et brillait de tous ses feux.

— Alors, Seattle te plaît ? demanda l'une des amies de Véra.

Ça devait être Leta, se dit Courtney.

— C'est super ! répondit-elle avec un enthousiasme feint.

Cela aurait pu être vrai si elle avait rencontré des gens de moins de quatre-vingts ans, rajouta-t-elle en son for intérieur. Même l'atelier de tricot s'était révélé décevant. Premièrement, elle ne s'attendait pas à ce que le groupe soit aussi restreint. Elles n'étaient que trois, et les deux autres participantes ne lui ressemblaient en rien. L'une appartenait à la génération de Véra, et elle semblait aigrie par la vie. L'autre avait l'âge que sa mère aurait eu si elle avait vécu…

A cette idée, Courtney sentit son estomac se nouer. Loin de s'atténuer, la douleur était toujours aussi vive. Son frère et sa sœur semblaient faire face beaucoup mieux qu'elle. Plus personne ne voulait en parler, et Courtney avait le sentiment qu'elle devait faire comme si elle n'avait jamais eu de mère. Eh bien, il ne fallait pas y compter ! Elle ne pouvait pas et elle ne *voulait* pas !

Julianna n'avait pas pris dix-sept kilos comme elle. En fait, elle avait même perdu du poids. Pour Jason, cette question de poids n'avait pas d'importance. La seule fois où Courtney avait parlé de son problème à son frère, il n'y avait prêté qu'une attention vague. Si ses kilos la gênaient tant, elle n'avait qu'à les perdre, lui avait-il dit. Comme si c'était aussi simple que ça !

— Nous avons des règles ici, dit Leta en se rapprochant d'elle. Personne ne les a jamais mises noir sur blanc, mais il est utile de les connaître.

— D'accord.

— Il faut que tu saches que la douche du milieu est la mienne. Je te serais reconnaissante de bien vouloir me la laisser.

— Pas de problème, répondit Courtney.

— Mouille tes cheveux avant d'aller dans l'eau, conseilla une autre femme qui venait de rejoindre Leta. Sinon, le chlore va les abîmer.

— Tu as un bonnet ? demanda quelqu'un d'autre.

— Grand-mère m'en a donné un.

Au départ, elle n'avait pas l'intention de le mettre, mais il était clair qu'elle risquait de se faire huer si elle ne le faisait pas.

— Tu nages vite ? demanda Leta.

— Heu…

— Elle n'a qu'à utiliser le couloir du milieu, suggéra Véra.

— D'accord, fit la jeune fille.

Elle était réveillée maintenant, et elle comprenait mieux ce qui se passait autour d'elle. Enfin, en quelque sorte. Ne pas utiliser la douche du milieu, nager dans le couloir du milieu, porter un bonnet, mouiller complètement ses cheveux… Jusque-là, ça pouvait aller.

Elle espérait seulement que ces exercices ne lui donneraient pas trop faim.

Puis les portes s'ouvrirent et la petite troupe entra dans la piscine. Les hommes tournèrent à droite tandis que les femmes se dirigeaient dans le sens opposé.

Courtney suivit sa grand-mère, Leta et les autres. Véra avait déjà rangé son sac dans son casier quand Courtney arriva à sa hauteur. Elle prit son temps pour ôter son pantalon de survêtement, n'ayant guère envie d'exposer ses bras et ses jambes potelés aux regards de ses aînées. Elle craignait que l'une d'entre elles ne fasse une remarque désobligeante.

Mais Courtney ne tarda pas à s'apercevoir qu'elle s'inquiétait pour rien. En réalité, personne ne fit attention à elle. Néanmoins, elle attendit que le vestiaire soit complètement vide pour se déshabiller.

Suivant les conseils qu'on lui avait donnés, elle se dirigea vers la douche, tourna le robinet du fond et mit sa tête sous le jet d'eau. Puis, après s'être essoré les cheveux, elle les réunit sous le bonnet violet en se disant qu'heureusement elle ne connaissait personne ici. Si ses amis la voyaient, ils seraient tous morts de rire.

Courtney, elle, n'avait pas envie de rire. Elle voulait être présentable au moment de la rentrée des classes, dans six semaines, et elle était prête à tout pour ça. S'il fallait se lever à l'aube, fréquenter des femmes qui avaient six fois son âge et respecter des règles que personne n'avait jamais écrites, eh bien, pourquoi pas ?

Elle dut prendre son courage à deux mains pour quitter le vestiaire et avancer jusqu'au bassin comme si de rien n'était. Le contact de l'eau quand elle descendit de l'échelle faillit lui couper le souffle. Comme elle était froide !

Véra et ses amies avaient déjà commencé à nager. D'autres étaient en train de marcher et de bavarder dans la partie la moins profonde du bassin. Courtney les dépassa, gardant les bras hors de l'eau. Mais quand elle atteignit le cordon de séparation, elle n'eut d'autre solution que de plonger. C'était glacial !

Une fois dans le couloir du milieu, Courtney plaça les pieds contre le mur et donna une impulsion. Elle était essoufflée quand elle arriva à l'autre bout du bassin, et elle s'accrocha au rebord pour reprendre son souffle.

Sa grand-mère et ses amies n'avaient pas ce genre de problème. En dépit de leurs quatre-vingts ans, elles nageaient vigoureusement, sans manifester le moindre signe de souffrance.

Courtney fit dix longueurs en s'arrêtant entre chacune d'elles pour se reposer. Lorsqu'elle eut terminé la dixième, elle prit le temps d'ajuster ses lunettes : simple stratagème pour prolonger sa pause. Elle était maintenant prête à faire sa onzième longueur et se sentait sacrément fière d'elle.

Sa grand-mère lui avait expliqué que seize longueurs représentaient un kilomètre. C'était autre chose de faire un kilomètre dans l'eau que sur terre. Un calcul rapide lui permit de savoir qu'elle avait déjà parcouru sept cent cinquante mètres. C'était génial !

Dès qu'elle rentrerait à la maison, elle irait se peser !

— Il est temps de partir, lui dit alors sa grand-mère avant qu'elle n'entame sa onzième longueur.

— Je voudrais continuer à nager encore un peu ! dit Courtney.

— Pas le mercredi. Il y a l'équipe de natation qui arrive à 7 heures.

Un frisson glacial, qui n'avait rien à voir avec la température de l'eau, parcourut la jeune fille.

— L'équipe de natation ? Pas celle du lycée, j'espère ?

Sa grand-mère souleva ses lunettes et dévisagea Courtney d'un air perplexe.

— Ça pose un problème ?

Bien sûr que ça posait un problème ! C'était déjà suffisamment pénible de montrer son corps devant les amies de sa grand-mère, mais ce serait encore pire devant les élèves du lycée. A l'idée d'être vue par ses pairs, elle se sentit horrifiée.

Quel désastre ! Pour couronner le tout, elle avait laissé sa serviette au vestiaire, dans son casier. Elle jeta un coup d'œil vers les grandes baies qui entouraient le bassin. Alors qu'elle était sur le point de sortir de l'eau et de se précipiter vers le vestiaire, les portes s'ouvrirent et une procession de filles incroyablement minces surgit. Courtney n'osa pas lever les yeux vers les garçons qui suivaient. Les filles de l'équipe de natation étaient déjà suffisamment intimidantes comme ça.

Elle se figea, hésitant sur la marche à suivre.

— Courtney ! appela Véra, qui était déjà sortie. Il faut y aller !

— Je sais.

Elle se laissa couler jusqu'au fond du bassin avec le désir de disparaître.

Finalement, elle n'eut d'autre choix que de remonter à la surface et de sortir devant tout le monde. Gardant les yeux baissés, elle se dirigea d'un pas lent vers le vestiaire qui grouillait de jeunes filles minces comme un fil.

Depuis deux semaines, Courtney mourait d'envie de rencontrer quelqu'un de son âge — mais pas dans ces circonstances, alors qu'elle était presque nue et absolument pas à son avantage. Ces nageuses n'avaient pas une once de graisse superflue. Elles étaient parfaites.

Tête baissée, elle se dirigea vers son casier.

— Tu dois prendre une douche, lui dit Leta en surgissant à ses côtés. J'ai fini, tu peux prendre celle du milieu.

— Je me doucherai à la maison, marmonna Courtney en saisissant une serviette qu'elle enroula autour d'elle comme si elle était frigorifiée.

— Tu as tort. Il faut te débarrasser de tout ce chlore.

Mais Courtney n'allait certainement pas retirer son maillot sous la douche, surtout pas maintenant.

Levant les yeux, elle aperçut deux filles en train de chuchoter. Courtney savait que c'était d'elle qu'elles étaient en train de parler. Leur tournant le dos, elle enfouit son visage dans ses mains. Un jour, dans un futur pas si lointain, elle verrait ces filles dans les couloirs du lycée.

10

Pour développer vos talents au tricot, n'hésitez pas à prendre des risques. Le tricot est un sport beaucoup moins dangereux que le parachute en chute libre. Peu de choses sont vraiment irrévocables.

Lucy Neatby, *Tradewind Knitwear Designs*, Inc.
www.tradewindknit.com

Lydia Hoffman

Quand le samedi arriva, j'étais dans un tel état que je dus faire un effort surhumain pour me contenir face à Margaret. Ses cachotteries quant à la situation de Matt me peinaient et m'emplissaient de colère. Pendant toutes ces semaines, elle ne m'avait rien dit ! Maintenant que je savais, je me surprenais à l'observer plus attentivement, vexée de voir qu'elle s'entêtait dans cette mascarade.

Le samedi était, en général, le jour le plus chargé de la semaine. Mais les ventes avaient tendance à ralentir vers la fin du mois, juste avant que les salaires ne tombent.

— Tu as quelque chose de prévu le quatre ? demandai-je à Margaret en profitant d'un répit, juste après midi.

— Pas vraiment, répondit-elle sans montrer d'enthousiasme. Et toi ?

— Rien de définitif.

Brad et moi n'avions encore rien arrêté, mais je comptais

pique-niquer au bord de l'océan, puis regarder le feu d'artifice avec Cody et Chase. La dernière fois que je m'étais rendue à Ocean Shores, une ville balnéaire à trois heures de route d'ici, j'étais adolescente. Je me rappelai que c'était juste avant qu'on ne découvre ma première tumeur au cerveau. Cette sortie avait été mon dernier moment d'insouciance, cet été-là.

— Nous allons certainement faire un barbecue dans le jardin et nous regarderons le feu d'artifice à la télé, ajouta ma sœur.

Je la dévisageai. C'était plus fort que moi. La mairie de Seattle organisait chaque année de très beaux feux d'artifice à deux endroits différents de la ville. Le premier avait lieu à Myrtle Edwards Park, sur le front de mer, et le second, à Lake Union's Gas Works Park. Au bord du lac, il y avait toujours de la musique patriotique. Le spectacle était grandiose et donnait tout son sens à notre fête nationale.

La maison de Margaret était située à Capitol Hill, non loin de Blossom Street. C'était l'endroit idéal pour voir le feu d'artifice du lac. Je n'arrivais pas à croire qu'elle préférait se coller devant son poste de télévision plutôt que de sortir.

— Et Julia et Hailey ? demandai-je.

J'adorais mes nièces, âgées respectivement de quinze et dix ans. Nous étions de plus en plus proches. Autrefois, je pensais que Margaret cherchait à tenir ses filles éloignées de moi. Je compris par la suite que ce n'était qu'une façon de les protéger. Elle ne voulait pas qu'elles s'attachent trop à moi, de peur qu'elles ne souffrent, si jamais le cancer devait avoir raison de moi.

— Les filles ont déjà quelque chose de prévu, répondit-elle en remettant un peu d'ordre dans les bacs à laine.

— Ah !

— Julia se rend au lac Washington avec des amis, et Hailey va faire du camping avec les voisins.

— Vous allez donc vous retrouver tout seuls, Matt et toi ?

Le dos tourné, Margaret haussa les épaules.

— Sans doute, oui.

J'attendis un moment avant de me décider à parler.

— Brad m'a dit qu'il avait rencontré Matt récemment.

Margaret se retourna lentement et me regarda comme si elle cherchait à savoir si je connaissais la vérité.

— Matt ne m'a rien dit.

— Il a sans doute estimé que c'était sans importance, dis-je d'un ton détaché.

— Certainement.

— Tu comptes inviter maman ?

L'idée de la savoir seule en ce jour férié m'était insupportable. Nous avions — je ne sais comment — réussi à passer l'année sans papa et à surmonter toutes les premières fêtes qui suivent le décès d'un membre de la famille. Le premier Thanksgiving et le premier Noël avaient été les pires pour moi.

— Je ne lui ai encore rien dit. Et toi, tu as prévu quelque chose ?

Margaret évitait de s'engager. De toute évidence, elle préférait que ce soit moi qui m'occupe de maman ce jour-là.

— Tu veux que je lui parle ? demandai-je, ce qui était une autre façon de dire que je prendrais notre mère en charge.

— Ce serait bien, répondit ma sœur.

Je me fis violence pour ne pas lui faire remarquer qu'il aurait été plus logique que maman se joigne à eux plutôt qu'à nous. Un barbecue dans le jardin serait idéal pour elle et beaucoup moins fatigant qu'un trajet de trois heures jusqu'à l'océan.

— Elle passera un moment plus agréable avec vous, murmura Margaret, comme pour s'excuser.

Finalement, je n'y tins plus.

— Tu aurais pu me le dire, tu sais ? lançai-je sans la moindre agressivité.

— Te dire quoi ?

Je me demandais comment Margaret pouvait continuer à faire semblant.

— Que Matt est au chômage depuis plusieurs mois. Je suis ta sœur. Tu devrais pouvoir te confier à moi.

Margaret me foudroya du regard, mais ne dit mot.

— Est-ce quelque chose de si terrible et de si honteux pour

que tu te sentes obligée de garder le secret ? m'écriai-je, incapable de contenir la douleur et la colère que je ressentais.

— Ce sont nos affaires à Matt et à moi. Cela ne te regarde pas.

Je pris mon tricot et m'assis.

— Moi, je ne te cache rien, lui fis-je remarquer.

L'an dernier, j'avais tout partagé avec ma sœur, et quand je dis tout, c'est vraiment tout. Je lui avais confié mes craintes, mes joies, mes espoirs, mon... mon âme.

Le mouvement de mes doigts s'accéléra tandis que ma colère augmentait.

— Ce n'est pas la même chose, rétorqua Margaret d'un ton égal.

Elle prit son crochet d'un mouvement si brusque que la pelote tomba par terre. Elle se baissa pour la ramasser et, la plaçant sous son bras, se mit au travail avec des gestes aussi rapides que les miens.

— En quoi est-ce différent ?

— Il ne s'agit pas de moi, mais de Matt.

— Il en a parlé à Brad. Ton mari est suffisamment à l'aise avec le sujet pour se confier à Matt, mais toi, tu n'en parles même pas à ta sœur !

Je me sentais d'autant plus trahie que Margaret ne semblait montrer aucun signe de remords.

— Matt est libre d'en parler à qui il veut, dit-elle, les yeux rivés sur le poncho qu'elle confectionnait pour Julia.

Ses mains semblaient voler tant sa concentration était intense.

— Exactement.

Je tirai méchamment sur ma pelote de laine, la faisant tomber de son panier en osier.

Margaret se baissa pour la ramasser et la remit à sa place. Je remarquai que ses mains tremblaient. Je résistai à l'impulsion de la toucher, de lui faire savoir à quel point elle comptait pour moi, de lui dire que j'aurais aimé l'aider dans la mesure du possible. J'aurais pu le faire, mais je craignais qu'elle me rejette, qu'elle s'éloigne de nouveau de moi, ce que je n'aurais pas pu supporter.

— Maintenant que je suis au courant pour Matt, je comprends mieux certaines choses, dis-je en continuant à tricoter, même si je savais qu'il me faudrait défaire chaque point.

Je ralentis la cadence, tentant de rassembler mes idées. J'avais cessé de suivre le motif, me contentant de tricoter de mémoire. Ce n'était pas une bonne chose de tricoter maintenant, car j'étais sûre de faire des erreurs, mais je devais absolument m'occuper les mains.

— Tu comprends mieux quoi ? reprit Margaret d'un ton hostile.

— Ton comportement au travail, avec moi, avec les autres.

— Tu ne sais pas de quoi tu parles.

Je continuai, sans prendre le soin de choisir mes mots :

— Tu es agressive avec les clients.

— Si tu ne veux plus de moi ici, tu n'as qu'à le dire, rétorqua Margaret d'un ton sec.

— Pourquoi faut-il que ce soit comme ça entre nous ? fis-je d'un ton implorant. Je suis ta sœur !

— Tu es aussi mon employeur.

— Il ne m'a jamais semblé nécessaire de tracer une frontière entre les deux.

Apparemment, ce n'était pas son cas.

— Margaret, je t'ai demandé il n'y a pas très longtemps si tout allait bien, et tu m'as affirmé que oui.

— Comme je te l'ai déjà dit, ma vie ne te regarde pas.

Je refoulai mes larmes.

— Si c'est ce que tu veux, d'accord.

— Parfait.

J'avais souvent entendu mes nièces se chamailler de cette façon, et cela m'avait toujours amusée. Aujourd'hui, cependant, je n'étais pas d'humeur à rire. Fourrant le sweater à demi tricoté dans la corbeille, je me levai brusquement.

— Je suis ta sœur, répétai-je, et il serait temps que tu commences à me traiter comme telle.

A mon grand étonnement, Margaret enfouit le visage dans ses mains et éclata en larmes. Je la regardai avec épouvante, ne sachant que dire.

— Margaret, chuchotai-je, qu'est-ce qu'il y a ?

Ma sœur se retourna et se précipita à l'arrière de la boutique.

Je la suivis aussitôt, ignorant les deux clientes qui venaient d'entrer. Heureusement, elles n'avaient pas encore besoin de moi. De toute façon, j'aurais donné la priorité à Margaret. Craignant de nouveau d'être rejetée, je passai un bras autour de son épaule. A ma grande surprise, elle se tourna vers moi et posa la tête au creux de mon cou.

— Je voulais t'en parler, dit-elle en sanglotant.

— Et qu'est-ce qui t'en a empêchée ?

J'avais du mal à comprendre. Margaret se méfiait-elle de moi ?

— Je ne pouvais pas, dit-elle.

— Bien sûr que si !

— Matt n'a vraiment pas le moral. Il pensait faire toute sa carrière chez Boeing.

— Oui, bien sûr, dis-je d'une voix apaisante. Je suis désolée.

Margaret se redressa et essuya ses joues maculées de larmes.

— J'avais peur que tu me serves ton discours sur la méthode Coué, et je n'en avais pas envie.

— Mon discours ?

— Tu sais, dans le genre « si je veux, je peux » ou « il suffit d'avoir des pensées positives pour que tout aille mieux », reprit-elle d'une voix mielleuse.

Je me sentis vexée.

La vérité est parfois difficile à entendre. Si Margaret s'était confiée à moi quelques semaines auparavant, c'est effectivement ce que je lui aurais dit. Enfin, peut-être pas tout à fait, mais quelque chose dans le genre. Etre positive et espérer, c'était la devise que j'avais adoptée depuis quelque temps. Mon bonheur avait dû lui paraître insupportable.

— Que puis-je faire pour t'aider ?

Elle secoua la tête.

— Rien. Je veux juste que tu sois ma sœur. Je ne veux pas de conseils. Je ne veux pas que tu t'inquiètes. Je le fais déjà suffisamment. J'ai seulement besoin que tu m'écoutes.

Je hochai la tête et nous nous étreignîmes.

— Brad et moi, on pourrait se joindre à vous le 4 juillet, suggérai-je. On organiserait le barbecue ensemble.

Margaret esquissa un sourire tremblant.

— Comme tu as pu le remarquer, ma compagnie n'est pas très agréable en ce moment.

— On s'en arrangera. Nous sommes une famille.

Son regard s'embua de nouveau.

— Merci, chuchota-t-elle.

Je l'étreignis une nouvelle fois, soulagée que nous ayons pu parler et regrettant de ne pas l'avoir fait plus tôt.

11

Elise Beaumont

Maverick devait arriver dans l'après-midi. Aurora n'avait cessé de s'activer dans la maison, cuisinant et faisant le ménage comme si elle attendait la visite d'un membre de la famille royale. Elise était hautement agacée de voir sa fille en faire autant. En d'autres temps et si cela avait été un autre visiteur, elle se serait investie comme sa fille. Pour être honnête, elle avait quand même apporté sa contribution, ne serait-ce qu'en s'occupant des garçons, ce qui avait permis à Aurora de briquer et d'astiquer sa maison comme elle le voulait.

— Maman ! cria Aurora d'un air paniqué en faisant irruption dans le salon impeccablement rangé où Elise faisait la lecture à ses petits-enfants. Où as-tu mis la vanille ?

Elise soupira.

— Dans le placard à côté des plaques électriques. A droite.

— Non, elle n'y est pas ! s'exclama la jeune femme en sentant sa panique augmenter.

— Tu as mal regardé, fit Elise avec une patience infinie, en se dirigeant vers la cuisine.

Pour prouver ses dires, elle ouvrit la porte du placard et en sortit un petit flacon qu'elle lui tendit.

— Qu'est-ce que tu prépares de bon ?

— Un cake aux carottes. C'est le gâteau préféré de papa.

Elise le savait. Elle avait elle-même préparé ce gâteau plus d'une fois pour Maverick. Elle avait d'ailleurs donné la recette à sa fille. Et puis, tout naturellement, elle avait cessé de manger du cake aux carottes à cause des souvenirs qui y étaient attachés. Maverick était si tendre… Mais elle avait préféré s'accrocher aux déceptions et aux tracas de la vie conjugale plutôt qu'aux bons moments, car cela rendait son divorce plus facile à justifier. Cependant, Elise avait vraiment aimé cet homme. A en perdre la raison. Elle s'était convaincue que la meilleure façon de se préserver était de le quitter.

— Merci, maman, fit Aurora avant d'ajouter avec un soupir : je sais à quel point c'est difficile pour toi.

— Ne t'en fais pas, dit Elise d'un ton rassurant. J'éviterai ton père autant que possible. Tout ce que je te demande, c'est de ne pas chercher à m'attirer dans cette réunion familiale.

Les semaines à venir s'annonçaient difficiles, mais elle supposait que son ex-mari n'aurait guère envie de la croiser, lui non plus.

— Je ne m'en mêlerai pas, je te le promets.

Après l'avoir remerciée, Elise rejoignit les enfants qui étaient en train de se bagarrer. Ils avaient déjà renversé une pile de magazines. Elise les ramassa rapidement.

— Allons, les garçons ! lança-t-elle en claquant dans ses mains. On se rassoit !

Ils obéirent à contrecœur. Puis John vint s'installer sur les genoux de sa grand-mère tandis qu'elle reprenait sa lecture. C'étaient des moments privilégiés dont il fallait profiter car, en grandissant, John ne serait plus aussi câlin.

Comme il fallait s'y attendre, Maverick arriva en fanfare avec une bonne heure de retard.

— Bonjour ! lança-t-il d'une voix tonitruante en tirant derrière lui sa valise, les bras chargés de présents.

Luke et John furent aussitôt à ses côtés, criant à tue-tête et sautant partout afin d'attirer son attention et de récupérer bien sûr les cadeaux.

Cela faisait… vingt ans qu'Elise ne l'avait pas vu. Il avait prévu d'assister au mariage d'Aurora et de David, mais son vol avait été annulé en raison d'une tempête de neige. Elise s'était toujours demandé si ce n'était pas plutôt un jeu de poker qui l'avait empêché de venir. Après tout, il s'était contenté d'envoyer d'énormes bouquets de fleurs à la naissance des petits, parce qu'il était occupé par un tournoi de poker.

Elise avait l'intention de se retirer dans sa chambre dès son arrivée, mais elle se retrouva clouée sur place, incapable de le quitter des yeux. Etait-ce bien Maverick avec tous ces cheveux blancs ? Elle l'avait connu roux ! Il portait une barbe soigneusement taillée, il n'avait pas pris un gramme et il semblait en parfaite santé. Elise se sentit vaciller et dut résister à l'impulsion magnétique qui l'attirait vers lui chaque fois qu'elle se trouvait en sa présence. Elle avait appris à ses dépens que Maverick n'était pas quelqu'un de fiable et qu'elle ne pouvait pas lui confier son cœur. Oui, elle avait aimé cet homme. Peut-être même l'aimait-elle encore. Cependant, il n'était que source de souffrance pour elle. Elle ne devait surtout pas oublier ça.

Voilà qu'il était en train d'embrasser les garçons et Aurora, distribuant ses cadeaux comme s'il était le Père Noël. Luke et John se mirent à genoux et s'empressèrent d'ouvrir leurs paquets tandis qu'Aurora emportait le sien — une boîte plus petite — dans le salon. Elle s'assit de biais dans le fauteuil et souleva le couvercle de l'écrin. Par curiosité, Elise s'attarda dans le couloir.

— Oh, papa ! s'exclama la jeune femme dans un souffle.

Elise regarda sa fille soulever une longue chaîne en or au bout de laquelle se trouvait une perle noire en forme de larme.

— Elle est magnifique. Tout simplement magnifique !

Sa voix s'étrangla. Regardant son père avec adoration, elle chuchota :

— Je la garderai toujours précieusement.

A en juger par le prix de ce cadeau, Elise se dit qu'il était en veine en ce moment. Mais les gains faciles vous filaient toujours entre les doigts. Elise ne se rappelait que trop bien l'incroyable rapidité avec laquelle l'argent s'en était allé.

Sans le vouloir, elle sentit son regard attiré par le sien. Pendant un long moment, ils se regardèrent sans dire un mot. Instant d'éternité au cours duquel Elise se sentit envahie par un sentiment étrange, comme si les années passées s'étaient évanouies et qu'ils se retrouvaient de nouveau jeunes. Elle lut tant de regrets dans son regard qu'elle fit un pas involontaire vers lui. Il avait donc eu son lot de déceptions, lui aussi... Elle ne s'y attendait pas.

Ce fut Maverick qui rompit le silence :

— Bonjour, Elise, fit-il d'une voix calme.

— Bonjour, Marvin, répondit-elle avec un signe de tête.

Non, elle ne se laisserait pas hypnotiser dès son arrivée !

— Maverick, s'il te plaît, lui dit-il avec une grimace.

— Soit.

Elle n'avait jamais compris pourquoi il détestait tant son prénom. Elle avait épousé Marvin, aimé Marvin, mais il ne s'était jamais satisfait d'être seulement cet homme. Au lieu de cela, il avait recherché la gloire, le clinquant et la satisfaction immédiate que donnait la victoire au jeu. Ce faisant, il avait détruit leur vie de couple.

— Je t'aurais bien apporté un cadeau à toi aussi, mais je me suis dit que tu ne l'accepterais pas.

— Je te suis reconnaissante d'y avoir pensé, mais tu as raison : un cadeau aurait été déplacé.

Même si c'était vrai, elle ne put s'empêcher de se demander ce qu'il aurait choisi de lui offrir.

— Tu as l'air en pleine forme, fit-il tandis que son regard se promenait sur son corps svelte.

Machinalement, Elise leva la main comme pour vérifier sa coiffure. Son compliment l'avait troublée, mais elle réussit à reprendre suffisamment ses esprits pour répondre :

— Toi aussi.

— Grand-père, grand-père, tu veux voir où tu vas dormir ? demanda Luke en le tirant par la manche.

— Oui, bien sûr, répondit Maverick en se tournant vers ses petits-enfants.

Soulevant John dans ses bras, il emboîta le pas à Luke, qui se précipitait déjà dans le couloir.

— Là, c'est notre chambre, annonça le petit garçon en ouvrant la première porte sur la droite.

— Et ça, c'est celle de grand-mère, fit John en montrant la porte située presque en face de la leur.

— Là, il y a les toilettes des garçons. Grand-mère a les siennes. Maman ne veut pas qu'on les utilise, même quand c'est pressé, expliqua Luke.

Maverick se mit à rire.

— Grand-père, grand-père ! Tu sais, la chose qui pendouille dans le fond de ta gorge ? Tu savais que si on tirait dessus, on dégobillait ?

— John Peter Tully ! Ce ne sont pas des choses à dire, gronda Elise, qui s'arrêta net en voyant Maverick rejeter la tête en arrière pour rire bruyamment.

Décidément, il n'y avait qu'un homme pour trouver ce genre de propos amusant !

— Tu dormiras sur le lit du bas, et Luke et moi, on partagera celui du haut, expliqua John avant de se jeter sur le matelas. Maman a changé les draps.

— C'est parce que John fait encore pipi au lit.

— Pas vrai ! hurla John en se levant d'un bond pour frapper son aîné.

Elise s'apprêtait à intervenir quand Maverick prit la situation en main et sépara les deux garçons. Il détourna leur attention en leur demandant de lui faire visiter le reste de la maison. Voyant qu'on n'avait pas besoin d'elle, Elise se réfugia dans sa chambre.

Quarante-cinq minutes plus tard, elle était confortablement assise, les pieds surélevés, face à la télévision, son tricot à la main. Mais elle n'avait aucune envie de regarder les informations : toutes ses pensées étaient tournées vers sa famille. Elle en voulait à Maverick de la tenir ainsi éloignée des êtres qui lui étaient chers.

On frappa poliment à la porte et Aurora passa la tête.

— J'espérais que tu te joindrais à nous pour le dîner, dit-elle, le regard implorant. David a promis de rentrer plus tôt aujourd'hui. Ça me ferait très plaisir que tu viennes.

Elise aurait préféré éviter ce dîner de bienvenue, mais elle était incapable de refuser quoi que ce soit à sa fille, qui avait été formidable avec elle pendant toutes ces épreuves juridiques.

— D'accord.

— Merci, fit Aurora, une lueur de gratitude dans les yeux.

Elise se rendit compte que ce devait être le premier repas que sa fille allait partager avec ses deux parents à la même table. Elle en éprouva de la tristesse. Comme elle aurait aimé offrir une vie de famille différente à Aurora ! Elle ne se considérait pas comme émotive, mais le bonheur de sa fille devant un simple repas était si touchant qu'elle sentit les larmes lui monter aux yeux.

Lorsqu'elle entra dans la salle à manger, David était déjà là, en train de verser du vin dans les verres. Elise s'entendait bien avec son gendre. Elle trouvait qu'il faisait un bon mari. Heureusement, Aurora n'avait pas commis la même erreur qu'elle et avait eu le bon sens d'épouser un homme honnête et digne de confiance. Lui au moins avait un véritable job.

Elise rejoignit sa fille dans la cuisine. Pendant que David et Maverick bavardaient en buvant du vin, les deux femmes apportèrent sur la table la salade, le rôti découpé en tranches, la purée et le jus de viande.

— C'est un festin ! déclara Luke d'un air important.

— Comme Thanksgiving, sauf qu'il n'y a pas de dinde, ajouta son petit frère en rapprochant sa chaise de la table. Je veux m'asseoir à côté de grand-père.

— Non, c'est moi ! protesta l'aîné.

Maverick évita de justesse une nouvelle dispute en leur proposant de s'installer entre eux.

Contre toute attente, le repas se déroula de façon fort agréable. Maverick les amusa avec le récit de ses voyages. Il avait fait le tour du monde, de l'Alaska à l'Argentine et de Paris jusqu'en Polynésie, visitant des endroits qu'Elise ne connaissait qu'à travers les livres. Un jour, elle aussi aurait l'occasion de découvrir ces lieux, se dit-elle tout en sachant que le degré de probabilité d'un tel tour du monde diminuait à chaque coup de fil de son avocat.

Avant de servir le dessert, Elise mit la vaisselle dans la machine et prépara du café. Dès qu'elle le pourrait, elle se retirerait dans sa chambre et passerait le reste de la soirée à tricoter. Aurora aurait certainement envie de profiter de la compagnie de son père et de son mari.

— Allons, les garçons ! fit Elise en apportant le café dans le salon. Je vous accompagne au lit.

Comme à l'accoutumée, il y eut des grognements et des gémissements de protestation.

— Je vous promets de vous lire la suite du Hobbit.

Les geignements diminuèrent quelque peu.

— Eh bien, laisse-moi leur faire la lecture, proposa Maverick.

Elise était tout à fait d'accord, mais elle se dit qu'il fallait le prévenir de ce qui l'attendait. Une fois lancé, il lui serait difficile de s'arrêter : les garçons ne cesseraient de réclamer un autre chapitre et encore un autre. Elise ne résistait jamais à leur ton suppliant, à leur « grand-mère, encore un chapitre ! » ou « s'il te plaît, jusqu'en bas de la page ! ». Une bonne heure s'écoulait toujours avant qu'ils ne la laissent éteindre les lumières. Cependant, elle se réjouissait que ses petits-fils aiment les livres, et elle espérait que, plus tard, la lecture aurait autant d'importance pour eux qu'elle en avait pour elle.

— Elise ?

— Oui, je te laisse volontiers ma place, Maverick !

Quittant le salon, elle s'empressa de regagner sa chambre, où elle alluma la télévision. Mais impossible de se concentrer. A la perspective de la bataille qui attendait Maverick, elle ne put s'empêcher de sourire. Il allait voir ce que c'était que d'être grand-père !

Au bout de quelques minutes, n'entendant aucune jérémiade, elle baissa le son du téléviseur.

Rien.

Les sourcils froncés, elle se leva et entrebâilla la porte. La voix pleine aux accents de baryton de Maverick lui parvint tandis qu'il lisait en y mettant le ton. Elle dut reconnaître qu'il s'en sortait bien. Les petits ne bronchaient pas. Nul doute qu'ils étaient complètement fascinés non seulement par l'histoire, mais également par la façon dont Maverick lisait.

En dépit de ce qu'Aurora pouvait penser, Elise avait envie que cela se passe bien entre elle et son père. Il était vrai que ses sentiments à elle n'étaient pas très clairs. Maverick n'avait jamais fait de difficultés pour payer la pension alimentaire, et il avait toujours gardé le contact. D'un autre côté, il n'avait pas montré beaucoup de zèle pour être présent dans la vie d'Aurora. Elle ne comprenait donc pas ce soudain revirement.

Elise reprit sa place dans le rocking-chair. Vingt minutes plus tard, elle retourna coller l'oreille à la porte et sursauta violemment en entendant frapper. Une main sur le cœur, elle ouvrit le battant et découvrit Maverick dans le couloir.

— Un problème avec les garçons ? demanda-t-elle d'une voix mal assurée.

— Le marchand de sable est passé, fit-il avec un haussement d'épaules.

C'était impossible ! Luke et John ne s'avouaient jamais vaincus aussi facilement. Refuser de s'endormir faisait partie de leur petit rituel du soir. Elle se rendit compte qu'elle fronçait les sourcils.

Maverick esquissa un sourire.

— Je leur ai lu un chapitre et John en a réclamé un autre.

Elle hocha la tête. C'était habituel.

— Cet enfant est un vrai comédien, dit-il.

Elise se força à lui rendre son sourire.

— Il m'a dit : « Grand-père, je t'en prie, je t'en prie ! »

— Tu as cédé ?

— Oui, mais à condition qu'ils s'endorment juste après. Et c'est ce qui s'est passé.

— Estime-toi heureux.

L'espace d'un instant, elle se perdit dans son regard, puis, dans un sursaut, elle se ressaisit. Elle leva le menton d'un air résolu et le regarda droit dans les yeux :

— Tu voulais quelque chose ?

Il sembla hésiter et elle vit qu'il réprimait un sourire. Il avait toujours su lire en elle comme dans un livre.

— Juste te souhaiter une bonne nuit. J'ai eu beaucoup de plaisir à te revoir.

Elise retint une exclamation agacée. Par quel miracle cet homme dont elle avait divorcé plus de trente-sept ans auparavant avait-il toujours autant de pouvoir sur elle ? Elle se détestait d'être aussi faible et de ne pas pouvoir oublier qu'elle l'avait autant aimé.

— Mm-merci, bredouilla-t-elle.

A sa grande surprise, Maverick tendit la main pour lui caresser la joue. Un geste empreint de douceur qu'elle connaissait bien. Devant l'intensité de son regard bleu, elle sentit ses jambes se dérober sous elle. Elle ouvrit la bouche pour parler mais aucun son n'en sortit.

— Tu es la plus belle femme que j'aie jamais connue, dit-il.

Le cœur battant à tout rompre, elle fit un pas en arrière, brisant ainsi le charme. Sinon, qui sait ce qui se serait passé…

— Bonne nuit, chuchota-t-elle.

Et elle referma la porte pendant qu'elle en avait encore la force.

Les vieux sentiments ont la vie dure, se dit-elle. Surtout ne pas baisser la garde face à ce joueur invétéré qu'elle avait épousé ! Pas une minute. Pas même une seconde.

12

Béthanne Hamlin

Depuis sa dernière rencontre avec Grant, Béthanne ne décolérait pas. Sa fureur était telle qu'elle n'avait pas réussi à trouver le sommeil. Ce monstre d'égoïsme refusait de verser trois cents dollars pour son fils. Quel salaud ! Béthanne en connaissait la raison, même s'il n'avait pas eu le courage de la lui avouer.

Grant se vengeait d'Andrew. Quand il avait quitté la maison pour emménager avec Tiffany, son fils de seize ans n'avait pas hésité à se dresser devant lui pour lui dire ce qu'il pensait de sa conduite. Grant n'avait guère apprécié l'honnêteté d'Andrew, et la relation entre le père et le fils en avait pâti.

— Tu vas bien, maman ? demanda Annie, qui venait d'entrer dans la cuisine.

— Oui, oui, très bien, ma chérie.

Annie s'assit à côté de sa mère à la table de la cuisine.

— Tu penses à papa ?

Béthanne ne prit même pas la peine de nier.

— Oui. Sans arrêt depuis quelque temps.

— Moi, c'est pareil, avoua l'adolescente. Je n'arrive pas à croire qu'il est toujours avec *elle*.

Annie ne prononçait jamais le nom de Tiffany. C'était toujours *elle* ou *la garce*. Quant aux sentiments qu'elle éprouvait pour Grant, ils n'étaient pas très clairs. La jeune fille aimait son père et elle avait toujours été très proche de lui. Elle aspirait à retrouver leur complicité d'antan, mais elle se sentait blessée et trahie.

Elle n'était pas très sûre de savoir où elle en était avec lui. Grant ne lui accordait que très peu d'attention : il attendait toujours que ce soit elle qui l'appelle. Ce qu'elle faisait de temps à autre. La colère d'Annie était essentiellement dirigée vers Tiffany car l'adolescente était persuadée que cette *garce* avait *volé* Grant à sa famille. Béthanne ne prenait pas ce ressentiment à la légère, surtout après avoir parcouru le journal d'Annie. Mais comment réagir ? Elle se le demandait encore, tout en priant pour que cette amertume finisse par s'atténuer.

C'était dans des moments comme celui-là que Béthanne regrettait le plus la présence de sa mère. Martha Gibson était brutalement décédée à la suite d'une rupture d'anévrisme, l'année qui avait suivi la naissance d'Annie. La santé de son père n'avait fait que décliner par la suite. Il vivait maintenant dans une maison de retraite en Arizona, complètement renfermé sur lui-même, et c'était toujours à Béthanne de prendre de ses nouvelles.

— Je crois qu'ils vont se marier, murmura Annie de façon presque inaudible.

En entendant ces mots, Béthanne fut soudain prise d'un vertige.

— Ah bon ? fit-elle en tâchant de prendre un air détaché.

S'il y avait une personne dans la famille qui pouvait détenir ce genre d'information, c'était Annie. Car Grant se confiait à elle, malgré tout. *Ils allaient se marier.* Voilà pourquoi Grant était devenu si rapiat ! Béthanne était prête à parier le peu d'argent qui lui restait sur son compte que son ex-mari avait commandé un énorme diamant pour Tiffany et qu'il organisait leur lune de miel. Au moins, Tiffany aurait une lune de miel. Béthanne n'en avait jamais eu. Grant et elle s'étaient mariés alors qu'ils étaient encore étudiants. Ils avaient tout juste eu de quoi payer une nuit dans un hôtel trois étoiles sur la côte de l'Oregon. Le lundi matin, ils étaient de retour sur les bancs de la fac.

— Je la déteste, maman ! Sans *elle*, papa serait encore avec nous, et tout serait comme avant !

Sa voix se brisa.

— Je sais, chuchota Béthanne en réprimant sa propre colère.

Mais si ça n'avait pas été elle, il en aurait sans doute rencontré une autre.

Béthanne en avait eu la révélation au moment du divorce. Son avocat était en train de passer en revue les dispositions de leur accord lorsqu'elle avait soudain eu comme une illumination. Ce n'était pas *sa faute à elle*. Elle avait été une bonne épouse et une bonne mère. Elle était restée fidèle et aimante. Pas une fois en vingt ans de mariage, elle n'avait eu envie de tromper Grant. Elle avait consacré toute sa vie à sa famille sans jamais se plaindre ni éprouver de ressentiment. Elle avait organisé pour son mari des réceptions qui étaient devenues légendaires…

Non, elle n'était pas responsable de ce gâchis, et elle refusait d'en éprouver de la culpabilité. Assise dans l'étude de son avocat, elle avait reconnu ce jour-là les actes de Grant pour ce qu'ils étaient. En l'accablant, elle, Grant cherchait à se disculper, à justifier son manque de loyauté et son échec en tant que mari et père. Il avait essayé de lui faire croire qu'elle l'avait délaissé au profit des enfants. Mais c'était faux, et elle refusait d'écouter cette voix cruelle dans sa tête qui reprenait en écho les paroles de Grant.

— Maman, maman ! lança Annie en lui touchant le bras. Tu n'es plus avec moi.

— Oh ! Désolée.

— Comment était ton atelier de tricot ? demanda l'adolescente, apparemment désireuse de lui faire oublier ses idées noires.

— Vraiment très bien.

Le deuxième cours s'était beaucoup mieux déroulé que le premier. A peine installée, Elise s'était excusée pour ce qu'elle appelait sa « mauvaise humeur » de la semaine précédente. Elle avait même expliqué qu'elle avait reçu une mauvaise nouvelle et qu'elle n'avait pas eu le temps de la digérer.

Béthanne avait enchaîné en déclarant qu'elle aussi s'était sentie tendue, la première fois. A cause de l'argent qu'elle avait dépensé pour ce cours et qu'elle jugeait inutile. Elle était même venue avec l'idée d'arrêter l'atelier et de récupérer sa mise. Cependant, les choses avaient changé. Elle s'inquiétait encore de l'état de ses finances, mais elle reconnaissait qu'Annie avait raison : il lui fallait une activité bien à elle, qui lui changerait complètement les idées.

Même Courtney avait paru de meilleure humeur. Elle leur avait fièrement annoncé qu'elle avait perdu un kilo. Au début, Béthanne avait cru que la jeune fille imputait sa perte de poids au tricot. Cela lui avait semblé étrange, mais elle avait compris ensuite ce que Courtney voulait dire. Le fait d'avoir les mains occupées avait aidé l'adolescente à ne pas grignoter.

Béthanne n'avait pas vu passer les deux heures de cours. Elle se sentait merveilleusement bien et elle était heureuse de ne pas avoir arrêté l'atelier. Elle avait avancé dans ses chaussettes — du moins dans la première —, et avait vraiment apprécié la compagnie de ses camarades.

— Je savais que ça te plairait ! s'exclama Annie, une lueur de triomphe dans le regard.

Le téléphone sonna et la jeune fille bondit de sa chaise pour aller répondre.

— Allô ?

Son regard alla vers sa mère.

— Oui, elle est là, fit-elle avant de masquer le combiné avec sa main. C'est pour toi.

Elle sembla hésiter.

— C'est un homme, chuchota-t-elle.

Béthanne leva les yeux au ciel.

— Ça doit être mon chargé de compte. Il va encore me dire que je suis à découvert !

Annie lui apporta le combiné.

— Béthanne Hamlin à l'appareil, dit-elle en adoptant un ton ferme et professionnel.

— Béthanne, c'est Paul Ormond.

La jeune femme se figea. Paul était l'ex-mari de Tiffany, laquelle avait demandé le divorce en même temps que Grant. Apparemment, ils avaient agi de concert. Béthanne se les imaginait allant au tribunal main dans la main et gloussant comme des collégiens…

— Bonjour, Paul.

Ils ne s'étaient vus qu'une fois et de façon brève. A plusieurs reprises, Béthanne avait songé à l'appeler pour lui demander s'il était au courant de la liaison avant que sa femme ne lui en parle, et si Tiffany était passée aux aveux le jour de la Saint-Valentin. Et puis, finalement, elle avait changé d'avis, estimant la démarche totalement inutile.

— Je me demandais si nous pourrions avoir une discussion, vous et moi, dit Paul.

— Bien sûr. C'est une bonne idée, répondit-elle maladroitement.

Il y eut un silence à l'autre bout du fil.

— Vous voulez dire *maintenant* ? demanda-t-elle.

— Heu, non. Que diriez-vous de 17 heures ?

— D'accord.

Béthanne n'avait aucun engagement. Cela avait été un choc pour elle de constater que son agenda s'était complètement vidé. Ses amies ne l'invitaient plus car les dîners et les sorties se faisaient la plupart du temps en couple. Son nouveau statut de femme divorcée avait fait d'elle une paria. De plus, elle se doutait bien que Tiffany l'avait remplacée à certaines tables. Juste au moment où elle avait le plus besoin de ses amies, celles-ci lui avaient fait faux bond.

— Accepteriez-vous de dîner avec moi ? Je vous invite.

Il semblait hésitant, comme s'il s'attendait à ce qu'elle refuse.

— Avec plaisir, répondit-elle sans réfléchir. Où voulez-vous que nous nous retrouvions ?

— Chez Anthony. Disons vers 18 heures. Je m'occupe de réserver.

Le restaurant du front de mer se trouvait à quelques pas de Pike Pace Market, et il était réputé pour ses fruits de mer.

Béthanne remercia Paul avant de raccrocher, à la fois perplexe et heureuse. Ce n'était pas un rendez-vous galant, mais c'était la première fois en vingt-deux ans qu'elle dînait tête à tête avec un homme qui n'était pas son mari.

— C'était qui ? demanda Annie lorsque sa mère eut raccroché.

Pour une raison inexpliquée, Béthanne n'avait pas envie d'en parler.

— Un vieil ami, répondit-elle.

— Il t'invite ? fit Annie comme si cette éventualité était inimaginable.

Aussitôt, Béthanne se dit qu'elle avait peut-être fait une erreur en acceptant de voir Paul.

— Tu crois que j'aurais dû refuser ?

Annie haussa les épaules.

— Je ne sais pas. Pourquoi tu me demandes ça ? C'est toi l'adulte, non ?

— Tu as raison. C'est moi l'adulte et je dois voir… un vieil ami.

Quand l'heure de son rendez-vous arriva, Annie et Andrew se trouvaient à l'extérieur. Béthanne leur laissa donc un mot sur le plan de travail de la cuisine, comme ils le faisaient eux-mêmes quand ils s'absentaient.

Elle dut garer sa voiture assez loin, car elle ne pouvait se permettre de payer une place de stationnement. Quand elle arriva devant le restaurant, Paul Ormond était déjà là et l'attendait sur le trottoir. Il lui fit signe en la voyant approcher.

Il devait avoir dans les trente-cinq ans. Brun aux yeux noirs, il avait des traits agréables et une bedaine naissante. Selon les souvenirs de Béthanne, il devait travailler pour une compagnie internationale de fret maritime. Il portait un costume et une cravate. Béthanne n'arrivait toujours pas à comprendre comment la belle Tiffany avait pu épouser un homme aussi ordinaire.

— Merci d'avoir accepté de venir, fit Paul en s'effaçant pour la laisser entrer.

Il donna son nom à l'hôtesse d'accueil qui les conduisit aussitôt à une table.

Ils commandèrent tous deux un verre de vin, et Paul tourna le regard vers la fenêtre.

— Vous devez vous demander pourquoi je vous ai téléphoné, fit-il après quelques minutes de silence.

Fait étrange, Béthanne n'éprouvait ni gêne ni besoin de meubler ce silence.

— Oui, c'est vrai, acquiesça-t-elle. Ça fait quelque temps que le divorce a été prononcé.

— Pour moi, l'affaire n'est pas encore classée.

Elle admit qu'elle ressentait la même chose avant de lui raconter que Grant avait refusé de payer l'inscription d'Andrew au stage de foot.

— Quand avez-vous su qu'ils avaient une liaison ? demanda-t-il.

La question l'embarrassa.

— Seulement quand Grant m'en a parlé. Vous savez ce qu'on dit ? Que l'épouse est toujours la dernière informée. Et vous ?

— Je l'ai su dès le début, mais je refusais d'y croire.

— Vous étiez mariés depuis longtemps ?

— Six ans. Nous avons passé quatre belles années ensemble. Jusqu'à ce qu'elle rencontre Grant.

Il secoua la tête avant d'ajouter :

— J'ai deviné qu'il y avait anguille sous roche quand elle m'a dit qu'elle renonçait à être mère.

Béthanne savait par Grant que le couple n'avait pas d'enfant.

Elle trempa les lèvres dans son verre de chardonnay.

— Annie pense qu'ils vont se marier, annonça-t-elle. Elle m'en a parlé cet après-midi.

Paul haussa les sourcils.

— Il fallait s'y attendre.

Bien que cette discussion lui ait coupé l'appétit, la jeune femme ouvrit le menu.

— Je ne sais pas si je m'en remettrai un jour, fit-elle dans un murmure.

— Ne dites pas ça ! Je pensais que vous étiez… en train de remonter la pente.

— C'est vrai que ça va mieux, affirma-t-elle d'un ton vaillant. C'est juste que…

En fait, s'il fallait se fier à l'intensité de sa douleur, c'était plutôt mal parti.

— Votre mari et ma femme nous trompaient, reprit Paul, alors, pourquoi est-ce à nous de nous sentir coupables ?

Quelle injustice, en effet ! Alors que Grant et Tiffany étaient déchargés de leurs responsabilités et qu'ils faisaient probablement la fête tous les soirs, Béthanne devait faire face à des enfants dont la sécurité affective avait été détruite et à une maison qui aurait eu grand besoin de quelques travaux. Sans parler de sa douleur. Non, on ne pouvait pas souffrir autant !

— Je me dis qu'ils devront vivre avec le souvenir de ce qu'ils ont fait, dit Paul. Mais c'est une piètre consolation.

— Ce n'est pas une consolation du tout.

Paul ouvrit son menu.

— Je me disais que…

— Pourrions-nous changer de sujet ? lança Béthanne d'un ton un peu brusque. Nous sommes censés tourner la page, non ? Si nous commandions ?

— D'accord. Vous avez choisi ?

— Oui, je vais prendre du saumon fumé. Et peut-être un bol de bouillabaisse ensuite.

Paul opta pour de la bouillabaisse et des pâtes aux fruits de mer. Tous deux passèrent ensuite leur commande.

— Alors, vous y arrivez ? demanda-t-il à Béthanne. A tourner la page, je veux dire.

— J'essaie.

— Comment ?

Devant l'air surpris de la jeune femme, il ajouta :

— Si je vous demande ça, c'est parce que j'ai besoin d'aide. En fait, je m'imaginais que vous alliez mieux que moi et que vous pourriez me donner quelques conseils.

— Je… je me suis inscrite à un atelier de tricot.

Cette déclaration inattendue fit naître un sourire sur les lèvres de Paul. Il avait l'air soudain plus jeune et plus séduisant.

— Je me vois mal en train de tricoter.

— Il y a des hommes qui le font.

— Ah bon ?

— C'est ce que j'ai entendu dire, fit Béthanne en haussant les épaules.

— Je me suis mis au golf, mais ça n'a pas l'air d'être mon truc.

Un silence s'ensuivit tandis qu'ils se concentraient avec des murmures d'appréciation sur leur bouillabaisse qui venait d'arriver. Elle était vraiment délicieuse, et Béthanne se surprit à essayer de retrouver les ingrédients qui avaient servi à la préparer. Une habitude qu'elle avait quand elle était mariée et qu'elle cherchait de nouvelles recettes. Contre toute attente, cela la réconforta au lieu de l'attrister, comme si elle venait de retrouver une partie de la femme qu'elle avait été.

Elle goûta au saumon fumé. Il était bon, mais elle ne l'aurait pas servi avec une mayonnaise au curry. Il ne fallait pas multiplier les saveurs fortes.

— Vous voyez quelqu'un ? demanda-t-elle à Paul pour relancer la conversation.

Il secoua la tête.

— Non. Et vous ?

Elle sourit et fit un geste vers lui.

— En vingt-deux ans, vous êtes mon premier rendez-vous.

— Et moi en sept ans.

— Il faut arroser ça, non ?

Paul se mit à rire.

— Vous avez raison, dit-il en faisant signe au serveur de leur apporter un deuxième verre de vin.

Paul n'était peut-être pas l'homme le plus séduisant qu'elle ait rencontré — surtout comparé à Grant —, mais elle fut frappée par sa sincérité et sa générosité. Il était tellement attentif et prévenant. Faisant fi de sa propre douleur, il lui dit à quel point il était désolé que Tiffany ait détruit sa famille.

— Y a-t-il quelque chose que je puisse faire pour vous ? s'enquit-il tandis qu'ils quittaient le restaurant.

Tout ce dont Béthanne avait besoin, c'était d'un travail.

— Connaissez-vous quelqu'un qui pourrait m'embaucher ?

— Dans quel domaine ?

Elle poussa un soupir.

— Pour le moment, je suis prête à prendre n'importe quoi.

— Vous savez vous servir d'un ordinateur ?

— Heu…

L'informatique n'était pas son fort. Grâce à ses enfants, elle se débrouillait un peu sur internet et elle pouvait faire du traitement de texte, mais ses compétences s'arrêtaient là.

— Vous pourriez prendre quelques cours, suggéra Paul.

Il n'avait pas tort. Béthanne, cependant, n'était guère emballée. L'idée de se lancer de nouveau dans le marché du travail après tant d'années passées à la maison lui était insupportable. Toutes ces démarches étaient presque aussi pénibles que le divorce lui-même.

Paul insista pour la raccompagner jusqu'à sa voiture.

— J'ai passé une bonne soirée, Béthanne. Merci.

— Merci à vous.

Ils échangèrent une poignée de main.

— Si vous avez besoin d'une oreille, n'hésitez pas, dit-elle.

— C'est vrai ? Vous n'y verriez pas d'inconvénient ?

— Pas le moins du monde.

Béthanne reprit le chemin de la maison. Il était presque 22 heures lorsqu'elle se gara dans l'allée. A peine était-elle sortie de sa voiture que la porte d'entrée s'ouvrit brusquement, laissant apparaître Andrew et Annie, qui fixaient sur elle un regard noir.

— Bon sang ! Où étais-tu ? s'exclama l'adolescente.

— On était morts d'inquiétude, ajouta son frère.

Béthanne les dévisagea d'un air sidéré.

— Enfin, Annie ! Je t'avais dit que j'avais rendez-vous avec un vieil ami.

— Mais tu ne m'avais pas prévenue que tu rentrerais aussi tard ! cria la jeune fille, outrée.

— Nous avons parlé… et je n'ai pas vu le temps passer, expliqua Béthanne, prise de court.

— Jamais je n'aurais cru que tu ferais ça ! marmonna Andrew.

— C'est n'importe quoi ! murmura Annie.

— Vous allez me laisser entrer, oui ? demanda Béthanne.

Puis, comme ils s'écartaient pour lui permettre de passer, elle ajouta :

— Je vous ai laissé un mot.

— Oui, mais tu ne nous as pas dit avec qui tu étais ni où tu allais. Tu sais, jouta Andrew, c'est bizarre de savoir que ma mère sort avec quelqu'un.

— Inutile d'en faire tout un plat ! dit Annie, qui semblait s'être calmée. Mais ça fait quand même un drôle d'effet.

— Je suis d'accord avec vous, concéda Béthanne. Cependant, je n'y peux rien. C'est ma nouvelle réalité.

Pour la première fois, elle put prononcer tranquillement ces mots qu'elle détestait tant.

— Il va falloir qu'on s'y fasse, c'est ça ? conclut Andrew.

Béthanne opina de la tête.

De toute façon, ses enfants n'avaient pas besoin de s'inquiéter. Elle continuerait d'être leur pilier. Leur mère. Rien ne pourrait changer cela, pas même ce que leur père avait fait.

13

Courtney Pulanski

A en croire le vieux pèse-personne de sa grand-mère, Courtney avait perdu deux kilos. C'était la première fois depuis des mois qu'elle parvenait à respecter un régime, et elle n'en était pas peu fière !

Elle était convaincue que le fait de se remettre au sport y était aussi pour quelque chose. Sa sœur lui avait envoyé par internet un régime pauvre en hydrates de carbone, mais Courtney préférait continuer à sa manière. Un programme peu compliqué qui consistait à s'interdire tout aliment commençant par la lettre ***p*** : pâtes, pizza, pop-corn. Il fallait ajouter à cela le beurre de cacahuètes et quelques autres produits peu recommandés pour la ligne.

Elle avait des nouvelles d'Alaska tous les jours : sa sœur Julianna ne manquait jamais de lui envoyer un mail pour lui raconter des anecdotes plus amusantes les unes que les autres au sujet de ses collègues de travail, des pensionnaires du gîte ou de la vie en plein air. Quant à Jason, il lui envoyait un petit mot d'encouragement une ou deux fois par semaine. Courtney appréciait ces gestes et, en retour, elle leur écrivait de longs mails. Elle n'avait pas parlé de son régime, mais se vantait — du moins auprès de sa sœur — de chaque gramme perdu. Son père aussi donnait régulièrement signe de vie. Sa mission au Brésil était très prenante, mais l'adolescente voyait bien qu'il faisait tout son possible pour qu'elle ne se sente pas abandonnée. Elle ne l'en aimait que davantage. Maintenant qu'elle avait fini de s'apitoyer sur son sort, elle prenait pleinement conscience de la difficulté de sa situation à lui. Ses enfants lui manquaient terriblement et il parlait constamment du moment où il rentrerait chez lui. Jamais le temps ne leur avait paru aussi long !

Une seule chose ennuyait Courtney à propos de sa nouvelle vie à Seattle : elle ne s'était pas encore fait d'amis de son âge. Elle faisait des longueurs de piscine trois fois par semaine et du vélo le reste du temps. La dernière fois, elle s'était même rendue à son atelier de tricot à bicyclette, et cela en dépit des protestations de sa grand-mère qui trouvait que circuler ainsi dans les rues de Seattle n'était guère prudent. Courtney tirait gloire de son exploit, car parcourir les cinq kilomètres qui la séparaient de la boutique de Blossom Street n'était pas une mince affaire. Sans parler de l'ascension de Capitol Hill. Un véritable défi ! Nul doute que Lance Armstrong aurait également souffert, se disait-elle. Bien sûr, à un moment donné, il lui avait fallu descendre de vélo et continuer à pied. Son but, maintenant, était de grimper au sommet sans mettre pied à terre. Cela nécessiterait de l'entraînement, mais elle savait qu'elle finirait par y parvenir.

— Tu sors encore ? demanda sa grand-mère en la voyant descendre les marches à toute vitesse, son casque à la main.

— Je n'en ai pas pour longtemps, *Grams*.

La semaine précédente, elle avait décidé que « grand-mère » était trop long à dire et que « mémé » faisait trop bébé. Du coup, elle avait opté pour *Grams*.

— Fais bien attention ! lui cria Véra, qui regardait la télévision.

— Ne t'en fais pas.

— Quand comptes-tu rentrer ?

Courtney consulta sa montre.

— Disons dans une heure, d'accord ?

N'obtenant pas de réponse de la part de sa grand-mère, Courtney se dit que celle-ci n'avait pas dû entendre, ce qui était souvent le cas. Après avoir ajusté son casque et mis ses gants, elle se rendit au garage où elle entreposait sa bicyclette.

Elle venait de passer la dixième vitesse et était en train de pédaler avec vigueur, le visage au vent, quand elle aperçut sur le parking du supermarché une silhouette familière. Béthanne la vit au même moment et la salua d'un geste de la main. Courtney pensait se contenter d'un bonjour rapide et poursuivre son chemin, mais la femme l'interpella.

L'adolescente engagea sa bicyclette dans le parking et s'approcha de Béthanne, qui, apparemment, venait de terminer ses courses. A ses côtés, un beau jeune homme brun et large d'épaules s'apprêtait à charger les sacs dans le coffre de la voiture.

— Salut ! fit Courtney, à bout de souffle.

Elle prit sa gourde et but une gorgée.

— Courtney, laisse-moi te présenter mon fils, Andrew. Comme tu peux le voir, il travaille à mi-temps ici, ajouta Béthanne en indiquant le logo du magasin qui figurait sur la blouse du garçon.

Béthanne avait parlé de ses enfants pendant l'atelier de tricot, mais l'adolescente avait écouté d'une oreille distraite.

— Salut ! lança Andrew d'une voix morne.

— Salut.

Courtney était mortifiée. Pourquoi fallait-il qu'elle le rencontre alors qu'elle était en short et dégoulinante de sueur ? Elle aurait préféré qu'il ne voie pas ses jambes nues.

— Courtney participe à l'atelier de tricot, expliqua Béthanne à Andrew. Tu sais, je t'en ai parlé l'autre jour. Elle va faire sa rentrée en terminale dans le même lycée que toi.

Se tournant vers la jeune fille, elle ajouta :

— Andrew aussi passe en terminale.

— Au lycée Washington ?

Il acquiesça.

— Tu ne m'avais pas dit que tu avais un ticket en trop pour le match des Mariners, ce soir ? demanda Béthanne à son fils.

Puis, sans lui laisser le temps de répondre, elle ajouta :

— Tu devrais emmener Courtney. Elle n'a encore rencontré personne de son âge, et ce serait une bonne façon pour elle de faire connaissance avec tes copains.

— Tu n'es pas obligé de m'emmener ! déclara vivement Courtney, qui se sentait plutôt embarrassée.

— Tu veux venir ? demanda le jeune homme.

— Oui, pourquoi pas ? répondit-elle en feignant une indifférence qu'elle était loin d'éprouver.

En fait, elle était même toute retournée à cette idée, mais elle se garda bien de le montrer.

— Tu n'as qu'à passer la chercher, suggéra Béthanne.

— Si je peux avoir la voiture, oui.

D'après son ton, Courtney comprit que c'était là un sujet délicat entre la mère et le fils.

Béthanne grimaça un sourire.

— D'accord. Tu es autorisé à prendre la voiture.

Andrew nota l'adresse et le numéro de téléphone de Courtney et promit de l'appeler en fin de journée, une fois son travail terminé.

Courtney reprit le chemin de la maison, tellement excitée qu'elle avait l'impression de ne pas pédaler assez vite. Andrew était vraiment cool et mignon, se dit-elle. Le genre de garçon qu'elle rêvait de rencontrer. Il restait encore beaucoup de temps avant le début du match, mais Courtney avait une foule de choses à faire.

Quand elle arriva, sa grand-mère avait déjà dressé la table. La jeune fille saisit une pomme qu'elle croqua à pleines dents avant de s'élancer dans l'escalier.

— Hé ! cria Véra derrière elle. Où vas-tu comme ça ?

— J'ai fait la connaissance de quelqu'un. Le fils de Béthanne.

Sa grand-mère la regarda, perplexe.

— Béthanne ? Celle qui vient au cours de tricot ?

Courtney prit une profonde inspiration.

— Je vais au match des Mariners, ce soir.

— Tu as encore le temps.

— Je sais ! cria l'adolescente depuis l'étage. Mais je dois encore me doucher et tout le reste. Oh ! Grams, à ton avis, qu'est-ce que je dois mettre ?

Question stupide, se dit-elle. Grams était adorable, mais elle ne connaissait rien à la mode.

— Laisse tomber, ajouta-t-elle. Je vais me débrouiller toute seule.

Après s'être douchée, Courtney se changea une quinzaine de fois, se pesant à chaque tenue qu'elle enfilait et s'examinant d'un œil critique devant le miroir. Finalement, elle opta pour un jean avec un haut blanc et une surchemise à fleurs. Elle pesait plus lourd en jean, mais la chemise jaune mettait ses yeux noirs et ses cheveux bruns en valeur.

Andrew téléphona à 17 heures pour annoncer qu'il serait là dans trente minutes, le match commençant à 18 heures. Courtney ne voulait pas sembler trop impatiente en attendant dehors, mais elle n'avait pas envie non plus qu'il sonne chez elle. Elle trouva un compromis en se postant à la fenêtre pour le guetter. Dès qu'elle vit sa voiture devant la porte, elle déposa un baiser sur la joue de sa grand-mère et se précipita dehors.

— Amuse-toi bien ! lui cria Véra.

— Merci !

C'était tellement mieux que de rester plantée devant la télé ou de surfer sur internet, se dit-elle.

Andrew se pencha pour lui ouvrir la portière côté passager.

— Salut ! fit-il sans trop d'enthousiasme.

— Salut ! Merci d'avoir accepté de m'emmener.

Courtney était déjà installée lorsqu'elle s'aperçut de la présence d'un autre passager à l'arrière de la voiture.

— Salut ! fit-elle en se contorsionnant pour trouver la ceinture de sécurité.

— C'est ma sœur, Annie. Elle passe en première. Annie, je te présente Courtney.

Courtney se retourna, et son sourire s'évanouit dès qu'elle s'aperçut qu'Annie était l'une des filles qui s'étaient moquées d'elle à la piscine. Mais, apparemment, elle ne la reconnut pas. En tout cas, elle ne fit aucune allusion à leur rencontre.

— Andrew et maman m'ont obligée à aller à ce match, marmonna-t-elle.

De toute évidence, Annie ne voulait pas que Courtney pense qu'elle se joignait à eux par plaisir.

— Depuis combien de temps es-tu à Seattle ? demanda Andrew après avoir jeté un regard dur à sa sœur.

— Depuis quelques semaines déjà. J'habite chez ma grand-mère.

Elle leur expliqua que son père se trouvait actuellement au Brésil, où il travaillait sur un projet de pont important. Elle leur parla ensuite de son frère et de sa sœur, puis de sa difficulté à quitter Chicago, où elle avait tous ses amis. Elle avait conscience de les abreuver de détails, mais ça lui faisait tellement de bien de se retrouver avec des gens de son âge !

— Tes parents sont divorcés ? demanda Annie.

Courtney perdit aussitôt sa vivacité.

— Ma mère est morte dans un accident de voiture, il y a quatre ans.

— Zut ! murmura Andrew avec compassion.

— Ouais.

Un silence pesant s'installa entre eux.

— J'aurais aimé que papa meure, dit Annie à voix basse.

— Ne dis pas ça ! lui lança son frère.

— Mais je ne plaisante pas !

— Nos parents viennent de divorcer, expliqua Andrew. Je suppose que maman en a parlé.

— Juste au premier cours, répondit Courtney, qui se rappelait que Béthanne avait également annoncé qu'elle cherchait du travail.

— Notre père est un crétin ! s'écria Annie.

— Ma sœur ne le vit pas très bien, ajouta Andrew à voix basse.

— Je t'ai entendu ! jeta Annie avec mépris.

Ils se garèrent dans une rue latérale et descendirent de la voiture.

Annie se tourna vers Courtney. Priant pour qu'elle ne la reconnaisse pas, cette dernière retint son souffle. Mais c'était trop demander.

— On se connaît, fit Annie en l'examinant.

Courtney sentit son cœur se serrer.

— Peut-être que tu m'as vue en venant chercher ta mère à l'atelier de tricot, suggéra-t-elle en espérant que ça marcherait.

Mais le nœud qu'elle avait à l'estomac persistait.

— J'ai trouvé ! s'écria Annie d'un air triomphant. Tu étais à la piscine, n'est-ce pas ? La première séance du matin pour les petites vieilles.

Se penchant vers Courtney, elle chuchota :

— Ne t'en fais pas. Pas de risque de tomber de nouveau sur moi. J'ai arrêté la natation la semaine dernière. Ma mère n'est pas encore au courant et Andrew ne lui dira rien parce qu'on a conclu un marché.

Andrew posa sur sa sœur un regard noir.

— Il a fait le forcing pour que je vous accompagne, expliqua Annie d'un air joyeux. Il ne voulait pas que sa petite copine se fasse des idées.

— Ferme-la ! fit Andrew d'un ton sec avant de se tourner vers Courtney avec un regard d'excuse.

— Ne t'en fais pas, lui dit-elle. Je ne le prends pas mal.

Et c'était vrai.

14

Lydia Hoffman

J'attendais avec impatience que Brad termine ses livraisons dans le quartier et qu'il vienne à la boutique. Pour moi, Brad était le héros romantique par excellence. J'étais bien placée pour le dire, étant donné le nombre de romans sentimentaux que j'avais lus. Depuis l'âge de seize ans, je vivais avec le cancer, bien consciente d'être en rémission. En dépit de la terrible frayeur que j'avais eue l'année précédente, je pouvais dire que jamais je n'avais été aussi heureuse. Pour quelqu'un comme moi, c'était un peu terrifiant, comme si le fait d'être confiante et d'éprouver du bonheur pouvaient me porter malheur.

Je crois avoir déjà dit que le Dr Watson m'avait trouvé quelque chose au cours d'un contrôle de routine. Convaincue que le cancer était de retour, je m'étais laissée aller à une attitude fataliste. C'est à ce moment-là que j'avais rompu avec Brad. Sans lui donner de raison valable, je l'avais chassé de ma vie. Mais il ne s'était pas avoué vaincu. J'avais adoré la façon dont il s'était battu pour moi, comment il était resté à mes côtés jusqu'à ce que je lui rende la vie impossible. Puis j'avais appris que j'allais bien. J'aurais parfaitement compris que Brad ne veuille pas me revoir. Heureusement, il était prêt à m'écouter. Une fois de plus, c'était grâce à Margaret. En effet, si elle ne m'avait pas encouragée à renouer avec lui, j'ignore ce qui se serait passé. Tout cela était terminé maintenant, et j'étais bien contente que Brad fasse partie de ma vie.

Au cours de notre conversation téléphonique de la veille, nous parlâmes de nos plans pour le 4 Juillet, et Brad me dit qu'il voulait en discuter avec moi avant de confirmer notre présence au barbecue chez Margaret. J'adorais notre fête nationale et, chaque fois, j'étais aussi excitée qu'un enfant. J'étais surtout contente de me retrouver avec Brad et Cody, loin de la boutique. Un peu de repos serait le bienvenu.

Nous avions très bien travaillé au magasin, ce qui en soi était une bonne chose, mais c'était également éprouvant sur le plan physique. Je passais huit heures debout. Margaret faisait de son mieux mais, comme elle était préoccupée par ses propres problèmes, elle ne m'était pas d'un grand secours en ce moment. J'essayais d'être compréhensive et de lui apporter un maximum de soutien.

Mes ateliers de tricot du vendredi marchaient bien, eux aussi. Il y avait surtout Jacqueline qui ne manquait pas une séance et apportait sa contribution au projet Warm Up America. D'accord, c'était elle qui avait le plus de temps libre puisque Alix travaillait et que Carol s'occupait du petit Cameron. Mais quand même, Jacqueline donnait de son temps et de son argent, et sa générosité m'impressionnait.

Il y avait également l'atelier de chaussettes. Les participantes formaient un groupe intéressant et je commençais à mieux les connaître. Elles étaient plus détendues qu'au départ, ce qui était bon signe. J'adore le tricot, parce qu'il a le don de rassembler les gens. Aussi différentes que ces femmes puissent être — en raison de leur personnalité, de leur environnement social et de leur âge —, elles commençaient à apprécier de se retrouver ensemble. L'atelier avait mal démarré le premier jour, parce que Elise était de mauvaise humeur, mais ses excuses avaient arrangé les choses et je lui en étais reconnaissante. Je remarquai que c'était elle qui donnait le *la* à la classe. Elle avait un tempérament de leader. J'aurais aimé posséder cette qualité pour influer sur l'ambiance d'un groupe, mais ce n'était pas le cas.

Il était un peu plus de 10 heures quand je vis la camionnette de Brad s'arrêter devant la boutique. Je ne bougeai pas, attendant qu'il entre dans le magasin et qu'il me salue d'un « bonjour, beauté ! ».

Cela faisait partie de notre petit rituel. Nous allions ensuite dans mon bureau pour échanger quelques baisers et caresses. Je préférais garder ces moments privés loin du regard de Margaret.

Non pas que cela aurait changé quoi que ce soit aujourd'hui : elle était encore en retard. C'était devenu presque une habitude chez elle d'arriver une bonne demi-heure après l'ouverture. Je ne voulais pas jouer à la patronne tatillonne, mais ça m'agaçait de voir qu'elle prenait ses responsabilités à la légère. J'allais devoir lui en toucher un mot à un moment ou à un autre.

Le carillon de la porte tinta et je me détendis. Tout semblait aller mieux quand je pouvais passer quelques minutes seule avec Brad.

— Salut ! dit-il en poussant vers moi un diable chargé de boîtes de laine.

— Hé ! Tu m'as habituée à mieux. Je ne suis plus ta « beauté » ?

— C'est pas ça, mais…

— Brad ? Tout va bien ?

Devant ce manque d'entrain qui ne lui ressemblait pas, je sentis l'inquiétude me gagner. Je voyais bien que quelque chose ne tournait pas rond. Je n'avais pas besoin de lui poser la question. Son regard fuyant était suffisamment explicite.

— Tout va bien — du moins, je crois, répondit-il d'un ton hésitant.

— Il s'agit de Cody ? demandai-je, alarmée.

— Non, non. Cody va bien.

J'aimais le fils de Brad. De temps à autre, le mot « maman » lui échappait quand il s'adressait à moi, et ça me faisait chaud au cœur. Si tout allait bien, je ne tarderais pas à devenir sa belle-mère.

— Alors, dis-moi ce qui ne va pas, insistai-je.

— Il vaut mieux en discuter plus tard.

— De quoi ?

Je n'allais pas le laisser repartir sans explication.

Brad poussa un soupir, comme s'il pensait qu'il aurait mieux valu pour lui être à des lieues de ma boutique. Nous sortions ensemble depuis un an et c'était la première fois que je le voyais comme ça.

— Je ne peux pas être avec toi le 4, lâcha-t-il soudain.

Je tentai de dissimuler ma déception.

— Oh ! Y a-t-il une raison particulière ?

Il fit mine de ne pas avoir entendu ma question et s'occupa de décharger le diable, empilant les boîtes près de la caisse. Je signai le bon de livraison.

— Brad, le pressai-je. Ça semble grave.

Il se redressa. Jamais je ne l'avais vu aussi sérieux.

— Tu ferais mieux de t'asseoir.

— Non, dis-je d'un ton catégorique. Je préfère rester debout. Parle, je t'écoute.

Une étrange sensation d'engourdissement commençait à me gagner. Je crois que je comprenais ce qui m'attendait. Je pouvais presque prévoir ce qu'il allait me dire. J'avais eu ce genre de conversation deux fois dans ma vie avec les deux hommes qui prétendaient m'aimer. Chaque fois, c'était pour m'entendre dire que notre relation était terminée. A l'époque, je ne leur en avais pas voulu. Ce n'était pas une très bonne idée de tomber amoureux de moi, puisque mes chances de survie étaient minces. Mais là…

— Cody et moi, on doit voir Janice, bredouilla Brad.

Puis, sans me laisser le temps de digérer l'information, il ajouta :

— Il y a quelques jours, Janice a téléphoné.

Je savais que Brad avait tout fait pour rester en bons termes avec son ex-femme. C'était elle qui avait demandé le divorce et, à l'époque, ça l'arrangeait que Brad ait la garde de leur fils.

— Donc Janice et toi avez eu une conversation ? repris-je. Apparemment, elle avait beaucoup de choses à te dire.

En voyant son expression, je compris que j'étais en dessous de la vérité.

Brad poussa un profond soupir.

— Elle dit qu'elle a beaucoup réfléchi ces derniers mois. Elle a pris conscience qu'elle avait fait une erreur en nous quittant, Cody et moi.

— C'est un peu tard, non ?

Brad ne répondit pas tout de suite.

— Elle veut une autre chance.

Je me mis à rire. Je ne parvenais pas à croire que Brad était prêt à revivre avec son ex.

— Eh bien, on peut dire que c'est pratique !

Contrairement à Brad, je voyais clair dans le jeu de Janice.

Son regard chercha aussitôt le mien.

— Que veux-tu dire ?

— Tu lui as annoncé que tu m'avais demandée en mariage ?

Brad fit oui de la tête.

— De toute évidence, repris-je, ça ne lui plaît pas. Elle te manipule.

Elle ne voulait pas de lui, certes, mais elle refusait qu'il refasse sa vie avec moi ou avec une autre femme.

Brad leva les mains en signe de désespoir.

— Elle semblait sincère et vraiment pleine de remords. Si c'était de la comédie, elle mérite un oscar.

Je comprenais que Brad ait envie de la croire : son ego en avait besoin. N'importe quel homme à sa place aurait réagi ainsi.

— Eh bien !

Je ne savais plus trop où nous en étions, Brad et moi. Même lui semblait perdu.

— Es-tu en train de me dire que tu ne m'aimes pas et que tu es sorti avec moi juste pour tuer le temps en attendant que Janice revienne à de meilleurs sentiments ? demandai-je.

— Bien sûr que non !

— Tu l'aimes toujours ?

— Non, répondit-il aussitôt.

Il marqua une pause avant de reprendre :

— Je l'aimais quand nous nous sommes mariés et je l'aimais encore quand elle m'a quitté. Mais je n'éprouve plus rien pour elle. La vérité, c'est qu'elle est la mère de Cody et que mon fils a besoin d'elle.

— Qu'est-ce que ça implique pour nous ?

Il mit les mains dans les poches de son pantalon.

— Je ne sais pas.

— On dirait que tu vas retirer ta demande en mariage. Si c'est le cas, attends-toi à une sacrée bagarre, mon gars !

Ma pointe d'humour fit naître un semblant de sourire sur ses lèvres.

— Je n'ai nullement l'intention de revenir sur ma demande, fit-il. Je te demande juste un peu de patience.

— Tu veux que je m'écarte volontairement pour donner à Janice une chance de vous embobiner, Cody et toi ? Désolée, Brad, je ne peux pas faire ça. Il faut que tu choisisses entre elle et moi.

— Je ne suis plus amoureux d'elle ! s'écria-t-il avec dans les yeux une lueur de supplication. C'est beaucoup plus compliqué que ça.

— Non, rien n'est compliqué. Vas-tu continuer à lui obéir au doigt et à l'œil le reste de ta vie ?

— Mais non ! De toute façon, il ne s'agit pas de moi, mais de mon fils.

— C'est trop tard pour Janice.

Il devait bien comprendre ma position. Il devait bien voir qu'il était en train de me briser le cœur !

De longues minutes s'écoulèrent avant qu'il ne réponde :

— Je dois ça à Cody. Il aime sa mère et il veut que nous redevenions une famille, comme avant.

Brad ferma les yeux, comme s'il ne supportait pas de voir la douleur qu'il m'infligeait.

— Je suis désolé, Lydia. Je donnerais n'importe quoi pour ne pas te blesser.

— Mais j'aime Cody, moi aussi !

Je me sentais complètement engourdie. Je pouvais à peine commander mes gestes.

— Je sais que tu l'aimes. Lui aussi t'aime.

— Mais jamais je ne serai sa mère.

Je souffrais tellement que je crus me trouver mal. Janice serait toujours la femme qu'il avait aimée en premier, celle qui aurait la priorité dans son cœur. J'aurais beau faire, je ne serais toujours qu'une pâle imitation.

Redressant les épaules, je me retournai. Brad n'avait pas bougé d'un pouce.

— Etant donné que tu as fait ton choix, tout ce que je peux vous souhaiter à toi, Janice et Cody, c'est bonne chance.

Il ne répondit pas.

— Je ne peux pas jouer à ce jeu, Brad. Je refuse.

— Ce n'est pas un jeu.

— Mais ça peut le devenir. Après quelque temps, Janice se rendra compte qu'elle a encore fait une erreur, et elle reprendra sa liberté. Seulement, je ne serai plus là.

— Mais de quoi tu parles ? Tout ce que je te demande…

— Je ne sais pas pourquoi tu veux lui donner une autre chance. Est-ce pour Cody ou pour toi ? C'est ton choix. Seulement, je ne peux pas te laisser entrer ou sortir de ma vie en fonction des humeurs de madame.

— Je ne sais plus ce qui est juste ! cria-t-il.

— Moi non plus. Manifestement, je ne viens qu'en seconde position.

J'avais du mal à garder mon calme.

— Elle veut revenir vivre avec toi, c'est ça ?

Brad secoua la tête.

— Non. Chacun reste chez soi. Nous n'avons pris aucune décision pour le moment. Je ne pouvais rien faire avant d'en avoir discuté avec toi.

Si c'était censé me remonter le moral, eh bien on pouvait dire que c'était raté. De toute évidence, Brad se laissait berner par Janice. Je savais qu'elle aimait Cody. Récemment, nous avions eu plusieurs discussions, elle et moi. Elle avait été suffisamment claire. En dépit du lien qui existait entre elle et Cody, elle ne voulait pas des contraintes qu'entraînait la vie conjugale. J'étais donc abasourdie par ce soudain revirement.

— Je t'aime, dis-je d'une voix tremblante. Mais je ne me battrai pas avec Janice. Et puis j'ignore ce que tu attends de moi.

— Je m'arrangerai pour éviter de croiser ton chemin, dit-il, les dents serrées.

— Merci, fis-je d'une voix calme.

J'étais surprise par la maîtrise dont je faisais preuve en apparence, alors que mon monde s'écroulait autour de moi.

Je détournai les yeux. Je ne voulais surtout pas qu'il voie la douleur dans laquelle il me plongeait.

L'homme que j'aimais me tourna alors le dos et sortit de ma vie. A peine la porte refermée, je me laissai tomber sur une chaise et m'enfouis le visage dans mes mains. Frissonnant, je pris de profondes inspirations tandis que j'essayais de comprendre ce qui venait de se passer. Je me faisais une joie de passer le 4 Juillet avec Cody, et voilà que tout s'écroulait ! Soudain, je me figeai. Je ne perdais pas seulement Brad, mais aussi Cody…

Le carillon de la porte tinta avec une gaieté irritante. Je laissai retomber mes mains, plaquai un sourire sur mes lèvres, sourire qui, aussitôt, se transforma en froncement de sourcils lorsque je vis que la nouvelle arrivante n'était autre que Margaret. Je dis la première chose qui me vint à l'esprit.

— Tu es en retard.

— Je sais, répondit-elle laconiquement.

— Si tu dois continuer à travailler avec moi, j'aimerais que tu fasses un effort pour être ponctuelle, dis-je d'un ton sec. Ce n'est pas parce que je suis ta sœur que tu peux te permettre d'arriver quand bon te semble.

Margaret me regarda, bouche bée. Visiblement, elle ne s'attendait pas à un tel accueil.

— O.K., message reçu.

Je me levai et allai me réfugier dans l'arrière-boutique. Mes mains continuaient à trembler. Je devais me reprendre, si je ne voulais pas m'effondrer complètement. En espérant que ce ne soir pas trop tard.

— Tu t'es levée du pied gauche ce matin ? demanda Margaret, qui m'avait suivie.

Je voulus me verser une tasse de café, mais mes mains tremblaient tant que je dus reposer la cafetière sur la plaque. Je me tournai alors vers ma sœur, certaine que j'étais devenue livide.

— Lydia, murmura-t-elle, bouleversée de me voir ainsi. Qu'y a-t-il ?

J'ouvris la bouche, mais les mots ne voulaient pas sortir. Un gémissement m'échappa et, bientôt, tout mon corps fut secoué de sanglots déchirants.

Aussitôt, je sentis les bras de ma sœur autour de mes épaules. Heureusement, d'ailleurs, car j'étais sur le point de m'effondrer.

— Lydia, Lydia, que s'est-il passé ? C'est Brad ? Je l'ai croisé devant la boutique. Il ne m'a pas adressé la parole.

Je me sentais incapable de parler. J'avais l'impression que c'était la fin du monde — mon monde, du moins. J'avais été si heureuse, si excitée. Pour la première fois depuis l'adolescence, j'avais eu l'impression de vivre une vie normale. J'avais trouvé l'amour, juste avant de me rendre compte à quel point il pouvait être fragile.

— Il faut que je monte me reposer un moment. Tu peux t'occuper du magasin ? chuchotai-je après avoir repris quelque peu mes esprits.

— Bien sûr.

— Merci.

Je me penchai vers la vitrine pour prendre Moustache, et aperçus Brad assis dans sa camionnette. Tassé sur lui-même, il avait le front appuyé sur le volant.

S'approchant de moi, Margaret plaça une main sur mon épaule et suivit mon regard.

— Toi et Brad ? demanda-t-elle d'une voix douce.

J'opinai :

— Il se remet avec son ex.

M'obligeant à me retourner, Margaret m'étreignit de toutes ses forces.

— Je suis désolée, chuchota-t-elle.

Oui, elle était désolée, mais pas autant que moi.

15

Elise Beaumont

Elise n'était pas de très bonne humeur en revenant de son atelier de tricot. Un atelier qui n'avait pas eu lieu. En arrivant au Fil des jours, elle avait appris que Lydia était tombée malade et que le cours avait été annulé. Margaret ne pouvait le prendre en charge car le tricot n'était pas vraiment son domaine et elle n'avait jamais tricoté de chaussettes. Selon elle, Lydia rattraperait la séance, ce qui était normal. Elise était d'autant plus déçue qu'elle avait fait un effort pour arriver à l'heure.

Pour se faire pardonner, Margaret avait offert à Elise, à Béthanne et à Courtney une remise de trente pour cent sur tout le magasin. Mais Elise n'avait pas l'intention d'acheter quoi que ce soit. Ce n'était pas de laine qu'elle avait besoin mais d'aide pour avancer dans la réalisation de ses chaussettes. Cela l'ennuyait au plus haut point de devoir attendre la semaine suivante.

— Tu rentres tôt ! fit remarquer Aurora en voyant sa mère revenir.

Elle fronça les sourcils devant sa mine renfrognée.

— Qu'est-ce qui s'est passé ? Le cours a été annulé ?

— Oui, et je voulais apprendre à faire le talon.

Elle ne lui avait pas dit que ces chaussettes étaient un cadeau pour David. Elle regrettait maintenant de ne pas avoir traîné en ville. Elle aurait pu rendre visite à une amie ou faire un tour à la bibliothèque. Au lieu de cela, elle s'était dépêchée de rentrer, comme si elle n'avait rien eu de mieux à faire.

Ce soudain désir de rentrer inquiétait Elise. Etait-elle en train de succomber une nouvelle fois à l'effet Maverick ? Elle faisait tout son possible pour garder ses distances, mais ce n'était pas facile. Après tout, ils dormaient à un palier de distance l'un de l'autre et partageaient un — voire deux — repas par jour.

Maverick ne manquait pas une occasion d'user de son charme auprès d'elle. Oh, elle ne se leurrait pas : ce n'était qu'un divertissement ! La résistance d'Elise représentait pour lui un défi à relever. Il se croyait peut-être irrésistible, mais Elise n'avait pas l'intention de céder. Elle refusait de tomber sous le charme. Elle ne se laisserait pas avoir comme sa fille ou les autres membres de la famille.

— Je suis contente que tu sois là, dit Aurora à voix basse. Papa a proposé de garder les garçons pendant que j'irais faire quelques courses, mais j'ai peur qu'il ne s'en sorte pas tout seul.

— Tu veux que je l'aide ?

— Ce serait super, maman ! fit Aurora, une lueur de gratitude dans les yeux.

Elise ne voyait pas comment elle aurait pu refuser un tel service à sa fille. Pourtant, ce n'était pas l'envie qui lui manquait. Elle était persuadée que Maverick en profiterait pour faire son numéro de charme. Il était tellement doué pour ça !

— Je vais dire à papa que tu es là, fit Aurora en étreignant sa mère. Merci, maman.

Elise regagna sa chambre. Elle laissa la porte ouverte, ce qu'elle faisait souvent avant l'arrivée de Maverick. Dieu seul savait quand il partirait. Il avait dit qu'il resterait deux semaines. Une première semaine s'était déjà écoulée et il n'avait absolument pas évoqué son départ prochain. Chaque jour était une torture pour Elise. Elle avait hâte qu'il s'en aille. Elle pourrait alors se détendre et cesser d'être sur ses gardes.

Après avoir trié son linge sale, elle porta le blanc à la buanderie. Elle chargea la machine à laver et attendit que l'eau coule dans le bac pour se diriger vers le salon.

Maverick s'y trouvait avec les garçons, et tous trois semblaient s'amuser comme des fous. Luke et John poussaient des cris de ravissement tandis que leur grand-père faisait le lion. Il s'arrêta net en apercevant Elise.

— Les garçons voudraient que je les emmène au parc.

— Alors, tu devrais le faire, répondit Elise d'un ton guindé.

— Seulement si tu viens avec nous.

Avant qu'elle n'ait pu refuser, les garçons la supplièrent de les accompagner. Ayant promis à Aurora d'aider Maverick, elle n'avait guère le choix.

— Très bien, dit-elle. Laissez-moi juste aller chercher un pull.

— Il ne fait pas froid, dit Luke.

Pour un garçon qui s'activait, il ne faisait peut-être pas froid, mais Elise trouvait qu'il faisait particulièrement frisquet pour une fin juin.

Lorsqu'elle redescendit de sa chambre, Maverick et les enfants l'attendaient dehors. Elle appela Aurora sur son portable pour lui dire qu'ils allaient tous au parc situé à deux pâtés de maisons de là.

C'était une petite aire de jeux ornée de cerisiers nains et de parterres de fleurs. Quelques bancs étaient disposés çà et là. Les garçons adoraient la balançoire et les toboggans. Dès qu'ils virent les jeux, ils s'élancèrent à travers la pelouse fraîchement tondue.

Maverick suivit Elise jusqu'à un banc, et s'assit à côté d'elle. Il regarda les enfants jouer, éclatant de rire à plusieurs reprises et criant des paroles d'encouragement. Elise devait reconnaître que c'était un excellent grand-père. Bien qu'il ait peu d'expérience avec les enfants, il semblait très proche d'eux.

— Tu ne leur envies pas toute cette énergie ? demanda-t-il.

— Oh, si !

Elle répondait à ses questions par politesse, mais elle n'avait nullement l'intention d'engager la conversation.

Maverick resta silencieux pendant une minute ou deux, ce qui, pour lui, était un record. Jamais elle n'avait rencontré quelqu'un d'aussi bavard que lui !

— J'ai été surpris d'apprendre que tu vivais chez Aurora, dit-il.

Elle fronça les sourcils et ramena son pull-over sur ses épaules.

— Tu demandes pourquoi une femme indépendante comme moi compte ses sous ?

Depuis des semaines, elle était sans nouvelles de son avocat, et elle commençait à craindre le pire. Peut-être ne reverrait-elle jamais son argent. Elle éprouvait toujours un sentiment de colère et d'impuissance en repensant à sa situation, si bien qu'elle s'efforçait de chasser le sujet de ses pensées.

— C'est vrai, concéda-t-il. Je me demande ce qui s'est passé.

— Je suis en procès contre un promoteur immobilier. J'ai acheté un terrain et j'ai investi de l'argent pour me faire construire une maison. La compagnie a fait faillite, expliqua-t-elle tandis que sa colère augmentait. Crois-moi, j'étais loin de m'imaginer que je passerais ma retraite dans les tribunaux.

Elle s'en voulait d'avoir été si naïve, et reconnaissait qu'elle aurait dû se renseigner davantage sur le projet avant de signer le chèque. Elle aurait ainsi découvert que le promoteur avait de sérieux problèmes financiers.

— Tu ne peux pas récupérer ton argent ? demanda Maverick.

— C'est ce que nous essayons de faire avec les autres clients qu'il a escroqués, répondit-elle d'un ton sec. L'argent qui me reste est en train de partir en honoraires d'avocat. Maintenant, si tu n'y vois pas d'inconvénient, je préférerais clore le sujet.

— Je suis désolé pour toi.

— Moi aussi.

— Est-il recherché par la police ?

Elle aurait aimé qu'il le soit. Les choses auraient été plus faciles. Le seul recours qu'elle avait pour le moment était de se joindre aux autres victimes et de tenter une action collective.

— Non. C'était dû à son incompétence. Il n'y a pas eu escroquerie à proprement parler. Je n'ai qu'à m'en prendre à moi-même.

Maverick n'avait pas besoin de lui dire qu'elle avait été naïve et trop confiante.

— Y a-t-il quelque chose que je puisse faire ?

Sa prévenance la toucha. Elle ne voulait ni de sa gentillesse ni de sa compréhension et, pourtant, elle en mourait d'envie.

— J'aurais dû apporter mon tricot, dit-elle d'un ton si pressant que Maverick se leva aussitôt, prêt à aller le lui chercher.

— Tu en as besoin ?

Elle secoua la tête.

— Ça m'aide juste à me calmer.

Il se rassit.

— Je peux aller te le chercher, si tu veux.

— Non, non, ça va aller. Arrête d'être gentil avec moi, s'il te plaît.

L'espace d'un instant, le visage de Maverick s'assombrit. Puis il sembla se radoucir aussitôt. Il y avait maintenant une lueur de tendresse dans ses yeux.

— Je t'aime, Elise.

Elle se leva d'un bond.

— Ne t'avise surtout pas de me dire ça ! Surtout pas !

— Mais je suis sincère !

— Arrête, Maverick, s'il te plaît, arrête ! Tu m'aimais quand tu as dépensé l'argent du loyer au jeu ? Tu m'aimais quand on n'avait même plus de quoi acheter du lait à la petite ?

— Oui, je t'aimais, chuchota-t-il.

Elise étouffa un grognement d'impatience.

— Tu as toujours aimé le jeu par-dessus tout.

— C'est vrai, reconnut-il en tapotant le banc pour l'inviter à se rasseoir.

Elle attendit, puis finit par céder. Maverick Beaumont avait toujours été sa faiblesse, mais elle était maintenant plus âgée et plus expérimentée. Du moins, c'était ce qu'elle se disait.

— Es-tu toujours aussi accro au jeu ?

Il hésita.

— Il faut que je te dise quelque chose. Tu ne vas peut-être pas me croire, mais je te jure que c'est vrai. J'ai arrêté. J'étais doué,

Elise, vraiment doué. Je me suis bâti une réputation, mais je n'en ai plus rien à faire, maintenant. Dorénavant, seule ma famille compte à mes yeux. J'en ai fini avec les cartes.

Elle sourit et résista à l'envie de lui rappeler que c'était un discours qu'elle avait entendu à maintes reprises par le passé.

— Tu as raison, je ne te crois pas.

— C'est pour ça que je suis à Seattle.

— Ce ne sont pas les casinos qui manquent dans la région.

— Je n'ai pas l'intention d'y aller. Je cherche une maison à acheter, pas très loin de chez Aurora. Comme ça, je pourrai profiter de ma fille et de mes petits-enfants. J'ai manqué tellement de choses avec Aurora, et c'est comme si Dieu me donnait une chance de me rattraper avec les garçons… Je ne suis plus le même, Elise. Je te jure que j'ai changé.

— Je suis désolée, Maverick. J'aimerais te croire, mais c'est impossible.

L'ignorant, il continua :

— J'ai repéré une maison, mais elle ne sera pas disponible avant le 1er août. Aurora m'a dit que je pourrais rester aussi longtemps que je le voudrais, et David est d'accord. Lorsque tout sera prêt, je pourrai emménager.

Elise ne savait pas s'il fallait lui faire confiance. Elle aurait voulu le croire, mais il avait déjà fait tant de vaines promesses. Oh, il était de bonne foi, au début ! Mais, après une semaine ou deux passées loin des tables de jeu, il n'y tenait plus et se mettait à jouer l'argent du ménage. Chat échaudé…

— Grand-père, grand-père ! cria Luke en se précipitant vers eux. On rentre à la maison ?

Quelle agréable surprise ! se dit Elise. D'habitude, il fallait aux garçons une bonne heure à se dépenser pour commencer à envisager de repartir.

— On veut jouer à ce jeu que tu nous as appris, ajouta le petit garçon en s'accrochant au bras de Maverick.

— Quel jeu ? demanda Elise, aussitôt en alerte.

— C'est avec des cartes, expliqua Luke.

Une rage folle s'empara d'Elise, et elle sentit les battements de son cœur s'accélérer.

— Pardon ? fit-elle à l'adresse de Maverick. Avec des cartes ?

— C'est un jeu texan, expliqua John, tout excité.

— Du poker texan, fit Maverick d'un air contrit. Enfin, Elise, ne me regarde pas comme ça ! C'est un jeu inoffensif.

Les poings sur les hanches, elle le foudroya du regard.

— Tu veux dire que tu apprends le poker à nos petits-enfants ?

Il ne nia pas.

Elle aurait dû s'en douter !

16

Courtney Pulanski

Bien qu'ayant mal commencé, la soirée en compagnie d'Andrew et d'Annie Hamlin se révéla fort amusante. Courtney avait fait la connaissance de cinq des amis d'Andrew, et elle les avait tous trouvés sympathiques. La seule personne à s'être montrée froide et distante, c'était Annie. De toute évidence, elle assistait au match contre son gré. Elle avait ignoré Andrew et Courtney, et avait à peine prononcé un mot de toute la soirée. Aussi, quelle ne fut pas la surprise de Courtney lorsque Annie l'appela le vendredi après-midi pour lui proposer d'aller au cinéma en soirée.

— Oui, pourquoi pas ? répondit-elle.

C'était tout de même mieux que d'accompagner sa grand-mère au Loto des anciens combattants.

— Qu'est-ce qu'on irait voir ?

La question parut prendre Annie de court.

— On s'en fiche, non ? L'essentiel, c'est de sortir.

— D'accord, on verra ce qu'il y a.

Courtney aurait bien aimé une comédie romantique, histoire de rire un peu.

Après avoir échangé quelques propos superficiels, elles convinrent d'une heure et d'un endroit où se retrouver.

A 19 heures précises, Véra déposa Courtney devant le Pacifique avant de se rendre à son Loto. L'adolescente attendit Annie devant la galerie marchande. Celle-ci ne tarda pas. Elle s'était fait accompagner par sa mère, qui salua Courtney d'un petit geste de la main avant de redémarrer.

Dès que la voiture de Béthanne fut hors de vue, le sourire d'Annie s'évanouit.

— Tu peux partir, maintenant, si tu veux.

— Partir ?

— J'avais juste besoin de faire croire à maman qu'on allait au ciné ensemble.

Courtney ne savait si elle devait se sentir blessée. En tout cas, l'attitude d'Annie ne la surprenait pas vraiment.

— Où tu vas ?

— J'ai rendez-vous avec des copains.

Le message était clair. Courtney ne faisait pas partie de ce cercle d'amis. Très bien, se dit l'adolescente, on allait voir ce qu'on allait voir. Elle n'avait nullement l'intention de traîner en ville toute seule.

— Je peux venir ?

Annie la dévisagea des pieds à la tête.

— D'accord, fit-elle en haussant les épaules. Mais pas fringuée comme ça.

— Pourquoi ? C'est quoi le problème ? fit Courtney, aussitôt sur la défensive.

Annie haussa de nouveau les épaules.

— Rien, mais il faudrait que tu te maquilles un peu plus.

— D'accord.

Courtney avait son nécessaire à maquillage dans son sac.

— Allez, viens !

N'ayant d'autre choix, Courtney suivit Annie. La galerie était bondée en ce vendredi soir. Elles passèrent devant un étal de produits de beauté de grande marque.

— Cette couleur-là t'irait bien, fit Annie en s'emparant d'un tube de rouge à lèvres.

Elle regarda le prix, puis reposa le tube avec un haussement de sourcils.

Courtney eut à peine le temps de jeter un coup d'œil à la collection de fards à paupières. Annie était déjà loin. Une fois de plus, elle dut presque courir pour la rattraper, se frayant un chemin à travers la foule de chalands qui allaient et venaient, les bras chargés de sacs et de paquets. Tout autour, ce n'était que bruit et lumière. Courtney comprit que son amie se dirigeait vers les toilettes. Elle se précipita à sa suite.

S'arrêtant devant le lavabo, elle posa son sac à main et sortit sa trousse de maquillage. Elle était en train de se remettre du fard à paupières quand Annie sortit des toilettes dans une nouvelle tenue.

Elle avait troqué son jean pour une minijupe en denim moulante, et sa chemise pour un débardeur qui ne cachait presque rien de sa poitrine.

— Choquée ? fit Annie en riant. Imagine la tête de ma mère, si elle me voyait. Tu ne lui diras rien, hein ? ajouta-t-elle avec dans les yeux une lueur menaçante.

— T'en fais pas.

— Promis ?

Courtney opina.

Le visage d'Annie se détendit.

— Bien. Tiens, un cadeau pour toi, fit-elle en lui lançant le tube de rouge à lèvres carmin qu'elle avait vu quelques instants plus tôt.

Courtney eut tout juste le temps de l'attraper avant qu'il ne tombe par terre. Sidérée, elle regarda l'objet qu'elle tenait entre les mains. Elle n'avait pas vu Annie le voler.

— C'est un don, expliqua la jeune fille en souriant d'un air satisfait.

Courtney se surprit à espérer qu'elle ne serait pas dans les parages le jour où cette petite kleptomane se ferait arrêter. En tout cas, il était hors de question qu'elle garde ce *présent*. Après le décès de sa mère, elle s'était mise à voler dans un grand magasin de luxe. Les vigiles avaient appelé la police et, pis, son père. Pour rien au monde elle ne voulait revivre une telle humiliation. Ni éprouver le sentiment de culpabilité qu'elle avait ressenti à ce moment-là. Jamais elle n'oublierait le chagrin et la déception qu'elle avait vus sur le visage de son père.

Aussi, profitant de ce qu'Annie regardait ailleurs, elle se débarrassa de l'objet du délit dans la poubelle.

Après s'être recoiffée et avoir retouché son maquillage d'une main experte, Annie se dirigea vers la sortie. Elle poussa un soupir en voyant que Courtney ne bougeait pas.

— Alors, tu viens ?

Courtney s'empressa de remettre sa trousse à maquillage dans son sac, et lui emboîta le pas, se demandant où elles allaient se rendre. Elle ignorait ce qu'Annie mijotait, mais elle se sentait responsable d'elle. Peut-être était-ce parce qu'elle connaissait Béthanne. Ou peut-être était-ce parce qu'elle savait interpréter les signes — ceux d'une jeune fille malheureuse qui, dans une attitude d'autodestruction, cherchait les ennuis.

Elles sortirent toutes deux de la galerie marchande et se dirigèrent vers le nord. Devenue volubile, Annie semblait presque reconnaissante à Courtney de lui tenir compagnie. En apercevant la Space Needle[1] se dresser non loin de là, Courtney comprit qu'elles étaient proches du Seattle Center[2].

Plusieurs jeunes étaient rassemblés sur un parking à quelques mètres de là. Un adolescent dégingandé aux longs cheveux gras sortit d'une vieille fourgonnette cabossée et s'approcha d'Annie.

— C'est qui celle-là ? fit-il en regardant Courtney d'un air soupçonneux.

— Courtney. Elle est sympa, tu verras.

— Salut ! dit Courtney avec un geste de la main.

— Moi, c'est Chris, répondit-il en enlaçant Annie.

Ce gars-là est vraiment glauque, se dit Courtney. Lui et Annie semblaient sortir ensemble.

— T'as ce qu'il faut ? demanda Annie.

Il opina.

1. Tour futuriste culminant à 182 mètres. Mot à mot : « Aiguille de l'espace ».

2. Salle omnisports.

— Alors, qu'est-ce qu'on attend ? dit-elle avec un petit rire insolent.

En les voyant chuchoter et rire ensemble, Courtney se dit qu'ils étaient bien capables de la planter là. Ils étaient déjà à bord du véhicule lorsque Chris se pencha par-dessus le siège arrière et lui ouvrit la portière.

— Monte ! Si Annie dit que t'es cool, alors c'est que t'es cool.

Courtney s'exécuta à contrecœur. A peine était-elle montée que Chris démarrait sur les chapeaux de roue.

— Où on va ? demanda-t-elle en cherchant la ceinture de sécurité qu'elle ne trouva pas.

— Vaut mieux que tu le saches pas, répondit Annie.

Ils roulèrent pendant quelque temps, zigzagant à travers la ville. En dépit de ses efforts pour tenter de se repérer, Courtney était incapable de dire où ils allaient. Elle supposa qu'ils se trouvaient près du front de mer, car elle aperçut des entrepôts et entendit la sirène d'un ferry. Il était 20 heures passées.

Chris gara la voiture et Annie en descendit.

— Amène-toi ! lança-t-elle à l'adresse de Courtney.

— On est où ?

— A une *rave*.

— Une quoi ?

— Hein ? Tu sais pas ce que c'est qu'une *rave* ? fit Annie d'un ton incrédule.

— Bien sûr que si !

Elle savait ce qu'était une *rave-party*, mais elle n'y avait jamais participé. Ces rassemblements n'étaient pas autorisés à Chicago, et elle supposa qu'ils ne l'étaient guère plus à Seattle.

— T'as déjà pris de l'ecstasy ? demanda Chris en glissant un bras autour du cou d'Annie.

Courtney eut un mouvement de recul et secoua la tête.

— T'en fais pas, je t'en refilerai, dit Annie.

— Heu, non, merci… Je… heu… je crois que je vais me contenter de regarder, pour cette fois.

Annie se tourna vers Chris, qui haussa les épaules.

— Pas de problème.

Il faisait sombre à l'intérieur de l'entrepôt, et la musique était si bruyante que Courtney crut que ses tympans allaient exploser. Après quelques minutes, ses yeux s'habituèrent à l'obscurité et elle découvrit des couples qui dansaient — certains de façon frénétique —, tandis que d'autres sur le bord de la piste vidaient des canettes de bière et ce qui ressemblait à des bouteilles d'eau. Chacun semblait perdu dans son monde. L'endroit était enveloppé d'un épais nuage de fumée, et Courtney reconnut l'odeur âcre de la marijuana.

Annie et Chris étaient déjà sur la piste. Courtney décida de garder un œil sur son amie. Elle savait que la jeune fille était emplie de colère et qu'elle était certainement déprimée. Elle s'en était aperçue le soir où ils s'étaient rendus au match de base-ball. Elle-même était passée par là après le décès de sa mère. Ses résultats scolaires avaient chuté et elle s'était mise à traîner avec des gens peu recommandables, s'attirant quelques ennuis au passage. Elle était plus jeune qu'Annie lorsque cela s'était produit, et les garçons ne faisaient pas encore partie de ses centres d'intérêt. Par ailleurs, elle était revenue dans le droit chemin avant d'être entraînée dans la spirale des *raves* et de la drogue. Cependant, il fallait reconnaître qu'elle avait fait des choses stupides qu'elle regrettait maintenant, et elle ne voulait surtout pas qu'Annie commette les mêmes erreurs qu'elle.

Sans quitter la jeune fille des yeux, elle recula autant qu'elle put et faillit trébucher sur un homme accroupi dans un coin. Elle écarquilla les yeux en le voyant piquer une aiguille dans son bras. Après s'être injecté la drogue, il renversa la tête en arrière et s'affala sur le sol.

Annie s'approcha d'elle.

— Viens danser ! Arrête de jouer les chieuses.

— D'accord, fit Courtney en la suivant sur la piste de danse où elle se mit à se trémousser, levant et abaissant les bras comme un singe.

Elle se sentait stupide et gauche. Elle n'était vraiment pas à sa place ici. Julianna la tuerait, si elle apprenait qu'elle s'était rendue à une *rave*. Sûr, elle serait furieuse. Mais que faire ? Elle était coincée ici, sans aucune idée de l'endroit où elle se trouvait ni de comment elle pourrait rentrer chez elle.

Voilà qu'Annie commençait à se comporter de façon bizarre, encore plus bizarre qu'auparavant. Elle et Chris senblaient complètement absorbés l'un par l'autre. La musique était assourdissante. En dépit de l'obscurité, Courtney vit le sac d'Annie glisser et tomber par terre. Elle se précipita pour le ramasser, mais ni Annie ni Chris ne s'en aperçurent.

L'inquiétude de Courtney ne fit que croître. Annie planait complètement. Elle avait perdu le contrôle d'elle-même. Elle sautait sur la piste de danse, s'accrochant à Chris et transpirant à grosses gouttes. Avec désespoir, Courtney ouvrit le sac de son amie et plongea la main au milieu des vêtements qu'Annie avait fourrés dedans. Elle fouilla jusqu'à ce qu'elle trouve un téléphone portable. Il fallait appeler à l'aide. Annie n'allait certainement pas apprécier que Courtney se mêle de ses affaires, mais tant pis. Il fallait agir vite. Faisant défiler le répertoire téléphonique, elle hésita entre le numéro de Béthanne et celui d'Andrew. Annie lui pardonnerait peut-être plus facilement si elle appelait son frère. Elle appuya sur la touche et colla l'appareil à son oreille pour tenter de couvrir le vacarme de la musique.

Andrew décrocha seulement au bout de la quatrième sonnerie.

— Quoi ? fit-il d'un ton irrité.

— Andrew, c'est Courtney.

— Pourquoi tu appelles du téléphone de ma sœur ?

— Annie a des ennuis et je ne sais pas quoi faire.

Elle ne voulait ni exagérer le problème ni le minimiser.

— Où es-tu ?

— Je ne sais pas ! cria-t-elle pour se faire entendre. Quelque part sur le front de mer, dans un entrepôt. C'est une *rave*. Oh, non !

— Quoi ?

Courtney s'empressa de retourner sur la piste de danse.

— Annie a retiré son débardeur, dit-elle, horrifiée. Elle a pris de la drogue. De l'ecstasy, je crois, ajouta-t-elle en se dirigeant vers la sortie où la musique était moins forte.

— Elle est avec Chris ?

— Oui, répondit Courtney, qui se trouvait maintenant à l'extérieur du bâtiment, dans l'obscurité la plus totale.

A l'autre bout du fil, Andrew jura.

— Je crois savoir où vous vous trouvez. J'arrive tout de suite.

Aussitôt, Courtney se sentit soulagée.

— Reste avec ma sœur, reprit le jeune homme.

— D'accord.

— Hé, Courtney ?

Il hésita avant d'ajouter :

— Merci.

Puis il raccrocha.

La jeune fille retourna à l'intérieur du bâtiment en courant. Avec frénésie, elle se mit à la recherche d'Annie et finit par la retrouver dans les bras d'un inconnu. Elle avait passé ses jambes autour des reins de l'homme et, la tête renversée, agitait les bras en l'air aux rythmes assourdissants de la musique. Chris, quant à lui, se trouvait avec une autre fille, une brune aux cheveux dressés sur la tête. Même si elle ne pouvait pas le certifier, il sembla à Courtney qu'ils étaient en pleine relation sexuelle. Elle détourna les yeux, n'ayant guère envie d'assister à ce spectacle. Elle passa les minutes qui suivirent à guetter l'arrivée d'Andrew et à surveiller Annie. Une éternité s'écoula avant qu'Andrew n'arrive au volant de la voiture de sa mère.

— Où est-elle ? cria-t-il en courant vers Courtney, une couverture à la main.

— A l'intérieur. Avec un type que je n'avais jamais vu avant.

Elle ne voulait pas le dire, mais elle était terrifiée à l'idée de ce qu'Andrew allait découvrir. De toute évidence, Annie ne lui pardonnerait jamais sa trahison. Cependant, Courtney était persuadée que la jeune fille ne savait pas ce qu'elle faisait ni avec qui.

— Attends-moi là ! ordonna Andrew, le regard dur.

Même si elle avait envie de le suivre, elle fit ce qu'il lui disait. Et si Andrew avait besoin d'aide ? Elle craignait une résistance de la part d'Annie. Une bagarre pouvait très bien éclater. Courtney s'imagina des scènes terrifiantes. Elle était à deux doigts d'appeler la police lorsque Andrew revint, portant Annie dans ses bras.

— Elle va bien ? demanda Courtney avec angoisse.

La tête ballante, la jeune fille semblait à peine consciente.

Les lèvres serrées, Andrew opina.

— Aide-moi à la mettre dans la voiture.

A eux deux, ils l'installèrent sur la banquette arrière. Courtney fouilla dans le sac d'Annie pour retrouver le chemisier qu'elle avait sur elle en début de soirée. Tant bien que mal, elle réussit à le lui enfiler. Annie se laissa faire, complètement amorphe, et s'écroula sur elle-même lorsque Courtney eut fini de boutonner son corsage. Andrew lui souleva les jambes pour l'allonger, et la couvrit à l'aide du plaid qu'il avait eu la présence d'esprit d'apporter. Relevant la tête, la jeune fille s'adressa à Courtney.

— Tu t'es bien amusée ? demanda-t-elle d'une voix pâteuse.

— T'as pas idée ! marmonna Courtney en prenant place sur le siège passager.

— Allonge-toi et ferme-la ! ordonna Andrew à sa sœur avant de démarrer.

Courtney crut entendre des sirènes au loin. Avaient-elles un rapport avec la *rave-party* ou non ? Elle n'aurait su le dire.

— C'est quoi le problème ? demanda-t-elle.

Elle n'eut pas besoin de préciser sa question. Andrew comprit à quoi elle faisait allusion.

— Ma sœur était très proche de mon père, expliqua-t-il, les dents serrées. Comme tu as pu le constater lundi soir, elle ne s'est toujours pas remise du divorce de mes parents. A croire qu'elle veut leur faire payer leur décision. Ce qu'elle ne comprend pas, c'est que c'est à elle qu'elle cause le plus de tort.

— Je n'ai pas envie qu'elle se fâche contre moi.

— Rassure-toi, ça n'arrivera pas.

— Comment tu peux en être aussi sûr ?

Courtney avait l'impression de comprendre Annie beaucoup mieux qu'Andrew ne le pensait. Pour Annie, c'était comme si elle avait perdu son père. Courtney savait ce que c'était que de perdre un parent. Le décès de sa mère n'avait-il pas complètement transformé sa vie ? Rien ne serait plus jamais comme avant. Plus jamais elle n'entendrait la voix de sa mère en rentrant de l'école. Fini les petits rituels auxquels Courtney était attachée. D'un coup, le monde était devenu plus étroit, plus cruel. Un monde sans sa mère. Et elle était mal placée pour critiquer Annie, qui s'était tournée vers la drogue. Elle-même n'avait-elle pas choisi la nourriture comme forme d'addiction pour atténuer sa souffrance ? Il lui avait fallu quatre ans pour se décider à rompre avec cette punition qu'elle s'imposait.

— J'aimerais lui parler quand elle aura repris ses esprits, tu veux bien ? fit-elle à l'adresse d'Andrew.

— Elle a besoin de voir un psy, fit-il en croisant son regard.

— Je sais.

Courtney espérait seulement qu'il n'était pas trop tard.

17

La plupart d'entre nous tricotent des vêtements pour quelqu'un de spécial. Ce faisant, c'est notre amour et nos pensées affectueuses que nous tissons, point après point.

EUGÈNE BOURGEOIS. *The Philosopher's Wool Co.*,
Inverhuron, Ontario.
www.philospherswool.com

Lydia Hoffman

Grâce à ma famille, je réussis à passer le 4 Juillet sans trop déprimer. Matt et Margaret se montrèrent très gentils avec moi. Maman ne mentionna Brad qu'une seule fois. Peut-être était-ce dû à l'intervention de Margaret, en tout cas le prénom de Brad ne revint plus dans la conversation.

Maman était étrangement calme et semblait un peu perdue. Je lui consacrai autant de temps que possible, lui parlant de son jardin, de la boutique, d'une émission télévisée que nous avions vue toutes les deux. J'avais cependant l'esprit ailleurs, ne pouvant m'empêcher de penser à Brad et à Cody. Je ressentais mon chagrin comme une véritable souffrance physique, une douleur au niveau de la poitrine. Je me dis que c'était à cela que l'on devait faire allusion quand on parlait de cœur brisé. Janice se trouvait avec les êtres que j'aimais et pas moi. Je voulais crier tant je trouvais la situation injuste. Je dus faire un effort pour me rappeler que Cody avait besoin de sa mère.

Après le repas qui se composait de poulet grillé et de salade de chou et de maïs — un festin typiquement américain —, je sortis une boîte de pâtisseries achetées au French Café. J'avais demandé à Alix de me mettre des choux à la crème et quelques mille-feuilles qui étaient sa spécialité. J'espérais bien la voir à l'atelier de vendredi. Une fois le dessert terminé, je reconduisis ma mère chez elle. Elle était trop fatiguée pour attendre le feu d'artifice.

Nous nous retrouvâmes ensuite, Matt, Margaret et moi, pour assister au spectacle. Lorsque le ciel de Seattle s'illumina de mille feux, je sentis les larmes couler sur mes joues. Jamais je ne m'étais sentie aussi malheureuse ni aussi seule.

Je n'étais pas de très bonne compagnie. Presque deux semaines s'étaient écoulées depuis ma rupture avec Brad. Je savais que ma seule chance de m'en sortir était de ne pas penser à l'avenir, de vivre au jour le jour. Si j'arrivais à tenir bon aujourd'hui, cela me donnerait le courage d'affronter le lendemain et le surlendemain.

Le fait de voir Brad continuer sa tournée comme à l'ordinaire n'arrangeait pas les choses. D'après Margaret, à qui il s'était confié le mardi matin, son patron avait refusé de l'orienter sur un autre secteur. Je ne mettais pas sa parole en doute. Après tout, il avait déjà fait ce genre de requête l'année précédente, quand j'avais mis un terme à notre relation. Puis, une fois que les choses s'étaient arrangées entre nous, il avait demandé à revenir sur son ancien secteur. Son employeur devait en avoir assez de le voir changer d'avis aussi souvent. Nous étions donc condamnés à nous rencontrer régulièrement.

Après des semaines à s'angoisser en raison du licenciement de Matt, Margaret semblait avoir remonté la pente. Ou peut-être faisait-elle semblant devant moi. C'est ce que je voulais croire. Par amour pour moi, elle cherchait à me remonter le moral. Je lui étais reconnaissante de son soutien et de cette nouvelle tendresse dont elle faisait preuve à mon égard.

J'avais également besoin qu'elle serve de tampon entre Brad et moi. Depuis notre dernière conversation, il était venu faire trois ou quatre livraisons au magasin. Heureusement, Margaret était disponible à ce moment-là pour s'occuper de lui. Je dis « heureusement » car je n'étais absolument pas prête à faire comme si de rien n'était. J'aurais été incapable de lui parler sans laisser libre cours à mes émotions, ce qui n'aurait fait qu'ajouter à mon humiliation.

L'un de mes rares réconforts en cette période difficile — en dehors de Margaret — était mon groupe de tricot à but caritatif. Les filles venaient tous les vendredis après-midi à l'atelier pour travailler sur un certain nombre d'ouvrages. Lorsque j'avais lancé l'idée pour la première fois, elles avaient proposé de tricoter sous forme de patchwork des couvertures pour Warm Up America. Les carrés ainsi obtenus étaient ensuite assemblés par Margaret. C'était sa contribution à elle. Cela ne demandait à chacune qu'un investissement minimal, ce qui était bien, car Carol, Jacqueline et Alix avaient des rythmes de vie effrénés. Par ailleurs, elles aimaient l'idée de s'impliquer dans un projet commun.

Elise avait dit vouloir se joindre à nous, mais elle ne l'avait pas encore fait. Je lui avais fourni de la laine et elle était en train de tricoter à la maison une couverture pour le projet Linus qu'Alix connaissait bien, pour leur avoir déjà elle-même confectionné plusieurs couvertures. Elle avait trouvé le temps de le faire entre ses cours à l'Académie culinaire de Seattle et son travail à temps partiel au French Café.

Margaret se trouvait à la boutique quand mes trois amies se présentèrent pour l'atelier, et elle les accueillit avec plaisir, s'étant comme moi prise d'affection pour elles. La première arrivée fut Jacqueline.

— C'est moi ! annonça-t-elle en pénétrant majestueusement dans le magasin.

Il fallait toujours qu'elle fasse une entrée remarquée. Au début, je trouvais ça agaçant, mais, avec le temps, Margaret et moi avions appris à en sourire. Comme de coutume, Jacqueline était tirée à quatre épingles et pas une mèche de cheveux ne dépassait. Jacqueline croyait aux vertus d'une bonne laque, et elle m'avait même recommandé de ne jamais en sous-estimer l'efficacité. J'en aurais ri, si elle n'avait pas été elle-même extrêmement sérieuse.

J'ai cessé de compter les nombreux voyages que font Jacqueline et son mari, Reece. Rien que l'an dernier, ils étaient partis en croisière dans les îles grecques, en randonnée dans la région du Lake District, en Angleterre, et en Alaska pour pêcher le saumon. Cette dernière excursion était, paraît-il, un vieux rêve de Reece. A ma plus grande surprise, l'aventure avait plu à Jacqueline et elle m'avait même rapporté du saumon fumé.

— Comment vas-tu ? demanda-t-elle en me scrutant attentivement.

Puis, avant même que je n'aie pu répondre, elle m'étreignit très fort.

— Je vais bien, mentis-je.

Elle s'installa et sortit son ouvrage. La laine qu'elle utilisait avait été teinte à la main et coûtait quatorze dollars la pelote. C'était Jacqueline tout craché. Elle prenait rarement en compte le prix des choses. Et, dans sa générosité, elle achetait toujours sa propre laine plutôt que d'accepter les chutes que je mettais à sa disposition.

— On dirait que je suis la première ! fit-elle en regardant autour d'elle.

Cela ne lui ressemblait pas.

— J'ai une nouvelle fantastique à t'annoncer ! Tu vas être la première à le savoir, continua-t-elle avec un grand sourire. Tammy Lee est de nouveau enceinte. Reece et moi sommes fous de joie !

Je me rappelais les réticences passées de Jacqueline face à sa bru qu'elle traitait de péquenaude, parce qu'elle était originaire d'une région rurale du sud des Etats-Unis. Tammy Lee, cependant, à force de patience et de gentillesse, avait fini par gagner son cœur. Mon amie maintenant était folle de sa petite-fille Amélia, et il y avait fort à parier qu'il en serait de même avec ce nouveau bébé.

— C'est une fille. Normalement, l'accouchement doit avoir lieu en février, autour de la Saint-Valentin, expliqua Jacqueline, les yeux brillants. Tu ne trouves pas ça formidable ? Je veux revoir tes motifs de layette. Il va falloir que je m'y mette ! fit-elle en riant.

Au même moment, le carillon de la porte tinta et Carol apparut. Je fus quelque peu surprise de voir qu'elle était seule.

— Qu'as-tu fait de Cameron ? lui demandai-je.

L'arrivée de ce bébé avait été un véritable miracle. Carol et Doug avaient essayé d'avoir un enfant en ayant recours à l'insémination artificielle. En vain. Ils avaient fini par en adopter un grâce à Alix, dont la colocataire était secrètement enceinte d'un enfant dont elle ne voulait pas.

— Doug a pris sa journée et Cameron est avec lui, répondit Carol en s'asseyant à côté de Jacqueline.

J'étais heureuse de la revoir. Depuis l'arrivée du petit, il lui était difficile d'assister régulièrement aux ateliers. Quand elle venait, c'était toujours pendant la sieste de Cameron. Elle le laissait dormir dans la poussette à côté d'elle et repartait dès qu'il était réveillé. Cet enfant était un véritable bonheur pour elle. Elle m'avait confié que jamais Doug et elle n'avaient été aussi proches l'un de l'autre. J'avais envie de lui dire de s'accrocher à ce bonheur, de ne pas le laisser filer et d'en profiter. J'avais appris deux semaines auparavant à quel point ces moments de joie pouvaient être fragiles.

Les aiguilles de Carol commencèrent à cliqueter et à se mouvoir sous ses doigts habiles. C'était une tricoteuse hardie, qui adorait relever les nouveaux défis. Il m'avait suffi de lui montrer une fois la technique des doubles paires d'aiguilles pour la confection des chaussettes. Elle avait appris le reste par elle-même.

— J'ai eu des nouvelles de mon frère, annonça-t-elle, les sourcils froncés. Il s'est remarié.

— Tu veux dire qu'il ne vous a pas invités au mariage ?

— Non. On l'a su après.

D'après son ton, je compris que Carol était déçue. Elle m'avait déjà parlé de son frère Rick. Visiblement, il était complaisant avec lui-même et manquait de maturité. Ce pilote d'avion était un véritable coureur de jupons, si bien que son mariage n'avait pas tenu, même si sa femme était adorable aux yeux de Carol.

— J'espère que cette union durera plus longtemps que l'autre. Doug et moi leur avons envoyé un cadeau par la poste. J'ai rarement de ses nouvelles.

En d'autres termes, il ne fallait pas compter sur Rick pour leur envoyer une carte de remerciements.

Elle était sur le point d'ajouter quelque chose lorsque la porte s'ouvrit sur Alix.

— Salut !

Quand elle s'était inscrite à l'atelier, j'avais eu peur d'avoir affaire à une criminelle. En effet, elle m'avait annoncé d'emblée que, par décision de justice, elle devait tricoter une couverture de bébé dans le cadre de ses heures de travaux d'intérêt général. Puis elle avait voulu savoir si le temps passé à l'atelier compterait dans son stage de gestion de la colère. Malgré ces débuts difficiles, nous avions toutes fini par nous attacher à elle. Les aspects « rugueux » de sa personnalité s'étaient émoussés à force de patience et d'amour. L'année dernière, elle avait commencé à sortir avec Jordan, qui était pasteur. Ils se connaissaient depuis l'école primaire. Je savais que c'était devenu sérieux entre eux et je supposais qu'ils n'allaient plus tarder à annoncer leurs fiançailles.

Alix me regarda droit dans les yeux.

— Je suis au courant pour Brad et toi. Je peux envoyer quelqu'un pour lui régler son compte, si tu veux.

Ne sachant pas si elle plaisantait ou non, je me forçai à rire. Puis je lui répétai ce que j'avais dit à Jacqueline :

— Je vais bien.

— Tu es sûre ?

— Oui, oui.

Alix tira une chaise et s'installa avec son tricot tandis que je reprenais ma place en bout de table. Souriant à mes amies, je tentai d'imaginer la couverture qu'elles étaient en train de tricoter telle qu'elle serait une fois terminée. Les carrés de Jacqueline étaient de couleur rose et lavande. Carol utilisait les chutes qui lui restaient d'un pull-over bleu qu'elle avait tricoté à Cameron, et Alix, celles d'une laine dans les tons jaunes et verts laissées par des clientes.

— J'ai fait une génoise, ce matin, déclara Alix fièrement. Ce n'est pas évident à réussir, mais celle-ci était parfaite et je l'ai tout de suite vendue.

— C'est formidable ! s'exclama Jacqueline. Je vais t'en commander quelques-unes pour notre prochain dîner d'affaires, la semaine prochaine.

— Pour toi, ce sera gratuit. Je les ferai à la maison.

A l'origine, Alix avait été engagée comme employée de maison par Jacqueline et Reece, mais elle avait dû renoncer à ce poste en raison de la formation par alternance qu'elle avait commencée. Même si Jacqueline avait recours aux services d'une autre personne pendant la journée, Alix continuait de vivre chez les Donnovan, et elle gardait la maison pendant leurs absences.

— Vous imaginez ça ? reprit Alix. Voilà que je me retrouve comme chef pâtissier sur les lieux mêmes de mon premier travail. Seulement, cette fois, ce n'est plus un magasin de vidéo minable, mais un salon de thé très *classe*.

— Ni Reece ni moi ne l'avons pistonnée, intervint Jacqueline. Alix a été engagée pour ses talents.

— Bien sûr que j'ai été engagée pour mes talents ! Tous ceux qui ont goûté à mes éclairs et à mes choux vous le diront !

— Ah, ne me parle pas de ces éclairs ! dit Jacqueline en fermant les yeux. J'ai commencé un nouveau régime et j'évite tout ce qui est dessert, sauf quand on reçoit ou que je suis invitée.

— En parlant de régime, j'ai une adolescente à mon atelier de chaussettes, Courtney. Elle tricote pour perdre du poids, dis-je en riant. Elle dit que, quand elle tricote, elle n'est pas dans la cuisine en train de grignoter. Et elle a déjà perdu deux ou trois kilos.

— Hum, ça peut marcher, murmura Jacqueline. Il faudrait que j'essaie.

— Courtney est en terminale. Vous vous rappelez Véra Pulanski ? C'est sa grand-mère.

Jacqueline opina de la tête.

— Oui. Véra m'a donné un motif pour une écharpe.

— Courtney vit avec elle cette année.

— Comment la gamine prend-elle la chose ? demanda Alix. Ça ne doit pas être évident de toujours déménager. Je sais de quoi je parle.

— Ça va pour le moment.

— Y a-t-il d'autres personnes intéressantes qui se sont inscrites à ton cours ? s'enquit Carol en finissant son rang.

J'hésitai avant de parler de Béthanne.

— Une femme divorcée qui ne s'en est toujours pas remise.

Je ne pouvais m'empêcher de me faire du souci à son sujet. Béthanne prétendait chercher du travail, mais rien de ce que nous lui proposions ne lui convenait. Pour moi, il était clair qu'elle était déprimée et complètement paumée. Si elle tenait encore, c'était grâce à ses enfants. Mais, tôt ou tard, ils quitteraient la maison et alors Béthanne se retrouverait complètement seule.

— Il y a Elise aussi.

— La bibliothécaire qui a pris sa retraite ? fit Carol.

— C'est ça. Je l'ai trouvée un peu coincée, la première fois que je l'ai vue. Mais j'ai changé d'avis. Elle est simplement… réservée. J'ai l'impression qu'elle n'a pas beaucoup d'amis.

— Tu lui as parlé de mon Club des anniversaires ? demanda Jacqueline. Elle peut se joindre à nous, si elle veut.

Une telle proposition émanant de la mondaine Jacqueline ne me surprenait pas.

— Je ne pense pas qu'elle fasse partie du Country Club de la ville, tu sais ?

— Ce n'est pas grave. C'est une bonne excuse pour sortir une fois par mois et faire la fête. Et s'il n'y a pas d'anniversaire parmi les gens de notre entourage, nous prenons une célébrité ou un écrivain renommé. En juin, nous avons porté un toast à Judy Garland[1] et à Dorothy Sayers[2]. On s'amuse beaucoup !

1. Actrice et chanteuse américaine, 1922-1969.

2. Ecrivain britannique, 1893-1953.

Elle pouffa de rire comme une collégienne. Qui aurait pu reconnaître en elle la mondaine guindée qui s'était présentée à mon atelier un an auparavant ? Je mettais ce changement sur le compte de l'amour retrouvé avec son époux et des relations plus sereines avec sa bru.

— J'en parlerai à Elise, dis-je, peu convaincue.

Elise était une femme difficile à cerner. Elle était très réservée et très discrète concernant sa vie privée, comme si elle avait peur de laisser les autres découvrir qui elle était. La seule chose qui la déridait était qu'on lui parle de sa fille et de ses petits-enfants.

La dernière fois que je l'avais vue, elle était encore plus renfermée que d'habitude. Lorsque j'avais essayé de la faire participer à notre conversation, elle s'était excusée avec un pauvre sourire de ne pas être en forme. J'avais appris une chose sur elle, ce jour-là. Son ex-mari était chez sa fille et parlait de s'installer dans le quartier. Elise ne semblait pas enchantée à l'idée de partager sa famille avec un homme qui avait été en grande partie absent de la vie de leur fille.

Le carillon tinta et, comme on était vendredi, je craignis que ce ne soit Brad. Dans ce cas, je laisserais à Margaret le soin de s'occuper de lui. Elle avait passé l'après-midi à servir les clientes. Elle semblait sentir que j'avais besoin de me retrouver avec mes amies. Je poussai un soupir de soulagement en voyant entrer Elise et non pas Brad.

— Je parlais justement de vous ! dis-je en la saluant avec chaleur.

Elle jeta un regard timide autour d'elle. Je la présentai à mes amies, et Jacqueline s'empressa de lui faire de la place en déplaçant son sac à tricot.

— Lydia a dit que vous veniez de prendre votre retraite. A mon avis, il est temps que vous deveniez membre du Club des anniversaires.

Elle marqua une pause avant de reprendre :

— C'est quand le vôtre ?

— En janvier.

Elise ne semblait pas trouver l'idée excellente.

— Je ne crois pas que ce soit très utile de marquer le coup quand on a mon âge.

Jacqueline sourit.

— Vous plaisantez ? Chaque année qui passe est une raison de faire la fête. Vous allez adorer ça, vous verrez ! Nous devons nous retrouver toutes pour le déjeuner jeudi prochain. Je passerai vous prendre. La vie doit être vécue : c'est ma devise.

— Je… je ne connais personne. Et puis combien cela va-t-il me coûter ?

— Vous me connaissez, moi, lui fit remarquer Jacqueline. C'est moi qui vous invite pour votre premier repas puisque votre anniversaire est déjà passé.

Comme Elise continuait de protester, Jacqueline prit un ton ferme que nous lui connaissions bien.

— Vous venez ! Il n'y a pas de mais qui tienne.

— Bon, puisque vous le dites, bredouilla Elise, qui ne semblait guère convaincue.

Je souris. La présence de mes amies était un véritable réconfort. Le carillon tinta de nouveau. Cette fois-ci, c'était Brad. Toute ma joie s'évanouit, mais je pouvais compter sur Margaret, dont le regard croisa le mien.

— Je m'en occupe, marmonna-t-elle.

Alix fronça les sourcils et se pencha vers moi.

— Je connais du monde. On peut le faire souffrir, si tu veux. Tu n'as qu'un mot à dire.

Je ne savais toujours pas si elle était sérieuse ou non. Incapable de détourner mon regard de Brad, je secouai la tête. Il avait l'air aussi malheureux que moi.

— Ce ne sera pas nécessaire.

Il souffrait déjà suffisamment comme ça. Nous souffrions tous les deux.

18

Elise Beaumont

Le club de lecture d'Elise se réunissait le deuxième lundi de chaque mois à 14 heures. Elise adorait ces rencontres qui étaient sponsorisées par la bibliothèque municipale de Seattle. Elle s'était promis d'y participer une fois qu'elle serait à la retraite. Elle avait également l'intention de se rendre au club de Jacqueline, ne serait-ce qu'une fois, et comptait bien en profiter.

Le livre sélectionné pour le mois de juillet était celui de Susan Vreeland, *Jeune fille en bleu*. La discussion avait été animée et Elise avait quitté la réunion, complètement requinquée. Le groupe avait apporté un éclairage nouveau sur l'œuvre.

Elise descendit à l'arrêt de bus qui se trouvait à quelques centaines de mètres de chez Aurora. La maison était calme. Elle se demanda où tout le monde pouvait bien se trouver. D'habitude, les enfants se précipitaient vers elle dès qu'elle rentrait. Elle se sentait complètement perdue devant ce silence inhabituel.

— Aurora, c'est moi. La réunion a été formidable, dit-elle. Je…

Elle s'interrompit en voyant Maverick surgir de la cuisine. Il portait un tablier par-dessus ses vêtements et brandissait une cuillère de bois pleine de sauce tomate.

— Aurora et les garçons sont sortis pour l'après-midi, expliqua-t-il. Elle a organisé ça à la dernière minute.

— Oh !

— Je suis aux fourneaux. Je prépare des lasagnes. C'était ton plat préféré autrefois.

Elise n'osa imaginer l'état de la cuisine. Elle se rappelait qu'il avait le chic pour salir tous les ustensiles possibles et imaginables quand il décidait de cuisiner.

— Aurora est au courant ? demanda-t-elle d'un ton sévère.

Qu'il ne compte surtout pas sur elle pour lui dire qu'elle était touchée par son attention !

— C'est son idée, en fait.

Perplexe, Elise ne sut que répondre.

— Tu dîneras avec moi, n'est-ce pas ? fit-il avec un sourire irrésistible. Nous ne serons probablement que tous les deux.

Comme elle était tentée ! Mais la raison prit rapidement le dessus.

— Merci, répondit-elle d'un air guindé. J'ai grignoté quelque chose à mon club de lecture, cet après-midi.

— Qu'est-ce que tu as lu ?

Elle vit bien qu'il cherchait à la retenir dans l'entrée alors que sa seule envie était de fuir.

— Un livre.

Il eut un petit rire.

— J'aimerais me rendre dans ma chambre, maintenant, si tu veux bien me laisser passer.

— Bon, je vais aller mettre les lasagnes au four. Le dîner sera prêt dans une heure.

— Quand Aurora et les garçons doivent-ils rentrer ?

— Elle ne savait pas trop. Peut-être vers 20 heures. Elle a rendez-vous avec une de ses amies. Une certaine... Susan ?

— Susan Katz a toujours été la meilleure amie d'Aurora, fit Elise d'une voix vibrante d'indignation.

Si Maverick s'était davantage intéressé à sa fille, il l'aurait su !

— Susan a deux petites filles de l'âge de Luke et de John. Sont-ils allés au lac Washington ?

C'était leur activité préférée en été.

— Je crois que oui.

Maverick avait donc raison, se dit Elise. Aurora et les garçons rentreraient certainement tard. Ayant chacune un emploi du temps très chargé, Aurora et Susan avaient du mal à trouver un moment pour se voir. Elles emmèneraient certainement les enfants dîner quelque part sur le chemin du retour.

— David est en déplacement jusqu'à mercredi, murmura-t-elle.

— Je sais. Nous ne sommes que tous les deux.

— Non, fit-elle, ravie de le contredire. Tu es seul à dîner. Je n'ai pas faim. Je compte passer le reste de la soirée dans ma chambre. Apparemment, tu n'as pas écouté ce que je t'ai dit.

Le sourire de Maverick s'évanouit.

— Tu as certainement raison, je ne t'écoutais pas, fit-il, découragé.

Dès qu'elle fut dans sa chambre, Elise s'installa avec son tricot face aux informations télévisées.

Quand elle eut terminé l'ouvrage en cours, elle se pencha pour prendre la télécommande. C'est alors que son estomac se mit à gronder. Les quelques bâtonnets de céleri et de carottes qu'elle avait grignotés avec un morceau de fromage, cet après-midi, étaient bien loin. Qu'elle veuille ou non le reconnaître, elle avait faim.

Comme s'il avait reçu les appels de son estomac, Maverick choisit ce moment pour frapper à sa porte.

— Je venais voir si je pouvais te faire changer d'avis, dit-il. Ce n'est pas très amusant de dîner seul.

Les odeurs en provenance de la cuisine — celles du basilic et de l'origan mêlées à celles de l'ail et des tomates — eurent raison de ses dernières résistances.

— Bon, d'accord.

Que cela lui serve de leçon ! se dit-elle. A l'avenir, elle stockerait des biscuits et des fruits dans sa chambre.

— Tu ne vas pas le regretter ! dit Maverick d'un ton joyeux.

Il la mena vers la salle à manger. C'était comme s'il avait prévu ce repas pour elle. Des marguerites fraîchement coupées ornaient le centre de la table. Il avait préparé deux couverts l'un en face de l'autre en utilisant la plus belle porcelaine et le plus beau cristal d'Aurora. Il avait déjà versé le vin. Ce devait être du merlot, se dit Elise en se rappelant que c'était son vin préféré. Les années n'avaient en rien altéré le souvenir qu'elle avait de ses goûts et de ses préférences. Elle se rappela qu'il avait également cuisiné le soir où il l'avait demandée en mariage. Non pas des lasagnes, mais des *linguine* avec une sauce au crabe et aux crevettes… Oh, mais c'était ridicule ! Pourquoi repenser à un dîner qui remontait à des années ?

Maverick lui tint la chaise tandis qu'elle s'asseyait.

— Tu étais sûr que j'allais dire oui, n'est-ce pas ? fit-elle d'un air guindé en regardant son verre empli de vin.

— Je comptais sur les bonnes odeurs de ma cuisine pour te décider.

Elle était en proie à des sentiments mêlés. Une part d'elle voulait fuir tandis que l'autre avait envie de rester avec lui. Et cela n'avait rien à voir avec son estomac vide. Une petite voix lui soufflait qu'elle jouait à un jeu dangereux. Au diable ! se dit-elle. Pourquoi ne pas profiter de ce dîner ?

L'odeur de l'ail qui émanait de la salade césar que Maverick venait d'apporter lui mit l'eau à la bouche.

Une fois assis, il leva son verre.

— J'aimerais porter un toast.

— Ce n'est pas nécessaire, répliqua Elise avec un trémolo dans la voix. Ce n'est qu'un dîner. Il n'y a rien entre nous et un repas ne va pas faire renaître des sentiments qui sont morts depuis longtemps.

Il leva les sourcils.

— Morts depuis longtemps ?

— Nous sommes divorcés depuis des années, lui rappela-t-elle. Je n'ai même pas envie de préciser combien.

L'ignorant délibérément, il reprit :

— Je lève mon verre à Elise, l'amour de ma vie.

Elle repoussa sa chaise, prête à s'en aller.

— Arrête ! lança-t-elle, la gorge serrée.

Comment osait-il ?

Il reposa son verre comme si de rien n'était, et prit sa fourchette. Voyant cela, elle fit de même. Bien qu'elle ait eu du mal à avaler les premières bouchées, elle trouva le repas délicieux. Maverick possédait de nombreux talents, mais il était particulièrement doué pour la cuisine. Il aurait pu devenir un grand chef, s'il s'était lancé dans la restauration. Au lieu de cela, il avait été attiré par le mirage de l'or et de la fortune facile.

Une fois la salade terminée, il changea les assiettes et servit les lasagnes. Le goût était divin, et Elise savoura chaque bouchée, mangeant plus qu'elle n'avait l'habitude de le faire.

Maverick finit par rompre le silence.

— J'aimerais discuter de quelque chose avec toi.

— Je ne vois pas de quoi, répondit-elle d'un air pincé, surprise de le voir sourire.

— Qu'y a-t-il de si amusant ?

— J'adorais quand tu prenais tes grands airs.

— Pardon ?

Elle commençait à regretter d'avoir accepté de dîner avec lui. Elle n'apprendrait donc jamais ?

— Tu faisais ça quand nous étions mariés, dit-il avec un geste de la main.

— Je faisais quoi ?

— Tu prenais cet air hautain — le même que tu as là, fit-il avec un sourire triomphant. J'adorais ça. J'adore toujours, d'ailleurs.

Ne daignant pas répondre, elle prit la dernière bouchée de pâtes. Dans quelques instants, elle serait dans sa chambre, se dit-elle.

— Je comptais dans ma tête combien de temps il me faudrait pour réussir à te faire sourire, reprit-il.

— Quoi ? s'exclama-t-elle en manquant s'étouffer.

Bon sang, tout, mais absolument tout représentait un défi pour lui ! Tout était un jeu.

— Tu te rappelles, reprit-il, les yeux pétillants : je te prenais dans mes bras et je t'embrassais jusqu'à…

— Tu ne faisais rien de tel !

Elle ne s'en souvenait que trop bien, mais elle préférait repousser ces souvenirs. Pendant leur mariage, Maverick avait toujours obtenu ce qu'il voulait. Il gagnait systématiquement en utilisant l'amour qu'elle avait pour lui. Il avait toujours profité d'elle.

— Oh, si ! tu t'en souviens..., chuchota-t-il.

— J'ai tout fait pour oublier, répliqua-t-elle d'une voix dénuée d'émotion. Tu ne le croiras peut-être pas, mais la vie avec toi n'avait rien d'une sinécure.

Son sourire s'évanouit.

— J'en ai conscience, fit-il d'un ton très sérieux.

— Rien n'a changé. Tu auras beau dire que tu as renoncé au jeu, tu sais que ce n'est pas vrai. Tu en es incapable.

— C'est là que tu te trompes.

— Sûrement pas ! Tu es incapable de vivre sans les cartes.

— Je peux jouer sans miser d'argent, expliqua-t-il calmement.

Elise secoua la tête.

— C'est comme un alcoolique qui prétendrait aller dans un bar sans être tenté de boire.

Etant donné qu'il apprenait à ses petits-fils à jouer au poker, on ne pouvait que mettre sa parole en doute.

— Je suis sérieux, Elise. C'est fini. Je refuse de gâcher ma vie sur un coup de dés. Je veux ma famille et je te veux.

Choquée par ce qu'elle venait d'entendre, Elise faillit renverser son vin sur la nappe. Avec un effort suprême, elle déglutit.

— C'est trop tard, fit-elle. Tu as trente-sept ans de retard.

— Je pense, répondit-il en levant une nouvelle fois son verre, que j'arrive à temps.

19

Béthanne Hamlin

Béthanne arrêta l'aspirateur et tendit l'oreille. Oui, c'était bien le téléphone qui sonnait. Elle fut tentée de laisser le répondeur se mettre en route, mais se ravisa. Elle avait postulé à plusieurs endroits et ne voulait pas rater l'appel d'un employeur éventuel.

Elle se dépêcha donc d'aller répondre dans la cuisine. Prenant une profonde inspiration, elle décrocha et dit d'une voix qu'elle voulait professionnelle :

— Béthanne Hamlin.

— Il faut qu'on parle.

Prise de court, Béthanne dut s'appuyer contre le mur. Elle ne voulait plus rien avoir à faire avec son ex-mari. Leur dernière entrevue au French Café l'avait laissée amère et pleine de rancœur.

— Bonjour, Grant. Quel déplaisir d'avoir de tes nouvelles ! dit-elle d'une voix mielleuse.

— J'arrive.

Elle eut envie de lui dire que ce n'était pas à lui de choisir l'heure et le lieu pour une rencontre, mais elle se ravisa. Vingt ans de mariage lui avaient appris à reconnaître les humeurs de Grant. Au ton de sa voix, elle pouvait dire qu'il était en colère et qu'il n'accepterait pas d'être contrarié.

— Bon, d'accord, dit-elle d'un ton sec.

— Je serai chez toi dans dix minutes.

— Bien.

Le problème devait être grave pour que Grant quitte ainsi son travail en plein milieu de l'après-midi. Ça n'était presque jamais arrivé à l'époque de leur mariage. Elle raccrocha et retourna passer l'aspirateur.

Sept minutes plus tard, elle entendit le bouton de la porte tourner, puis des coups furent martelés sur le battant. Apparemment, Grant pensait qu'il pouvait se permettre d'entrer chez elle comme il le voulait. Eh bien, il se trompait et elle avait bien l'intention de le lui dire ! Après son divorce, Béthanne avait fait changer toutes les serrures de la maison.

— Tu pensais que j'allais entrer par effraction ? gronda-t-il lorsqu'elle lui eut ouvert la porte.

— Je n'allais pas t'en laisser l'occasion, répondit-elle sur le même ton.

Elle voulait qu'il sache que, s'il se trouvait là aujourd'hui, c'était seulement parce qu'elle l'y autorisait.

Grant entra à grandes enjambées dans la cuisine et se tourna vers elle. Ses yeux lançaient des éclairs.

— C'est toi qui as poussé Annie à faire ça ?

— A faire quoi ?

— Tu sais très bien de quoi je parle ! rugit Grant, les yeux noirs de colère et les poings crispés. Où est-elle ?

— Si c'est de notre fille que tu parles, tout ce que je peux te dire, c'est qu'elle est sortie.

Les bras croisés, Béthanne s'appuya contre le plan de travail. Elle avait essayé de le mettre en garde, mais il avait fait la sourde oreille, minimisant comme à l'accoutumée les inquiétudes qu'elle pouvait ressentir. Eh bien, puisqu'il en était ainsi, qu'il se débrouille avec les problèmes qu'Annie pouvait avoir avec Tiffany ! Cela ne la concernait pas.

— Tu étais au courant, et tu n'as rien dit !

— Quoi ? Je t'ai prévenu, je t'ai mis au courant de ce qu'elle ressentait, de ce qu'elle ressent encore aujourd'hui.

Elle poussa un soupir.

— Rappelle-toi, je t'ai dit que j'avais lu le journal d'Annie.

Béthanne ignorait ce qu'Annie avait pu faire, mais elle savait que sa fille était animée d'une rage intense.

Grant se mit à faire les cent pas.

— Tu as juste dit qu'elle était en colère.

— Inexact, répondit-elle d'un ton sec. C'est tout ce que tu m'as *laissée* dire. Tu n'as pas daigné m'écouter quand j'ai voulu t'expliquer que la situation était grave.

Elle soupira de nouveau.

— Qu'a-t-elle fait ?

— Tu ne le sais pas ?

Béthanne haussa les épaules.

— Elle souffre et elle en veut terriblement à Tiffany. Je suppose qu'elle lui a envoyé de la pub sur l'énurésie par mail.

Elle l'avait lu dans le journal d'Annie et elle en avait été secrètement amusée. Sa fille avait commandé une foule de choses au nom de Tiffany. Un comportement puéril et agaçant, certes, mais ce qui avait le plus impressionné Béthanne, c'était de découvrir l'intensité de la haine que l'adolescente éprouvait pour la nouvelle compagne de son père. Ses propos à son égard étaient empreints de tant de ressentiment et de rancœur que Béthanne s'était dit qu'il fallait agir. Annie refusait d'en parler et Grant ne voulait rien entendre. Béthanne avait donc pris rendez-vous auprès de la thérapeute qu'elle avait consultée après la défection de Grant afin de discuter avec elle de la situation. Elle avait besoin de conseils et espérait qu'Annie accepterait de la rencontrer également.

— Tout ce qu'elle lui a fait parvenir par courrier relève du délit, mais cette fois-ci, elle a dépassé les limites !

— Je regrette que vous soyez inondés de courriers indésirables, déclara Béthanne d'un ton sarcastique. Je compatis…

Grant la foudroya du regard.

— Mille mercis pour ton soutien ! dit-il entre ses dents. Surtout que je viens de passer une heure à essayer de calmer Tiffany après que quelqu'un lui a mis du sucre dans son réservoir.

— Ce n'est pas vrai ! s'exclama Béthanne, sous le choc.

— Et devine qui est le suspect numéro un ?

— Oh, non !

C'était encore pire que ce à quoi Béthanne s'attendait. Grant avait raison. Cette fois-ci, Annie était allée trop loin.

— C'est un délit grave, reprit Grant. Nous ne sommes pas encore allés voir la police, mais…

— Tu porterais plainte contre Annie ? s'exclama Béthanne.

Elle savait que Grant était tombé bien bas, mais pas tout de même au point d'intenter une action en justice contre sa fille !

— Ce n'est pas moi la victime, mais Tiff.

Tiff. Pauvre, pauvre Tiff ! songea Béthanne.

— Eh bien, peut-être devrais-tu suggérer à *Tiff* d'en discuter avec Annie et de régler le problème…

— Ce n'est pas tout ! lança Grant. Annie a tout fait pour nous rendre la vie impossible, à Tiffany et à moi. Tu n'as pas idée des horreurs qu'elle nous a fait parvenir par mail. Est-ce que tu ne pourrais pas contrôler un peu mieux ta fille ?

— Non, mais dis donc ! Annie est autant ta fille que la mienne. C'est juste que la vie heureuse et tranquille qu'elle menait jusqu'à présent a été chamboulée. Tout ça, parce que son père est l'esclave de sa sexualité !

— Bon sang, Béthanne ! Si tu crois que je vais me laisser insulter comme ça ! Nous sommes divorcés, que je sache !

— Absolument. Tu n'as donc rien à faire ici. Fiche le camp de chez moi ! fit-elle en désignant la porte.

— Je te rappelle que c'est moi qui t'ai donné *cette maison* !

— *Donné* ? cria Béthanne, scandalisée par ces propos. Tu parles d'un cadeau ! Elle est tellement hypothéquée qu'elle ne vaut plus rien. Tout ça grâce à toi !

— Qui paie les traites ? lança-t-il d'un air de défi. C'est bien la pension alimentaire que je te verse qui te permet de la garder. Mais, au fait, tu as trouvé du travail ?

Le ton de sa question était tellement sarcastique que Béthanne cilla.

Elle ferma les yeux, tentant de contrôler sa colère. Elle ne voulait pas se disputer avec Grant. Ça ne servirait à rien.

— Bon, d'accord, fit-il comme s'il était arrivé à la même conclusion qu'elle. Je ne suis pas venu ici pour me disputer avec toi, mais pour que nous trouvions une solution à ce problème. On ne peut pas continuer comme ça.

— C'est contre toi qu'elle est en colère, pas contre moi. A toi de régler la question.

En disant cela, Béthanne ne cherchait pas à le provoquer. La souffrance d'Annie était due au comportement de son père. Béthanne aurait beau faire, le problème ne serait pas réglé tant que Grant ne ferait pas face à ses responsabilités.

Il se passa une main nerveuse dans les cheveux.

— J'ai peur qu'Annie blesse physiquement Tiffany, marmonna-t-il.

— Tu t'inquiètes uniquement pour ta maîtresse ? explosa Béthanne.

— Bon sang, bien sûr que je suis inquiet ! Quelqu'un qui sabote une voiture est à deux doigts d'agresser physiquement sa victime.

— Et Annie dans tout ça ? demanda Béthanne, choquée par l'égocentrisme de Grant. Elle ne mérite pas que tu te fasses du souci pour elle ?

— Bien sûr que si ! Mais mon champ de manœuvre est très limité puisqu'elle me déteste. Du moins, c'est l'impression qu'elle m'a donnée. Si tu sais quelque chose que j'ignore, merci de m'en informer.

— Ce n'est pas le problème, déclara Béthanne d'une voix tremblante. Elle t'aime et, crois-moi ou non, elle a désespérément besoin de son père. C'était une chose que de divorcer d'avec moi, mais tu n'étais pas censé divorcer de tes enfants ! Quand as-tu parlé à ta fille pour la dernière fois ? Au début, tu l'appelais toutes les semaines. J'ai cru comprendre que tu ne le faisais plus. Pourquoi ? Depuis quand n'as-tu pas eu de conversation avec Annie, ou même avec Andrew ? Dois-je te rappeler que ce sont aussi *tes* enfants ?

Grant regarda ses chaussures.

— J'ai été très occupé et…

— Occupé ? Tu crois que c'est une excuse valable ?

— Je n'ai pas besoin que tu me fasses la leçon. De plus, Annie et Andrew ne veulent pas entendre parler de Tiffany. Ils refusent de venir à la maison pour éviter de tomber sur elle.

— Prends la peine de discuter avec Annie, plaida Béthanne en mettant de côté sa fierté. Appelle-la et emmène-la déjeuner au restaurant. Elle a besoin de savoir que tu te soucies encore d'elle et que tu veux toujours faire partie de sa vie. Mais encore faut-il que ce soit une tentative sincère, car toute hypocrisie ne pourrait qu'aggraver la situation.

Il acquiesça avec un air d'enfant boudeur.

— D'accord. Je lui passerai un coup de fil dans quelques jours.

Il hésita, puis grimaça un sourire :

— Merci, Béthanne.

— De rien, répondit-elle avec un haussement d'épaules.

— Comment va Andrew ?

Béthanne résista à l'envie de lever les yeux au ciel.

— Tu n'as qu'à le lui demander toi-même.

Grant lui jeta un regard peiné.

— Il ne veut rien avoir à faire avec moi ou avec Tiffany.

— Assiste à quelques-uns de ses matchs de foot en septembre, et il se rappellera que tu es son père.

Grant sembla réfléchir.

— Je vais peut-être faire ça, oui.

En d'autres termes, il fallait que ces matchs tombent à un moment où il ne serait pas pris.

La conversation était terminée. Pourquoi Grant ne partait-il pas ? Il semblait encore préoccupé par quelque chose.

— Je sais que tu as récemment rencontré Paul Ormond, dit-il finalement.

— Qui te l'a dit ?

Il esquissa un petit sourire.

— Les nouvelles vont vite. Un type du bureau — que tu ne connais pas — vous a vus tous les deux chez Anthony, l'autre soir. De quoi s'agit-il ?

— Comment me connaît-il ? demanda Béthanne avec curiosité.

— J'avais ta photo sur mon bureau.

Elle nota l'emploi du passé. L'ironie de la situation ne lui échappa pas. Il la trompait depuis deux ans et elle n'en avait jamais rien su. Elle avait dîné avec un homme — c'était la première fois que cela lui arrivait en vingt-deux ans —, et Grant était tout de suite au courant.

— Tu sors avec Paul ?

Béthanne faillit lui dire ce qu'il en était, mais elle se ravisa juste à temps. Cela ne le regardait pas. Il n'avait pas besoin de savoir avec qui elle sortait. Pas plus qu'il n'avait besoin de savoir que Paul l'avait appelée à plusieurs reprises et encouragée dans sa recherche d'emploi.

— Cela ne regarde que Paul et moi.

— En d'autres termes, je ferais mieux de m'occuper de mes affaires.

— Exactement, fit-elle avec un sourire joyeux. Tu l'as dit toi-même il y a quelques mois. J'ai ma propre vie, maintenant, Grant.

20

Courtney Pulanski

Courtney se sentait malheureuse. Annie Hamlin était assise sur son lit, en face d'elle. Une Annie furibonde qui, pendant cinq minutes et sans reprendre son souffle, avait débité une litanie de mots furieux. Deux semaines s'étaient écoulées depuis la *rave-party*, et l'adolescente n'avait toujours pas décoléré.

— Tu n'avais pas le droit d'appeler Andrew ! conclut-elle dans un chuchotement féroce, craignant apparemment d'être entendue.

Courtney ne prit pas la peine de lui dire que sa grand-mère était à moitié sourde et que, par conséquent, elle pouvait parler à voix haute.

— Je ne l'ai pas fait de gaieté de cœur, crois-moi.

— Andrew prétend que je devrais te remercier. N'y compte pas ! déclara Annie en foudroyant Courtney du regard.

— D'accord, je n'attendrai pas de merci.

— J'aurais dû me douter que tu étais du genre fille à papa.

— Tu peux penser ce que tu veux, Annie, répliqua Courtney, qui refusait ces attaques injustifiées. Mais peut-être que ça ne te ferait pas de mal d'écouter ce que j'ai à te dire.

— A propos de quoi ?

Ignorant la question, Courtney alla droit au but.

— Je sais ce que tu ressens.

Annie secoua la tête.

— Non, tu n'en sais rien. Je ne vois pas comment ce serait possible.

— Ma mère est morte et…

Annie plissa les yeux.

— Et je suis censée être désolée pour toi ?

— Non. Maintenant, ferme-la et écoute ! Ton père t'a abandonnée et ce que tu éprouves n'est guère différent que ce que j'ai ressenti quand ma mère a été tuée.

— J'aimerais bien que mon père soit mort.

La prenant rudement par les épaules, Courtney se mit à crier :

— Non, ce n'est pas vrai ! Ce n'est pas ce que tu veux. Tu es en colère et tu souffres, mais tu ne souhaites pas la mort de ton père. C'est impossible. Moi, je donnerais *n'importe quoi* pour que ma mère soit encore là. Quand on est mort, c'est pour *toujours*, tu comprends ?

Ses yeux s'embuèrent.

— Ça fait quatre ans, et pas un jour ne passe sans que je pense à elle. Il m'arrive même d'y penser à chaque instant. Ma mère ne voulait pas mourir, tu sais ? Elle avait rendez-vous avec une amie. Un camion venait en face. Son pneu a éclaté et il a fait une embardée.

Courtney ne parlait que très rarement de l'accident. Elle le faisait maintenant en pensant qu'il était important qu'Annie comprenne ce qu'elle disait. Courtney s'était disputée avec sa mère des douzaines de fois, cette année-là. Elle avait été furieuse contre elle à plusieurs reprises. N'empêche qu'elle aurait tout donné aujourd'hui pour qu'elle soit là.

— Ne me dis surtout pas que tu sais ce que je ressens ! cria Annie en se dégageant d'un geste brusque.

Sans plus prendre la peine de parler à voix basse, Courtney continua :

— A un moment, j'ai même fait semblant qu'elle était encore en vie.

— Je suis censée me sentir mieux en entendant ça ?

— Non, c'est juste pour te rappeler à la réalité.

— Inutile, j'ai ma dose. Je veux juste que ma vie soit comme avant, avec mon père et ma mère.

Elle se mordilla la lèvre inférieure et ses yeux s'emplirent de larmes.

— Il faut que je parte, ajouta-t-elle en se levant. A l'avenir, ne cherche pas à me rendre service, d'accord ?

Ses yeux étincelaient de colère.

— Comme tu voudras, marmonna Courtney.

Elle avait échoué. Elle avait décidé d'appeler Andrew, cette nuit-là, et Annie ne semblait pas comprendre que la décision n'avait pas été facile à prendre. L'embarras qu'elle avait ressenti s'était transformé en colère à l'égard de Courtney. Sans son intervention, Andrew n'aurait jamais su que sa sœur se trouvait là-bas. D'un autre côté, Annie aurait pu avoir de sérieux problèmes. Des jeunes étaient morts après avoir pris de l'ecstasy. Il y avait eu des cas comme ceux-là à Chicago.

— Courtney ! appela soudain sa grand-mère depuis le bas de l'escalier.

— Oui ?

Sans se presser, l'adolescente se leva et alla jusqu'au palier.

— Tout va bien là-haut ? Ton amie est partie si précipitamment !

— Tout va très bien.

— Je suis contente que tu te sois fait des amis, fit Véra en souriant. Je pars à la réunion des missionnaires. Veux-tu m'accompagner ?

— Je préférerais une balade à vélo.

Courtney n'avait pas envie de trier et d'empaqueter des vêtements pour des missions caritatives en Chine. Dans quelques années, elle serait peut-être plus à même d'apprécier la conversation des amies de sa grand-mère. Pour le moment, ça ne l'inspirait guère.

— Où vas-tu ? demanda la vieille dame.

Courtney trouvait pénible de devoir rendre compte à sa grand-mère de ses moindres faits et gestes, d'autant que son père l'avait laissée libre d'agir comme bon lui semblait.

— Je pensais aller à la boutique de laine leur donner ce que tu as déjà tricoté pour les couvertures.

Voilà une destination et un but que Véra ne pourrait qu'approuver, se dit Courtney.

— Ah, oui, très bonne idée ! Tu diras bonjour à Lydia de ma part.

— D'accord.

Après avoir pris son casque et ses gants, Courtney dévala l'escalier. L'attitude d'Annie lui avait laissé un goût amer. Elle cherchait à l'aider, et elle n'avait obtenu que des insultes en retour.

Pour couronner le tout, elle avait repris cinq cents grammes. Comment était-ce possible ? Depuis une semaine, elle faisait attention à ce qu'elle mangeait. Elle aurait dû perdre du poids et non en prendre. Décidément, tout allait de travers. Le fait de pédaler lui permettrait de se défouler.

— A quelle heure rentreras-tu ? lui demanda sa grand-mère alors qu'elle traversait la cuisine pour se rendre au garage.

— Pas trop tard.

— Tu as de l'argent sur toi ?

— Oui.

Elle n'avait pas envie de répondre à d'autres questions. Elle aspirait seulement à se retrouver sur son vélo avec la sensation du vent sur son visage et la caresse chaude du soleil sur sa nuque. Qu'Annie aille se faire voir ! Courtney avait essayé de l'aider, de lui parler. Elle lui avait raconté des choses qu'elle n'avait jamais racontées à personne. Tout ça pour rien !

La jeune fille était hors d'haleine lorsqu'elle arriva à Blossom Street. Après avoir tourné à l'angle de la rue, elle vit la boutique Au fil des jours surgir dans son champ de vision. Juste en face se trouvait le French Café avec, dans sa devanture, tout un étalage de pâtisseries.

Courtney ralentit et s'arrêta devant la boutique de laine. Les gâteaux avaient l'air appétissants ! Se forçant à détourner le regard, elle aperçut Moustache, fidèle au poste. Blotti dans un coin de la vitrine, il dormait profondément. Lydia était occupée avec une cliente. Margaret aussi, apparemment. Ni l'une ni l'autre n'aurait le temps de lui parler, c'était sûr. Son regard retourna vers la pâtisserie.

La semaine dernière, Béthanne avait parlé des éclairs au chocolat en précisant à quel point ils étaient délicieux. Lydia y était allée de son compliment, elle aussi. Les croissants étaient succulents, mais ces éclairs — avait-elle dit — étaient tout simplement divins ! C'étaient ses préférés. Quand on en mangeait un, on ne pouvait plus s'arrêter. Lydia avait de la chance : elle ne semblait pas avoir pris un gramme.

Ce n'était pas comme elle. En dépit de ce régime qui, en lui interdisant tout aliment commençant par la lettre *p*, l'affamait presque, Courtney avait repris du poids. C'était à n'y rien comprendre et la jeune fille était mortifiée.

Son regard alla de la boutique de laine à la pâtisserie. Lydia n'avait pas seulement vanté les produits du French Café, mais également leur auteur, disant à qui voulait bien l'entendre qu'il s'agissait de l'une de ses anciennes élèves de tricot. Elle s'appelait Alix et il ne fallait surtout pas écrire son prénom avec un *e*, mais avec un *i*.

Lydia avait également expliqué qu'Alix préparait ses gâteaux le matin et qu'elle tenait la caisse certains après-midi. C'était une pro : elle prenait des cours à l'Institut culinaire de Seattle. Le billet de cinq dollars qui se trouvait dans la poche de Courtney se mit à lui brûler les doigts. Le mot « éclair » ne commençait pas par la lettre *p*. « Pâtisserie », oui, mais c'était un détail qu'elle était prête à oublier.

Prise d'une envie de sucré, elle traversa la rue et appuya sa bicyclette au mur de la pâtisserie. La vendeuse ne semblait pas être du genre à faire du tricot. Un coup d'œil sur le badge qu'elle portait lui apprit cependant que c'était bien Alix. Comme disait sa grand-mère, il ne fallait pas se fier aux apparences.

— Vous êtes Alix ?

La jeune femme acquiesça.

— Je vous connais ?

— Je ne pense pas. Je fréquente l'atelier de tricot de Lydia.

Le visage d'Alix s'illumina.

— Vous ne seriez pas Courtney, par hasard ?

Surprise, l'adolescente opina.

— Lydia vous a parlé de moi ?

— Oui. Vous savez ce qu'il y a entre elle et Brad ?

Perdue dans la contemplation des éclairs dont la crème riche et onctueuse coulait presque sur le napperon en papier, Courtney leva les yeux.

— Ce qu'il y a ? répéta-t-elle.

— Oui, depuis qu'ils ont rompu.

— Pas plus que vous.

— J'espère qu'ils vont se remettre ensemble.

Elle semblait sincèrement affectée.

— Combien coûtent ces éclairs ?

Ils n'étaient pas si gros que ça. Peut-être devrait-elle en prendre deux.

Alix lui indiqua le prix, et Courtney fit un calcul rapide pour savoir si elle pouvait s'en acheter deux, plus un Coca-Cola. Et pas un Coca Light. Elle en avait assez des boissons sans sucre. Puisqu'elle s'apprêtait à faire une entorse à son régime, autant aller jusqu'au bout.

— Lydia m'a dit que vous faisiez un régime. Je vous admire. Ce n'est pas si facile, dit Alix doucement.

Comme Courtney hochait la tête, la jeune vendeuse reprit :

— Je peux vous faire un chocolat chaud basses calories.

Courtney mourait d'envie de manger cet éclair. Elle en avait l'eau à la bouche. Mais la proposition d'Alix était plus qu'un encouragement à garder ses bonnes résolutions.

— D'accord, fit-elle en tentant de paraître aussi enthousiaste que possible.

Alix sourit.

— Bien. Je vais vous préparer le meilleur chocolat au lait que j'aie jamais fait.

Courtney poussa un soupir de soulagement. Sans l'intervention d'Alix, elle aurait cédé à la tentation et avalé ces éclairs à toute vitesse, sans même prendre le temps de les apprécier. Le résultat aurait été visible sur ses cuisses.

— Merci, fit-elle quand Alix lui tendit la tasse. J'apprécie le coup de main.

— C'est quand tu veux, répondit Alix en passant au tutoiement. Et si tu apprends quoi que ce soit à propos de Brad, fais-le moi savoir, O.K. ?

— O.K.

La première gorgée était divine. Alix n'avait pas menti. Et « chocolat au lait » ne commençait pas par la lettre *p*.

21

L'acte de tricoter relève de la méditation, car le travail des mains force l'esprit au repos et donne libre cours aux mouvements de l'âme.

Auteur inconnu, cité par DARLÈNE HAYES
www.handjiveknits.com

Lydia Hoffman

Quand Margaret arriva au magasin le mardi matin, je sus immédiatement que quelque chose n'allait pas. J'espérais qu'elle m'en parlerait, mais j'étais bien déterminée à ne pas la forcer. Notre relation était moins tendue depuis quelque temps, mais c'était sans doute à cause des problèmes que je rencontrais avec Brad.

Nous étions parvenues à un accord tacite. Je ne lui demandais rien à propos de la recherche d'emploi de Matt et elle ne prononçait pas le nom de Brad. Nous n'étions pas très à l'aise avec cette trêve. Je savais que Margaret mourait d'envie de savoir où nous en étions, Brad et moi, et que sa curiosité était motivée par l'affection qu'elle me portait et le souci qu'elle se faisait pour moi. J'éprouvais la même chose à son égard. Je ne dis rien à propos du fait que Brad avait essayé de me joindre par téléphone un soir. J'avais vu son nom s'afficher et je n'avais pas décroché. C'était au-dessus de mes forces. Il m'était ensuite venu à l'esprit que cet appel pouvait venir de Cody et, d'une certaine manière, lui répondre aurait été encore plus difficile. Je ne m'étais pas rendu compte à quel point il me manquait.

Avec le temps, je commençais à comprendre Brad quand il disait vouloir donner une famille à Cody. Aussi profonde que soit mon affection pour lui, jamais je ne pourrais remplacer sa mère. Et l'amour que Brad portait à son fils primait sur tout le reste.

Quand il m'avait révélé qu'il revoyait Janice, j'avais été trop blessée et trop en colère pour apprécier son sacrifice. J'avais fini par me rendre compte qu'il ne s'agissait pas de Brad et de son ex, mais de Cody. En dépit de ses sentiments pour moi, Brad était prêt à nous sacrifier afin de permettre à Cody de retrouver sa mère.

Chose étrange, les efforts de Brad pour se réconcilier avec Janice m'aidèrent à mieux mesurer la profondeur de l'affection que mon propre père me portait. Papa faisait des sacrifices pour moi tous les jours. Ce n'est qu'après l'avoir perdu que je compris la place qu'il tenait dans ma vie.

J'aurais tant aimé pouvoir discuter de Brad et de Cody avec papa. Il était si sage et si aimant : il aurait trouvé les mots justes pour me parler. Même maintenant, je donnerais n'importe quoi pour entendre de nouveau sa voix et pour sentir sa présence si réconfortante.

— On dirait qu'il va falloir recommander du fil pour chaussettes, dit Margaret en interrompant le cours de mes pensées.

— Déjà ?

Ce modèle se vendait comme du petit pain.

Mon atelier marchait bien. Au début, j'étais sceptique sur le choix du mardi. C'était mon premier jour de travail et il y avait toujours une multitude de tâches à accomplir. Puis je m'étais dit qu'en réalité c'était un avantage. Le fait que les participantes soient en si petit nombre allait me permettre de développer de réelles relations avec elles. Comme cela avait été le cas lors de mon tout premier atelier.

Il y avait eu ce cours où Elise avait parlé de sa relation avec son ex-mari. Franchement, j'avais été surprise de la voir se confier ainsi à nous. Elle était tellement réservée ! Quel choc nous avions eu quand elle nous avait révélé que Maverick était un joueur professionnel. A peine cette information lâchée, nous nous étions mises à parler toutes en même temps. Une bibliothécaire et un joueur de poker. Quelle combinaison intéressante ! Malheureusement, il n'y avait pas eu de *happy end* dans le cas d'Elise.

Béthanne Hamlin avait également des problèmes d'ex. Mais elle semblait reprendre du poil de la bête, et gagnait chaque semaine en assurance. C'était visible. Même dans sa façon de tricoter. Sa fille aussi lui donnait des soucis, mais elle était discrète sur le sujet. Peut-être en raison de la présence de Courtney, qui s'était liée d'amitié avec Annie.

Nous nous étions toutes attachées à Courtney. Elle était charmante. C'était une adolescente type. Elle parlait beaucoup de son père et, quand elle recevait une lettre ou un mail de lui, elle était aussi excitée que s'il s'était agi d'une invitation pour le bal du lycée. J'étais contente qu'elle se fasse des amis. Bien qu'elle n'ait rien dit à ce sujet, j'avais le sentiment qu'elle avait un faible pour Andrew Hamlin, le fils de Béthanne. Andrew était la star de l'équipe de foot du lycée. Il pouvait avoir toutes les filles qu'il voulait. Courtney n'avait guère de chance. Il préférait certainement sortir avec une fille mince et jolie. Courtney s'était mise au régime, mais elle avait encore des kilos à perdre.

Il était à peine 13 heures ce mardi-là, lorsque le carillon de la porte tinta. Levant les yeux, je vis Béthanne entrer. Elle était à peine installée qu'elle sortit une demi-chaussette pour me la présenter.

— Regarde, j'ai réussi à faire le talon. Je mérite une médaille d'or. Ça m'a pris des heures.

— C'est que tu as fait quelque chose de travers, dit Margaret à l'autre bout du magasin.

Sa remarque m'irrita. Je me tournai vers Béthanne avec un sourire d'encouragement.

— Plus tu en feras et plus ce sera facile. Ne t'inquiète pas.

— Oh, mais je ne suis pas inquiète !

— Tant mieux ! dis-je en résistant à l'envie de la prendre dans mes bras.

Elle en avait fait du chemin. Et je ne parle pas seulement de tricot !

— Si seulement je pouvais réussir aussi bien dans ma recherche d'emploi ! dit-elle d'un air abattu.

Elise arriva et s'installa en face d'elle. Elles comparèrent leurs chaussettes. Elise en avait déjà tricoté par le passé, mais elle n'avait jamais utilisé d'aiguilles circulaires. La technique était différente.

— C'est du bon travail, dis-je en examinant son ouvrage.

Elise tricotait de façon méthodique et déterminée. Elle devait être aussi comme ça dans la vie.

Courtney fut la dernière à arriver. Elle descendit de son vélo et, après l'avoir appuyé contre le lampadaire devant la boutique, elle mit l'antivol. Il était clair qu'elle avait encore perdu du poids. J'aurais voulu la complimenter, mais je m'en abstins, de peur de l'embarrasser.

— Désolée, je suis en retard, dit-elle en entrant comme un ouragan.

Elle retira son casque et son sac à dos avant de prendre place avec son tricot, prête à suivre le cours.

— Comment ça va ? lui demandai-je.

Nous avions déjà atteint l'étape la plus difficile du tricot. Pour moi, la technique avait été simplifiée grâce à l'utilisation des aiguilles circulaires, mais il y a encore des gens qui préfèrent l'ancienne méthode. Je sais que l'on peut aussi tricoter des chaussettes sur une seule aiguille de dix centimètres. Ce procédé s'appelle la « boucle magique ». En ce qui me concerne, je suis plus à l'aise avec les aiguilles circulaires.

J'examinai soigneusement le travail de chacune de mes élèves et je trouvai — à voir leur moitié de chaussette — qu'elles s'en sortaient plutôt bien. Cette petite inspection faisait désormais partie de notre rituel. Même si j'avais déjà vu le travail. Cela permettait de mettre en valeur les efforts de chacune. Je m'assis auprès d'elles et leur décrivis l'étape suivante, puis je les laissai à leur tricot.

— J'aimerais bien qu'il soit aussi facile de trouver un emploi que de tricoter des chaussettes, fit remarquer Béthanne en montant les points d'une aiguille à l'autre.

Elise se tourna vers elle.

— J'ai un peu réfléchi à ton affaire. Où as-tu posé ta candidature ?

— Partout ! répondit-elle d'une voix découragée. La vérité, c'est que je déteste l'idée de ne pas être disponible pour mes enfants.

— Tes enfants sont suffisamment grands pour se débrouiller tout seuls, n'est-ce pas ? intervint Margaret, qui était en train de servir une cliente. J'ai moi-même deux filles, continua-t-elle sans voir mon froncement de sourcils, et elles se débrouillent très bien sans moi.

Béthanne resta un instant silencieuse.

— Et tu ne te sens pas coupable ? finit-elle par demander.

Margaret haussa les épaules.

— En fait, leur père est à la maison en ce moment, et c'est une très bonne chose. Ils sont tous les trois plus proches qu'avant.

— Pour être honnête, j'ai peur de laisser Annie seule, fit Béthanne.

Je vis Courtney lui adresser un regard vif.

— Annie n'est pas très bien en ce moment, expliqua Béthanne. Et après tout ce chamboulement dans sa vie, je préfère garder un œil sur elle. Ce n'est pas que je refuse de travailler — au contraire. Mais je veux donner le meilleur de moi et je sais que je n'aurais pas l'esprit tranquille en sachant mes enfants livrés à eux-mêmes.

Ces mots me firent penser à Brad. Lui aussi avait trouvé la situation difficile lorsqu'il s'était retrouvé seul avec Cody. Le petit garçon avait huit ans à l'époque. Il détestait aller à la garderie mais, d'un autre côté, il était encore trop jeune pour être livré à lui-même.

— Tu dis, Elise, que tu as réfléchi à ma situation ? murmura Béthanne.

— Oui.

— J'ai postulé partout où j'ai pu, expliqua Béthanne en

secouant la tête. Comme secrétaire, comme caissière, comme serveuse. Et là, franchement, je suis bien contente qu'ils ne m'aient pas engagée.

— Tu n'étais pas réellement intéressée par ces jobs, hein ? demanda Elise.

— Non. Pas vraiment.

Elise rit.

— Personne ne te prendra, dans ce cas.

— Mais j'ai besoin de travailler, et rapidement ! riposta Béthanne d'un air sombre. Sinon, je vais finir à la rue.

La jeune femme devait exagérer un peu, mais je savais qu'elle avait des problèmes d'argent. J'aurais aimé pouvoir l'embaucher moi-même, mais il n'y avait pas de travail pour trois à la boutique.

— Chaque fois que nous avons abordé le sujet, dit Elise, tu as dit que ton seul talent était d'organiser des fêtes et des réceptions. Surtout des fêtes d'anniversaire pour les enfants.

La jeune femme haussa les épaules d'un air défaitiste.

— Oui, c'est mon truc. Mais personne ne va m'engager pour faire ça.

— A ta place, je n'en serais pas aussi sûre, répliqua Elise.

Béthanne écarquilla les yeux.

— Que veux-tu dire ?

— C'est bientôt l'anniversaire de Luke, mon petit-fils. Ma fille a beau être pleine de qualités, elle n'est pas du genre créatif. J'aimerais t'engager pour organiser cette fête.

Béthanne se redressa dans son siège.

— Tu veux dire que tu me *paierais* pour faire ça ?

— Oui, dans les limites du raisonnable.

Je me doutais qu'Elise n'avait pas de grands moyens. Je trouvais sa proposition d'autant plus généreuse.

— J'ai un tas d'idées ! s'exclama Béthanne, enthousiasmée. Quels sont les goûts de Luke ?

— En ce moment, ce sont les dinosaures.

— Parfait. Je vais trouver des œufs de dinosaures, les remplir de surprises et les enfouir dans le jardin. Les garçons pourront faire une chasse au trésor, mais si le fait de creuser risque d'abîmer la pelouse de ta fille, je me contenterai de les cacher.

Elise sourit.

— C'est une bonne idée. De mon côté, je me renseigne pour savoir s'ils pourront creuser ou pas.

— Je sais ! continua Béthanne. Je vais aussi faire un gâteau en forme de dinosaure. Je suis sûre qu'il appréciera.

L'année dernière, à cette époque, j'avais tricoté un pull pour Cody avec un motif de dinosaure. Il lui a tellement plu qu'il voulait dormir avec. A ce souvenir, je ressentis une petite pointe de souffrance que je m'empressai d'ignorer.

— Je serai ravie d'organiser cette fête, conclut Béthanne. Mais je doute de pouvoir vivre de ça.

— Pourquoi pas ? dit Elise.

— Ce sera bientôt le premier anniversaire d'Amélia. Je sais que Jacqueline veut marquer le coup, dis-je pour lui remonter le moral. Je suis sûre que si tu allais la voir avec des propositions, elle t'engagerait.

— Tu crois vraiment ? demanda Béthanne.

Tout le monde — y compris Margaret — trouva l'idée excellente.

— J'en suis sûre, repris-je. Je vais te donner son numéro de téléphone et tu n'auras qu'à l'appeler de ma part.

Je savais que Jacqueline avait les moyens de faire quelque chose de vraiment spécial.

— Je n'y manquerai pas, dit Béthanne, dont les aiguilles se mirent à cliqueter avec une énergie toute retrouvée. On pourrait faire un pique-nique de nounours ou un après-midi contes ou…

Margaret lui apporta un papier avec le numéro de téléphone. Ma sœur était vraiment quelqu'un d'efficace.

— Je pourrais t'aider, proposa Courtney. Je veux dire, si tu as besoin d'une assistante et qu'Andrew et Annie sont occupés. J'ai du temps libre. Je le ferai gratuitement, bien sûr.

Les yeux de Béthanne s'emplirent de larmes.

— C'est tellement gentil à toi !

— Honnêtement, ça me ferait plaisir de le faire.

Béthanne parcourut l'assistance du regard.

— Merci beaucoup. Merci, Elise. Tu viens de me donner une idée formidable. J'adore ce projet ! Je suis sûre d'y arriver. C'est vraiment mon truc.

Impulsivement, elle posa ses aiguilles et se leva d'un bond pour aller embrasser Elise.

J'étais ravie de la voir si pleine d'assurance.

— J'ai été impressionnée par ce que tu nous as raconté sur la fête que tu avais donnée pour les douze ans d'Annie, dis-je pour l'encourager. C'était sur le thème du vidéoclip, n'est-ce pas ? Ça devait être effectivement très amusant de s'habiller en pop star, de faire un karaoké et d'être filmé. Les filles ont dû vraiment apprécier. Quel formidable souvenir ça leur fera pour plus tard !

— L'idée que tu avais eue pour les sept ans d'Andrew était également super, ajouta Courtney. C'est génial de faire une pirate-partie et d'enterrer le trésor sur la plage, comme si c'était pour de vrai.

— Je me suis amusée à dessiner les cartes au trésor, expliqua Béthanne en souriant. Une pour chaque garçon. Je m'étais aussi creusé la tête pour les trésors. J'avais rassemblé des bijoux de pacotille, acheté des pièces en chocolat et des cache-œil. La fête a été splendide. C'est à cette occasion que j'ai compris à quel point j'aimais faire ça. Plus tard, j'ai aidé à plusieurs reprises des amies à organiser les fêtes d'anniversaire de leurs enfants, mais jamais je n'ai pensé qu'on pouvait me payer pour ça.

— C'est la fête préférée d'Andrew, dit Courtney avec un sourire. Il en parle encore. J'aurais bien aimé avoir ça, moi aussi.

Elise acquiesça.

— C'est idéal pour les petits garçons.

— Oui. Grant s'était impliqué, à l'époque. Il avait acheté un énorme perroquet en peluche et s'était déguisé en Long John Silver[1].

1. Pirate de *L'Ile au trésor*, de Stevenson.

Il était évident que le souvenir de son mari la rendait nostalgique.

— Je pense qu'Elise a eu du flair sur ce coup, dit Margaret. C'est un vrai créneau et…

La porte s'ouvrit sur un gentleman d'un certain âge à l'air distingué. J'ai très peu d'hommes dans ma clientèle, même si je sais que certains d'entre eux tricotent.

En entendant le carillon de la porte, Elise leva les yeux et devint soudain très pâle.

— Maverick, murmura-t-elle.

— Bonjour, tout le monde ! fit-il sans aucune hésitation.

Beaucoup d'hommes se sentiraient mal à l'aise dans un environnement exclusivement féminin. Mais certainement pas lui.

— Je viens voir Elise, expliqua-t-il.

Il tourna les yeux vers son ex-femme, et je vis ses traits s'adoucir.

— J'étais dans les parages. J'ai pensé que tu pourrais profiter de la voiture pour rentrer.

— Nous n'avons pas terminé, murmura Elise en rougissant.

Dans sa confusion, elle laissa échapper une maille qu'elle rattrapa aussitôt avec beaucoup d'adresse.

C'était agréable de les voir. Ils avaient beau être divorcés, ces deux-là s'aimaient encore, c'était évident. Elise avait passé cet intéressant aspect sous silence. Pour être honnête, Maverick ne correspondait pas à l'idée que je me faisais d'un joueur de poker. Avec ses cheveux et sa barbe chenus, il me faisait penser à Charlie Rich, le chanteur de country. En y regardant de plus près, toutefois, Maverick était plus grand et il avait une ossature plus puissante.

— Prends ton temps. Je vais t'attendre dehors.

Elise baissa les yeux sur son tricot.

— Ah… d'accord.

Nous travaillâmes encore un quart d'heure, puis, tout en discutant du prochain atelier, mes élèves se levèrent pour partir. Je trouvais intéressant que toutes trois aient décidé de tricoter des chaussettes pour homme. Celles de Béthanne étaient certainement pour son fils. Courtney avait dit qu'elle ferait cadeau des siennes à son père. Quant à Elise, je supposais qu'elle finirait par les offrir à son ex-mari.

— Elise a eu une brillante idée en ce qui concerne Béthanne, dis-je à Margaret en remettant de l'ordre dans la pièce.

Ce qui s'était passé cet après-midi m'emplissait de bonheur. Il me semblait que c'était un pas vers des relations d'amitié durables.

C'est alors que je m'aperçus que Margaret était en train de pleurer.

— Margaret ?

D'un geste furtif, elle essuya ses larmes, visiblement embarrassée que je les ai vues.

— Que se passe-t-il ? Raconte-moi, la pressai-je en oubliant les résolutions que j'avais prises auparavant.

— Il y avait ce courrier, hier, répondit-elle d'une voix si basse que je dus tendre l'oreille pour entendre. Matt ne savait pas que j'étais au courant. C'est lui qui s'occupe de toutes les factures et je pensais que nous nous en sortions plutôt bien. J'ai réduit mes dépenses au minimum. Lui aussi. Mais apparemment... Oh, Lydia, nous sommes tellement en retard dans les remboursements du crédit de la maison que nous courons le risque de la perdre !

— Oh, non !

J'avais investi jusqu'à mon dernier sou dans la boutique. Sinon, je lui aurais volontiers prêté de l'argent.

— J'ai essayé d'en parler avec Matt. Je sais qu'il cherchait seulement à me protéger, mais je suis sa femme. Il *devrait* m'en parler. Quand je le lui ai fait remarquer, il m'a dit que j'avais suffisamment de sujets d'inquiétude comme ça.

— Combien te faut-il ?

— Nous avons jusqu'à lundi prochain pour trouver dix mille dollars.

— Oh, Margaret ! Je suis désolée, je ne m'en doutais vraiment pas.

— Je sais... je sais... Matt dit que tout va s'arranger et... et je suis sûre qu'il a raison. Je ne voulais pas t'embêter avec nos problèmes. C'est juste que ç'a été un tel choc…

En dépit des efforts de Margaret pour paraître optimiste, je savais que la situation était grave. Ma sœur était sur le point de perdre sa maison et je ne pouvais rien faire pour l'aider.

22

Elise Beaumont

Perdue dans ses pensées, Elise lavait la salade pour le repas du soir. Les garçons étaient au parc avec Maverick. Luke et John l'y entraînaient chaque fois qu'ils le pouvaient, et il cherchait toujours à leur être agréable. S'il avait été aussi attentionné autrefois, leur mariage aurait eu toutes les chances de durer.

Même si elle détestait le reconnaître, Elise commençait à apprécier la compagnie de Maverick. Pourtant, il était dangereux de compter sur lui. Elle était bien placée pour le savoir. Toutefois, il avait réussi, au fil des semaines, à lui faire baisser sa garde. Petit à petit, il avait eu raison de sa rancœur et de ses doutes. Il n'y était pas parvenu en lui promettant monts et merveilles, mais grâce à ses actes — et, en particulier, à l'amour qu'il portait à Aurora et à ses petits-enfants. Il respectait les sentiments d'Elise, ne se disputant jamais avec elle et ne cherchant jamais à se défendre. Il semblait sincère. Mais elle ne voulait surtout pas lui faire confiance. Elle savait qu'elle ne devait pas le laisser entrer dans sa vie. Seulement, en dépit de ses bonnes résolutions, elle se sentait irrésistiblement attirée vers lui.

Le minuteur du sèche-linge se mit à sonner et Elise s'essuya les mains avant d'en sortir le contenu pour le mettre dans une corbeille. Aurora avait rendez-vous avec Béthanne au sujet de l'anniversaire de Luke. L'idée d'engager Béthanne lui avait plu et elle avait insisté pour payer les frais. Elise avait protesté et elles avaient longuement argumenté dans la bonne humeur. Finalement, elles s'étaient mises d'accord pour qu'Elise paie le gâteau.

S'apercevant qu'Aurora allait manquer de temps pour préparer le dîner, Elise s'y était attelée. Elle avait déjà préparé la sauce et râpé le fromage pour son plat familial préféré au nom peu élégant : gâteau de spaghettis.

Il ne lui fallut que quelques minutes pour plier les vêtements de Luke et de John. Plutôt que de les laisser dans la buanderie, elle décida de les leur apporter dans leur chambre. Elle n'y avait pas mis les pieds depuis l'arrivée de Maverick. Si elle voulait qu'il respecte son intimité, elle devait faire de même.

En ouvrant le tiroir du haut, elle s'aperçut qu'Aurora l'avait donné à son père. Aussitôt, elle le referma. Les deuxième et troisième tiroirs étaient ceux de John et de Luke. Une fois les shorts et les T-shirts rangés, elle savait qu'il ne lui restait plus qu'à tourner les talons et à s'en aller. Mais elle ne pouvait résister à la tentation... Elle avait remarqué le bord d'un cadre photo dans le tiroir de Maverick. Elle n'avait pas à savoir ce que représentait cette photo ni pourquoi il la cachait au fond de son tiroir. Ce n'était pas ses affaires.

Elle commença à marcher vers la sortie, puis pivota, le cœur battant à tout rompre. Soudain, elle n'y tint plus. Il lui suffisait de jeter un coup d'œil et sa curiosité serait satisfaite. Ouvrant le tiroir, elle glissa un regard à l'intérieur. Le bord du cadre dépassait de dessous les T-shirts. C'était un cadre en argent quelque peu terni.

Juste un coup d'œil, se promit-elle. D'accord, c'était une violation de son intimité, mais ça ne prêterait pas à conséquence. Et puis elle ne toucherait pas. Elle se contenterait de soulever les T-shirts. Connaissant Maverick, il devait s'agir de la photo d'un de ses tournois.

Le cœur battant la chamade, elle souleva les vêtements à l'aide d'un doigt et se figea. Ses poumons semblaient avoir cessé de fonctionner. C'était une photo d'elle que Maverick avait prise peu de temps après qu'elle apprenne qu'elle était enceinte d'Aurora. Ils se promenaient tous deux dans un parc. Elle s'était penchée vers un buisson d'églantier et, au moment où elle se retournait, Maverick l'avait photographiée. Elle avait le regard brillant d'amour et d'excitation. C'était avant qu'elle ne déchante, avant qu'elle ne soit contrainte de faire face à la vérité concernant l'homme qu'elle avait épousé. Il avait capturé l'image d'une Elise au cœur empli d'une joie qu'elle n'avait plus jamais éprouvée. L'image d'une femme amoureuse, rêvant de l'avenir, de son bébé, de la famille qu'ils allaient fonder.

Fixant la photo, Elise se mordit la lèvre, surprise par le flot de souvenirs. D'émotions.

— Tu te rappelles à quelle occasion j'ai pris cette photo ? demanda Maverick, qui était entré dans la chambre.

Le souffle coupé, Elise sursauta et porta la main à son cœur. Comment avait-elle pu ne pas l'entendre entrer ? Elle était embarrassée à l'idée qu'il l'ait surprise en train de regarder sa propre photo. Qu'il avait cachée dans son tiroir. Dans sa chambre.

— Je… Excuse-moi, murmura-t-elle, incapable de le regarder dans les yeux.

— De quoi ? D'avoir fouiné ?

Mortifiée, elle garda la tête détournée et acquiesça.

— Je n'aurais pas dû… Je suis désolée. Je n'ose imaginer ce que tu dois penser.

— Tu n'as pas répondu à ma question.

Tout ce qu'elle voulait, c'était fuir.

— Je ne sais plus ce que tu as dit.

— Je t'ai demandé, répéta-t-il lentement, si tu te rappelais où j'avais pris cette photo.

Elle fit oui de la tête.

— Je l'ai emportée partout avec moi pendant toutes ces années. Puis elle a commencé à s'abîmer. Alors, j'ai acheté ce cadre.

— Oh !

— Je voulais t'avoir constamment avec moi.

— Nous sommes divorcés, lui rappela-t-elle d'un ton acerbe.

Elle avait une conscience aiguë de sa présence à quelques pas. Elle reconnut les effluves de son after-shave, sans pour autant se rappeler le nom. C'était le même qu'il utilisait du temps de leur mariage. Un parfum frais et boisé qui avait un effet grisant. Malgré elle, elle fit un pas chancelant vers lui. Elle était si troublée qu'elle craignait de s'effondrer dans ses bras.

Maverick s'avança jusqu'à elle et, plaçant un doigt sous son menton, l'obligea à le regarder dans les yeux.

— Je te l'ai déjà dit. Je t'aimais. Je n'ai cessé de t'aimer et je t'aime encore.

Elle avait la gorge tellement serrée qu'elle ne put que secouer la tête.

— Je sais, chuchota-t-il. Ce n'était pas suffisant et ça ne l'est toujours pas, mais c'est tout ce que j'ai jamais eu à t'offrir : mon amour.

Il l'aurait certainement embrassée, si Luke et John n'étaient pas arrivés. Ils firent irruption dans la pièce comme deux tornades. Apparemment, ils se disputaient à propos d'une place de vélo dans le garage.

A contrecœur, Maverick s'écarta et prit aussitôt la situation en main. Elise en profita pour s'éclipser.

De retour dans la cuisine, elle s'agrippa des deux mains au plan de travail et prit une profonde inspiration. Son ex-mari avait été sur le point de l'embrasser. Cette constatation était suffisamment choquante en soi, mais ce qui la bouleversait encore davantage, c'était qu'elle-même avait été sur le point de le laisser faire.

Heureusement, elle avait de quoi s'occuper. Elle termina de préparer la salade et donna un coup de cuiller vigoureux à la sauce bolognaise qui mijotait sur le feu. Puis elle plaça une grande casserole d'eau sur le gaz pour y faire cuire les spaghettis.

Vingt minutes plus tard, elle entendit la porte du garage se refermer et poussa un soupir de soulagement. Ça devait être David ou Aurora, qui rentrait.

Ce fut sa fille qui poussa la porte de la cuisine. En voyant le repas prêt, elle poussa un cri de ravissement.

— Oh, maman, merci ! fit-elle en serrant Elise très fort dans ses bras.

— Merci ? Parce que j'ai préparé le dîner ? J'essaie de t'aider comme je peux.

Elle égoutta les spaghettis et versa la sauce bolognaise avant d'ajouter le fromage râpé.

— Non, enfin, si. Merci pour ça aussi, mais surtout pour m'avoir parlé de Béthanne. Elle est fabuleuse ! Elle avait une douzaines d'idées, mais nous avons opté pour le thème du dinosaure.

Elle embrassa de nouveau sa mère et reprit avec un sourire radieux :

— Jusqu'à présent, j'avais l'intention d'emmener tout le monde manger une pizza et une glace. C'était mieux que rien mais, pour la même somme, Luke aura un anniversaire spectaculaire dont il se souviendra toujours.

Elise avait vu juste. Les parents occupés seraient prêts à payer pour offrir quelque chose de différent à leurs enfants.

— Ma voisine Gayle m'a accompagnée et, bien que l'anniversaire de Sonja ne tombe que dans un mois, elle a réservé les services de Béthanne.

— C'est formidable ! dit Elise avec un large sourire.

Ouvrant la porte du four, elle y glissa la casserole de spaghettis.

— Que se passe-t-il ? demanda Maverick en entrant dans la cuisine.

Son regard alla aussitôt à Elise.

— L'une des femmes qui participent à l'atelier de tricot a besoin de travailler. C'est une longue histoire, je te la raconterai plus tard.

— Gayle était si excitée qu'elle a appelé trois de ses amies pour leur en parler, expliqua Aurora.

— Je suis si contente ! murmura Elise.

— Tu peux l'être. Béthanne m'a dit que c'était ton idée.

Elise rougit et, pour changer de conversation, annonça que le dîner était presque prêt.

— Qu'est-ce qu'on mange ? demanda Luke d'un air soupçonneux.

Il jouait toujours le difficile.

Maverick regarda à travers la vitre du four avant de se tourner vers son petit-fils.

— On dirait des vers de terre et du sang.

— Maverick Beaumont ! s'exclama Elise, horrifiée de l'entendre parler ainsi.

Luke écarquilla les yeux de ravissement et se précipita dans l'autre pièce pour annoncer la nouvelle à son frère.

— Un plat plus connu sous le nom de « gâteau de spaghettis », expliqua Maverick à sa fille.

— Oh !

Elise sourit et admira l'habileté dont Maverick faisait preuve avec ses petits-enfants.

— Je vais mettre le couvert, proposa-t-il.

— Il est encore tôt, dit Aurora. Pourquoi n'iriez-vous pas, maman et toi, me cueillir un bouquet pour mon centre de table ? Les roses sont magnifiques, cette année.

Elise savait qu'elle aurait dû refuser aujourd'hui, mais n'en fit rien.

Ils sortirent tous deux dans le jardin. Les roses d'Aurora avaient éclos contre la grande palissade de bois. Pour leur premier anniversaire de mariage, David lui avait offert un buisson de roses anciennes et, au fil des années, il s'était développé, donnant de belles fleurs généreuses qui embaumaient l'air en cette fin d'après-midi de juillet.

Elise prit une profonde inspiration.

— Je vais chercher le…

Maverick l'interrompit en lui prenant la main et en enlaçant ses doigts.

— Que dirais-tu d'un petit tour dans le jardin de devant ?

— C'est une très bonne idée, répondit-elle d'une voix qu'elle reconnut à peine.

C'était même plus qu'une très bonne idée.

23

Béthanne Hamlin

— Grant avait finalement raison, dit Béthanne d'une voix excitée, en prenant une autre chips.

Paul fronça les sourcils.

— A propos de quoi ?

— Quand il disait que je devais trouver un moyen de subvenir à mes besoins. Comme il n'arrête pas de me le faire remarquer, la pension alimentaire qu'il me verse ne durera pas éternellement. Il y a quelques mois, il m'a conseillé d'utiliser mes dons pour trouver du travail. Comme assistante maternelle, par exemple. Il était sarcastique. A l'époque, j'étais trop furieuse contre lui pour y voir clair. Mais tu sais quoi ? Il avait raison.

Paul sourit et, une fois de plus, Béthanne fut frappée par son charme. Bien qu'il ne soit pas beau à proprement parler, c'était un homme attirant et agréable. Ils étaient allés dîner ensemble après la fête d'anniversaire que Béthanne avait organisée pour le petit-fils d'Elise. Elle n'avait disposé que de très peu de temps pour tout organiser, mais elle s'en était sortie à merveille. Les garçons avaient adoré la chasse à l'œuf, sans parler des jeux tels qu'« accrochez la queue du dinosaure » qu'elle avait elle-même conçu avec l'aide d'Annie.

— T'ai-je dit que l'anniversaire de Luke m'avait permis de décrocher trois nouvelles réservations ? Je dois également organiser une fête — quelque chose de très élaboré — pour une dame que j'ai rencontrée à la boutique de laine. Ils veulent tous ma « touche spéciale », ajouta-t-elle en trempant sa tortilla dans la sauce pimentée avant de la porter à sa bouche.

Le plus excitant, c'était que, avec les acomptes versés par ses clients, elle avait assez d'argent pour inscrire Andrew au foot. Avec quelle fierté elle lui avait tendu le chèque !

— Je crois que tu m'en as déjà parlé, fit Paul avant de croquer une tortilla couverte de piment.

— Plus d'une fois ?

Elle avait dû répéter la même chose une douzaine de fois, mais elle ne pouvait s'en empêcher. C'était l'expérience la plus formidable qu'il lui ait été donné de vivre depuis des années.

— Quand les enfants ont grandi, Grant a commencé à penser que toutes ces fêtes que j'organisais pour leurs anniversaires n'étaient qu'une perte d'argent, expliqua-t-elle. Qui aurait cru que sa femme en vivrait un jour ? Son *ex*-femme, devrais-je dire !

Elle soupira.

— M'habituerai-je un jour à dire ça ?

— Je ne sais pas. Je ne m'y suis pas encore fait.

Mais elle refusa de se laisser abattre.

— J'étais vraiment contente que tu me téléphones.

— Je voulais savoir comment s'était passée la fête.

— Je suis si… heureuse et si… excitée… Et ce repas est formidable. J'adore la cuisine mexicaine.

— Moi aussi, dit-il en prenant son margarita.

Il donna un petit coup de langue sur le bord du verre couvert de sel avant de boire une gorgée.

Troublée, Béthanne détourna les yeux. Pourquoi se comporter de façon aussi stupide ? se demanda-t-elle. Mais peut-être était-ce une réaction normale. Elle n'avait pas fait l'amour depuis tellement longtemps qu'elle ne se rappelait plus à quand remontait la dernière fois.

— Est-ce que le…

Hésitant à prononcer le mot à voix haute, elle se pencha vers Paul et chuchota :

— Est-ce que le sexe te manque ?

Il plissa les yeux.

— Le sexe ? Qu'est-ce que c'est ?

Ils éclatèrent tous deux de rire, comme si c'était là la chose la plus drôle qu'ils aient entendue depuis longtemps.

— Sérieusement, reprit-elle. Je veux savoir.

Il opina.

— C'était super. Et toi ?

Elle aussi. Elle n'aurait pu poser cette question à personne d'autre, et n'en apprécia que davantage leur amitié. Ils se sentaient en sécurité l'un avec l'autre, capables de parler de leur souffrance et de leur colère en toute honnêteté. C'était précisément cette franchise qui leur faisait du bien et leur permettait de se reconstruire.

— Comment ça va avec Andrew et Annie ? demanda Paul en changeant adroitement de sujet.

Béthanne en était à son deuxième margarita, ce qui lui avait probablement fait perdre ses inhibitions.

— J'ai eu de longues conversations avec Annie depuis que j'ai appris qu'elle avait mis du sucre dans le réservoir de Tiffany.

Au début, Annie avait nié. Puis, quand elle avait craqué et tout avoué, elles étaient tombées dans les bras l'une de l'autre. Béthanne avait senti son cœur se déchirer en voyant la souffrance de sa fille.

Annie avait accepté d'aller voir un psychothérapeute et, après deux visites, elle avait déclaré qu'elle se sentait mieux vis-à-vis de la famille et de ses propres sentiments. Elles avaient eu plusieurs discussions au cours desquelles elles avaient pleuré. Annie semblait être revenue à de meilleurs sentiments. Béthanne sentait que, maintenant, sa fille pourrait avancer dans la vie avec ou sans son père.

— Grant a-t-il eu l'occasion de discuter avec elle ? demanda Paul.

Béthanne lui avait parlé de la dernière visite de Grant, tout en passant sous silence ses questions sur leur relation.

— Il a téléphoné, répondit-elle avec un haussement d'épaules. Je ne sais pas ce qu'il a dit, mais Annie a raccroché au bout de deux minutes. Ça ne devait pas être une vraie conversation.

— D'après ce que j'ai cru comprendre, l'assurance a payé les réparations sur la voiture de Tiffany.

— Elle t'a téléphoné ?

Paul ne parlait que très rarement de son ex-femme.

— Non, c'est mon assureur qui m'en a parlé. Heureusement, elle a fait passer ça pour un acte de vandalisme.

Béthanne acquiesça. Elle n'aurait pas été étonnée que Tiffany porte plainte contre Annie. Elle n'était pas sûre que Grant l'en aurait empêchée. Bien sûr, Annie avait eu tort de se comporter ainsi, et elle devait accepter les conséquences de ses actes, mais Béthanne ne pouvait supporter l'idée que sa fille ait affaire avec la justice. Annie avait accepté la proposition du psychothérapeute d'écrire une lettre d'excuses à Tiffany. Béthanne espérait que l'affaire n'irait pas plus loin.

La serveuse arriva et Béthanne commanda une salade *fajita* tandis que Paul optait pour une assiette d'*enchilada* au poulet. Il attendit que la serveuse soit partie pour reprendre la conversation.

— Comment va Annie, maintenant ?

— Ce n'est pas facile pour elle. Mais elle s'en sort. Je pense que le pire est derrière elle.

— Elle a besoin d'un ou d'une amie. Quelqu'un qui la comprenne.

— Je suis d'accord, mais…

Béthanne s'interrompit en plein milieu de sa phrase.

— Oui, tu as raison, conclut-elle.

Paul sourit.

— Tu as cette petite lueur dans les yeux…

Béthanne se cala contre le dossier de son siège.

— Elle a déjà ce genre d'amie. Seulement, ma fille est comme moi. Elle ne voit pas toujours ce qui est à portée de main.

— Tu sembles pleine de bons sentiments ce soir, lui dit-il d'un ton taquin.

Elle pouffa de rire.

— Je crois surtout que je suis un peu pompette.

Soudain, elle lui agrippa la main et se figea.

— Que se passe-t-il ? demanda Paul, inquiet.

— Paul, je viens juste de m'apercevoir que je suis heureuse. Je suis vraiment heureuse. Je ne pensais pas que ça m'arriverait de nouveau, mais si. Je me sens bien.

Paul hocha la tête d'un air songeur.

Béthanne se pencha vers lui.

— Cela t'est-il arrivé à toi aussi ?

Il détourna les yeux.

— Sois honnête, lui dit-elle.

— Pas encore, répondit-il avec un faible sourire. Mais je pense que ça ne va plus tarder.

— Bien.

— Je suis heureux quand je te vois, confessa-t-il.

— Merci, fit Béthanne en terminant son margarita à petites gorgées. C'est gentil de me dire ça.

— Je pense beaucoup à toi, Béthanne. Je pense beaucoup à nous deux, en fait.

— Nous deux ? fit-elle, manquant s'étrangler.

— Que dirais-tu de sortir avec moi ?

Elle fronça les sourcils. Elle ne lui avait jamais demandé son âge, mais elle devait bien avoir dix ans de plus que lui.

— Je… je t'aime beaucoup en tant qu'ami, Paul. Mais en ce qui concerne cette histoire de sortir ensemble, je ne sais pas. J'aurais trop peur que cela change notre relation. Je n'ai pas envie de ça. Je veux que les choses restent comme elles sont.

Il haussa les épaules avec une apparente nonchalance.

— D'accord.

— Je t'en prie, ne le prends pas mal ! Je ne le supporterais pas. Tu es mon ami. Les moments que nous passons ensemble sont précieux pour moi, mais…

— Penses-y, d'accord ? A cette possibilité de sortir ensemble.

— D'accord, mais… D'accord, d'accord, je vais y penser.

— Bien, fit-il, apparemment plus détendu. Je suis content, Béthanne. Tu es exactement le genre de femme avec laquelle j'ai envie de passer ma vie.

Elle jeta un coup d'œil autour d'elle pour s'assurer que personne ne les écoutait.

— Est-ce parce que je t'ai posé des questions sur le sexe ?

— Non, répondit-il d'un ton brusque. C'est juste parce que j'aime être avec toi. Pas toi, l'ex-femme de l'homme pour qui mon ex-femme m'a quitté, mais toi, en tant que personne que j'ai appris à connaître et à qui je peux faire confiance.

— Oh !

Après deux margaritas, elle ne sut que répondre.

— Ça te surprend ?

— Non, répondit Béthanne du fond du cœur. A dire vrai, je suis très flattée de l'intérêt que tu me portes. Mais, pour le moment, je trouve que nous sommes bien comme ça. Prenons le temps de voir où ça nous mènera.

— Tu es une très belle femme, dit-il d'une voix sensuelle.

— C'est le manque de sexe qui te fait dire ça, répliqua-t-elle d'un air taquin.

— Eh bien… On peut facilement remédier à ce problème, fit-il sur le ton de la plaisanterie.

Béthanne pouffa de rire.

— Je pense qu'il est temps d'arrêter les margaritas.

Paul sourit.

— Ne précipitons pas les choses. La conversation commence seulement à devenir intéressante.

24

Courtney Pulanski

Courtney était agréablement surprise d'avoir des nouvelles d'Annie, surtout après la façon dont s'était terminée leur dernière entrevue. Elle avait été tentée de poser des questions à Béthanne, le soir de l'atelier, mais elle s'était ravisée. Elle ne voulait surtout pas éveiller ses soupçons.

Courtney avait peur pour Annie, peur de ce qu'elle pouvait faire. Elle avait essayé de lui parler, de l'aider et de lui dire qu'elle comprenait ce qu'elle ressentait. Mais Annie avait refusé de l'écouter : ça ne l'intéressait pas.

Puis, un lundi après-midi, après deux semaines de silence absolu, Annie lui avait téléphoné pour l'inviter chez elle. Véra l'avait accompagnée chez les Hamlin avant de se rendre à l'église pour aider en tant que bénévole à tenir la bibliothèque. Avant de venir à Seattle, Courtney pensait que sa grand-mère passait la plupart de son temps devant la télévision. Bon sang, comme elle s'était trompée ! Véra allait à la piscine quatre fois par semaine et avalait un solide petit déjeuner avant de s'occuper de son jardin. Ses engagements en tant que bénévole l'occupaient presque autant que si elle avait eu un emploi à plein temps.

Courtney descendit de la voiture de sa grand-mère et resta un instant sur le trottoir à examiner la maison d'Annie. Avec son escalier raide qui menait à une porte arrondie et son toit à pignon, cette belle demeure de brique lui rappelait certaines maisons de Chicago.

Elle se sentit soudain nostalgique. A Chicago, elle avait ses amis. Ici, il fallait tout recommencer de zéro pour son année de terminale, et ça ne lui plaisait guère.

Elle trouvait difficile de ne pas s'apitoyer sur son sort, mais elle savait depuis longtemps qu'un tel sacrifice était nécessaire. Julianna lui avait récemment rappelé que cette séparation aurait de toute façon lieu au moment d'aller à l'université. Dans un sens, Courtney en faisait l'expérience un an plus tôt. Cela ne pouvait que la préparer, lui avait dit sa sœur judicieusement. Heureusement, il y avait ces contacts avec sa famille et surtout avec Julianna. Ça lui permettait de se sentir moins seule.

Annie ouvrit la porte avant même que Courtney n'ait sonné.

— J'ai aperçu la voiture de ta grand-mère, dit-elle.

Elle portait un short moulant, un T-shirt ample et de gros chaussons duveteux.

Et elle ne souriait pas. Leur conversation téléphonique avait été brève. Courtney se demanda si Annie l'avait invitée à l'instigation de Béthanne ou si elle en avait eu envie.

— Comment ça va ? demanda Courtney.

— Pas trop mal, répondit Annie en commençant à monter l'escalier.

Courtney la suivit. Elle était contente de pouvoir jeter un coup d'œil à la maison. L'intérieur, couleur crème, était magnifique. Les meubles étaient tendus de vert et de rouge foncé, et des tapis aux lignes sobres et chic couvraient le parquet ciré. Des fleurs fraîchement coupées ornaient le manteau de la cheminée. Comme elle s'y attendait, Béthanne avait très bon goût.

Des cadres étaient accrochés au mur et Courtney s'arrêta pour examiner la photo de famille qui avait dû être prise en des temps plus heureux. Avec ses yeux d'un bleu profond et son menton carré, Andrew ressemblait à son père, alors qu'Annie avait hérité des traits de sa mère.

— Où sont les autres ? demanda Courtney.

— Sortis. Pourquoi ? Ça pose un problème ?

Courtney décida d'ignorer le ton peu hospitalier d'Annie.

— Non, ça me va très bien.

— Tant mieux.

Parvenue en haut de l'escalier, Annie se retourna et fronça les sourcils en voyant Courtney regarder les photos.

— J'ai dit à maman de les jeter, mais elle ne veut pas.

Courtney remarqua que le verre qui encadrait le portrait de famille le plus récent était fêlé, et elle se demanda si Annie n'avait pas essayé de détruire le cliché.

— Il y a des photos de maman dans toute la maison, à Chicago, dit-elle.

Du moins y en avait-il avant que la maison ne soit mise en location.

— Il m'arrivait de rentrer de l'école en pleine forme et, dès que je voyais sa photo, je me mettais à pleurer, continua-t-elle.

Sentant les larmes lui monter aux yeux, la jeune fille se détourna pour les essuyer avec sa manche.

Annie ne répondit pas immédiatement. Puis, lorsqu'elle prit la parole, sa voix n'était qu'un murmure.

— Quand papa est parti, j'étais persuadée qu'il allait revenir. Je le haïssais de nous avoir abandonnés. Je voulais le punir et, en même temps, je voulais qu'il revienne, que tout soit comme avant.

Elle détourna les yeux, comme si elle en avait trop dit.

— Je n'ai pas pleuré aux obsèques de ma mère, confessa Courtney. Tout le monde sanglotait. Même mon père a craqué.

C'était difficile à raconter, mais Courtney avait l'impression qu'Annie pouvait la comprendre.

— Pourquoi tu n'as pas pleuré ?

— Je crois que c'était le choc. Il y avait tant de gens aux obsèques, et tout le monde n'arrêtait pas de dire à quel point maman avait l'air bien. Elle n'avait pas l'air bien : elle avait l'air morte.

Sa voix se brisa. Ne souhaitant pas révéler la profondeur de son émotion, elle se mit à chuchoter.

— Je voulais que tout le monde s'en aille. Je ne voulais pas de ces gens autour de moi. Cette nuit-là (elle marqua une pause et déglutit) après que tout le monde est parti se coucher, je me suis retrouvée seule. Je n'arrivais pas à dormir. Puis, la vérité m'a frappée. Nous venions d'enterrer maman. Ce n'était pas une série télé. C'était pour de vrai. Elle était partie. Je ne pouvais pas le supporter. Je me suis mise à hurler.

Annie la regardait fixement.

— Tu devais être vraiment mal, dit-elle doucement.

— Oh, oui, vraiment mal ! Je ne pouvais plus m'arrêter de crier. Ils se sont tous précipités dans ma chambre et je ne faisais rien d'autre que crier. Je voulais ma mère, je voulais qu'elle soit avec moi. J'avais l'impression que c'était moi qui étais morte. J'aurais aimé que ce soit moi.

— Qu'a fait ton père ?

— Il m'a prise dans ses bras.

Les larmes ruisselaient sur ses joues. Elle les essuya une fois de plus.

— Puis Jason et Julianna se sont assis sur mon lit. Et nous avons tous pleuré. Jusqu'à ce moment-là, je n'avais toujours été que la plus jeune, tu sais ? Julianna et moi n'étions pas aussi proches. Avec Jason non plus. Mais nous sommes devenus de vrais frères et sœurs, cette nuit-là. Notre famille a complètement changé. Nous sommes très proches, maintenant.

Elle était embarrassée d'avoir révélé tout ça.

Annie ne trouva rien à dire.

Courtney voulait qu'elle se rende compte que, même si son père s'était éloigné, il faisait toujours partie de sa vie.

— Ma chambre est là-bas, dit Annie en indiquant le bout du couloir.

Après un dernier regard aux photos, Courtney la suivit.

Des vêtements jonchaient le sol de la chambre, et la coiffeuse croulait sous des piles de CD, de livres, de magazines et de produits de beauté. La photo d'un garçon ornait l'angle du miroir. Courtney s'en approcha pour l'examiner. Elle en remarqua une autre scotchée dans le bas. Elle représentait Annie avec le même garçon à une soirée au lycée. Ils se trouvaient tous deux sous une arche de ballons blancs et noirs. Annie était dans une robe de soirée rose avec un châle assorti, et son cavalier portait en costume.

— C'est Conner, expliqua Annie d'une voix tremblante. On a rompu il y a quelques mois. Il disait que j'étais devenue chiante.

— Il est mignon.

Courtney supposa qu'Annie avait encore des sentiments pour lui, sinon pourquoi aurait-elle gardé ces photos ?

Annie haussa les épaules.

— Il est pas mal.

— Tu le vois encore ?

— De temps en temps. Il sort avec une autre fille, maintenant. Mais comme il fait partie de la même équipe de foot qu'Andrew, on se rencontre inévitablement. Tu aimes bien mon frère, n'est-ce pas ?

Devant cette remarque impromptue, Courtney pivota brusquement et sentit le sang se retirer de son visage.

— Je… je le trouve sympa.

Elle craignait d'en dire trop, et que ses propos soient mal interprétés. Andrew était beau mec. Il était populaire et, à en croire Béthanne, il était devenu une véritable star en raison de ses performances athlétiques au lycée. Toutes les filles devaient être amoureuses de lui. Courtney ne se faisait pas d'illusion : elle n'avait aucune chance. Philosophe, elle s'était dit qu'elle ne perdrait pas de temps à rêver à une cause perdue. Mais, peut-être qu'avec un peu de chance, ils pourraient devenir amis…

Annie poussa un soupir.

— En parlant de mon frère, il a dit que je devais te remercier pour ce que tu as fait l'autre soir. Il a raison. Je… je n'étais pas vraiment en colère contre toi.

— Je sais. C'est à toi que tu en voulais. Tu ne pensais pas te mettre dans un tel pétrin. Mais c'était trop tard.

Annie baissa les yeux.

— Je suis désolée pour ta mère. Mais mon père, ce n'est pas la même chose. Ta mère n'a pas décidé de partir, elle, alors que mon père, si. Il nous a laissés, et maintenant c'est comme si Andrew et moi, on n'était rien d'autre que des dommages collatéraux. Il n'y a qu'*elle* qui compte !

Annie était devenue toute rouge.

Craignant d'être rejetée, Courtney résista à l'impulsion de lui prendre les mains. Après un moment de silence, elle ajouta :

— Le départ de ton père a chamboulé ta vie. La mienne aussi a été chamboulée. On peut penser que ce n'est pas la même chose, mais d'une certaine manière, si. Je ne serais pas à Seattle si ma mère n'était pas morte, et mon père ne serait pas en train de risquer sa vie en Amérique du Sud.

— Si mon père n'avait pas été obsédé par le cul, ma mère n'aurait pas été obligée d'aller chanter « joyeux anniversaire » à ces fichus gosses, et…

Sa voix se brisa. Essuyant ses larmes d'un geste saccadé, elle ajouta :

— Je ne veux pas parler de mon père, d'accord ? Je le déteste, mais ce n'est pas grave.

— Parlons d'autre chose, alors.

Annie sembla se détendre, comme si elle était soulagée de changer de sujet.

— En fait, je trouve que ce que fait ma mère est cool. Elle a toujours aimé organiser des fêtes et elle s'éclate, apparemment. Et tu sais quoi ? Ça lui rapporte de l'argent. On reçoit beaucoup de coups de fil. Andrew et moi, on essaie de l'aider quand on peut. J'ai une surprise pour elle. Tu veux voir ?

— Sûr.

Annie se leva de son lit et s'assit à son bureau, où elle alluma l'ordinateur.

— Viens voir, dit-elle en jetant à Courtney un coup d'œil par-dessus son épaule.

Courtney resta debout derrière Annie, tandis que celle-ci ouvrait un fichier. Une page apparut à l'écran. On y voyait des ballons dans un coin et, au milieu, un gâteau d'anniversaire sous une banderole où était écrit « Béthanne, spécialiste de la fête et des anniversaires ». Un numéro de téléphone était inscrit juste en dessous.

— T'en penses quoi ? C'est pour une carte de visite.

— C'est super !

— Je ne suis pas sûre que les ballons soient une bonne idée, mais il faut quelque chose, non ?

Courtney prit le temps de réfléchir.

— A ta place, je les enlèverais.

D'un clic de souris, Annie supprima les ballons. Penchant la tête sur le côté, elle opina.

— Tu as raison. Ça fait plus net sans les ballons. Et puis maman a dit que quelqu'un avait téléphoné pour une fête entre adultes. Les ballons, c'est plutôt un truc d'enfants, non ?

Courtney hocha la tête et déclara :

— L'idée d'organiser des fêtes a fait son chemin. Ça commence à décoller, hein ?

Annie sourit.

— On n'arrête pas depuis quelque temps. Avec Andrew, on a pensé que maman devrait avoir ses propres cartes de visite. Je suppose qu'il lui faudra bientôt un site Web.

Elle reporta son attention sur l'écran.

— Tu vois autre chose à changer ?

Courtney examina de nouveau le dessin.

— Tu pourrais utiliser une police différente. Moins ornée. Celle-ci est jolie, mais pas très facile à lire. Essaie la comic sans ou la verdana ou encore la georgia.

Annie fit plusieurs essais avant d'opter pour la comic sans.

— J'aime bien celle-là.

Courtney était d'accord avec elle.

— C'est sympa ce que tu fais. Je veux dire d'aider ta mère.

— Elle m'a demandé de lui donner un coup de main ce week-end, fit Annie, le regard rivé sur l'écran.

— Tu comptes y aller ?

Courtney ne dit pas qu'elle s'était également portée volontaire.

— Oui, certainement. Elle a dit que tu y serais peut-être.

— Je n'avais pas encore pris ma décision.

— J'irai si tu y vas, dit Annie en levant les yeux vers elle avec un grand sourire.

Courtney fut sincèrement touchée.

— Ça veut dire qu'on est copines ?

La question était maladroite, mais elle avait besoin de savoir.

Annie sembla réfléchir sérieusement.

— J'aimerais bien. Je sais que je te l'ai déjà dit, mais Andrew a raison : tu m'as sauvé la mise et j'ai une dette envers toi.

Sa voix ne fut plus qu'un murmure :

— Merci.

— Pas de quoi. J'ai moi-même déconné après la mort de maman. Un jour, j'ai mis le feu derrière l'épicerie. Je ne sais même pas pourquoi j'ai fait ça.

Elle baissa la tête. Personne n'était au courant. Pas même sa sœur.

— J'avais tellement mal que je voulais me venger. Si on avait découvert que c'était moi, je serais probablement encore en prison.

— Mais toi, au moins, tu n'es pas allée à une *rave*, si ?

— Non, mais j'étais plus jeune que toi. Crois-moi, j'ai fait ma part de conneries.

Annie esquissa un faible sourire et se mordilla la lèvre.

— D'après le psy, ce qui nous est arrivé est courant. Je ne suis pas la seule dans ce cas. Les couples se séparent, le père se tire, et les enfants n'ont plus qu'à se débrouiller. C'est pas mon fort. Et… je croyais que mon père m'aimait.

— Je suis sûre que c'est le cas.

Courtney n'en doutait pas un instant, même si Annie avait du mal à le croire.

— Peut-être, dit-elle avec réticence. Mais cette bonne femme, il l'aime encore bien plus. Cela dit, c'est pas grave. On fera avec.

Les larmes lui montèrent aux yeux et elle essaya de les refouler.

— Tu peux imprimer ce que tu as fait ? demanda Courtney pour lui changer les idées, en faisant semblant de ne pas avoir remarqué qu'elle pleurait.

— Bonne idée.

Annie se retourna, prit la souris et cliqua sur l'icône appropriée. L'imprimante se mit à bourdonner, et une feuille de papier commença à sortir lentement.

Courtney la prit et l'étudia un instant.

— C'est génial !

— Tu trouves ? demanda Annie. Je veux dire : moi, je trouve que c'est réussi, mais il faut que ce soit parfait, que ça ait l'air pro.

— Si, c'est très bien. Ta mère va adorer.

Les yeux brillants de larmes, Annie lui adressa un sourire :

— Merci, Court.

Court. C'était ainsi que ses copines de Chicago l'appelaient. Pour la première fois depuis son départ de la maison, elle n'avait plus cette sensation de vide dans le cœur.

— Hé, vous deux ! Qu'est-ce que vous manigancez ? demanda soudain une voix.

Elles se retournèrent et découvrirent Andrew, appuyé contre le chambranle de la porte. Courtney trouva qu'il avait l'air en pleine forme. A en juger par son sac de sport et les chaussures à crampons posés dessus, il rentrait de son entraînement de foot.

— J'ai fait des cartes de visite pour maman, dit Annie.

Courtney lui tendit l'exemplaire qu'elle avait à la main.

— Hé, mais c'est génial ! s'exclama-t-il.

— N'en fais pas trop ! le rabroua sa sœur d'un ton sec.

Il croisa le regard de Courtney et sourit.

— Et si on allait manger une pizza ? proposa-t-il.

— C'est toi qui invites ? demanda Annie.

— Oui, j'ai eu ma paie, cette semaine. Tu viens avec nous, Courtney ?

— O.K.

Une part de pizza avec un peu de salade ne lui ferait pas de mal. De plus, elle serait avec ses amis.

Elle n'avait plus besoin de remplir le vide intérieur qu'elle avait ressenti si longtemps.

25

Les adeptes du tricot créent naturellement des communautés d'amis et se font de nouvelles relations, que ce soit au travail, après le travail ou sur internet, pour partager leur passion.

MARY COLLUCI,
directrice de la fondation Warm Up America !

Lydia Hoffman

J'avais passé beaucoup de temps dans les banques pour essayer d'obtenir un prêt en vue d'aider Margaret. Je me devais de faire quelque chose, mais je craignais que mon dossier médical ne soit une sérieuse barrière. Et ce fut le cas jusqu'à ce que je me retrouve dans la petit agence de Seattle First, en face d'un directeur du service des prêts absolument formidable. J'avais ouvert ma boutique depuis plus d'un an, les affaires marchaient bien et mon dernier bilan chez le Dr Wilson m'avait déclarée guérie. L'homme éplucha soigneusement mon dossier avant de me donner son feu vert. C'était un jour à marquer d'une pierre blanche dans ma carrière de femme d'affaires. J'étais capable de demander un prêt et on me l'accordait ! Il fallait fêter ça.

Margaret n'était pas au courant de mes démarches. Elle essayait de garder la tête haute, et je faisais moi-même comme si de rien n'était. Matt n'avait toujours pas trouvé d'emploi dans sa branche. Il avait travaillé en tant qu'ingénieur pour Boeing, mais je ne savais pas exactement ce qu'il y faisait. Il venait de trouver un emploi de peintre en bâtiment. Je savais qu'il détestait ça, mais ça lui permettait de rapporter un salaire à la maison et, avec l'argent que je versais à Margaret, ils réussissaient à se maintenir à flot. Si l'on exceptait les traites qu'ils n'avaient pas réussi à payer.

Je signai le dossier de prêt le premier lundi d'août. L'été passait à toute vitesse et je n'avais rien fait de ce que j'avais prévu. Au printemps, Brad avait promis de m'installer des étagères supplémentaires pour les pelotes de laine. Nous avions passé quelques dimanches après-midi fructueux à dessiner les plans. Je me faisais une joie de l'aider. Cody également.

J'avais besoin de ces étagères, mais elles allaient devoir attendre. De même que je devais remettre à plus tard la réalisation d'une idée que j'avais empruntée à une autre boutique. Dans la plupart des magasins de laine, l'espace est un point important. Le choix est tellement vaste en termes de fil et de laine qu'il est impossible de tout mettre sur les présentoirs. La gérante de la boutique que j'avais visitée au nord de King County avait résolu le problème en suspendant les écheveaux au plafond. C'était très efficace. Je voulais faire la même chose dans un coin de mon propre magasin. Brad m'avait dit qu'il s'occuperait de mettre les vis au plafond.

J'aurais pu le faire mais, étrangement, je n'arrivais pas à aller de l'avant. Impossible de m'atteler aux améliorations dont nous avions parlé, Brad et moi. Je n'en avais pas le courage.

Quand j'eus le chèque pour Margaret entre les mains, je me rendis chez elle. Je l'avais brièvement eue au téléphone le dimanche, et lui avais demandé si elle avait quelque chose de prévu pour aujourd'hui. Rien de particulier, m'avait-elle répondu.

Quand j'arrivai chez elle, elle était en train d'arroser ses parterres de fleurs et devait être tellement absorbée dans ses pensées qu'elle ne me vit pas et ne m'entendit pas.

— Hé, grande sœur ! appelai-je.

Elle sursauta si violemment que le jet d'eau dévia sur le trottoir.

— Tu m'as fichu une de ces trouilles ! fit-elle d'un ton sec.

— J'ai besoin de te parler.

— Ça ne pouvait pas attendre mardi ?

— Pas vraiment.

Margaret est toujours désagréable quand quelque chose ne va pas. J'avais appris à la connaître. Elle ne sera jamais quelqu'un de chaleureux et de pétillant. Je ne pense pas qu'elle se rende compte à quel point elle peut être brusque parfois. Elle m'avait été d'une grande aide, et l'est toujours, d'ailleurs. Elle aurait pu gagner plus en travaillant ailleurs. Je voulais faire quelque chose pour elle et Matt, tout simplement parce que… parce qu'elle est ma sœur. Juste pour qu'elle sache à quel point je l'aime.

— Tu as besoin de quelque chose ? demanda-t-elle en me regardant d'un air soupçonneux.

— Un verre de thé glacé serait parfait.

Elle hésita avant de hocher la tête avec un soupir. Puis elle alla fermer le robinet d'eau et gravit l'escalier qui menait à la maison.

Je l'y suivis et découvris des cartons empilés dans le salon.

— Nous ne pourrons jamais payer, inutile de prétendre le contraire, dit-elle en devançant ma question. Nous avons jusqu'à vendredi avant que la banque ne nous adresse un mandat d'expulsion. C'est déjà difficile de perdre la maison, mais je n'ai pas envie que ma famille subisse l'humiliation d'une expulsion.

Dans la cuisine, j'aperçus d'autres cartons empilés. J'étais contente d'avoir réussi à obtenir ce prêt au bon moment.

— Je ne devrais peut-être pas m'embêter à arroser le jardin, dit Margaret, mais j'avais besoin de prendre l'air.

Elle sortit deux verres et ajouta :

— C'est trop déprimant.

— J'ai pensé qu'il valait mieux te parler aujourd'hui plutôt que d'attendre demain, dis-je en préparant le terrain.

— Me parler de quoi ?

Elle posa les verres sur la table et s'assit en face de moi.

— Tu sais à quel point j'apprécie le fait que tu travailles avec moi, dis-je.

— Mais ?

— Mais rien.

Elle écarquilla les yeux.

— Tu ne vas pas me licencier ?

— Pourquoi te licencierais-je ? J'ai besoin de toi. En fait, je suis venue t'aider.

Margaret prit de nouveau son air soupçonneux.

— M'aider à quoi ? A faire les cartons ?

Je compris qu'il était inutile de continuer à discuter alors que le chèque était dans mon sac. Je le sortis et le lui tendis.

Ma sœur le prit, y jeta un coup d'œil et fronça les sourcils.

— Où as-tu eu cet argent ? Tu es allée voir maman, c'est ça ?

— Non.

Ma sœur était quelqu'un de très fier et elle avait insisté pour que maman ne soit pas au courant de ses difficultés. J'avais tenu parole et n'avais soufflé mot à personne.

— J'ai obtenu un prêt, dis-je, sans pouvoir cacher mon excitation. Tu imagines, Margaret ? C'est une sacrée avancée pour moi. Une banque a accepté de m'accorder un prêt. Ça veut dire quelque chose, non ?

Margaret tenait le chèque des deux mains, comme si elle avait peur de le lâcher.

— Qu'as-tu dit au banquier ?

— Il ne m'a pas posé beaucoup de questions.

J'exagérais un peu. J'avais été reçue par un agent, puis par un autre, et j'avais rempli autant de formulaires que si j'avais dû être hospitalisée.

— Tu as donné la boutique en garantie ?

J'opinai.

— C'est tout ce que j'ai.

C'était vrai.

Les larmes montèrent aux yeux de Margaret, et elle dut s'y prendre à deux fois avant de pouvoir parler.

— Je ne peux pas te laisser faire ça.

— Trop tard, c'est déjà fait.

Connaissant Margaret, je m'attendais à de la résistance.

C'était pour ça que j'avais fait libeller un chèque de banque à son nom.

— Tu vas prendre ce chèque, Margaret, dis-je de ma voix la plus ferme, et tu le porteras à ta banque dès demain matin.

— Je… je ne sais pas quand je pourrai te rembourser, murmura-t-elle.

J'aurais dû être plus explicite :

— Ce n'est pas un prêt.

— Que veux-tu dire ?

— Cet argent, je te le donne.

Assommée, elle resta muette, puis secoua la tête.

— Je… je ne sais pas quoi dire.

— Je ne plaisante pas, c'est un cadeau.

J'avais sérieusement réfléchi à la question. Si je lui prêtais ces dix mille dollars, le sujet reviendrait toujours entre nous. La relation que j'avais avec ma sœur était trop importante à mes yeux ; je ne voulais pas risquer de la gâcher pour des questions d'argent. En ce qui me concernait, j'estimais avoir trouvé la meilleure solution.

— Je te rendrai jusqu'au moindre centime, dit Margaret, toujours au bord des larmes.

— Ecoute, dis-je en lui prenant la main, je te répète que c'est un cadeau.

— Je te rembourserai avec les intérêts, une fois que Matt aura retrouvé du travail.

Je compris qu'il était inutile de discuter davantage.

— Fais comme tu veux. Mais sache qu'il s'agit d'un cadeau. Un cadeau d'amour de moi à toi. Un jour, qui sait, j'aurai peut-être besoin de ton aide. Ça s'est déjà produit.

Une aide peut ne pas être financière, mais morale.

— Tu te rappelles, l'année dernière, quand j'ai eu cette alerte et que j'ai cru que j'avais de nouveau un cancer ? Tu es restée à mes côtés tous les jours. Je n'aurais pas pu m'en sortir sans toi. Maintenant, c'est mon tour de t'aider.

De grosses larmes se mirent finalement à couler sur ses joues. Elle avait du mal à parler.

— Merci, bredouilla-t-elle d'une voix rauque.

Après avoir terminé mon thé glacé, je rentrai chez moi avec un sentiment de bien-être. J'étais heureuse de pouvoir aider ma sœur.

Bien que le magasin soit fermé le lundi, j'y passais presque toujours pour mettre de l'ordre dans mes affaires, m'avancer dans la paperasse ou passer des commandes.

Moustache m'accueillit en s'enroulant autour de mes jambes et en se rendant insupportable. Mon chat n'aimait pas se retrouver seul trop longtemps. J'avais été absente une bonne partie de la matinée, et Moustache manifestait ainsi son mécontentement à mon égard. Je m'accroupis pour lui caresser le dos. Il ronronna de plaisir tandis que je lui disais des mots de tendresse.

C'est alors que mon regard tomba sur une enveloppe. Quelqu'un avait glissé une lettre sous la porte. N'ayant aucune idée de ce que cela pouvait être, je me relevai pour aller la chercher.

Aussitôt, je reconnus l'écriture de Cody. Il avait écrit mon prénom sur l'enveloppe et le Y et le D de Lydia faisaient presque le double de la taille des autres lettres.

Le cœur battant, je décachetai l'enveloppe. C'était un simple message. « TU ME MANQUES. JE PEUX TE VOIR ? » Involontairement, je froissai le papier. Depuis notre dernière conversation, je n'avais pas reparlé à Brad. Pas une seule fois. Il était venu au magasin à plusieurs reprises à des fins professionnelles, mais Margaret avait toujours été là pour s'occuper de lui.

Je me doutais que Brad ne devait pas être au courant de cette lettre. Respectant mon souhait, il avait évité de me contacter. Je pensais même que le coup de fil que j'avais reçu ne venait pas de lui, mais de Cody. Le petit garçon n'avait pas renouvelé son appel, certainement à la demande formelle de son père.

Regardant par la fenêtre, je vis que sa camionnette était garée un peu plus bas dans la rue. Avant d'avoir le temps de changer d'avis ou de réfléchir à la pertinence de ce que j'allais faire, j'ouvris la porte et sortis sur le trottoir. Je ne savais pas où il effectuait sa livraison, mais je savais qu'il finirait par rejoindre son véhicule.

Je jetai un coup d'œil alentour, et j'étais sur le point de traverser la rue lorsqu'il sortit de la boutique de fleurs adjacente.

— Brad ? On peut parler ? demandai-je d'une voix que je voulais neutre.

Il parut surpris, mais opina.

— Bien sûr.

Il y avait tant de choses que j'aurais aimé lui dire, surtout que je comprenais pourquoi il voulait redonner une chance à Janice. Et, plus important, à quel point je les aimais, son fils et lui, et à quel point ils me manquaient tous les deux. Mais je ne dis rien de tout cela.

— J'ai eu un mot de Cody.

— Quoi ? Quand ?

Il semblait choqué et malheureux, mais aussi plein d'espoir.

— Je l'ai trouvé ce matin.

Je baissai les yeux pour dissimuler mes sentiments.

— Il veut me parler.

— Tu lui manques, murmura Brad.

— Lui aussi me manque.

Et son père aussi, pensai-je tout au fond de moi.

— Je sais que c'est dur pour lui et je… je ne veux pas commettre d'impair. Si tu penses qu'il vaut mieux que je ne l'appelle pas, je comprendrai.

— Merci.

Je crus que mon cœur était sur le point de se briser.

— Tu ne veux pas que je parle à Cody ?

La déception devait se lire sur mon visage car, aussitôt, Brad secoua la tête en signe de dénégation.

— Je n'y vois pas d'inconvénient.

— Merci, chuchotai-je, à la fois bouleversée et reconnaissante. Tu sais, je veux que Cody ait une famille. Quand tu es venu me parler de Janice, j'étais blessée et en colère, mais c'est fini. Je m'en suis remise.

Encore une exagération. Décidément, c'était mon jour ! Brad et moi, c'était loin d'être de l'histoire ancienne, mais je devais absolument prétendre le contraire.

Il hésita, comme s'il ne savait que répondre.

— Je sors avec quelqu'un, repris-je, et… je trouve que c'est stupide de continuer à s'ignorer comme ça.

Ce n'était pas vrai : je n'avais pas de nouveau petit ami. Je n'étais absolument pas prête à me lancer dans une nouvelle relation.

— C'est quelqu'un que je connais ?

Je secouai la tête. Je mentais mal et je ne voulais pas m'enferrer davantage. Je savais que s'il questionnait Margaret, elle me couvrirait, mais je doutais qu'il se décide à aller la voir. Depuis notre rupture, Margaret avait été très froide avec lui.

— Si Cody souhaite m'appeler, s'il te plaît, ne l'en empêche pas.

Cette fois-ci, Brad évita mon regard.

— Il n'arrête pas d'en parler, mais je n'étais pas sûr…

— Comme je te l'ai déjà dit, je ne veux pas que cela mette Janice mal à l'aise.

— Aucun risque que ça la dérange.

J'eus un sourire bref mais sincère. L'idée de pouvoir au moins reparler à Cody me mettait du baume au cœur. La séparation avait été tellement difficile !

— Je serai heureuse d'avoir de ses nouvelles, alors, dis-je comme si notre relation n'était que professionnelle.

Et c'était tout ce qu'elle serait désormais, puisque Janice faisait de nouveau partie de sa vie.

— Bonne journée ! dit-il machinalement, comme si je n'étais que l'une de ses clientes.

— Merci, chuchotai-je avant de retrouver la sécurité de ma boutique.

Ce ne fut qu'après avoir fermé la porte à clé et une fois dans mon bureau que je me rendis compte à quel point mes mains tremblaient.

Décidément, ce lundi avait été très mouvementé. La banque m'avait consenti un prêt, j'avais aidé ma sœur et menti à l'homme que j'aimais.

26

Elise Beaumont

Elise n'avait jamais appris à conduire. Elle prenait toujours le bus pour se déplacer.

Tout cela changea avec l'arrivée de Maverick. Il était plus que disposé à la conduire où elle voulait et, avec une patience infinie, il attendait son retour dans la voiture. C'était ce qui se passait depuis deux semaines. Il accompagnait Elise à son atelier de tricot et patientait jusqu'à ce qu'elle ait terminé. Elle parlait si souvent de Béthanne, de Courtney et de Lydia qu'il avait l'impression de les connaître aussi intimement qu'elle. Il avait partagé ses inquiétudes au sujet de Béthanne ou de Courtney. Elle lui avait également parlé de Jacqueline avec qui elle était allée à deux déjeuners d'anniversaires.

— Allons nous promener, suggéra-t-il le vendredi, après le déjeuner.

Fait rare, Aurora, David et les garçons étaient allés ensemble au zoo. Maverick et Elise se retrouvaient donc tête à tête.

— Où ça ? demanda-t-elle.

Elle ne cherchait plus à l'éviter, bien au contraire. Elle avait également cessé de se méfier de lui, même si elle n'oubliait pas que c'était un joueur invétéré. Elle se doutait bien qu'il serait incapable de tenir sa promesse et qu'il finirait par céder aux démons du jeu, mais elle avait décidé de profiter de sa compagnie jusqu'à ce que cela se produise.

Elle aimait l'écouter raconter ses histoires. Même si elle n'approuvait pas le jeu, elle devait reconnaître que le récit de ses exploits l'intriguait. Il avait fait le tour du monde et avait visité l'Europe, l'Australie et les Caraïbes. C'était souvent pour jouer, mais il avait également vécu de véritables aventures : une croisière sur le Nil, une sortie dans le bush australien, une arrestation par erreur à Paris… Il avait rencontré des célébrités et avait une foule d'anecdotes à raconter à leur sujet. Elise aurait pu passer des heures à l'écouter. Elle lui enviait même un peu son côté prodigue. Contrairement à lui, elle avait toujours été économe, voire prudente, frileuse.

L'idéal, se disait-elle, était de trouver un juste milieu entre leurs deux façons de vivre.

— Je pensais qu'on pourrait faire un tour à la montagne, dit Maverick. Ça fait des années que je ne suis pas allé au mont Rainier.

Elise fronça les sourcils.

— C'est un peu tard pour ça, non ?

— Allons, Elise ! Tu n'en as pas assez de rester à la maison à tricoter ?

Elle se hérissa.

— Merci de te soucier de moi, mais il se trouve que j'aime beaucoup tricoter.

— Tu n'as qu'à emporter ton ouvrage avec toi. Tu tricoteras dans la voiture !

Soudain, elle décida qu'elle ne voulait pas céder à ses propositions. Elle semblait avoir perdu toute résistance face à lui, et cela l'effrayait.

— Je crois que ce sera pour une autre fois. Je te remercie quand même d'avoir pensé à moi, dit-elle d'un ton guindé.

Maverick ne répondit pas, mais la déception se lisait sur son visage. Il rinça son assiette avant de la mettre dans le lave-vaisselle. Puis, après avoir disparu quelques minutes, il revint avec un roman d'espionnage et s'installa dans le salon juste en face de la cuisine.

Tout en essuyant le plan de travail, Elise lui jeta des regards noirs. Elle refusait de se laisser manipuler !

— Tu peux partir sans moi, lui dit-elle.

Maverick abaissa son livre et la regarda par-dessus ses lunettes.

— Je sais, se contenta-t-il de dire avant de reprendre sa lecture.

Comme Maverick était occupé à lire, Elise se rendit dans sa chambre, où elle prit son tricot. Elle avait terminé la première chaussette et venait de commencer la seconde. Mardi, elle avait racheté de la laine pour en tricoter une paire à sa fille.

Elle fit deux rangs puis, avec un soupir d'exaspération, posa son tricot et retourna dans le salon.

— D'accord, je viens avec toi.

Le visage de Maverick s'illumina d'un large sourire.

— J'espérais bien que tu accepterais !

Il avait réussi de façon éhontée à la culpabiliser, et elle l'avait laissé faire. C'était un maître manipulateur. Sans rien dire, il était parvenu à ses fins.

Dix minutes plus tard, ils étaient en route vers le parc national du mont Rainier. Elise avait finalement décidé de ne pas emporter son tricot.

Maverick avait le don de passionner ses interlocuteurs. Il était capable de parler de n'importe quoi et de changer de sujet très facilement. C'était une qualité qu'elle ne possédait pas mais que son ex-mari utilisait souvent pour piéger les autres joueurs. Du moins, d'après ce qu'il racontait…

— J'aimerais que tu m'expliques ce qui s'est exactement passé, dit-il tandis qu'ils roulaient sur l'autoroute à deux voies qui menait au parc.

— Si tu veux parler de mon fiasco immobilier, laisse-moi te dire que le sujet est clos.

Elle ne voulait surtout pas lui révéler à quel point elle avait été naïve et stupide.

— Tu vas t'en sortir financièrement ?

— Bien sûr, une fois que nous aurons gagné le procès !

Elle était irritée de devoir répondre à ces questions embarrassantes alors qu'elle se trouvait à sa merci. La seule chose à faire était d'orienter différemment la conversation.

— Je me demande depuis combien de temps je ne suis pas venue à Paradise, murmura-t-elle en regardant par la vitre.

Le paysage était à couper le souffle.

— Moi, je me le rappelle parfaitement, dit Maverick en lui jetant un regard en coin. Et je parie que tu t'en souviens également. C'était pour notre lune de miel.

— C'est vrai. Et tu avais disparu, ce mercredi-là. Pendant plusieurs heures.

— J'avais des affaires à traiter, et crois-moi, ce n'était pas pour jouer. Tu as ma parole.

Elle regrettait maintenant d'avoir abordé le sujet.

— Paradise porte mal son nom, dit-elle après un moment de silence contraint. Notre lune de miel a été gâchée par ces affreuses souris.

Maverick éclata de rire.

— Ce n'est pas drôle, protesta-t-elle.

A l'époque, Maverick avait réussi à leur trouver une réservation dans le magnifique et romantique pavillon du parc. Au milieu de la nuit, Elise avait été réveillée par des petits bruits de grattement. Elle avait commis l'erreur d'allumer la lumière. A sa plus grande horreur, elle avait découvert cinq ou six souris sylvestres qui se faufilaient dans le nécessaire de voyage de Maverick. Elle avait poussé un hurlement qui avait réveillé son mari et probablement la moitié des occupants du pavillon. Maverick avait des cacahuètes dans sa valise. C'était ce qui avait attiré leurs petites visiteuses.

Le lendemain matin, la jeune femme s'était plainte auprès du réceptionniste au sujet de l'hygiène. Celui-ci lui avait répondu qu'une loi fédérale interdisait de tuer toute vie animale dans le parc, y compris les souris. Le seul endroit où l'on pouvait installer des pièges était la cuisine.

— Tu te rappelles comment je m'y suis pris pour te distraire ? demanda Maverick d'une voix sensuelle.

Ah, c'étaient bien les hommes, ça ! Ils ramenaient toujours

tout au sexe. Eh bien, elle ne lui donnerait pas la satisfaction d'une réponse.

— Je vois que tu n'as pas oublié, fit-il d'un ton amusé.

Elle s'agita sur son siège, mal à l'aise.

— Ça doit faire plus longtemps pour moi que pour toi.

— Je n'en suis pas aussi sûr.

Elle se tourna pour le regarder.

— Ne me prends pas pour une idiote, Maverick ! Nous étions mariés, tu te rappelles ? Je te connais. Tu avais un appétit sexuel très développé.

— Après notre séparation, tu as continué à me laisser venir dans ton lit.

Elle rougit violemment.

— C'était une erreur.

L'année qui avait suivi leur divorce, il s'était régulièrement présenté à son appartement, usant de ses dons de beau parleur pour se faufiler dans son lit. Puis il avait brusquement cessé de le faire et Elise avait compris pourquoi. Il s'était trouvé une autre femme prête à fermer les yeux sur ses défauts et à se contenter de prendre ce qu'il lui offrait.

— Ce n'était pas une erreur de *ma* part, dit-il.

— Ça t'ennuie si on parle d'autre chose ? demanda-t-elle d'un ton las.

— Tu étais tellement prude, mais une fois au lit… Je suppose que tu n'as pas changé.

— Arrête immédiatement ou je jure que… que j'ouvre cette portière et que je saute de la voiture !

— Eh bien, au moins, ça t'a fait réagir ! fit-il avec un petit rire.

— J'ai cinquante-six ans et je trouve cette discussion embarrassante.

— Je ne suis pas mort, et toi non plus.

Elise était bien déterminée à ne pas répondre.

Ils continuèrent à rouler en silence, puis, sans raison apparente, Maverick se mit à rire. Malgré elle, Elise sourit aussi. Tendant alors le bras, il lui serra gentiment la main.

Le reste de l'après-midi se passa de façon fort agréable. Ils se promenèrent à travers le parc du mont Rainier et mangèrent un steak et des pommes de terre cuites au four pour le dîner.

Quand ils rentrèrent à Seattle, la maison était déjà plongée dans l'obscurité. Pas un bruit ne se faisait entendre. Epuisés par leur journée au zoo, Luke et John étaient profondément endormis. Aurora et David devaient être également fatigués, car aucun son ne provenait de leur chambre.

Maverick accompagna Elise jusqu'à sa chambre.

— Merci pour cette superbalade, chuchota-t-il.

Elise garda les yeux baissés.

— J'ai passé une excellente journée, dit-elle.

En fait, chaque instant avait été un pur moment de bonheur.

— Merci, ajouta-t-elle.

Elle ne s'attendait pas à ce qu'il l'embrasse, mais il se pencha vers elle et lui prit les lèvres en un baiser chaud et sensuel. Ses mains glissèrent autour de sa taille et il colla son corps au sien. Quand il la relâcha, Elise crut que ses jambes allaient lui manquer.

— Bonne nuit, Elise, murmura-t-il en lui caressant le visage comme s'il cherchait à graver dans sa mémoire le grain de sa peau.

Elle marmonna une réponse incompréhensible et rentra dans sa chambre d'un pas chancelant. D'une main tremblante, elle se déshabilla et suspendit ses vêtements.

Elle venait juste de terminer de se brosser les dents lorsqu'elle entendit un petit coup frappé à sa porte.

Elle ferma les yeux, tremblante et indécise. Elle pouvait l'ignorer et aller se coucher ou aller ouvrir. Se décidant rapidement, elle marcha jusqu'à la porte.

Comme elle s'y attendait, Maverick se tenait en face d'elle. Son regard croisa le sien.

— Tu me laisses entrer ou pas ?

27

Béthanne Hamlin

— Ça ne m'embête pas de t'aider, maman, mais j'ai aussi une vie, marmonna Annie tandis que Béthanne était occupée à mettre son matériel dans sa voiture. Le coffre était déjà presque plein.

Annie la suivit avec un service à thé en porcelaine pour un anniversaire sur le thème d'*Alice au pays des merveilles*. La petite fille dont on allait fêter les neuf ans adorait ce livre, et Béthanne avait tout organisé sur ce thème : jeux, prix et amuse-gueule. Depuis l'anniversaire du petit-fils d'Elise, Béthanne n'avait cessé d'avoir des idées nouvelles.

— Que vas-tu faire quand les cours reprendront ? demanda l'adolescente.

Question pertinente. La jeune femme comptait beaucoup sur ses enfants et sur Courtney pour l'aider. Mais la saison avait repris et Andrew était maintenant très occupé avec ses entraînements de foot. Annie aussi était prise la plupart du temps. Jusqu'à présent, seule Courtney ne lui avait pas fait défaut. Heureusement, ni cette dernière ni ses enfants n'attendaient d'être payés. Béthanne leur en était reconnaissante. Elle débutait et elle avait besoin de chaque centime.

— Les cours reprennent dans deux semaines, lui fit remarquer Annie.

Béthanne referma le coffre.

— Je sais.

Elle n'avait pas besoin qu'on le lui rappelle. Oui, la rentrée des classes se profilait à l'horizon et, alors, elle serait complètement livrée à elle-même pour organiser ces fêtes. Elle trouverait certainement de l'aide sur place, mais il lui faudrait assumer seule tous les préparatifs. Cependant, le jeu en valait la chandelle. Le meilleur moment de l'été restait l'instant où elle avait remis ce chèque à Andrew. Rien n'aurait pu lui ôter ce sentiment de fierté qu'elle ressentait à l'idée d'avoir accompli quelque chose.

— Andrew sera complètement pris par ses matchs et ses entraînements, insista Annie.

Béthanne avait décidé de s'organiser pour pouvoir assister à tous les matchs de son fils.

— Et moi, j'ai repris la natation.

— Depuis quand ? demanda Béthanne d'un ton qui se voulait neutre.

Elle avait été déçue d'apprendre qu'Annie quittait l'équipe de natation, et elle se réjouissait donc de cette nouvelle inattendue. Oui, il semblait bien qu'elle était en train de retrouver sa petite fille telle qu'elle était auparavant. D'après Grant, l'adolescente avait cessé de harceler Tiffany. Aussi douloureuse qu'ait été cette période, Annie semblait avoir tiré un trait dessus.

— J'ai appelé le coach et il a dit qu'il serait content de me reprendre, mais que j'aurais beaucoup à faire pour rattraper le niveau des autres filles.

Cela expliquait les absences répétées de l'adolescente, se dit Béthanne. Sa fille ne lui avait rien dit de son retour dans l'équipe, et Béthanne ne comprenait pas vraiment pourquoi. Peut-être Annie attendait-elle d'être sûre que tout allait marcher avant de lui en faire part.

— C'est très bien que tu te sois remise à la natation.

— Comment tu vas faire quand on aura repris les cours et toutes nos activités extra-scolaires ?

— J'y réfléchis.

— Tu as combien de fêtes réservées pour le mois de septembre ?

— Annie, s'il te plaît ! Il faut qu'on parte maintenant, si on veut passer chercher Courtney. On va finir par être en retard.

— Maman ! Tu as besoin d'un plan d'action.

— On en parlera dans la voiture, fit Béthanne en se précipitant à l'intérieur de la maison pour chercher ses clés et son sac.

La mimique d'exaspération d'Annie ne lui avait pas échappé.

Quand elle revint, elle trouva sa fille déjà assise sur le siège passager, sa ceinture bouclée.

— Alors ? fit Annie tandis que Béthanne sortait de l'allée en marche arrière.

— J'embaucherai quelqu'un.

— Qui ?

— Courtney.

L'adolescente était quelqu'un de sûr et elle savait s'y prendre avec les petits. Par ailleurs, elle semblait avoir plus de temps libre qu'Annie et Andrew. Béthanne insisterait pour la payer.

Annie et Courtney étaient devenues de bonnes amies. C'était ce qu'elle souhaitait. Elle n'avait aucune idée de ce dont elles pouvaient bien parler, mais il leur arrivait souvent de passer deux ou trois heures de suite dans la chambre d'Annie. Pourtant, jamais Béthanne n'aurait pensé qu'elles puissent avoir quelque chose en commun.

— Courtney ! cria aussitôt Annie. Je m'en doutais que tu allais dire ça !

— Pourquoi ? Il y a un problème avec Courtney ? demanda doucement Béthanne en passant mentalement en revue la liste du matériel dont elle avait besoin : nourriture, assiettes, décorations, costumes…

Elle achèterait une fourgonnette pour avoir plus d'espace. Et il y aurait son nom et son numéro de téléphone inscrits dessus.

— Maman ! Tu ne peux pas embaucher Courtney !

— Pourquoi pas ? demanda Béthanne en s'arrêtant à un feu rouge.

— Ce n'est pas très sympa pour elle. C'est son année de terminale et elle débarque au lycée. Elle veut faire partie du comité de rédaction du journal. Tu savais qu'elle avait été choisie cette année pour être rédactrice dans son bahut de Chicago ?

Annie prononça ces mots avec un mélange d'admiration et de respect. Béthanne avait le sentiment que sa fille était moins impressionnée par le titre que par le fait que son amie ait renoncé à cet honneur dans l'intérêt de sa famille.

— Courtney ne connaît personne à Seattle.

— Elle vous connaît, toi et Andrew.

— Andrew est tellement pris par ce qu'il fait qu'il ne lui sera pas d'un grand secours, répliqua la jeune fille avec un geste dédaigneux. Maman, si tu demandes à Courtney, je sais qu'elle dira oui. Donc tu ne peux pas le lui demander. Ce serait vraiment injuste. Courtney a besoin de se faire des amis et, pour ça, il faut qu'elle soit disponible. De plus, fit-elle avec un soupir exaspéré, elle a mal démarré.

— Comment ça ?

Le feu passa au vert et Béthanne traversa le carrefour.

— Tu n'es pas au courant ? répliqua Annie comme si elle parlait d'un désastre. Courtney s'est inscrite à des cours sans m'en parler d'abord. Et c'est terrible ! Elle a choisi tout ce qu'il ne fallait pas. Elle a pris éducation physique pour le premier trimestre !

Béthanne se rappela que Courtney avait abordé le sujet lors du dernier atelier de tricot. Elle leur avait dit qu'il ne restait plus beaucoup d'options. Les seules auxquelles elle avait pu s'inscrire étaient les moins populaires.

— D'accord, concéda Béthanne, je trouverai quelqu'un d'autre.

En son for intérieur, elle se dit que c'était peut-être à Courtney de décider. Mais, d'un autre côté, il ne fallait pas qu'elle se sente obligée d'accepter. Et Annie avait peut-être raison : c'était ce qui risquait de se passer.

— Merci, maman.

Après quelques minutes de silence, l'adolescente reprit :

— J'ai appelé papa, hier.

— Oh !

Béthanne réussit à ne rien laisser paraître de ses émotions. Sa fille ne lui aurait pas parlé de cet appel si elle n'avait eu une importante communication à lui faire.

— On a discuté.

— Je suis fière de toi.

Béthanne était absolument sincère. Le fait qu'Annie se soit donné la peine d'appeler Grant montrait bien qu'elle avait mûri.

— Je veux que tu gardes le contact avec ton père.

Annie eut un petit rire.

— Il est encore en colère à cause de certains trucs que j'ai faits. Je lui ai dit qu'il fallait qu'il s'en remette.

C'était une excellente remarque, songea Béthanne. N'était-ce pas ce qu'il avait plus ou moins dit de sa fille lors de leur entrevue au French Café ?

— J'ai raconté comment ton business marchait bien.

— Tu as bien fait, dit Béthanne avec un grand sourire.

Elle aurait aimé connaître la réaction de Grant, mais elle ne voulait pas questionner sa fille.

— *L'autre* est toujours en pétard à cause de sa voiture, même si l'assurance a tout pris en charge.

— N'en parlons plus, tu veux ? C'est du passé, tu t'es excusée et ça ne se reproduira plus jamais.

— Ouais, soupira Annie. A propos de Tiffany… Je ne sais pas comment te le dire…

— Eh bien, lance-toi.

— Papa et elle prennent l'avion cet après-midi pour aller se marier à Las Vegas. Ils ont tout prévu. Il semblait penser que je devais le savoir. Certainement parce qu'il voulait que je te le répète.

Béthanne savait que cela arriverait tôt ou tard, mais quand même…

— Ça va, maman ? demanda Annie, visiblement inquiète.

— Oui.

Elle ne mentait pas, même si elle ressentait une pointe de regret et de mélancolie.

— Qu'est-ce que ça changera ? demanda-t-elle avec un haussement d'épaules. Il vit avec Tiffany depuis qu'il est parti.

— Je voulais juste m'assurer que tu n'allais pas péter un câble.

— Et toi ? Quel effet ça te fait ?

Annie réfléchit avant de répondre :

— Je trouve ça triste. Je ne vois plus papa parce qu'elle refuse de me laisser entrer chez elle. Comme si j'avais envie de leur rendre visite ! ajouta-t-elle avec mépris. Tu sais, maman, en fait, je m'en fiche.

— Moi aussi, murmura Béthanne. L'important est que tu ne coupes pas les ponts avec ton père. Votre relation à tous les deux n'a rien à voir avec Tiffany ni même avec moi.

Quand Béthanne eut terminé son travail, elle eut envie d'appeler Paul, mais elle attendit pour cela que ses enfants soient partis. Ils se rendaient à un concert qui avait lieu à Key Arena. Un rappeur dont Béthanne ne comprenait pas les paroles. C'était peut-être mieux ainsi, se dit-elle.

Paul répondit à la deuxième sonnerie.

— J'allais t'appeler, dit-il.

Il semblait sincèrement heureux d'avoir de ses nouvelles.

— Que dirais-tu de venir dîner à la maison ? Je vais commander des pizzas.

— Parfait, dit-il. Je louerai un film.

Il hésita, puis demanda :

— Qu'est-ce qui ne va pas ?

— Comment sais-tu que quelque chose ne va pas ?

— Ta voix.

— Ah bon ?

— Béthanne, tu cherches à éviter le sujet.

— Tu ne veux pas attendre d'être là ?

— Non. Dis-moi maintenant.

Elle soupira. Grant n'avait pas eu le courage de le lui annoncer lui-même. Il était passé par leur fille. Et encore, c'était elle qui l'avait appelé ! Sinon, personne ne l'aurait su et ils auraient été mis devant le fait accompli.

— Ce soir, pendant que nous serons en train de manger notre pizza et de regarder un film, Grant et Tiffany seront à Las Vegas. Devine pourquoi ! Tu as droit à trois réponses.

— Ils se marient ?

— Gagné !

Paul resta silencieux pendant un long moment.

— J'apporte le vin.

— Que ce soit une grande bouteille, alors !

28

Courtney Pulanski

Lundi 15 août au matin, Courtney se rendit au lycée Washington pour assister à la séance d'orientation. Elle avait déjà son emploi du temps. D'après Annie, elle avait été lamentable dans le choix de ses options et, à cause de ça, elle aurait peu de chances de s'intégrer.

Elle passa la matinée au lycée. Le but de la séance d'orientation était de permettre aux lycéens — entre autres choses — de se familiariser avec les bâtiments afin de ne pas se perdre le premier jour. L'été tirait à sa fin, et Courtney espérait que l'année passerait vite.

Midi arriva et la jeune fille se dirigea vers le hangar à vélos pour récupérer sa bicyclette. C'était derrière le lycée, à proximité du terrain de football. Elle s'arrêta un instant pour observer les joueurs en plein entraînement. Annie s'était vantée que son frère jouait comme *quarterback*[1]. Mais, compte tenu de leur harnachement, il était difficile de reconnaître qui que ce soit.

Andrew n'était pas resté longtemps, le soir où il l'avait emmenée à la pizzeria avec Annie. En effet, à peine arrivé au restaurant, il était tombé sur une bande de copains et les avait abandonnées. Depuis, elle l'avait revu à plusieurs reprises, mais ils avaient à peine dû échanger une dizaine de mots.

1. Football américain. Le *quarterback* désigne le meneur de jeu de l'équipe, celui qui organise et distribue le jeu lors des offensives.

Assise dans les gradins, Courtney vit Andrew faire une passe qui envoya le ballon au-delà de la ligne d'en-but adverse. Le receveur s'élança et réussit à le réceptionner miraculeusement. Tout excité d'avoir réalisé un *touchdown*[1], Andrew courut jusqu'au bout du terrain et étreignit le receveur.

L'arbitre siffla et l'équipe se rassembla autour de son entraîneur. Quelques minutes plus tard, les joueurs poussèrent un hourra et regagnèrent les vestiaires.

Andrew avait retiré son casque et il était en pleine discussion avec un copain lorsqu'il leva les yeux vers les gradins.

Mal à l'aise, Courtney lui adressa un petit geste de la main et se leva pour partir.

Andrew s'avança alors vers la barrière. Manifestement, il avait l'intention de lui parler. Au comble de l'embarras, la jeune fille n'eut d'autre choix que de descendre les marches raides de l'escalier en béton pour aller le rejoindre.

— Je ne t'ai pas reconnue tout de suite, dit-il.

— Moi non plus, je n'étais pas sûre que c'était toi, répondit-elle avec un sourire.

Elle était heureuse de le revoir. Avait-il remarqué qu'elle avait perdu du poids — près de sept kilos ? Elle commençait à le sentir dans ses vêtements.

— J'avais orientation ce matin, expliqua-t-elle nerveusement, en désignant le bâtiment derrière elle.

Il ne fallait surtout pas qu'il se méprenne sur le sens de sa présence. D'accord, elle l'aimait bien — vraiment bien —, mais elle ne voulait surtout pas qu'il le sache.

— Ouais, ils font toujours ça au bahut pour les nouveaux élèves.

— Mon vélo est juste derrière.

Il opina d'un air distrait.

— Tu as eu ton emploi du temps ?

Elle lui énuméra les cours dont elle se souvenait.

— Moi aussi, j'ai littérature.

1. Méthode essentielle pour marquer des points au football américain.

— Ah bon ?

C'était une bonne nouvelle. Au moins, elle connaîtrait quelqu'un dans ce cours. A en croire Annie, elle avait choisi les options les plus nulles.

Andrew entendit qu'on l'appelait et regarda par-dessus son épaule.

— Tu ferais mieux d'y aller, lui dit Courtney.

— Oui. Ecoute, je n'ai pas encore eu l'occasion de te le dire, mais je suis bien content que tu m'aies appelé l'autre soir à propos d'Annie. Elle va beaucoup mieux depuis qu'elle te fréquente.

— Tant mieux. Moi aussi, j'avais besoin d'une copine.

Ils prirent congé l'un de l'autre. Alors qu'Andrew s'éloignait, une blonde arriva en courant sur le terrain. Elle poussa un cri qui fit se retourner Andrew. Elle lui sauta alors au cou, enroulant ses jambes autour de sa taille. Sans se laisser rebuter par le fait qu'il était en nage et encore en tenue, elle l'embrassa à pleine bouche. Naturellement, la fille était belle et mince.

S'apprêtant à faire demi-tour, Courtney se retrouva nez à nez avec une fille qu'elle ne connaissait pas.

— Salut ! fit cette dernière avec un regard glacial.

— Salut ! répondit Courtney en décidant d'ignorer son hostilité manifeste. Je m'appelle Courtney Pulanski.

— Shelley Johnson. Je suis avec Mélanie.

Apparemment, Mélanie était cette fille qui n'avait toujours pas décollé sa bouche de celle d'Andrew.

— Andrew et Annie sont mes amis, dit Courtney en espérant que cette information amadouerait la dénommée Shelley.

C'étaient les seuls adolescents qu'elle connaissait. Elle avait rencontré beaucoup de monde depuis son arrivée à Seattle, mais la plupart étaient des retraités. Béthanne et Lydia étaient les deux seules exceptions. La première, cependant, devait avoir l'âge de son père. Quant à la seconde, Courtney lui donnait au moins trente ans.

— Ouais, fit l'autre d'un ton toujours aussi désagréable. J'ai entendu parler de toi.

Intéressant.

— Ah bon ?

— Ouais.

— Je suis à Seattle depuis peu de temps.

— Tu vas être élève ici ?

— Oui. En terminale.

— Andrew aussi, fit la pimbêche en prenant un air soupçonneux, comme si elle cherchait à savoir si Courtney avait des vues sur le jeune homme.

L'adolescente se dit qu'il fallait immédiatement mettre les choses au clair.

— En fait, je suis plus la copine d'Annie que celle d'Andrew, murmura-t-elle.

— Faut que tu saches que ça fait un an qu'ils sortent ensemble. Mélanie est majorette en chef et elle va certainement être élue reine de l'année. Ce qui est parfait car Andrew a des chances d'être roi.

— Parfait, répéta Courtney.

Elle ne comprenait pas comment elle pouvait être perçue comme une menace à cette *parfaite* idylle.

— Bon, salut !

Et, sur ces mots, elle reprit son vélo et rentra chez sa grand-mère en pédalant avec une énergie surprenante au vu de son moral, qui était bien bas.

— Ton repas est prêt, lui dit Véra en la voyant entrer dans la cuisine.

Effectivement, un bol de soupe et un plateau de bâtonnets de carottes et de céleri l'attendaient sur la table.

— Je n'ai pas faim, répondit Courtney d'un ton sec, en se dirigeant vers sa chambre d'un pas lourd.

— Courtney Pulanski, inutile de me parler sur ce ton ! lui fit remarquer sa grand-mère d'un ton sévère.

— Désolée, Grams, dit Courtney, l'air contrit.

— Qu'est-ce qui ne va pas ?

La jeune fille secoua la tête, ne sachant que répondre. Elle pouvait à peine mettre des mots sur ce qu'elle ressentait. C'était une sorte de mal-être, le sentiment d'être seule, de ne pas avoir de place. Comme ses amis lui manquaient ! Elle aurait voulu, plus que tout au monde, rentrer chez elle.

— Tu es peut-être fatiguée ? suggéra Véra, pour qui une sieste était la solution à tous les problèmes.

Au lieu de répondre, Courtney s'empressa de regagner sa chambre.

Après avoir refermé la porte, elle alluma son ordinateur et se connecta à internet. Son moral remonta en voyant qu'elle avait un mail de son père. Celui-ci semblait aller bien, et elle se sentit soulagée. Elle se faisait toujours un peu de souci pour lui. Comment avoir l'esprit tranquille avec toutes ces histoires d'enlèvements dont on entendait parler en Amérique du Sud ?

Elle répondit aussitôt à son mail et décrivit, avec un enthousiasme qu'elle était loin de ressentir, la séance d'orientation du matin. Elle ne voulait pas inquiéter son père. Il avait déjà suffisamment de soucis comme ça.

Après avoir lu ses autres mails — il y en avait un de Julianna et deux autres envoyés par des copines de Chicago —, elle s'allongea sur son lit et fixa le plafond. Quelles étaient ses chances de réussir son année ? se demanda-t-elle. Pour le moment, ça semblait mal parti.

Elle décréta que c'était la façon dont Mélanie l'avait regardée qui était à l'origine de son humeur maussade. La fille l'avait dévisagée avec un air de « pas touche à mon mec ». Elle semblait voir en Courtney une menace imperceptible. En tout cas, Courtney n'était pas la bienvenue. C'était drôle tout ce qu'on pouvait lire dans un regard.

Sa copine Shelley n'avait même pas essayé de se montrer sympa. Tout ce qui l'intéressait dans sa conversation avec Courtney, c'était de tirer les informations nécessaires qui lui permettraient d'aller dire à « Mel » que la nouvelle venue était une nullité.

Courtney se demanda pourquoi Annie n'avait jamais parlé de Mélanie. Peut-être qu'elle ne la portait pas dans son cœur. A moins que ça ne lui soit tout simplement pas venu à l'esprit.

— Veux-tu que je te monte ton repas ? cria Véra, au pied de l'escalier.

A contrecœur, Courtney se leva de son lit et gagna le palier.

— Je t'ai déjà dit que je n'avais pas faim, Grams !

La dernière chose qu'elle voulait, c'était que la vieille dame monte l'escalier.

— Mais il faut que tu manges !

— Plus tard.

Le visage de sa grand-mère s'assombrit.

— Je me fais du souci pour toi.

— Je vais bien.

— Quelqu'un n'a pas été gentil avec toi ?

La main sur la rampe, Courtney descendit l'escalier à pas lents.

— Rien de grave.

Véra ne semblait pas convaincue.

— Bon, je vais peut-être manger un peu de soupe, après tout.

Aussitôt, le visage de la vieille dame s'illumina.

— Raconte-moi ce que tu as fait ce matin au lycée, dit-elle tout en s'empressant de regagner la cuisine, suivie de sa petite-fille.

Elles s'assirent et se mirent à discuter tandis que Courtney avalait sa soupe de tomate et grignotait quelques bâtonnets de carottes.

— Leta pense qu'après la rentrée tu devrais t'inscrire pour faire partie de l'équipe de natation du lycée, dit Véra d'un ton encourageant. On est toutes d'accord pour dire que tu nages à la vitesse de l'éclair.

L'adolescente sourit intérieurement. Pas étonnant que sa grand-mère la trouve rapide : Courtney se mesurait à un groupe d'octogénaires.

— Penses-y !

— D'accord, Grams. Je te le promets.

29

Vous pouvez le faire. Il suffit d'avancer point après point.

MYRA HANSEN, propriétaire de la boutique
Fancy Image Yarn, Shelton, Washington.
www.fancyimageyarn.com

Lydia Hoffman

J'attendais avec impatience mon prochain atelier de chaussettes. C'était en principe le dernier. Elise, Béthanne et Courtney avaient chacune terminé une paire de chaussettes en utilisant des aiguilles circulaires et s'étaient lancées dans la confection d'une nouvelle paire. Une fois de plus, j'avais été fascinée de voir comment trois femmes de milieux différents pouvaient se retrouver autour des joies simples du tricot. J'avais été le témoin discret de leur amitié naissante. Je m'émerveillais de voir comment leurs destins s'étaient entrecroisés.

C'était Elise qui avait suggéré à Béthanne de monter son affaire. Courtney s'était liée d'amitié avec la fille de Béthanne. Puis elles étaient toutes trois devenues amies. Et moi aussi…

Depuis qu'elle n'avait plus à craindre de perdre sa maison, Margaret avait retrouvé sa joie de vivre. J'ignorais ce qu'elle avait dit à Matt au sujet de l'argent, mais cela importait peu. Pas une fois elle n'avait abordé le sujet des dix mille dollars et, franchement, j'en étais soulagée. Je préférais rembourser sans mot dire le prêt que j'avais contracté. Ma famille avait fait tant de sacrifices pour moi au cours de toutes ces années que cela me faisait du bien de pouvoir faire un geste à mon tour.

Elise fut la première à se présenter au cours. Je remarquai aussitôt la Lincoln Continental blanche garée devant la boutique avec, à son volant, le gentleman à l'allure distinguée. Je trouvais le dévouement de son ex-mari touchant. C'était rassurant de voir que la flamme de l'amour pouvait être ranimée. Je n'en espérais pas tant pour moi.

J'aimais Brad et Cody. Le temps ne changerait rien à cela. J'avais Cody au téléphone une ou deux fois par semaine. Son père lui avait dit qu'il pouvait m'appeler chaque fois qu'il en avait envie. Cody parlait rarement de sa mère : il savait que ce sujet était douloureux pour moi. La seule information concrète qu'il m'avait donnée, c'était que Janice avait toujours son appartement. Je supposais qu'elle ne tarderait plus à venir rejoindre Cody et Brad.

— Bonjour, tout le monde ! lança Elise à la cantonade.

Elle était resplendissante. Il n'y avait pas d'autre terme. J'interrompis ma tâche en cours pour la regarder plus attentivement.

— Tu as l'air de bonne humeur, lui dis-je.

— Ma fille m'a dit la même chose.

— Je vois que Maverick est dehors, fit remarquer ma sœur en regardant par la vitrine.

Elise rosit de plaisir.

— Je lui ai dit que c'était idiot de rester assis à m'attendre dans la voiture, mais il m'a répondu qu'il n'avait rien de mieux à faire. Il en profite pour lire le journal.

S'asseyant à la table, elle sortit son tricot.

— J'ai fini par lui donner les chaussettes. Quand j'aurai fini celles que je tricote en ce moment pour Aurora, j'en confectionnerai une autre paire pour David.

— Maverick a été surpris ?

Cela ne me regardait pas, mais j'étais curieuse de savoir. J'avais offert mes premières chaussettes à Brad. Il les avait usées jusqu'à la corde. Je lui en avais tricoté d'autres. Je me demandai s'il les portait encore ou si Janice savait qui les avait tricotées. Auquel cas, elle lui avait peut-être déjà demandé de les jeter à la poubelle. A moins qu'elle ne s'en soit elle-même chargée ?

Elise était en train de me dire que oui, Maverick avait été surpris par son cadeau, lorsque la porte s'ouvrit sur Béthanne, qui entra comme un coup de vent.

— Je ne suis pas en retard, au moins ? demanda-t-elle. Je suis tellement prise par ce que je fais que j'en oublie mes rendez-vous.

Sur ces mots, elle s'empressa d'aller rejoindre Elise dans l'arrière-boutique.

Béthanne avait tellement changé depuis la première fois que je l'avais vue, au mois de juin. Elle était désormais sûre d'elle, optimiste… *heureuse*. Il y avait un homme dans sa vie. Un certain Pete ou Paul, je ne me rappelais plus exactement son prénom.

Courtney arriva aussitôt après. J'étais inquiète pour elle. Depuis deux semaines, elle était beaucoup plus renfermée. Je savais qu'elle était stressée à l'idée de la rentrée et j'espérais que ça se passerait bien. Je décidai de ne pas aborder le sujet. Toutefois, si elle voulait en parler, j'étais prête à l'écouter.

— En principe, c'est notre dernier cours, dis-je, heureuse de voir que cette annonce suscitait les huées et les protestations de mes trois élèves. Vous aimeriez continuer ?

Elles s'empressèrent d'accepter en chœur. C'était exactement ce qui s'était passé pour ma première expérience.

— Je vous propose un atelier de soutien, leur dis-je alors. Je vais en parler à mes autres groupes. Comme ça, de nouvelles personnes pourront venir se joindre à nous.

Je pensais à cet atelier de soutien depuis un moment déjà. C'était là l'occasion de le lancer. Je leur expliquai que nous continuerions à nous voir une fois par semaine, au même endroit et à la même heure, et qu'elles étaient libres d'amener avec elles qui elles voulaient. J'étais prête à donner un coup de main à toute tricoteuse qui en avait besoin. Je le faisais à titre gracieux car j'avais constaté les effets positifs d'une fréquentation régulière de la boutique.

— Ça me semble idéal ! déclara Elise. J'ai vraiment pris plaisir à venir.

J'avais le sentiment qu'elle était si amoureuse de son ex-mari qu'elle voyait tout en rose. J'ignorais s'il existait une sorte d'arrangement entre eux. Peut-être se contentaient-ils de vivre le moment présent, sans se soucier de la suite.

— Je viendrai chaque fois que je pourrai, promit Béthanne. Les seuls empêchements que je pourrais avoir sont professionnels, mais je doute qu'il y ait beaucoup d'anniversaires à fêter en semaine.

— J'en doute aussi, dis-je. Tu as fini tes chaussettes, n'est-ce pas ?

Béthanne acquiesça.

— Tu les as offertes à ton fils ?

Elle s'empourpra.

— En fait, non. Je les ai données à… un ami.

Margaret s'approcha de la table avec un paquet de catalogues.

— Paul ?

Béthanne fit oui de la tête.

— Ne me regardez pas toutes comme ça ! Nous sommes juste amis. C'est l'ex de la femme pour qui mon mari m'a quittée.

Il y eut plusieurs hoquets de surprise.

— Son ex et le mien sont maintenant mariés, continua-t-elle d'un ton dégagé. Paul et moi, nous nous voyons de temps en temps pour discuter.

— Quand se sont-ils mariés ? demanda Courtney, qui semblait étonnée.

— Il n'y a pas très longtemps. Il fallait s'y attendre. Ça me fait du bien de pouvoir en parler avec quelqu'un. Paul est super.

Elle prit une profonde inspiration avant d'ajouter :

— Il est plus jeune que moi et il aimerait bien, en fait, qu'il y ait quelque chose entre nous. Je lui ai promis d'y réfléchir mais, finalement, j'ai décidé qu'il valait mieux que nous restions amis. Je le pousse plutôt à sortir avec une fille de son âge.

— Pourquoi ? demanda Margaret. Tu n'es pas prête à te lancer dans une relation ?

Béthanne secoua la tête.

— Pas encore. Sortir avec quelqu'un impliquerait que je me rase les jambes et que je porte des bas. Je n'ai pas envie de m'embêter avec ça pour le moment.

— Tu ne te rases pas les jambes ? lança Courtney, épouvantée. Moi, je le fais pratiquement tous les jours.

— Annie aussi.

Puis, avec un haussement d'épaules, Béthanne ajouta :

— J'ai cessé de le faire quand j'ai eu la trentaine.

— Et toi, Court ? demandai-je, suffisamment à l'aise avec l'adolescente pour l'appeler par son diminutif. Tu penses que tu pourras venir à l'atelier de soutien ?

— Je viendrai jusqu'à la rentrée. Peut-être après aussi. Il faudra que j'en discute avec mon tuteur. Je pense que ça devrait être possible le mardi.

— Hé ! lança Elise. Qui dit que nous devons absolument le faire à la même heure que maintenant ? Est-ce que ça ne pourrait pas être après les cours ? Comme ça, Courtney n'aurait pas de problème. Est-ce que ça marche pour tout le monde ?

Les autres approuvèrent.

— Très bien, dis-je. Il ne restera plus qu'à s'entendre sur un horaire.

Le carillon de la porte tinta et ma cliente préférée entra.

— Jacqueline ! m'écriai-je, heureuse de la revoir.

Ça faisait des semaines qu'elle n'assistait plus aux ateliers du vendredi car elle était partie en voyage avec son mari.

— Je rentre de New York et je suis ici pour avoir ma dose de laine.

Tout le monde connaissait maintenant Jacqueline. Je n'avais plus besoin de faire les présentations.

Je reconnus la petite lueur qu'elle avait dans les yeux, une lueur que l'on retrouvait chez tous les accros au tricot. Jacqueline faisait partie de mes meilleures clientes. Elle pouvait se permettre d'acheter autant de pelotes qu'elle le voulait et elle ne s'en privait pas. Elle m'avait récemment dit que Reece lui avait installé un atelier dans l'une des pièces de la maison. Elle y entreposait son stock. Je lui enviais tout cet espace. Jacqueline avait l'intention de faire quelque chose de chaque pelote. Moi aussi, j'avais une foule de projets en tête. Nous avions toutes deux tellement de fournitures mises de côté qu'il nous aurait fallu plus d'une vie pour tout tricoter.

Jacqueline prit place aux côtés d'Elise et jeta un coup d'œil admiratif à son ouvrage. Elle avait tendance à monopoliser la parole, mais cela ne semblait gêner personne, tant son enthousiasme pour le tricot était contagieux.

Le téléphone se mit à sonner et ma sœur, toujours aussi efficace, alla répondre. Je n'y prêtai qu'une vague attention. Quand elle revint, cependant, je remarquai sa pâleur extrême.

Plaçant une main sur mon épaule, elle m'annonça avec difficulté :

— C'est maman. Elle vient d'être transportée à l'hôpital. Il faut y aller.

— Qu'est-il arrivé ? demandai-je, la gorge nouée.

— Elle a fait un malaise. La voisine l'a trouvée sur le patio. Personne ne sait depuis combien de temps elle était inconsciente.

Je me levai d'un bond, prête à me précipiter à son chevet lorsque je me rendis compte que la boutique était pleine. Plusieurs clientes déambulaient dans le magasin en regardant les modèles exposés sur les présentoirs, tandis qu'une autre était occupée à feuilleter un catalogue de patrons. Sans parler de ma classe…

— Vas-y, dit Jacqueline. Je m'en occupe. Ne t'inquiète pas.

— Si je peux faire quelque chose…, proposa Elise.

— Moi aussi !

C'était Béthanne.

— Moi aussi, je peux rester, dit Courtney.

— Merci, merci, fis-je, bouleversée par tant de gentillesse.

Ces femmes étaient plus que de simples clientes, plus que mes élèves. Elles étaient mes amies.

Margaret avait déjà son sac à main et j'allai dans mon bureau chercher le mien. En revenant, j'aperçus Brad debout près de la porte. Il était venu faire une livraison.

— Nous devons partir, lui disait Margaret en signant le bon de réception. C'est maman. Elle a été transportée à l'hôpital en urgence.

Les sourcils froncés, il me regarda d'un air inquiet.

— Ça va aller ?

— Je ne sais pas. Je n'en sais encore rien, répondis-je.

J'avais du mal à me contrôler. J'avais besoin qu'il me réconforte, besoin de lui. J'avais besoin de sentir ses bras autour de moi une dernière fois, qu'il me communique sa force et son courage. Il sembla le percevoir intuitivement, et comme je m'approchais de lui, il m'enlaça.

— Il faut y aller, me rappela Margaret à voix basse.

Brad desserra son étreinte. Le remerciant silencieusement, je me précipitai dehors.

A l'hôpital, nous dûmes attendre ce qui nous sembla être une éternité avant d'être renseignées. En dépit de cela, je trouvai le personnel fantastique. Je m'en voulais de ne pas avoir consacré davantage de temps à ma mère. Elle ne me demandait jamais rien et elle était toujours reconnaissante de ce que je lui donnais. Je lui rendais visite deux ou trois fois par semaine, mais, manifestement, ça ne suffisait pas.

De son côté, Margaret faisait aussi ce qu'elle pouvait. Mais maman avait besoin de plus que de quelques visites çà et là. J'étais rongée par la culpabilité, et persuadée que ma sœur était dans le même état que moi.

Margaret détestait les hôpitaux. L'odeur, disait-elle, la plongeait dans l'angoisse. Moi qui avais pratiquement passé toute ma jeunesse dans des lieux de soins, j'y étais tellement habituée que je ne m'en apercevais plus. Ma sœur s'agrippait à mon bras et, pour une fois, c'était elle qui comptait sur moi.

On nous demanda de patienter dans la salle d'attente jusqu'à l'arrivée du médecin. Les fauteuils étaient confortables et la télévision, qui était allumée, diffusait — comble de l'ironie — un épisode d'*Hôpital général*. Mais je n'y prêtais aucune attention.

J'étais persuadée que j'avais manqué à mes devoirs envers ma mère et que tout était ma faute.

Un médecin s'avança vers nous et, dans un même mouvement, Margaret et moi nous levâmes. Il alla droit au but :

— Votre mère se trouve dans un état grave. Elle est dans un coma diabétique.

L'annonce nous fit l'effet d'un choc.

— Nous l'avons stabilisée et je pense que son taux d'insuline va revenir à la normale. Mais c'est une maladie qui n'est pas à prendre à la légère.

— Personne dans la famille n'est diabétique, dit Margaret. Il ne nous était jamais venu à l'esprit qu'elle pourrait avoir un jour ce problème.

— Elle vit seule ?

Nous acquiesçâmes toutes deux.

Une fois de plus, le médecin n'y alla pas par quatre chemins.

— Eh bien, je pense qu'il va falloir songer à un placement en maison médicalisée.

Il voulait que nous arrachions notre mère au seul foyer qu'elle avait connu depuis cinquante ans. Je ne savais pas si je pourrais le faire, mais il était clair que nous n'avions guère le choix.

30

Elise Beaumont

La maison était plongée dans le silence. Un coup léger fut frappé à la porte de la chambre d'Elise. Elle attendait Maverick. Elle était tellement amoureuse qu'elle avait perdu tout sens des convenances. Elle savait pourtant quel genre d'homme il était. Mais cela ne semblait plus avoir d'importance.

Elle lui ouvrit. Une fois à l'intérieur, il l'attira à lui et ils s'embrassèrent. Ils avaient fait l'amour une fois, la nuit qui avait suivi leur excursion en montagne, et avaient pleuré dans les bras l'un de l'autre après leurs ébats. Leurs retrouvailles s'étaient accompagnées d'un sentiment d'excitation mêlée d'embarras. Une sorte d'anticipation et de crainte. Ils avaient éprouvé de la gêne, mais également de la tendresse et de la joie. Depuis, ils avaient passé la plupart des nuits dans les bras l'un de l'autre. Après avoir dormi seule pendant toutes ces années, Elise n'aurait jamais cru partager de nouveau son lit avec un homme. Surtout un lit d'une place ! Quiconque les voyant serrés contre le mur aurait trouvé la situation comique, se dit-elle.

Elle s'endormait dans les bras de Maverick, qui, au petit matin, se levait pour regagner silencieusement la chambre des garçons.

Personne n'était au courant. Du moins, pas à sa connaissance. Si Aurora et David se doutaient de quelque chose, ils n'en laissaient rien paraître. Elise voulait penser que sa fille ne s'était pas rendu compte des allées et venues qui avaient lieu entre sa chambre et celle de Maverick.

— C'est stupide, tu sais? murmura-t-il en rabattant les draps.

Il la laissa se coucher en premier avant de se glisser à ses côtés.

— Qu'est-ce qui est stupide? Le fait que nous soyons ensemble?

— Non pas ça. C'est la seule chose qui soit sensée, répondit-il d'une voix rauque. Ce qui ne va pas, c'est de devoir le faire en cachette. Bon sang, Elise, j'ai soixante-six ans! La dernière fois que je me suis comporté de cette façon, j'étais adolescent.

— Arrête! dit-elle en pouffant de rire.

— Ne me dis pas que toi, tu as l'habitude!

— Bien sûr que non!

— Alors, laisse-moi faire de toi une femme honnête.

Se pelotant contre lui, Elise posa la tête sur sa poitrine.

— Tu veux qu'on se remarie?

Même si c'était tentant, elle n'était pas persuadée que ce soit la solution idéale.

— Tu veux continuer à vivre dans le péché?

— Je ne sais pas.

Cela faisait trente ans qu'elle jouissait de sa liberté.

— Je peux y réfléchir?

— Bien sûr.

Il frotta sa jambe contre la sienne.

— Je t'aime, Elise. Je n'ai jamais cessé de t'aimer.

Elle le croyait, mais cela ne signifiait pas qu'elle pouvait lui faire confiance. Elle était prête à parier qu'à la première occasion il retournerait à ses vieux démons.

Il l'embrassa dans le cou.

— J'ai eu une conversation avec mon agent immobilier, cet après-midi, chuchota-t-il.

Il s'était éclipsé juste après le déjeuner et avait été absent pendant quatre bonnes heures. Il ne lui avait pas dit où il allait et ce n'était pas la première fois qu'il disparaissait ainsi mystérieusement.

Elise avait sa petite idée, mais ne voulait pas le questionner. Il valait mieux, pensait-elle, ignorer certaines choses.

Mais tout de même ! Il était difficile de faire comme si de rien n'était.

— Tu es parti longtemps.

— Oui. Tu es inquiète, n'est-ce pas ?

— Je devrais l'être ?

— Je n'étais pas au casino.

Elise ferma les yeux. Comme elle voulait le croire ! Encore une fois. Elle avait toujours eu tendance à fuir la réalité. Cela l'attristait de voir que les années n'avaient rien changé.

— Je te jure que je n'y étais pas !

— D'accord, fit-elle en lui prenant le bras pour le poser sur son ventre.

Il avait été son unique folie. Elle savait en l'épousant quel genre d'homme il était. L'amour qu'elle lui avait porté n'avait pas suffi à le changer. Il n'y avait aucune raison pour que cela se produise maintenant.

— Je me suis occupé de la maison.

— Oh !

— J'emménage la semaine prochaine.

Elle ne sut que répondre. Elle ne voulait pas lui laisser voir sa déception ni le sentiment d'abandon qu'elle éprouvait soudain.

— Je suis ici depuis déjà trop longtemps, chuchota-t-il. Je n'avais pas l'intention de m'imposer.

Pas plus qu'elle, il ne voulait être un fardeau pour Aurora et David. La seule différence, c'est qu'elle n'avait aucun endroit où aller. Elle commençait à croire que jamais elle ne récupérerait son argent. Vu les lenteurs de la justice, elle serait morte et enterrée avant que l'affaire ne soit jugée, se disait-elle cyniquement.

— J'aimerais que tu viennes habiter avec moi, reprit-il à voix basse.

— Je... je ne sais pas.

Et, pourtant, elle était tellement tentée par sa proposition !

— On n'est pas obligés de se remarier, si tu n'en as pas envie.

— Et toi, tu veux qu'on se remarie ?

— C'est mon vœu le plus cher, répondit-il en resserrant son étreinte.

Elle resta ainsi dans le havre de ses bras, puis finit par se rendre compte qu'il s'était assoupi.

Elle-même mit du temps à trouver le sommeil. Lorsqu'elle se réveilla le lendemain matin, il était déjà parti. Elle descendit dans la cuisine et y trouva Aurora en robe de chambre. Elise se versa une tasse de café. Elle savait que David était déjà parti travailler. La maison était encore silencieuse. Les garçons et Maverick ne tarderaient plus à se réveiller. Elise savoura ces quelques instants de tranquillité avec sa fille.

— Maman ? fit Aurora d'un ton hésitant. Tu savais que papa allait déménager ?

Elise fit oui de la tête.

— Il m'en a parlé… hier soir.

Embarrassée, elle garda le dos tourné, ajoutant un peu de crème à son café et mélangeant le tout plus que cela n'était nécessaire.

— Papa et toi, vous avez l'air de bien vous entendre.

— Heu… oui.

— Je ne m'attendais pas à ce que ça se passe aussi bien.

— Ton père a toujours su y faire, répondit Elise d'un ton sec.

Elle se retourna et s'empourpra en voyant le regard interrogateur d'Aurora.

— Si tu veux tout savoir, nous partageons le même lit.

Mais qu'est-ce qui la prenait de dire les choses aussi brutalement ? se reprocha-t-elle.

Pour cacher son amusement, Aurora prit une gorgée de café.

— Ce n'est un secret pour personne. David et moi, nous nous en sommes aussitôt doutés.

C'était vraiment embarrassant. Autant tout avouer, se dit Elise.

— Il veut que je l'épouse.

— Et alors ? Tu vas le faire ?

Si elle avait connu la réponse à cette question, elle n'aurait pas été là à discuter du sujet avec sa fille.

— Je… je ne sais pas quoi faire. Ton père… Eh bien, tu connais ton père…

— Non, maman. Je ne le connais pas vraiment. J'ai une image de lui. De là à savoir qui est réellement papa…

— Il est là depuis plusieurs semaines.

— Oui, répondit Aurora en poussant un profond soupir. Il a été formidable avec les garçons. Ils l'adorent. Et moi aussi. Mais je l'ai toujours adoré.

— Je sais, chuchota Elise.

A une certaine époque, Elise lui en avait voulu de son amour pour son père. Mais ce n'était plus le cas.

— J'ai fait tant d'erreurs dans ma vie, avoua-t-elle. Je n'ai pas envie d'en commettre d'autres.

— Fais comme tu le sens, dit Aurora d'une voix douce. Suis ton cœur.

31

Béthanne Hamlin

Béthanne avait presque peur de ce bonheur retrouvé. Son affaire se présentait plutôt bien. A chaque fête d'anniversaire qu'elle organisait, on lui en proposait deux ou trois autres. Cependant, Annie avait raison : elle ne pouvait continuer ainsi. Il fallait embaucher du monde pour l'aider, surtout avec la rentrée qui s'annonçait.

D'après Paul, elle avait aussi besoin d'un prêt bancaire pour démarrer, et il était persuadé qu'elle pouvait en obtenir un. Il avait même promis de l'aider à remplir le dossier.

Ils s'étaient donné rendez-vous à midi sur le front de mer, au parc Myrtle-Edwards. Pour le remercier de sa prévenance, elle lui avait préparé un panier-repas composé d'un sandwich, de fruits et d'une boisson. Elle était trop nerveuse pour manger et avait l'intention de se rendre directement à sa banque après son entrevue avec Paul.

Elle s'installa à une table de pique-nique pour l'attendre, profitant de la douceur de cette fin d'été. Le soleil se reflétait dans l'eau, l'habillant de teintes vert-bleu, et le vent, soufflant de Puget Sound, apportait l'air du grand large. On apercevait au loin un ferry qui quittait le port, en route certainement pour Bremerton ou Winslow sur l'île de Bainbridge.

Béthanne avait rarement eu l'occasion de prendre le ferry, mais, dans la période douloureuse qui avait suivi son divorce, elle s'était rendue à Bremerton. Au cœur de l'hiver, le corps fouetté par le vent et la pluie, elle s'était tenue sur le pont et avait laissé les larmes ruisseler sur ses joues. Comme elle avait alors prié pour tomber malade et mourir ! Oui, à l'époque, la mort lui avait semblé préférable à cette douleur atroce qui la déchirait. Heureusement, sa prière n'avait pas été exaucée ! Le soleil semblait de nouveau briller sur sa vie.

Elle en était à ce stade de ses réflexions lorsque la voix de Paul la fit sursauter.

— Tu as l'air bien préoccupé, dit-il avec un sourire.

— Paul ! s'exclama-t-elle.

Sans réfléchir, elle se leva pour l'étreindre et fut surprise qu'il l'entoure de ses bras. Ils se téléphonaient presque tous les jours et se voyaient deux ou trois fois par semaine. Il était devenu son confident et son ami, et le soutien moral qu'ils s'apportaient mutuellement leur était devenu indispensable. Elle ne voulait pas que cela change, et elle espérait qu'il comprenait ses raisons. Doucement, elle se dégagea.

— Comment va ma fêtarde préférée ? lui demanda-t-il.

— Très bien, je crois.

Elle se sentirait encore mieux lorsqu'il aurait examiné sa demande de prêt.

— Je t'ai apporté de quoi déjeuner, lui dit-elle avec un geste de la main vers la petite glacière qu'elle avait sortie de sa voiture.

— Tu n'aurais pas dû te donner cette peine, dit-il en prenant place sur le siège face à elle.

— Je sais, mais je tenais à te remercier pour tout ce que tu as fait.

— Comme ?

— Paul ! Comme si tu ne le savais pas !

Se pouvait-il qu'il ignore à quel point sa présence avait été un réconfort, ces derniers mois ? Il avait été l'ami dont elle avait désespérément besoin, la soutenant et l'encourageant lorsqu'elle avait décidé de monter son affaire. Plus que tout, c'était grâce à lui qu'elle s'était sentie revivre alors que son divorce l'avait complètement détruite. Oui, c'était lui et ses amies de l'atelier de tricot qui avaient donné naissance à la nouvelle Béthanne.

Une femme différente qui avait désormais des rêves, le courage de les accomplir et d'avancer vers un avenir prometteur. Elle expliqua tout cela à Paul. C'était comme si elle ne pouvait plus s'arrêter de parler.

— D'accord, d'accord ! fit-il en riant et en levant les mains comme pour l'arrêter. Je ne savais pas que j'étais un tel héros.

— Si. Tu es mon héros à moi.

Il redevint soudain sérieux.

— Et toi, tu es mon héroïne.

Gênée par l'intensité de son regard, elle s'empressa d'ouvrir la glacière et sortit l'épais sandwich au corned-beef qu'elle avait préparé.

— Je propose que tu jettes un œil au dossier pendant que je mets la table.

— D'accord.

Alors qu'elle s'affairait, elle remarqua que ses mains tremblaient. Depuis quelque temps déjà, des changements subtils s'étaient opérés dans leur relation. La tension sexuelle entre eux n'était que trop évidente, et cela l'effrayait encore plus que de déposer une demande de prêt à la banque. Elle souhaitait, dans la mesure du possible, préserver leur amitié. Une amitié qui lui était précieuse et qu'elle ne voulait surtout pas détruire en laissant leurs pulsions sexuelles interférer.

Elle étala la nappe et sortit le sandwich du film alimentaire dans lequel elle l'avait emballé. Pendant ce temps, Paul parcourait le dossier.

— Tu n'as pas travaillé après ton mariage ? demanda-t-il.

— Si, jusqu'à la naissance d'Andrew. Je l'ai indiqué ici, dit-elle en pointant l'index sur la rubrique concernée.

Elle avait travaillé dans une boutique où elle était chargée de décorer la vitrine. Elle gardait un bon souvenir de cette expérience de deux ans.

— Cela remonte à plus de dix-huit ans.

— Je sais, mais regarde tout le bénévolat que j'ai fait. Je pense que cela suffit à prouver que je suis qualifiée et responsable.

Paul acquiesça.

Béthanne se détendit.

— Allons, soit honnête, maintenant ! Si tu étais mon banquier, m'accorderais-tu ce prêt ?

Elle perçut son hésitation et crut que son cœur allait s'arrêter de battre.

— Paul ?

— Tu veux que je sois honnête, n'est-ce pas ?

— Oui.

— Le dossier aura du mal à passer. Le fait que tu n'aies jamais fait de crédit à ton nom ne t'avantage pas. *Idem* pour ta carrière.

— Comment faire pour rendre tout ça plus attractif ?

— Montre-leur le bilan des affaires de cet été.

Catastrophe ! se dit Béthanne, qui craignait une telle réponse. La comptabilité n'ayant jamais été son fort, elle s'était contentée de fourrer tous les reçus dans une boîte à chaussures. Peut-être Andrew et Annie pourraient-ils l'aider. Elle se rappelait qu'Andrew avait suivi des cours de comptabilité à l'école. Mais encore faudrait-il qu'il ait du temps à lui consacrer. Il était tellement occupé en ce moment avec ses entraînements de foot, son travail à mi-temps ! Sans parler des cours qui allaient reprendre…

— Regardez-moi ça ! Qui je vois là ?

Béthanne aurait reconnu cette voix ironique entre mille.

Cependant, elle ne se laissa pas démonter. Un sourire serein aux lèvres, elle dit :

— Bonjour, Grant.

Debout devant eux, son ex-mari les regardait fixement. Il n'avait pas l'air au meilleur de sa forme. Sa chemise était froissée, et il aurait eu besoin d'une bonne coupe de cheveux. Autrefois, il allait régulièrement chez le coiffeur. Elle était bien placée pour le savoir, puisque c'était elle qui lui prenait ses rendez-vous… Mais ils étaient séparés depuis deux ans, maintenant.

— Tu connais Paul, n'est-ce pas ? fit-elle d'un ton dégagé.

Reposant son sandwich, Paul leva les yeux vers Grant et le salua d'un signe de tête.

— Je crois que nous nous sommes déjà rencontrés, marmonna Grant.

— Les félicitations s'imposent, semble-t-il, dit Béthanne pour combler le silence embarrassé qui s'était installé. Annie m'a dit que Tiffany et toi veniez de vous marier. Toutes mes félicitations.

— Merci.

— Je te souhaite beaucoup de bonheur, continua Béthanne d'un ton sincère.

Il n'y avait pas si longtemps, Béthanne aurait été incapable de parler ainsi. Ses mots auraient été empreints de sarcasme. Mais les choses avaient changé. Elle ne ressentait plus d'animosité envers Grant. Elle l'avait aimé de tout son être mais, en trahissant son amour, il avait détruit tout ce qu'elle pouvait ressentir pour lui. Cela ne signifiait pas qu'elle voulait se venger. Du moins, ce n'était plus le cas. Elle ne lui en voulait plus d'avoir trouvé son bonheur ailleurs. C'était en prenant conscience de cela qu'elle avait finalement accepté de le laisser partir, se libérant ainsi de toute l'amertume qui l'empoisonnait depuis leur divorce.

— Paul a de la chance. Je vois que tu lui prépares ses sandwichs, dit-il avec un regard d'envie. Je n'ai jamais goûté de meilleurs sandwichs au corned-beef que les tiens.

— J'aide Béthanne à remplir certains papiers, expliqua Paul.

La jeune femme était sur le point d'ajouter quelque chose, mais elle se ravisa. Après tout, sa vie privée ne regardait plus Grant. Qu'avaient-ils en commun désormais ? En dehors des enfants, rien. Les vingt ans qu'ils avaient passés ensemble ne signifiaient plus grand-chose.

— Je vois, fit Grant en s'efforçant de sourire.

— Belle journée, reprit Béthanne. C'est pour ça que Paul a eu l'idée de venir ici.

Grant parut mal à l'aise.

— Je t'ai vue de loin. Je me suis dit que j'allais venir te saluer.

Puis, se tournant vers Paul, il déclara :

— Content de vous revoir.

Tu parles ! se dit Béthanne. En regardant Grant plus attentivement, elle sut que quelque chose n'allait pas. Il n'avait pas l'air heureux.

— Tout va bien ? lui demanda-t-elle.

Et elle regretta aussitôt ses paroles. S'il avait un problème, il n'allait certainement pas s'épancher en présence de Paul.

— Tout va très bien, répondit-il d'un ton qui sonnait faux.

Les deux hommes restèrent un instant à se fixer du regard, puis Grant reporta son attention sur Béthanne.

— Andrew m'a dit que tu lui avais payé son inscription au foot.

La jeune femme ignorait qu'Andrew avait repris contact avec son père. C'était bon signe, en tout cas. Sans doute allaient-ils parvenir à surmonter leurs différends.

— Tu m'as mise au défi en me disant de trouver un moyen de subvenir à mes besoins, dit-elle avec un petit rire. C'est ce que j'ai fait. Je devrais au moins te remercier pour ça.

Il hocha la tête.

— Je suis content que ça marche pour toi, dit-il avec sincérité.

— Ça marche du tonnerre, fit-elle sans parvenir à dissimuler son air de triomphe. J'ai déjà six fêtes réservées pour cette semaine et je n'arrête pas de recevoir des appels. Annie et l'une de ses amies m'ont fait des cartes de visite. Les enfants m'ont servi d'assistants.

— Super ! Toute la famille s'y est mise.

— Et de plus d'une manière.

— Je te souhaite de réussir.

Et, sans un mot de plus, il s'éloigna.

Paul le regarda partir, les yeux étincelant de colère.

— Paul, Paul, Paul, fit-elle en lui touchant le bras. Il faut que tu apprennes le détachement.

Il poussa un profond soupir.

— Je ne sais pas si j'y arriverai.

— Bien sûr que si ! Il faut juste un peu de temps.

Il se détendit quelque peu, mais on voyait bien qu'il était encore perturbé par cette rencontre.

— La seule raison qui me fait penser que je pourrai peut-être y parvenir, dit-il d'un air songeur, c'est toi. Toi, tu as réussi à faire ton deuil. T'ai-je déjà dit à quel point je t'admirais ?

— Une ou deux fois, répondit-elle avec un grand sourire.

— Tu risques de ne pas apprécier ce que je vais ajouter, Béthanne, fit-il en lui prenant la main, mais je suis en train de tomber amoureux de toi.

La jeune femme ferma les yeux. Elle aimait Paul, mais elle n'était pas amoureuse de lui.

De toute façon, elle n'avait pas envie de s'embarquer dans une relation amoureuse. Elle n'en éprouvait pas le besoin.

32

Elise Beaumont

Le départ de Maverick avait créé un vide dans la maison. Elise avait finalement décrété qu'elle ne l'accompagnerait pas. Une décision extrêmement difficile à prendre. Elle se rendait maintenant compte qu'elle était malheureuse sans lui. Comme il lui manquait ! Il en avait été de même après le divorce. Son odeur, le fait de le toucher, la joie de le regarder avec leur fille…

La douleur qu'elle éprouvait semblait grandir de jour en jour. Et, pourtant, ce n'était pas faute de le voir. Maverick trouvait toujours une raison pour lui rendre visite quotidiennement. Chaque fois, il tentait de l'attirer chez lui et de la convaincre qu'il avait changé et qu'elle pouvait désormais lui faire confiance. Jusqu'à présent, elle avait tenu bon, mais sa résistance semblait faiblir. Elle le sentait bien, mais n'osait donner libre cours à ses envies.

Ellle l'attendait plus ou moins ce matin. Il savait tout comme elle qu'Aurora avait l'intention d'emmener les garçons acheter des vêtements pour la rentrée scolaire. Ils auraient donc la maison à eux seuls, s'ils le voulaient.

Une demi-heure après le départ d'Aurora, Elise était dans la cuisine, en train de faire les cent pas nerveusement. En entendant la sonnette de la porte d'entrée, elle se précipita pour ouvrir. Maverick avait raison quand il disait qu'elle avait un appétit sexuel des plus développés. Ayant refoulé ses pulsions pendant des années, elle avait commencé à y laisser libre cours la nuit où Maverick lui avait annoncé qu'il déménageait. Rien ne lui plaisait davantage que d'attirer son ex-mari dans son lit au milieu de l'après-midi. En repensant à leurs ébats, Elise sentit ses joues s'empourprer. Si jamais quelqu'un découvrait cette part secrète de sa nature, elle en mourrait de honte. Oh, oui, elle en mourrait !

Elle adorait la façon dont Maverick l'aimait. Tout ce dont ils avaient besoin, c'était l'un de l'autre. Mais la question était : pouvaient-ils vivre ensemble ?

Elle craignait que reprendre une vie commune ne détériore leur relation et n'y mette un terme, comme cela avait été le cas auparavant. Il allait inévitablement succomber au démon du jeu. Et elle serait incapable d'y faire face le moment venu.

Dans sa hâte de revoir Maverick, elle ouvrit la porte à la volée. Ce n'était malheureusement pas lui.

— Béthanne ! s'exclama-t-elle en découvrant son amie sur le pas de la porte.

A en juger par la pâleur de la jeune femme, il avait dû se passer quelque chose de grave.

— Entre donc !

— J'espère que tu ne m'en veux pas de débarquer comme ça à l'improviste.

— Bien sûr que non ! répondit Elise en conduisant son amie dans le salon. Tu veux du thé ? Du café ?

Mais Béthanne déclina l'offre d'un bref mouvement de tête. Elle s'assit sur le canapé et sortit un mouchoir de son sac.

— J'avais juré de ne pas pleurer et voilà dans quel état je suis !

Elise prit place en face d'elle.

— Raconte-moi tout. Dis-moi ce qui s'est passé.

— J'ai... j'ai fait le tour des banques — j'en suis à la sixième —, et chaque fois, ils ont rejeté ma demande de prêt.

Elle lui raconta alors comment on lui avait opposé un refus systématique au prétexte qu'elle ne présentait pas assez de garanties.

— J'en ai discuté avec Lydia. Elle non plus ne présentait pas les garanties suffisantes. Du moins, sur le papier. Car toi et moi, nous savons à quel point Lydia est douée pour les affaires. Elle a plus de flair que je n'en aurai jamais, mais je suis prête à apprendre.

— Bien sûr que tu peux apprendre, affirma Elise.

Elle ne se rappelait pas avoir jamais vu Béthanne si bouleversée, même la première fois qu'elle leur avait parlé de son divorce.

— Et tu es allée voir cette banque dont t'a parlé Lydia ?

Béthanne fit oui de la tête.

— Lydia a insisté pour que je leur dise que je venais de sa part.

Elle marqua une pause pour se moucher.

— J'ai eu leur réponse hier. Après en avoir longuement débattu, ils ont décidé de ne pas m'accorder ce prêt. Oh ! Elise, je ne sais plus quoi faire !

Si Elise avait eu de l'argent, elle lui en aurait volontiers prêté. D'une certaine façon, elle se sentait responsable. C'était elle qui avait lancé Béthanne sur ce projet, et elle était fière du succès rencontré par la jeune femme.

— Je peux faire quelque chose pour t'aider ?

Béthanne prit le temps de se calmer avant de répondre :

— Oui, tu peux m'écouter, chuchota-t-elle d'une voix étranglée par l'émotion. Je... je t'admire tellement et je suis contente de t'avoir rencontrée.

— Moi ? reprit Elise en rougissant au compliment.

Elle n'avait rien fait d'autre qu'encourager Béthanne. Elle ne connaissait que trop bien les difficultés qu'entraînait le statut de parent isolé pour l'avoir elle-même vécu.

— Oh ! Elise, tu es vraiment une amie !

Ce fut au tour d'Elise d'avoir les larmes aux yeux. Bien sûr, elle avait eu des amis au cours de son existence, mais avait pris conscience que leur relation n'avait toujours été que superficielle. Elle n'avait jamais éprouvé de véritable tristesse en les quittant. Avec le groupe de l'atelier de tricot, c'était différent. Elle avait peu à peu perdu sa réserve naturelle et avait même commencé à parler de Maverick. Bien sûr, elle ne leur avait pas dit qu'ils couchaient de nouveau ensemble — c'était un détail beaucoup trop intime —, mais les filles devaient s'en douter.

— J'ai appris quelque chose de formidable à propos de Lydia, dit Béthanne. Jusqu'à ce qu'elle obtienne ce prêt, elle n'avait aucune dette.

Elise hocha la tête en signe d'approbation. C'était comme ça qu'elle envisageait les affaires. Beaucoup trop de jeunes gens se laissaient piéger par les achats à crédit. C'était tellement facile. Seulement, les dettes s'accumulaient plus vite qu'on ne l'aurait cru. N'était-ce pas ce qui s'était passé avec sa fille et son gendre ? Elle avait tenté de les mettre en garde avec douceur, puis elle avait décidé qu'il valait mieux se taire.

— Je n'ai pas voulu questionner Lydia sur ce prêt mais, plus tard, Margaret m'a prise à l'écart et m'a dit que sa sœur avait emprunté pour elle.

Elise ne put dissimuler son étonnement. Elle était surprise non pas par le fait que Lydia ait donné de l'argent à sa sœur, mais par le fait que Margaret en ait parlé aussi librement.

— Je pense qu'elle était navrée pour moi et qu'elle voulait me dire de ne pas désespérer. Je crois aussi qu'elle tenait à ce que l'on sache quelle sœur formidable elle a, dit Béthanne.

— Margaret avait besoin d'argent ?

Béthanne hocha la tête.

— Elle m'a dit que son mari était au chômage depuis plus de six mois et qu'ils n'arrivaient plus à rembourser la maison.

— Que Dieu bénisse Lydia ! murmura Elise.

— Elle ne va vraiment pas bien à cause de sa rupture avec Brad.

— Et pour arranger les choses, sa mère est dans une maison médicalisée.

— Ça y est ? Elles en sont arrivées là ?

La dernière fois qu'Elise en avait entendu parler, Lydia et Margaret étaient à la recherche d'un endroit convenable.

— Leur mère ne devrait rester là-bas qu'une semaine ou deux mais, même si ce n'est que passager, ça représente une dépense.

— On dirait que la situation financière n'est rose pour aucune d'entre nous, en ce moment.

— J'espère que je m'en sortirai dans les mois qui viennent.

— Tu vas voir, ça va aller, affirma Elise. Ton affaire ne peut que marcher !

— Tu le penses vraiment ?

— J'en suis convaincue.

Béthanne baissa les yeux, puis ajouta avec un profond soupir :

— J'aimerais tellement te croire !

— As-tu trouvé quelqu'un pour t'aider à faire tes comptes ? demanda Elise en passant à des questions plus concrètes.

La jeune femme hocha la tête.

— Paul a accepté de me donner un coup de main.

La sonnette de l'entrée interrompit leur conversation. Elise n'eut même pas le temps de se lever pour aller ouvrir. Maverick était déjà là, avec un air plus débonnaire qu'elle ne lui avait jamais vu. En le découvrant ainsi, elle sentit les battements de son cœur s'accélérer. Le regard de Maverick alla d'Elise à Béthanne.

— Je reviendrai plus tard, dit-il.

Elise s'apprêtait à protester machinalement, mais Béthanne la prit de vitesse.

— Non, je vous en prie, ne partez pas. J'allais m'en aller, de toute façon. Je suis venue parce que j'avais besoin de parler à une amie. J'avais besoin qu'Elise me dise que tout n'était pas perdu.

Sur ces entrefaites, la jeune femme se leva. Elise l'accompagna jusqu'à la porte. Les deux femmes s'étreignirent avant de se quitter.

— Tu peux m'appeler quand tu veux, d'accord ?

Béthanne opina de la tête.

— Merci de m'avoir écoutée. Alors, à mardi ! fit-elle avant de s'en aller.

Se retournant, Elise vit Maverick, qui l'observait.

— Tout va bien ? demanda-t-il.

— Aucune banque n'accepte de lui faire un prêt. Elle n'y croit plus.

Il fronça les sourcils.

— Tu as été très gentille avec elle.

Elise préféra ignorer cette remarque.

— Elle a été formidable avec moi.

Maverick s'avança lentement vers elle.

— Tu es une sacrée femme, Elise Beaumont !

Glissant les mains autour de sa taille, il l'attira à lui avec une telle douceur qu'Elise sentit tous ses soucis s'envoler.

— Oh ! Maverick…

Il l'embrassa, lui chuchotant à l'oreille des promesses qui la firent chavirer de bonheur.

— Viens vivre avec moi, murmura-t-il. Tu ne le regretteras pas.

— Non, répondit-elle d'un ton inflexible.

— Elise, j'ai besoin de ta présence.

— Je ne peux pas.

Elle l'aimait, pourtant. Avec ses défauts et ses faiblesses. Mais elle ne savait toujours pas si elle pouvait lui faire confiance.

33

Courtney Pulanski

La sonnerie annonça l'interclasse et, dans le lycée, ce fut la débandade. Au début, Courtney pensait pouvoir se repérer très facilement dans l'établissement. Pendant la séance d'orientation, elle avait soigneusement noté l'emplacement des salles où devaient avoir lieu ses cours. Et voilà que, maintenant, elle se sentait complètement perdue.

Le seul point positif de la journée, se dit-elle, serait le cours de littérature, car elle était sûre d'y rencontrer Andrew Hamlin. Non pas qu'elle s'attendait à ce qu'il lui parle, mais il y aurait au moins un visage familier.

La sonnerie résonna de nouveau et les couloirs furent brusquement déserts. Ses livres serrés contre la poitrine, Courtney regarda autour d'elle d'un air complètement désorienté. Finalement, elle rencontra un surveillant qui lui indiqua le chemin. Sachant qu'elle était en retard, elle longea le couloir au pas de course et s'engagea dans un autre.

Le cours avait déjà commencé lorsqu'elle poussa la porte avec l'espoir d'entrer sans se faire remarquer. Mais c'était trop demander. Toute la classe tourna les yeux vers elle.

— Excusez-moi, marmonna-t-elle à l'attention du professeur. Je me suis perdue.

— Pensez-vous que vous saurez retrouver votre chemin, demain ? demanda Mme Hazelton d'un air sévère.

Les yeux baissés, Courtney fit oui de la tête et trouva une

place libre au fond de la classe. Une fois installée, elle chercha Andrew du regard. Il se trouvait trois rangs devant elle, dans la rangée de gauche.

Quarante-cinq minutes plus tard, le cours se termina et Courtney vérifia son emploi du temps pour être sûre que c'était bien la pause de midi. Elle redoutait de se rendre à la cafétéria. A Chicago, elle se serait retrouvée avec ses copines, à rire et à échanger les derniers potins. Ici, elle serait aussi visible qu'une lampe torche dans le brouillard. Tout le monde allait remarquer la *nouvelle*.

Aussi prit-elle son temps pour rassembler ses affaires. Elle attendit que tout le monde soit parti pour se diriger vers la sortie. A sa grande surprise, Andrew l'attendait près de la porte.

— Comment ça va? demanda-t-il.

Il était bronzé et si mignon! se dit-elle.

— Comme un jour de rentrée, répondit-elle en emboîtant le pas aux autres élèves, qui prenaient tous la même direction.

Elle s'arrêta devant son casier pour y déposer ses livres. Andrew aurait pu continuer son chemin, mais il choisit de l'attendre, et cela lui mit du baume au cœur.

— Je suis douée pour faire des entrées remarquées, n'est-ce pas? fit-elle avec ironie.

Il sourit, ce qui ne fit qu'ajouter à son charme. Courtney se força à détourner les yeux.

— Je n'ai pas encore vu Annie, dit-elle.

— Elle te cherchait, tout à l'heure.

C'était encourageant.

— Tu es venue comment au lycée?

Elle était gênée d'avouer qu'elle avait pris le bus. Sa grand-mère avait besoin de la voiture. De plus, Courtney ne l'avait jamais conduite. Tout l'été, elle avait pris sa bicyclette pour se déplacer, et cela avait fonctionné à merveille. Mais les choses étaient différentes, maintenant. Seuls les intellos venaient au lycée à vélo. Elle n'avait donc eu d'autre solution que de prendre le bus. Et elle était la seule élève de terminale à bord.

— En bus, chuchota-t-elle.

— Je te proposerais bien de passer te chercher, mais je dois arriver tôt à cause des entraînements de foot.

Il ferait ça pour elle ?

— Voyons, laisse-moi trouver une solution... Je connais un gars qui n'habite pas très loin de chez toi. Si vous partagiez les frais d'essence, je pense que Mike serait d'accord pour te véhiculer.

Courtney sourit d'un air ravi. Elle était à la fois soulagée et étonnée de ce coup de chance. C'était la solution idéale. Non seulement elle allait éviter l'humiliation de prendre le bus, mais elle se ferait un nouveau copain.

En entrant dans la cafétéria, elle pensa qu'Andrew irait rejoindre ses copains. Au lieu de cela, il se mit à faire la queue derrière elle.

— Au fait, tu as l'air en pleine forme, dit-il.

Elle s'était donné beaucoup de mal cet été pour perdre du poids. Le fait qu'il l'ait remarqué lui mit du baume au cœur.

— Merci. Toi aussi.

— C'est le foot. Ça me muscle.

Il fit glisser son plateau derrière elle tandis que la file d'attente s'allongeait.

— Je vais en parler à Mike et je te passerai un coup de fil ce soir.

— Cool.

Elle prit une salade du chef avec une vinaigrette basses calories et une bouteille d'eau minérale au lieu d'une boisson gazeuse. Elle méritait d'être décorée pour tant de vertu !

— Courtney ! l'appela soudain Annie en s'empressant de payer sa salade pour la rejoindre. Viens, je vais te présenter à mes copains.

— O.K.

Elle allait s'exécuter lorsqu'elle se rendit compte qu'elle était en train d'abandonner Andrew. Tenant son plateau à deux mains, elle se retourna :

— A plus tard ?

— D'accord.

D'un pas nonchalant, il rejoignit un groupe d'élèves de terminale.

— Il va me trouver quelqu'un pour me conduire au lycée, expliqua Courtney à Annie, toute heureuse de lui annoncer la nouvelle.

— C'est maman qui lui a demandé de s'en occuper, répondit Annie.

Courtney tenta d'ignorer la petite pointe de déception qu'elle ressentait. Béthanne y était donc pour quelque chose ? Eh bien, ça n'avait pas d'importance. Elle aurait dû éprouver de la reconnaissance au lieu de se mettre martel en tête parce que la proposition n'émanait pas directement de lui. Reconnaissante, elle l'était. Seulement, voilà, sa joie de tout à l'heure avait disparu.

— Annie ! appela une fille. Par ici !

Annie hésita, et Courtney la suivit jusqu'à une table à laquelle étaient assises deux filles maquillées à outrance. Elles avaient des piercings à divers endroits du corps et portaient des vêtements de cuir. Courtney se sentit complètement déplacée. Les deux filles, quant à elles, la dévisagèrent comme si elle avait été une extraterrestre.

Annie fit les présentations.

— Courtney. Shyla et Tina.

— Salut !

— Salut ! répondit Shyla avec un sourire.

L'autre fille ne se dérida pas. Elle était entièrement vêtue de noir et avait cinq piercings au nez.

— Tu veux faire partie des majorettes du lycée ? demanda-t-elle à Courtney.

Apparemment, les copines d'Annie pensaient qu'elle avait le physique pour ça, mais Courtney savait que c'était loin d'être un compliment.

— Pas vraiment, répondit-elle.

Annie fronça les sourcils.

— Courtney est ma copine. Allez, les filles, soyez sympas : elle est nouvelle ici.

Tina tourna son regard vers elle.

— Ça fait un bail qu'on t'a pas vue.

— J'ai été pas mal occupée.

— Avec Courtney ? demanda Shyla.

Annie plissa les yeux.

— Ouais. Pourquoi ?

— Faut que tu choisisses ton camp. Si tu veux faire partie des majorettes, t'as qu'à le dire.

— C'est peut-être ça, marmonna Annie. Allez, Courtney, viens, on se tire.

Elle s'éloigna d'un pas déterminé et, une fois de plus, Courtney n'eut d'autre possibilité que de la suivre. Les regards des deux filles étaient comme des poignards. Il ne faudrait pas qu'elle se retrouve seule avec ces deux-là dans les vestiaires !

— T'as jamais vraiment fait partie de notre bande, tu sais ? lança Tina.

Annie préféra l'ignorer, et trouva une table qui venait juste d'être libérée à l'autre bout de la cafétéria. Courtney posa son plateau.

— Annie, je suis vraiment désolée.

— T'en fais pas. Elles sont plus mes copines, de toute façon.

Mais elle semblait tout de même perturbée.

— Je ne veux pas que…, commença Courtney.

— Ne le prends pas perso, l'interrompit Annie. Ça n'a rien à voir avec toi.

Ne sachant que répondre, Courtney haussa les épaules.

Annie resta renfrognée pendant tout le repas. Après avoir mangé sa salade, elle prit une pomme qu'elle croqua d'un air sombre. Elles échangèrent à peine une parole.

— A plus tard ? fit Courtney lorsque la sonnerie retentit.

— Ouais, répondit Annie d'une voix dénuée d'enthousiasme.

Après son départ, Courtney se leva pour rapporter son plateau. Elle remarqua deux filles qui faisaient des messes basses tout en la regardant. Elle reconnut Shelley et Mélanie, la pseudo-petite amie d'Andrew et son acolyte. Elle fut tentée de leur faire un petit signe pour bien leur montrer qu'elle n'était pas dupe et qu'elle savait ce dont elles parlaient, mais elle y renonça et opta pour la solution de facilité qui consistait à simplement les ignorer.

Le reste de l'après-midi se déroula sans incident particulier. Courtney n'arriva plus en retard, ce qui était déjà un progrès. Cependant, elle avait encore l'estomac noué au moment de reprendre le bus pour rentrer chez elle. Elle espérait que la proposition d'Andrew allait marcher.

Alors qu'elle s'apprêtait à monter dans le bus, elle aperçut Annie en compagnie des deux filles de la cafétéria. Formant un cercle étroit, elles semblaient en sérieuse discussion. Aucune ne souriait.

— Tu montes ou pas ? fit quelqu'un dans la file derrière elle.

— Désolée, dit la jeune fille en s'empressant de monter.

Elle trouva un siège près de la vitre et s'y installa. C'est alors qu'elle vit Andrew sur le trottoir en compagnie de Mélanie. Ils étaient enlacés, et Mélanie levait vers lui un regard empli d'admiration. Cette vision suffit à lui donner la nausée. Appuyant le front contre la vitre, elle ferma les yeux. Il n'y avait plus qu'à prendre son mal en patience et à attendre que l'année se termine.

Apparemment, elle n'avait aucun ami.

34

Elise Beaumont

La désillusion d'Elise survint juste après la rentrée scolaire. Elle s'y attendait pourtant depuis le début. Elle savait très bien que Maverick finirait par craquer et qu'il se remettrait à jouer. Ce qui la surprenait, c'est qu'il ait pu tenir aussi longtemps. Elle découvrit la vérité le jour de la réunion de son club de lecture.

— Ton père a dit qu'il me conduirait à la bibliothèque cet après-midi, dit-elle à Aurora après avoir vainement attendu Maverick.

Jusqu'à présent, il avait toujours été ponctuel. Elle n'aurait jamais dû compter sur lui, se dit-elle. Elle n'avait plus qu'à se dépêcher pour être à l'heure à son rendez-vous.

— Je suis sûre que son retard est justifié, dit Aurora, toujours prête à défendre son père.

Mais le doute commençait à ronger Elise. Maverick avait pris l'habitude de disparaître mystérieusement une fois par semaine, et il restait absent pendant plusieurs heures. Il lui avait juré qu'il n'allait pas jouer, mais sans pour autant lui donner de plus amples détails. Par peur d'une vérité déplaisante, Elise avait préféré ne pas insister.

Elle avait également d'autres soucis. Depuis quelques semaines déjà, Aurora se comportait différemment avec son père. Leur relation avait changé. Elle avait surpris les regards entre eux, elle avait remarqué des conversations échangées à voix basse, comme s'ils partageaient des secrets dont elle était tenue à l'écart. Elise avait beau faire, elle ne pouvait s'empêcher de se sentir exclue.

Aurora proposa de la conduire à la bibliothèque, mais Elise refusa.

— Ce n'est pas grave, murmura-t-elle.

Sa fille avait raison. Maverick devait avoir une bonne excuse pour ne pas être à l'heure. Une excuse. C'était justement ce qu'elle craignait. Un mensonge…

— Je suis sûre que papa viendra te chercher au retour, dit Aurora en accompagnant sa mère jusqu'à la porte.

Elle opina, peu convaincue au fond d'elle-même. Elle tenta, pendant le trajet en bus, de faire taire ses inquiétudes. Sans succès. Comme une automate, elle descendit du bus et prit une correspondance. Cela faisait trois ans qu'elle utilisait la ligne. Elle en connaissait donc les horaires par cœur.

Elle arriva en retard et assista à la réunion dans une sorte de brouillard. Elle n'aurait pas dû venir, se dit-elle lorsque la séance se termina. Incapable de se concentrer, elle était restée en retrait de la discussion.

Inutile de se voiler encore la face. Elle connaissait son passé, mais elle avait eu tellement envie de le croire qu'elle avait joué un jeu dangereux. Cela avait été tellement facile de laisser libre cours à ses sentiments, de l'aimer de nouveau. Trop facile.

En regagnant l'arrêt du bus, elle passa devant plusieurs salles de jeux. Ce n'était pas la première fois, mais, jusque-là, jamais il ne lui serait venu à l'idée de jeter un coup d'œil à l'intérieur. Aujourd'hui, toutefois, le besoin de retrouver Maverick était tel qu'elle dut se faire violence pour ne pas s'y précipiter. Elle aurait voulu faire irruption dans ces lieux pour le prendre la main dans le sac. Mais elle refusait de s'abaisser à ce genre de choses. Elle l'avait pourtant fait autrefois. Elle se rappelait comment, dans les débuts de leur mariage, elle avait traîné leur petite fille dans tous les bowlings et cafés de la ville pour essayer de retrouver Maverick avant qu'il ne perde au jeu l'argent dont ils avaient besoin pour payer le loyer.

Assaillie par les souvenirs, elle descendit du bus, complètement épuisée sur le plan émotionnel. Elle ne fut pas surprise de voir la voiture de Maverick garée devant la maison. Elle prit alors une décision : elle ne pouvait plus continuer ainsi.

Lorsqu'elle franchit la porte, elle vit que Maverick fuyait son regard. C'était un signe qui ne trompait pas.

— Bonsoir, fit-elle d'une voix compassée.

— Elise…, commença-t-il en jetant un regard à Aurora, qui s'empressa de quitter la pièce. Je suppose qu'une discussion s'impose entre toi et moi. Je m'excuse de ne pas avoir pu te conduire à ton club.

Il marqua une pause.

— Je suis désolé, ajouta-t-il.

— Je n'en doute pas, répliqua-t-elle en posant son sac à main sur la petite table du couloir.

La gorge complètement desséchée, elle se dirigea vers la cuisine et sortit du réfrigérateur un pichet de thé glacé. D'une main tremblante, elle prit un verre.

— J'aimerais pouvoir en discuter avec toi, dit-il.

Se retournant, elle l'aperçut à deux pas d'elle. Les mains jointes, il la regardait avec l'air d'un enfant repenti.

Elle haussa les épaules comme pour lui signifier que cela n'avait aucune importance. Il n'avait pas pu être là aujourd'hui ? Ce n'était rien comparé au fait qu'il n'avait pas pu être là non plus pendant leurs années de vie commune ni pendant l'enfance et l'adolescence d'Aurora.

— Tu comptais sur moi, dit-il.

— J'ai pris le bus. C'était très bien.

— Allons, Elise, fit-il en lui tendant la main. Je n'aime pas quand tu es en colère. Je ne suis pas un petit garçon qui vient te rendre son livre en retard. Je suis ton mari.

— Mon ex-mari, lui rappela-t-elle.

— D'accord, nous sommes divorcés, mais…

— Tu es allé jouer, cet après-midi.

Ce n'était pas une question. Elle *savait*. Il allait jouer toutes les semaines, même s'il refusait de le reconnaître.

— Tu veux bien m'écouter, pour une fois ?

— Non, fit-elle. Il n'y a plus rien à dire. Ton choix est fait depuis longtemps. Le jeu a toujours été plus important que tout. Je ne suis pas surprise. Pourquoi devrais-je l'être ? L'histoire ne fait que se répéter.

Ayant bu son verre d'un trait, elle le reposa et se dirigea vers sa chambre.

Maverick la suivit et fit un bond en arrière lorsqu'elle referma brutalement la porte. En dépit de sa colère, elle n'avait pas eu l'intention de la lui claquer au visage. Prise d'un moment de faiblesse, elle appuya l'épaule contre le battant.

A en juger par le bruit de ses pas, Maverick s'était mis à arpenter le couloir.

— Tout ce que je te demande, c'est de m'écouter. S'il te plaît, chérie, écoute-moi.

Elle ferma les yeux. Il ne l'avait pas appelée ainsi depuis qu'ils avaient divorcé.

— Je t'aime, Elise. Je sais que tu ne me crois pas, mais c'est la vérité.

La déclaration n'était que trop familière. Incapable de se contenir plus longtemps, elle ouvrit la porte d'un geste brusque.

— Si, je te crois quand tu dis que tu m'aimes, dit-elle d'une voix calme. Mais je crois aussi que tu aimes encore plus les cartes.

Elle vit les traits de Maverick se déformer sous la douleur et, craignant de laisser transparaître sa propre peine, elle referma doucement la porte.

— Non, non, tu dois me croire, plaida-t-il. Je l'ai fait pour toi.

Debout derrière la porte, Elise se dit que c'était une excuse à laquelle il avait souvent eu recours par le passé. Jamais il n'avait reconnu que, s'il jouait, c'était pour lui, que c'était ce qu'il voulait. Il gaspillait leur argent en lui promettant qu'ils en auraient davantage après. Une promesse qui s'était presque toujours révélée vaine.

D'accord, il avait dû gagner de l'argent, puisqu'il avait toujours payé la pension alimentaire pour Aurora et qu'il avait pu voyager à travers le monde. Mais il avait probablement perdu beaucoup plus qu'il n'avait gagné. C'était toujours comme ça avec les joueurs.

— J'ai effectivement fait quelques parties de poker cet après-midi, avoua-t-il. Je voulais t'en parler avant de le faire, mais je savais que ça te bouleverserait. Je ne pouvais pas supporter l'idée de te voir prendre cet air... Un air qui me déchire de l'intérieur. Qui me signifie que je t'ai encore déçue.

Cela ne l'avait pourtant pas empêché de jouer, songea-t-elle.

— J'ai porté les chaussettes que tu m'as tricotées et j'ai eu l'impression d'être près de toi pendant tout le jeu. Elles m'ont porté chance.

Elle aurait dû donner ces chaussettes à David, comme elle en avait l'intention au départ.

— J'ai remporté le tournoi, Elise, fit-il avec une pointe de triomphe dans la voix.

Elle ne voulut pas lui répondre. Il avait gagné : c'était ce qui pouvait lui arriver de pire. Encouragé, il allait jouer de nouveau. Il ferait des mises de plus en plus importantes, jusqu'à tout perdre. Même sa fierté. Combien de fois ne l'avait-elle pas vu au plus bas, lorsque la chance l'abandonnait ?

— Tu ne veux pas savoir combien j'ai gagné ?

— Non !

— C'est grâce à mes chaussettes porte-bonheur ! cria-t-il à travers la porte.

Refusant d'en entendre davantage, Elise alluma la télévision et mit le volume assez fort. Dix minutes plus tard, cependant, elle alla vérifier : il n'était plus derrière la porte.

Lorsqu'elle descendit dans la cuisine, elle s'aperçut qu'Aurora l'observait attentivement. Elle fit comme si de rien n'était. Heureusement, Maverick avait quitté la maison, mais nul doute qu'il serait de retour pour le dîner.

— Papa veut que je te parle, dit Aurora tandis qu'Elise dressait la table.

Elle mit quand même un couvert pour Maverick afin de ne pas éveiller les soupçons. Dans le salon, David lisait le journal tandis que les enfants jouaient dans la cour.

— Il s'est remis à jouer, lui annonça Elise.

— Je sais.

— Depuis combien de temps dure ce petit manège ?

Elle craignait maintenant que sa fille n'ait été complice de ce crime.

Aurora la regarda.

— Pour ce que j'en sais, c'est la première fois depuis qu'il est à Seattle.

— Ecoute-moi, Aurora, dit Elise avec désespoir en lui agrippant les épaules, ton père est accro au jeu.

— C'est un joueur professionnel, répliqua Aurora d'une voix dénuée de toute émotion. Je reconnais qu'il peut parfois se laisser entraîner, mais il adore ça.

Ce n'était pas vrai ! Sa fille ne voyait pas ou ne voulait pas voir le problème !

— Le jeu est une maladie. Aussi destructeur que l'alcool ou la drogue.

Elle se retint de lui rappeler que cette addiction avait détruit leur famille.

— Il n'est pas aussi mauvais que tu veux le faire croire, dit Aurora.

Elise ne voulait surtout pas se disputer avec sa fille.

— C'est ton père et tu l'aimes. Je ne dirai rien contre lui. Mais tu dois ouvrir les yeux et accepter la vérité.

Aurora la regarda d'un air implorant.

— Il t'aime, maman. Crois-moi, il t'aime vraiment.

Elise déglutit.

— Je sais.

Maverick l'aimait de toutes ses forces, mais cela ne suffisait pas. Cela n'avait pas suffi, trente-sept ans plus tôt. Aujourd'hui non plus.

— Il m'a promis d'arrêter dès que ce tournoi serait terminé, dit Aurora.

— Et tu l'as cru ?

Si la situation n'avait pas été aussi grave, Elise en aurait ri.

Combien de fois n'avait-il pas usé du même argument avec elle ?

— Oui, je le crois. Il…

Aurora se mordit la lèvre.

— Il, quoi ? fit Elise.

— Il fait ça par amour pour toi. Pour t'aider. C'est ce qu'il a dit.

Rejetant la tête en arrière, Elise éclata d'un rire moqueur qui fit se retourner David.

— Alors, conseille-lui de m'aimer un peu moins, chuchota-t-elle. De plus, je n'ai pas besoin de son aide. Je n'en veux pas. Tu ne vois donc pas que ce n'est qu'une excuse ?

— Oh, maman !

— Je crois qu'il vaut mieux ne plus discuter de ton père.

— Tu n'as pas l'intention d'aller lui parler ?

— Non. Et tu seras gentille de me prévenir quand il viendra afin que je reste dans ma chambre ou que je m'arrange pour ne pas être là.

— Maman, ne fais pas ça !

Elise éprouva de la tristesse en voyant la peine de sa fille. Aurora avait beau être mariée et mère de deux enfants, il y avait toujours en elle ce côté petite fille en attente d'une fin heureuse. Comme tous les enfants, elle avait besoin non seulement de son père, mais aussi de l'assurance de savoir que ses parents s'aimaient.

— Grand-mère ! Grand-mère ! appela soudain Luke en se précipitant vers Elise.

— Qu'y a-t-il ? demanda-t-elle au petit garçon en s'agenouillant pour se mettre à sa hauteur.

— T'es au courant ? s'écria-t-il. T'es au courant ?

— Luke…, fit Aurora comme pour le mettre en garde.

— C'est bon. Grand-père a dit que je pouvais en parler si je voulais.

Elise fronça les sourcils. Elle avait eu la sensation que sa fille lui cachait quelque chose.

— Grand-père va aller aux *Caribes* pour un tournoi de poker.

Elise fronça les sourcils.

— Aux Caraïbes ? fit-elle à l'adresse d'Aurora en se redressant.

Il n'avait pas fallu longtemps pour que Maverick rompe sa promesse. Il avait juré ses grands dieux qu'il ne recommencerait pas, et voilà qu'il prenait un billet d'avion pour se rendre aux Caraïbes.

35

Le tricot est le meilleur passe-temps qui puisse exister. Créatif et thérapeutique, c'est un très bon antistress qui vous permettra de vous détendre tout en laissant libre cours à votre imagination. Faites-en une activité quotidienne.

KATE BULLER, directrice de marque, Handknittings.
(Rowan Yarns, Jaeger Handknits, Patons, R2)

Lydia Hoffman

Margaret avait pris en charge la boutique pendant que je cherchais une maison médicalisée pour notre mère.

Il me fallut beaucoup de temps pour tout régler. Je comprenais maintenant tout ce que mes parents avaient enduré quand j'avais eu un cancer. Remplir les papiers, trouver de quoi payer le séjour, passer des coups de fil, chercher un placement sur internet… Prise par toutes ces tâches, je ne pouvais plus m'occuper du magasin. Je passai également des heures à rencontrer les agents immobiliers et à trier les affaires de maman avant de mettre sa maison en vente. Nous avions besoin de cet argent pour payer les frais d'hébergement.

Le vendredi après-midi, je me rendis compte en faisant ma caisse que les recettes avaient diminué de plus de moitié. Je savais qu'une absence prolongée nuirait à la boutique, mais j'étais loin de m'imaginer un tel désastre.

Margaret n'était pas du tout faite pour la vente. Néanmoins, je n'avais pas le choix. Je ne pouvais confier la boutique à personne d'autre. Elle était la seule à connaître le magasin et mes clientes. Par ailleurs, c'était ma sœur.

Alors que je refaisais mes comptes, je fus prise de découragement. J'avais un crédit sur les bras et je m'étais engagée à le rembourser sur dix-huit mois.

Juste au moment où les affaires semblaient prendre leur essor — j'avais doublé mes ventes par rapport à l'an dernier —, voilà que tout s'effondrait. Pour couronner le tout, j'avais des créances. Je pouvais toujours réduire mes coûts en diminuant mes commandes, mais je n'avais guère envie de le faire. J'étais persuadée que mon succès était en partie dû au large éventail de laines que je proposais — depuis le premier prix jusqu'au plus élevé.

J'étais tellement préoccupée que je n'entendis pas frapper à la porte. Un coup plus fort me tira de mes pensées. Bondissant de ma chaise, je me précipitai dans la boutique. D'habitude, je renvoyais gentiment la cliente en lui expliquant que le magasin était fermé, un luxe que je ne pouvais plus me permettre.

Ce n'était pas une cliente, toutefois, mais Brad.

Notre dernière entrevue remontait à presque un mois. J'avais eu de brèves conversations avec Cody, mais elles avaient été aussi douloureuses pour lui que pour moi. La dernière fois qu'il m'avait parlé, il semblait hésitant et réservé, comme s'il craignait de dire quelque chose d'inapproprié. J'en avais déduit que sa mère était à ses côtés. Il n'avait pas rappelé, depuis.

J'ouvris la porte avec un soupir. Parler à Brad était au-dessus de mes forces, aussi décidai-je de ne pas le faire entrer.

— Salut ! fis-je en espérant que mon ton était assez explicite.

— Salut ! répondit-il, les mains dans les poches de son uniforme. Ça fait un moment que je ne t'ai pas vue au magasin.

J'aurais pu lui expliquer que j'y passais à peine une heure par jour. Au lieu de cela, je restai silencieuse.

— Margaret m'a dit que tu avais trouvé une maison de retraite pour ta mère.

— Normalement, elle devrait y entrer la semaine prochaine.

Encore fallait-il que toutes les démarches soient terminées : banque, dossier médical, notaire, agence immobilière…

— Tu tiens le coup ?

— Ça va.

Je ne voulais surtout pas de la compassion de Brad. Sa sollicitude à mon égard ne pourrait que me faire craquer. Je fus tentée de demander des nouvelles de Janice, mais je me ravisai. Je n'avais pas envie de l'entendre dire qu'ils avaient trouvé un terrain d'entente. En même temps, je ne voulais pas non plus savoir que leur tentative de réconciliation ne marchait pas. J'aurais été incapable de faire face à une telle nouvelle.

— Comment va Cody ?

Je prononçai son prénom avec peine. Il me manquait tant ! Lui, nos conversations, le récit des nouveaux tours qu'il avait appris à Chase… Même si nos coups de fil étaient pénibles, j'en avais besoin. J'étais vraiment attachée à cet enfant.

— Il va très bien, fit Brad d'un ton précipité.

Ça devait être sa façon de me dire que sa petite famille fonctionnait à merveille.

— Embrasse-le pour moi, tu veux bien ?

— Mais oui ! J'étais inquiet à ton sujet, ajouta-t-il, les yeux baissés.

— Inquiet pour moi ? Mais pourquoi donc ? fis-je en m'efforçant de paraître surprise.

Il leva les yeux, l'ombre d'un sourire sur les lèvres.

— Je te connais, Lydia. Quand tu es stressée, ça se voit.

— Sans doute, mais on ne s'est pas vus depuis des semaines.

— Si, je t'ai observée, même si nous ne nous sommes pas parlé. Tu es fatiguée et…

— Oui, l'interrompis-je.

Je n'avais pas besoin qu'il me le dise.

— Allons boire un verre, proposa-t-il.

— Non, merci.

— Je sais que tu sors avec quelqu'un d'autre, mais c'est en toute amitié que je te propose ça.

Non, ce n'est pas vrai ! avais-je envie de lui crier. La fierté m'avait dicté un mensonge que je regrettais amèrement maintenant.

— Pourquoi refuses-tu mon invitation ?

— J'ai un principe auquel je ne déroge jamais, répondis-je en souriant. J'évite les hommes mariés.

— Janice et moi sommes divorcés.

— Vous êtes en train de vous réconcilier, oui ou non ? demandai-je d'un ton sec.

Bon sang ! Il ne pouvait pas tout avoir !

Il ne répondit pas tout de suite.

— Nous sommes en pourparlers, marmonna-t-il.

— Dans ce cas, il ne serait pas très convenable d'aller prendre un verre avec moi. J'apprécie ta proposition, Brad, mais je ne crois pas que ce soit une bonne idée…

Brad prit congé de façon plutôt brusque et s'en alla. Les bras croisés, je le regardai s'éloigner avec un profond sentiment de vide et de solitude. Après avoir refermé la porte, je regagnai mon bureau à pas lents.

Quand, dix minutes plus tard, on frappa de nouveau à ma porte, je crus que c'était encore lui. Mais il s'agissait d'Alix Townsend, avec une assiette d'éclairs au chocolat. Je ne pouvais que lui ouvrir !

— Salut ! fit-elle d'un ton joyeux. Je t'ai vue en train de discuter avec Brad. Tu n'es pas obligée de me raconter, mais tu peux le faire si tu en as envie. J'ai pensé qu'une petite douceur pourrait te faire du bien.

Je souris intérieurement. Si Brad était venu avec du chocolat, je l'aurais peut-être laissé entrer.

— Mes soucis ne sont pas du genre à résister à un éclair au chocolat, dis-je en la conduisant dans mon bureau. J'ai fait du café, si ça t'intéresse.

— J'en boirais bien une tasse.

Alix me suivit dans mon minuscule bureau. Elle poussa quelques piles de papiers et s'assit sur le bord de ma table de travail. Je n'en pris pas ombrage. C'était Alix tout craché. Pourquoi prendre une chaise quand on pouvait s'asseoir sur un coin de bureau ? Pourquoi marcher quand on pouvait courir ? J'adorais son exubérance, sa loyauté et son anticonformisme.

Je lui versai une tasse de café. J'espérais qu'elle ne le trouverait pas trop amer. En tout cas, il était très noir.

— Donc Brad est venu te voir, fit-elle sans pouvoir dissimuler sa curiosité.

Avec le recul, je trouvais que j'avais été très froide et peu aimable. Une partie de moi voulait le rappeler, recommencer la conversation. Mais il n'en était pas question. Il valait mieux en rester là.

— Lydia ? fit Alix en me touchant le bras.

— Heu, oui, il est venu.

— Et alors ? demanda-t-elle en mordant dans un éclair, faisant jaillir la crème qui se trouvait à l'intérieur.

Elle se pencha pour prendre un Kleenex sur mon bureau.

— Rien de particulier, répondis-je. Et comment ça va entre toi et Jordan ?

Elle haussa les sourcils.

— Tu changes de sujet, fit-elle en me présentant l'assiette de gâteaux.

Je me servis aussitôt sans me faire prier.

— Je sais, mais je n'ai pas envie de parler de Brad, c'est tout.

— Il ne veut pas parler de toi, lui non plus. Quand il effectue une livraison chez nous, on échange quelques mots, mais il suffit que je prononce ton nom pour qu'il se ferme comme une huître.

— Nous avons nos raisons.

— Apparemment. Bon, il faut que j'y aille. Jordan et moi avons prévu d'aller au ciné ce soir. Je voulais juste te faire un petit coucou.

— C'est gentil.

Je la raccompagnai jusqu'à la porte. Quand elle fut partie, je refermai à clé derrière elle et aperçus Moustache, qui m'attendait. Après être allée chercher l'assiette qu'Alix m'avait apportée, j'éteignis les lumières et regagnai mon appartement à l'étage. J'aurais pu être en train de boire un verre en compagnie de Brad, songeai-je avec une pointe de regret. Mais, par prudence, j'avais décliné son offre.

J'allais donc passer la soirée en compagnie de ma télévision, de mon chat et de mes éclairs.

Moustache miaula comme pour me rappeler que je n'étais pas seule.

Il avait raison.

36

Béthanne Hamlin

Avec trois fêtes inscrites à son agenda cette semaine, Béthanne avait dû être très rigoureuse dans l'étude du budget. Il fallait se serrer la ceinture en attendant le prochain versement de sa pension alimentaire, car elle avait dû avancer de l'argent pour payer ses fournitures. Elle s'efforçait de jongler entre les chèques qu'elle recevait et ceux qu'elle signait, car ses dépenses étaient encore supérieures à ses revenus.

Le problème était qu'Annie et Andrew avaient constamment besoin d'argent pour une chose ou une autre. Les frais engendrés par l'école étaient incontournables. Ça, plus les dépenses incompressibles et celles qui étaient liées à sa nouvelle activité… Il fallait effectivement jongler et trouver un équilibre…

La sonnerie du téléphone retentit. Elle espéra que c'était une demande de réservation pour un anniversaire, mais l'écran de présentation du nom l'informa qu'il s'agissait de sa banque. Elle décrocha, priant intérieurement pour que ce soit l'employé chargé des prêts qui, s'étant rendu compte de son erreur, la rappelait pour lui donner une réponse favorable.

La somme qu'elle demandait n'était pas très importante. En tout cas, elle était beaucoup moins élevée que le montant des chèques de voyage que Grant avait emportés avec lui lorsqu'il l'avait invitée à Las Vegas. Ce voyage auquel elle ne s'attendait pas remontait à quelques années déjà. Avec le recul, elle se dit qu'il avait sans doute voulu se donner bonne conscience en lui en faisant la surprise.

— Bonjour ! fit-elle en prenant sa voix la plus enjouée. Béthanne Hamlin à l'appareil.

Mais son sourire ne tarda pas à s'évanouir lorsqu'elle entendit le directeur de la banque lui expliquer que le chèque qu'elle avait fait à la station-service était sans provision. Jusqu'à présent, elle avait toujours bénéficié d'un découvert autorisé, mais voilà que la banque lui retirait ce droit. Pour couronner le tout, la station-service exigeait une pénalité de soixante-quinze dollars.

— Soixante-quinze dollars ! s'écria-t-elle, indignée par cette dépense inutile. Vous plaisantez ?

— Absolument pas, madame. Je suis on ne peut plus sérieux.

— Combien cela va-t-il me coûter ?

Un plein revenait normalement à vingt-cinq dollars. Il fallait y ajouter les frais de banque, les agios et maintenant cette amende.

Le chiffre que le directeur lui annonça lui donna le vertige.

— Combien ? s'exclama-t-elle.

— Quand pourrez-vous faire un dépôt ?

— Je… Je…

Elle ne disposait pas d'une telle somme. Elle n'avait tout simplement pas cet argent. Tout ce qu'il lui restait à faire était de mettre en gage une ou deux bagues.

— Je passerai cet après-midi, dit-elle d'une voix docile.

Elle avait l'impression d'être une petite fille que l'on gronde.

Le directeur n'était pas un monstre. Il faisait seulement son travail, mais elle ne put s'empêcher d'être affolée. Se précipitant dans sa chambre, elle fouilla dans sa boîte à bijoux. Elle n'avait pas grand-chose.

Pourquoi Grant ne lui avait-il pas offert un diamant plutôt que ce stupide voyage à Las Vegas ? Un bracelet aurait été monnayable, alors que ce voyage n'avait servi à rien. Grant avait perdu tout l'argent qu'il avait sur lui. Cela ne l'avait pas empêché de retourner à Las Vegas pour épouser Tiffany, se dit Béthanne avec amertume. Elle espéra qu'il avait perdu gros, et de bien des manières.

Ce n'était pas bon de ressasser des pensées aussi négatives, mais elle était désespérée. En dehors de la mise en gage de ses bijoux, elle ne voyait pas trop ce qu'elle pouvait faire pour sortir de ce mauvais pas. Annie et Andrew avaient chacun leur compte en banque. Elle pourrait peut-être leur demander de lui avancer un peu d'argent. C'était mieux en tout cas que de solliciter Grant. Mais elle savait qu'elle n'en ferait rien. Aucune de ces deux solutions n'était envisageable. Et même si le risque de perdre sa maison était réel, il était hors de question de demander de l'argent à des membres de sa famille ou à ses amis. Il lui restait quand même sa fierté. C'était bien la seule chose qu'elle possédait encore.

Après avoir longuement réfléchi, Béthanne décida de mettre en gage son alliance — pourquoi continuer à la garder dans sa boîte à bijoux ? Elle choisit également une petite bague sertie d'un saphir ainsi qu'une paire de boucles d'oreilles en or. Cela devait suffire pour le moment.

On lui prêta tout juste de quoi parer au plus pressé.

Alors qu'elle sortait de la banque, elle faillit heurter Grant dans le parking. Elle devint aussitôt rouge pivoine, comme si son ex pouvait lire dans ses pensées et tout deviner de sa situation.

— Béthanne ! dit-il en l'attrapant par les épaules pour l'empêcher de tomber.

— Grant…

Elle ne savait que dire.

— Heu… j'étais juste…

Mais elle s'interrompit aussitôt. Elle n'avait pas à se justifier, après tout.

— Tu es splendide ! lui dit-il en reculant légèrement pour l'admirer.

Se laissant convaincre par Annie et Courtney, elle s'était offert une nouvelle coupe de cheveux : une dépense qu'elle regrettait maintenant. Le coiffeur avait fait des miracles et lui avait suggéré une coloration. Quand Béthanne avait refusé en disant que c'était au-dessus de ses moyens, Annie et Courtney avaient proposé de la lui faire.

Elles avaient choisi l'une des marques les plus chères. Un brun profond avec des nuances d'auburn. Le résultat était étonnant, si l'on considérait qu'elle s'en était remise à deux adolescentes.

— Merci, dit Béthanne d'un ton dégagé.

— Que fais-tu ici ?

Comme si ça le regardait !

— Je viens d'effectuer un versement. Et toi ?

C'était la vérité. Il n'avait pas besoin de connaître les détails.

— Un retrait. Un virement de mon compte d'épargne à mon compte chèques.

Cela ne semblait pas l'enchanter.

— Pour moi ? fit-elle de sa voix la plus suave.

Il fronça les sourcils.

— Non.

— Ta nouvelle femme aurait-elle entrepris de te ruiner ? demanda-t-elle, une petite lueur dans les yeux.

— Si tu savais ! répondit Grant avec un sourire triste.

Il n'avait pas l'air de plaisanter. Elle aurait dû s'en réjouir. Au lieu de cela, elle s'inquiéta de voir ses yeux cernés et ses traits tirés.

— Tout va bien, Grant ?

Même si ça ne la concernait plus, elle ne pouvait s'empêcher de s'inquiéter pour lui.

— Tu serais heureuse, si je te disais que non ?

Sans lui laisser le temps de répondre, il reprit :

— Pour tout te dire, je nage dans le bonheur.

Béthanne se rendit compte pour la première fois que c'était un piètre menteur. Comment ne s'en était-elle pas aperçue pendant toutes les années au cours desquelles il l'avait trompée ? Certainement parce qu'elle ne voulait pas savoir.

— Je suis désolée, dit-elle.

Elle était sincère.

Il haussa les épaules.

Quelle ironie ! songea Béthanne. C'était seulement maintenant qu'ils arrivaient à avoir une conversation convenable. Et c'était sur un parking.

— Alors, comment ça va avec ton jeunot ?

— Tu veux parler de Paul ?

La trêve n'avait pas duré bien longtemps.

— La différence d'âge ne nous gêne pas. D'ailleurs, Tiffany a quinze ans de moins que toi, il me semble. De plus, j'ai le droit de sortir avec qui je veux.

— C'est pour Paul cette nouvelle coupe de cheveux ? Tu essaies de paraître plus jeune ?

— Pas vraiment.

— Ah bon ?

— Il faut que j'y aille, dit-elle, soudain pressée de partir.

Elle faillit lui parler du bal du lycée à la fin du mois, mais elle se dit qu'il l'apprendrait bien assez tôt.

Les mains dans les poches de son pantalon, Grant fit un signe de tête.

— J'ai été content de te revoir, dit-il avec un petit sourire. Vraiment.

— Moi aussi. Salut !

Béthanne se dirigea vers sa voiture. Avant de monter, elle se retourna et vit que Grant continuait à l'observer. Elle faillit lui adresser un petit signe de la main. Elle ne souhaitait pas de mal à son ex-mari. Elle était sur le chemin du pardon.

La solitude lui pesait, certes, mais rien n'avait changé, au fond. Même si Grant partageait son lit deux ans auparavant, il était maintenant amoureux d'une autre femme, ce qui signifiait qu'il n'était déjà plus attaché à sa famille. Et il l'avait bien prouvé, depuis.

Béthanne se doutait qu'elle ferait encore des erreurs, mais elle avait une nouvelle vie et un ami digne de confiance. Et elle était proche de ses enfants.

On ne pouvait pas en dire autant de Grant. Il semblait avoir des regrets. Il le lui avait laissé supposer avant d'affirmer d'un ton peu convaincant qu'il était heureux dans sa nouvelle vie. Il ne lui dirait certainement pas la vérité.

37

Courtney Pulanski

Cela faisait une semaine que Courtney n'avait pas eu de nouvelles de son père. L'inquiétude commençait à la gagner. D'habitude, il lui envoyait un courrier électronique à peu près tous les deux jours. Préoccupés par ce silence, les trois enfants de Ralph Pulanski Junior ne cessaient de s'échanger mail sur mail pour trouver du réconfort.

Courtney s'efforçait de dissimuler ses craintes à sa grand-mère, laquelle semblait se raccrocher à ses aiguilles à tricoter. La grand-mère et la petite-fille tentaient mutuellement de se rassurer avec des paroles telles que : « Je suis sûre qu'il va bien, c'est peut-être son ordinateur qui est tombé en panne. »

Jason avait contacté la compagnie de construction qui employait leur père, mais il n'avait rien appris de concret. Le cadre à qui il avait parlé lui avait dit que la région où se trouvait Ralph Pulanski était sûre et qu'il n'y avait aucune raison de s'alarmer. Il promettait toutefois d'essayer de le joindre.

Julianna, qui avait repris les cours avec un budget très serré, finit par craquer. Elle appela Courtney et elles restèrent au téléphone pendant vingt minutes.

— Tu me manques tellement ! dit Courtney en refoulant ses larmes.

Elle avait collé le combiné à son oreille comme si ce geste pouvait la rapprocher de sa sœur.

— Comment ça va au lycée ?

Evidemment, il fallait qu'elle pose la question ! songea Courtney.

— Ça va.

Ils avaient des problèmes beaucoup plus importants que son incapacité à se faire des amis en dehors d'Annie Hamlin, ou que cette sensation de solitude qu'elle éprouvait.

— A d'autres ! dit Julianna d'une voix sévère aux inflexions si semblables à celles de sa mère que Courtney en eut le souffle coupé. Je veux savoir comment ça va vraiment !

— C'est horrible.

C'était la vérité.

Elle s'était dit qu'en perdant du poids elle se ferait aussitôt des copains et des copines et que les garçons se précipiteraient pour lui demander son numéro de téléphone, mais non.

Bien sûr, il n'y avait qu'un seul garçon qui l'intéressait, et c'était Andrew Hamlin. Malheureusement, il sortait déjà avec quelqu'un.

Annie disait que Mélanie se faisait tout un film à propos d'Andrew et que ce dernier ne tenait pas plus à elle que ça. Les apparences semblaient prouver le contraire, pourtant.

— Tu as perdu près de treize kilos. C'est énorme ! Je suis fière de toi ! Tu te sens mieux, non ?

— Tu veux dire sur le plan de la santé ? Ouais, je suppose.

Oui, elle se sentait mieux depuis qu'elle n'avait plus ces kilos en trop. Elle se sentait aussi fière d'avoir atteint son objectif, mais le reste n'avait pas suivi. En fait, rien n'avait changé. Tout bien considéré, le seul changement qui s'était opéré avait été sur la vieille balance de sa grand-mère. Oh, et puis il y avait aussi le fait qu'elle commençait à flotter dans ses pantalons !

— Téléphone, si tu as besoin de moi, dit Julianna. N'hésite pas.

— O.K. Tiens-moi au courant pour papa.

— Promis.

Courtney était reconnaissante à sa sœur de lui avoir téléphoné. Elle aurait aimé pouvoir lui parler plus souvent. Préoccupée par ses propres malheurs, elle n'avait pas pris le temps de s'inquiéter des sentiments de Julianna. Pourtant, elle savait que celle-ci était très proche de leur père, même si cela faisait trois ans qu'elle avait quitté la maison.

Le mercredi matin, au huitième jour de l'absence de nouvelles, Courtney n'eut pas envie d'aller au lycée. Mais sa grand-mère lui conseilla vivement de faire un effort.

— Tu ne résoudras rien en restant assise près du téléphone, lui dit Véra.

Courtney, qui avait passé deux nuits agitées, espérait rattraper son retard de sommeil, mais elle savait que sa grand-mère avait raison. Même si elle n'avait pas de copains au lycée, elle serait mieux en cours qu'à la maison, où elle passerait son temps à attendre et à se faire du mauvais sang.

C'était Mike, le copain d'Andrew, qui l'accompagnait au lycée. Elle lui donnait dix dollars par semaine pour l'essence et appréciait de ne pas avoir à prendre le bus. Le seul problème, c'était Mike lui-même. A cause d'une timidité maladive, il ne desserrait pratiquement pas les dents pendant le trajet. Au début, Courtney avait essayé de faire la conversation, puis elle avait fini par laisser tomber en voyant que ses efforts n'aboutissaient à rien.

Ce matin-là, toutefois, Mike semblait avoir découvert qu'il avait une langue.

— Tu as eu des nouvelles de ton père ? demanda-t-il lorsqu'elle monta dans sa voiture, une vieille Honda de quinze ans d'âge.

— Pas encore.

— Tu te fais du mouron ?

— A ton avis ?

Elle n'avait pas l'intention d'être sarcastique, mais il fallait reconnaître que c'était une question stupide.

— Je pense que tu t'en fais, conclut-il.

Elle ferma les yeux et, appuyant la tête contre la vitre, pria pour qu'il y ait un mail de son père lorsqu'elle rentrerait du lycée.

— Tu es prête pour le contrôle ? reprit Mike.

Elle se redressa brusquement.

— Comment ça, un contrôle ? En quoi ?

— Poésie.

Elle poussa un petit grognement. Peut-être qu'en prétendant avoir la grippe elle pourrait rentrer chez elle.

Chez elle. Elle avait beau essayer, elle n'arrivait pas à considérer la maison de sa grand-mère comme la sienne.

Mike se gara et tous deux entrèrent en silence. Une fois dans l'établissement, ils se séparèrent. Courtney avait tout au plus cinq minutes pour jeter un œil à ses notes et à son livre de poésie. De quel poète s'agissait-il ? Dickinson ? Whitman ? Qui d'autre avaient-ils étudié ?

Elle était en train de tourner désespérément les pages de son manuel, lorsque Andrew se glissa à ses côtés, ses livres sous le bras.

— Salut ! fit-il.

Surprise, Courtney faillit en laisser tomber son manuel.

— Je ne savais pas qu'on avait un contrôle aujourd'hui, dit-elle en se replongeant dans la lecture de ses notes.

— Un test ? En quoi ?

— En littérature. Poésie américaine du XIXe, je crois.

Il n'avait pas l'air plus au courant qu'elle.

— C'est Mike qui me l'a dit.

— Ça explique tout. Il n'est pas en littérature renforcée, comme nous. M. Hazelton n'a pas dit que nous aurions un test. Je ne crois même pas qu'on étudie la même chose.

Ouf ! Quel soulagement.

— Merci, mon Dieu, fit-elle en levant la tête vers le plafond.

— Qui a dit que les prières à l'école n'existaient plus ? lança Andrew sur le ton de la plaisanterie.

Elle se mit à rire.

— Comment ça va ? lui demanda-t-il ensuite.

Courtney haussa les épaules. Inutile de lui parler de ses soucis.

— Ça va, et toi ?

Voilà que c'était son tour de poser des questions stupides ! Bien sûr qu'Andrew avait le moral : il venait d'être nominé pour recevoir la plus haute distinction du lycée, exactement comme

Shelley l'avait prédit. En tant que chef des majorettes, Mélanie faisait également partie des heureux élus. Le roi et la reine de l'année.

— Ça va, répondit-il, comme si cette distinction n'était qu'une simple formalité. Des nouvelles de ton père ?

— Toujours aucune.

Elle faillit craquer et avouer à Andrew : « Je suis morte d'inquiétude. Je ne sais pas ce que je ferais, s'il lui arrivait quelque chose. »

Son regard se brouilla et elle baissa les yeux pour cacher ses larmes.

Quel choc ce fut pour elle lorsqu'il enroula son bras autour de ses épaules !

— Ne t'en fais pas, tout va s'arranger.

— Non, ce n'est pas vrai ! lança-t-elle en laissant libre cours à ses larmes. J'ai besoin de mon père.

Il était le ciment de la famille. Elle avait déjà perdu sa mère, et elle ne pourrait supporter de le perdre aussi.

— Je sais, je sais, murmura Andrew.

Elle leva un regard humide vers lui, incapable de parler.

— Si j'avais peur pour ma mère, reprit-il, je serais dans le même état que toi. Mais laisse-moi te dire une chose. Peu importe ce qu'il t'arrive, tu finiras toujours par t'en sortir. C'est bien ce que tu as dit à Annie, non ?

Courtney renifla et hocha la tête en signe d'acquiescement. Elle sortit un mouchoir de son sac et se moucha, gênée d'avoir attiré l'attention sur eux. Comme cela ne semblait pas trop embarrasser son compagnon, elle aussi fit comme si de rien n'était.

— Tu lui as donné de bons conseils, dit Andrew. Annie était sur la mauvaise pente quand tu t'es inscrite à cet atelier de tricot avec ma mère. Je suis bien content que tu l'aies fait, parce qu'elle avait besoin d'une amie. Elle a toujours quelques problèmes, mais elle va beaucoup mieux. Grâce à toi.

De stupéfaction, Courtney ne sut que répondre.

— Je ne t'ai pas remerciée comme il se doit, mais j'aimerais t'aider à mon tour. Tu crois que je peux venir chez ta grand-mère après mon entraînement de foot ?

Toujours sous le choc, Courtney ne put que hocher la tête.

La sonnerie retentit.

— Il faut que j'y aille. A plus ! fit-il en la quittant précipitamment.

Courtney s'empressa d'entrer dans sa salle de classe, émerveillée de voir que l'on pouvait passer du désespoir à la joie en si peu de temps.

Le soir, dès que Mike l'eut déposée devant la maison de sa grand-mère, elle se rua dans sa chambre et alluma son ordinateur.

— Des nouvelles ? cria Véra.

La jeune fille sentit sa joie s'envoler : aucun message de son père.

— Non, répondit-elle, l'air profondément abattu.

Le téléphone sonna. En d'autres temps, Courtney se serait précipitée pour répondre, mais, aujourd'hui, elle n'était pas d'humeur à parler — même à Andrew. D'accord, elle avait dit à Annie qu'on finissait toujours par s'en tirer mais, cette fois, elle doutait elle-même d'y arriver. Elle ne supporterait pas de perdre son père. Rien au monde ne pourrait la consoler — ni le chocolat, ni le tricot, ni aucune parole réconfortante.

— Oui, je vais l'appeler… Courtney ? Téléphone !

Véra lui tendit le combiné avec un grand sourire.

— C'est pour toi.

En entendant la voix de son père à l'autre bout du fil, l'adolescente se mit à pleurer de joie. En dépit de la mauvaise qualité de la ligne, son père lui raconta comment il s'était retrouvé coincé dans la jungle sans aucun moyen de communication. Des pluies torrentielles s'étaient déversées alors que lui et son équipe étudiaient le terrain. Il était sain et sauf, mais désolé d'avoir causé tant de soucis à sa famille.

Ses joues étaient encore humides de larmes lorsque Andrew arriva. Elle avait eu Jason au téléphone après que son père eut raccroché, et elle était en train de partager sa joie avec Julianna quand le garçon entra.

— J'ai de la visite, dit-elle à sa sœur d'un air gêné. Il faut que je te laisse.

— Fille ou garçon ? demanda Julianna.

— Un ga…, marmonna-t-elle.

— Andrew ?

— Oui.

Il était clair qu'elle en avait trop dit à sa sœur.

— Allez, va t'occuper de ton invité ! lança Julianna d'un air taquin.

Grand-mère était une charmante hôtesse. Elle avait fait asseoir Andrew sur le canapé et était en train de discuter avec lui comme si elle le connaissait depuis toujours.

Courtney entra timidement dans le salon et Véra l'accueillit avec un sourire.

— J'étais justement en train de dire à Andrew que ton père avait fini par téléphoner.

— J'étais en train de parler à ma sœur, dit la jeune fille en montrant d'un geste le vieux téléphone noir qui se trouvait à côté de l'escalier.

— Est-ce le jeune homme dont tu m'as parlé ? demanda grand-mère en baissant la voix comme si Andrew ne pouvait pas l'entendre. Celui pour qui tu tricotes les chaussettes ?

Courtney aurait aimé pouvoir disparaître d'un claquement de doigts, comme dans *Ma sorcière bien-aimée*, une vieille série télévisée que Véra regardait parfois. Le visage empourpré, elle fusilla sa grand-mère du regard.

— Elle a déjà tricoté une très jolie paire pour son papa, expliqua la vielle dame à l'attention d'Andrew. Elles étaient bleu marine. Celles-ci sont vert et… Oh, mon Dieu ! Tu voulais peut-être lui en faire la surprise ? ajouta la vieille dame, une lueur malicieuse dans les yeux.

Avec une agilité inhabituelle, Véra se leva et trottina jusqu'à la cuisine.

— Tu me tricotes de jolies chaussettes ? demanda Andrew.

— Je viens de finir le talon sur la seconde. Elles seronSt bientôt terminées.

— C'est la chose la plus cool qu'on ait jamais faite pour moi. C'est vraiment gentil de ta part.

Gentil. Il la trouvait gentille. C'était bien la dernière chose qu'elle aurait voulu.

38

Elise Beaumont

L'invitation de Béthanne tombait à pic. Celle-ci lui avait demandé si elle pouvait l'aider à faire ses comptes. Elise était loin d'être une experte, mais elle était prête à faire de son mieux. Cela lui donnerait une excuse pour sortir de la maison.

Ni Aurora ni David ne parlait de Maverick en sa présence. Malheureusement, ses petits-fils, qui ignoraient tout de la mésentente entre leurs grands-parents, ne cessaient d'évoquer son nom dans leurs conversations. Maverick participait à un tournoi de poker dans les *Caribes*, comme ils disaient. Elle lui souhaitait tout le bien du monde, mais ne pouvait faire partie de sa vie. Leur seconde tentative pour reprendre leur vie de couple avait été, comme la première fois, un échec. Non, entre eux, c'était bel et bien terminé.

Le bus la laissa à quelques centaines de mètres de la maison de Béthanne. Elise appréciait beaucoup la jeune femme et trouvait qu'elles avaient beaucoup plus de points communs qu'on aurait pu le croire. En tant que mères divorcées, elles avaient toutes deux dû s'occuper de leurs enfants, de la maison et de tout le reste. Bon, inutile de revenir là-dessus. C'était de l'histoire ancienne, décida-t-elle.

La maison de Béthanne était une jolie demeure située dans un quartier animé. Tout en admirant le jardin, Elise gravit les marches qui menaient au perron et appuya sur le bouton de la sonnette. Elle venait juste de se pencher pour admirer un énorme massif de chrysanthèmes couleur cuivre lorsque Béthanne ouvrit la porte avec un grand sourire. Un plateau de thé, accompagné d'une assiette de brownies, attendait sur la table de la cuisine.

— Merci d'avoir accepté, fit Béthanne en lui tendant un carnet à spirale. Si je t'ai demandé de m'aider, c'est parce que l'idée venait de toi au départ, et puis aussi parce que tu me sembles particulièrement lucide et raisonnable. J'ai refait les comptes une douzaine de fois. Tout finit par s'embrouiller dans ma tête, ajouta-t-elle avec un soupir.

— Je vois ce que tu veux dire.

Béthanne avait reporté dans une colonne toutes ses dépenses mensuelles et dans une autre la pension alimentaire qu'elle recevait de Grant. Sur une autre page, elle avait indiqué les revenus qu'elle comptait recevoir de ses réservations, en y incluant les arrhes déjà reçues et les dépenses engagées pour acheter des fournitures.

Elise étudia tous les chiffres. Levant les yeux, elle vit que Béthanne l'observait.

— Il faudrait que tu demandes davantage pour les anniversaires, déclara-t-elle d'un ton ferme.

Et avant que Béthanne ait pu protester, elle lui demanda :

— Quel est ton taux horaire ?

— Je… je ne sais pas. J'ajoute seulement vingt pour cent au prix de revient de la fête.

Elise hocha la tête en signe de désapprobation.

— C'est insuffisant. N'oublie pas que tu mets ton génie créatif dans chaque projet.

— Génie créatif, répéta Béthanne lentement. Ça me plaît comme expression !

— C'est vrai, dit Elise, qui voulait que le talent de Béthanne soit reconnu à sa juste valeur, tu offres quelque chose d'unique. Aucune fête n'est semblable à la précédente. Chacune est spécialement conçue autour des centres d'intérêt de l'enfant. Mais si tu penses que tu risques de perdre des opportunités en montant tes prix…

— Oui, c'est ce qui me retient. On ne peut pas demander

aux gens un prix exorbitant. Ils doivent déjà faire face à tant de dépenses.

— Dans ce cas, crée des fêtes standard. Dresse la liste de tes préférées parmi celles que tu as déjà créées et propose-les tout de suite quand on t'appelle. Fixe un prix pour chacune, et donne à tes clients potentiels le choix entre une fête standard et du sur-mesure.

Le visage de Béthanne s'illumina.

— Mais bien sûr ! J'aurais dû y penser. Cela me permettra d'acheter les fournitures en gros et de gagner de l'argent et du temps, fit-elle avec un sourire.

— Tu peux aussi t'entendre avec une pâtisserie pour les gâteaux.

Elles se regardèrent un instant avant de s'écrier en chœur :

— Alix !

— Alix, reprit Elise. Ça l'aidera à faire tourner le French Café et ce sera un plus pour elle.

— Formidable ! dit Béthanne en se levant d'un bond pour serrer Elise dans ses bras. Merci, merci, Elise. C'est toi le génie dans cette affaire !

Elise sourit, ravie. Avant de prendre congé de son amie, elle lui rappela qu'elle devait augmenter ses tarifs.

— Commence par vingt dollars l'heure. Et la facture doit inclure le temps consacré aux préparatifs, au trajet et au rangement.

Béthanne promit de suivre ces excellents conseils.

Elise reprit le bus avec la satisfaction d'avoir aidé une amie. Mais cette dernière lui avait également beaucoup enseigné. Son absence de rancœur et d'amertume à l'égard de Grant l'impressionnait. Elle semblait sereine. Quand Elise le lui avait fait remarquer, la jeune femme lui avait répondu qu'elle considérait cette sérénité comme un don qui lui était venu après son divorce.

Pour Elise, le divorce représentait une atroce souffrance. Mais Béthanne semblait avoir trouvé des trésors de sagesse dans les souffrances que la trahison de Grant lui avait infligées.

Quand Elise entra dans la maison, elle la crut vide. Puis elle entendit la télévision. Comme c'était un bel après-midi ensoleillé, elle ne comprenait pas pourquoi toute la famille restait enfermée devant le petit écran.

— Que se passe-t-il ? demanda-t-elle en pénétrant dans le salon.

— Chut ! murmura Luke en lui faisant signe de les rejoindre. Il y a grand-père à la télévision.

— Ah ! maman, dit Aurora en jetant un coup d'œil par-dessus son épaule. Viens t'asseoir près de moi. Papa joue au poker et c'est retransmis.

— Non, merci.

Elise se retourna si vite qu'elle faillit perdre l'équilibre. Il n'y aurait plus aucun moyen d'arrêter Maverick, maintenant qu'il passait à la télévision. Il vivrait sur cette victoire pendant des mois en pensant qu'il était invincible, qu'il ne pourrait plus jamais perdre.

— Maman ? fit Aurora quelques minutes plus tard en frappant à la porte de sa chambre. Je peux entrer ?

— Bien sûr !

Elise avait bien l'intention de dire à sa fille qu'elle n'aurait pas dû laisser les enfants *admirer* leur grand-père, alors que sa *prouesse* relevait plutôt d'une addiction.

— Tu avais l'air bouleversé tout à l'heure.

Elise n'avait pas cherché à dissimuler ses sentiments, mais toute la famille était tellement occupée à regarder Maverick qu'elle fut surprise que l'on ait remarqué sa colère.

— Papa…

— Je pense qu'il vaut mieux que l'on ne discute pas de ton père.

Elle avait déjà dit ça, et elle éprouvait le besoin de le répéter. Quelques heures plus tôt, elle s'était émerveillée de la sérénité de Béthanne à l'égard de Grant. Elle aurait voulu arriver à ce même détachement vis-à-vis de Maverick, mais c'était au-dessus de ses forces.

Aurora s'assit sur le lit d'Elise.

— Je pense au contraire que nous devrions en discuter une dernière fois.

Elise accepta à contrecœur.

— Tu ne veux pas savoir s'il a gagné ou perdu ?

— Pas vraiment, fit-elle en prenant son tricot.

Elle avait besoin d'avoir les mains occupées.

— Il a mis ses chaussettes porte-bonheur.

— La chance n'existe pas, déclara Elise.

Décidément, Aurora ressemblait beaucoup à son père.

— Ce ne sont que des chaussettes tricotées à la main, rien de plus, dit-elle d'un ton plus acerbe qu'elle ne l'aurait souhaité.

— Papa ne voulait pas que tu sois au courant, fit Aurora d'une voix si basse qu'Elise dut tendre l'oreille pour saisir le sens de ses paroles.

Fronçant les sourcils, elle reposa son tricot et leva la tête.

— Au courant de quoi ?

Aurora joignit les mains et regarda fixement le tapis.

— Il est mourant.

— *Quoi* ?

— Il a une forme rare de leucémie. Ne me demande pas de répéter le nom scientifique, car je ne sais pas si j'arriverais à le prononcer. Ces après-midi où il s'absentait ? C'était pour des transfusions de sang. Il lui reste à peu près un an à vivre. Deux, tout au mieux. Mais personne n'est prêt à parier là-dessus.

Aurora eut un sourire triste en se rendant compte de ce qu'elle venait de dire.

— Mourant ? répéta Elise avec l'impression que son cœur s'était arrêté de battre.

— Il est venu à Seattle parce qu'il voulait avoir une chance de nous connaître, les enfants et moi, pendant qu'il en était encore temps, expliqua la jeune femme, les yeux brillants de larmes. Il m'a juré qu'il n'avait pas remis les pieds dans un casino jusqu'à ce fameux jour. Je le crois.

— Mais pourquoi l'a-t-il fait, alors ? Ne me dis surtout pas que c'est pour moi ! Je refuse de le croire.

Aurora ne sut que répondre.

— Mourant, murmura lentement Elise.

Tout lui semblait clair, maintenant. Elle passa en revue les mois qui venaient de s'écouler. Elle aurait dû se douter que quelque chose n'allait pas : jamais de sa vie, Maverick ne s'était contenté de rester assis à ne rien faire. Cependant, il avait passé des heures dans la voiture à l'attendre. Elise ne s'était jamais demandé pourquoi, pas plus qu'elle ne s'était étonnée de son brusque désir de voir leur fille.

— Un an…

Aurora hocha la tête.

— Il t'aime, maman. Il me l'a dit des douzaines de fois, et je suis certaine que c'est vrai.

La gorge serrée, Elise avoua à sa fille :

— Je l'aime, moi aussi.

— Je sais.

Sans y être invité, Luke entra dans la chambre en traînant les pieds. Il se laissa tomber sur les genoux de sa mère et poussa un soupir, comme abattu.

— Que se passe-t-il ? lui demanda Elise.

— Tu ne sais pas ? s'exclama le petit garçon. Grand-père a perdu.

Elise lui tendit les bras et il quitta ceux de sa mère pour venir dans les siens. Serrant son petit-fils contre elle, elle se dit que son ex-mari n'avait pas plus de chance aux cartes qu'il n'en avait dans la vie.

39

Béthanne Hamlin

Un vendredi soir de la mi-septembre, alors qu'Annie et Andrew étaient pris par des activités scolaires, Paul téléphona pour inviter Béthanne au cinéma. Elle accepta bien qu'il ait choisi un film d'action. En général, elle ne les aimait pas : elle devait fermer les yeux dès qu'une scène devenait trop violente. Même si elle savait que le héros réussirait à s'en sortir, elle ne pouvait s'empêcher d'éprouver de l'anxiété.

Pendant le film, elle repensa à Grant. Elle n'avait pas dit à Paul — ni à personne d'autre, d'ailleurs — qu'elle était tombée sur son ex-mari en sortant de la banque. La scène avait quelque chose d'irréel.

Elle eut presque de la peine en se rendant compte qu'il payait cher sa liaison et le divorce. Ses liens avec les enfants étaient rompus. Annie lui téléphonait de temps à autre, mais son attitude était plutôt insolente. Quant à Andrew, il continuait à l'éviter, en dépit des quelques tentatives de Grant pour se réconcilier avec son fils. Béthanne espérait qu'avec le temps Andrew finirait par lui pardonner.

Elle éprouva également de la tristesse en se disant que son mariage était terminé. Grant avait changé, mais elle n'avait pas su reconnaître les signes, pas plus qu'elle n'aurait su dire quand ils étaient apparus. L'homme qu'il était devenu n'était pas celui qu'elle avait épousé, ni le mari qui était resté à ses côtés en salle d'accouchement, ni le père qui avait passé des nuits blanches quand ses enfants étaient malades. Peut-être avait-elle sa part de responsabilité ? Jusqu'à présent, ce n'était pas quelque chose qu'elle était prête à reconnaître. Absorbée par son petit monde, par les enfants, peut-être n'avait-elle pas suffisamment pris garde à son mariage ? Grant et elle avaient fini par devenir des étrangers.

Jetant un coup d'œil à Paul, elle s'aperçut qu'il la regardait au lieu de regarder le film.

— Tout va bien ? chuchota-t-il.

Elle fit signe que oui, mais il était manifeste qu'il ne la croyait pas. Après la séance, ils décidèrent d'aller prendre un café chez Denny's.

Ils s'installèrent dans un box l'un en face de l'autre, et la serveuse qui vint leur apporter leur commande sourit à Paul d'un air admiratif. Cet homme avait effectivement beaucoup de qualités que l'on pouvait admirer. Le sourire de la serveuse ne faisait que renforcer Béthanne dans ses convictions.

— Tu sembles perdue dans tes pensées, dit Paul.

— Eh bien, j'ai beaucoup réfléchi ces derniers temps.

— A quel sujet ? demanda-t-il d'un air faussement absent, en prenant un sucre.

Elle haussa les épaules et éprouva de nouveau ce sentiment de tristesse.

— Tu ne sors avec personne, n'est-ce pas ?

— Tu veux dire en dehors de toi ?

— Oui. Non, je veux dire que nous ne sortons pas ensemble. Nous nous voyons en toute amitié.

— Pourquoi fronces-tu les sourcils ? Je croyais que c'était ce que tu voulais.

— Nous avons un problème, Paul, dit-elle en décidant de se montrer totalement franche. Nous en sommes arrivés à un point où nous comptons beaucoup l'un sur l'autre. Je me sens en sécurité avec toi, et je suis presque sûre que tu ressens la même chose à mon égard.

Il sembla sur le point de protester, mais eut le bon sens d'attendre.

— Si nous ne faisons rien, nous allons devenir tellement dépendants l'un de l'autre sur le plan émotionnel que nous risquons de laisser passer d'autres chances de bonheur.

Et, en vérité, elle craignait que ce ne soit déjà le cas pour Paul.

— Je ne veux pas que cela se produise, ajouta-t-elle.

— Moi non plus, lui assura-t-il.

— Il est temps que nous recommencions à sortir, mais sans mettre des roulettes à notre vélo, dit-elle sur le ton de l'humour.

Elle regrettait de ne pas avoir mieux préparé son discours.

La serveuse leur apporta un autre café et Paul but le sien d'un air pensif.

— Y a-t-il un homme avec qui tu souhaites sortir ?

— Non, il ne s'agit pas de moi.

— De quoi s'agit-il, alors ? Je ne comprends pas, Béthanne ! Bon sang, j'espérais… j'espérais que nous pourrions devenir plus que de simples amis !

Il semblait frustré.

— C'est la différence d'âge qui te bloque, n'est-ce pas ?

— Non. Enfin, si, un peu, mais pas tant que ça. J'ai beaucoup d'affection pour toi, mais je ne crois pas que notre relation soit saine.

— Qu'est-ce qui ne va pas avec notre relation ?

Elle n'avait pas envie de répéter ce qu'elle avait déjà dit.

— Arrêtons de nous voir pendant quelque temps. Tu devrais essayer de sortir avec d'autres femmes, de trouver quelqu'un qui soit tout pour toi.

— Laisse-moi en être juge, répliqua-t-il. Tu es la seule personne qui ait compris ce que je ressentais quand Tiffany m'a laissé. Nous avons beaucoup de choses en commun. Et voilà que tu veux tourner le dos à tout ça !

— Je ne me suis pas bien expliquée.

— Oh, si ! Je te reçois cinq sur cinq. Tu veux qu'on cesse de se voir, mais je ne comprends pas pourquoi — surtout maintenant. J'ai l'impression de revivre ce que j'ai déjà vécu.

— Je ne suis pas Tiffany !

— Alors, pourquoi ai-je ce nœud à l'estomac ? Comme lorsqu'elle m'a dit qu'elle aimait un autre homme ? Je me fais plaquer une nouvelle fois !

— Non, ce n'est pas vrai. Je veux que nous restions amis. Je veux également que tu sortes et que tu rencontres quelqu'un d'autre.

— Pourquoi ? Je suis bien avec toi.

— Moi aussi. Mais je pense que nous devrions momentanément cesser de nous voir.

Elle sourit et lui prit la main.

— Tu es un homme merveilleux, Paul, et j'apprécie tout ce que tu as fait pour moi. Mais il est temps pour nous d'aller voir ailleurs.

— Et tu dis que tu n'es pas en train de me plaquer ? fit-il d'un ton sarcastique.

— Le fait d'être plus indépendants ne nous empêchera pas de nous parler et de nous confier l'un à l'autre. Je veux que nous ayons une relation saine. Je veux que nous soyons de vrais amis, dit-elle en jetant un coup d'œil autour d'elle pour s'assurer que personne ne les écoutait.

Elle se pencha vers lui.

— Je veux que tu sortes avec une fille formidable qui sera follement amoureuse de toi.

— Cette fille, je croyais que c'était toi.

Elle poussa un soupir.

— Tu ne sais pas à quel point ce serait facile de tomber amoureuse de toi. Je le suis déjà à moitié.

Il était visiblement ravi d'entendre ça.

— Qu'est-ce qui te freine ?

— Ma conscience. Je ne suis pas la femme qu'il te faut.

— Laisse-moi en être juge, répéta-t-il avec entêtement.

— Le problème, c'est que ça marche dans les deux sens.

Son visage s'assombrit, puis il dit lentement :

— En d'autres termes, je ne suis pas non plus l'homme qu'il te faut.

Elle opina.

— J'aurais dû réagir plus tôt, mais je n'avais pas le courage de te laisser partir. Je tiens beaucoup à notre amitié.

Elle marqua une pause et prit une profonde inspiration.

— J'espère que tu fonderas une nouvelle famille. Tu feras un père formidable.

Andrew et Annie, qui l'avaient rencontré à plusieurs reprises, le trouvaient génial.

— D'accord, mais j'ai l'intention de continuer à te voir et à te téléphoner.

Bien sûr, se dit-elle. Du moins au début. Mais dès qu'il ouvrirait les yeux sur d'autres relations, ses appels se feraient plus espacés. Si cela se produisait, Béthanne savait que ce serait très difficile pour elle.

— Tu as été fantastique avec moi. Grâce à toi, j'ai retrouvé ma dignité, dit-elle en sentant les larmes lui monter aux yeux. Après le départ de Grant, j'étais persuadée de ne plus jamais plaire à aucun homme.

— A moi, tu m'as plu. *Tu me plais*, dit-il d'une voix douce.

— Merci.

— Tu comptes voir d'autres hommes ? Parce que je n'ai pas l'intention d'être le seul à me lancer dans l'inconnu.

Béthanne esquissa un sourire.

— Avec le temps, je pense que oui. Mais je ne suis pas encore prête.

Elle n'était pas pressée et elle avait d'autres priorités. Il lui fallait d'abord se construire financièrement, s'occuper de cette affaire qu'elle avait montée. C'était son principal objectif en plus de ses enfants. Elle avait appris au moins une chose de cette épreuve : elle n'avait finalement pas besoin d'un homme dans sa vie. Après vingt ans d'existence en tant qu'épouse de Grant, elle avait trouvé sa propre identité.

Elle se voyait désormais comme une femme d'affaires. Deux jours auparavant, elle avait été contactée par l'amie d'une amie qui voulait savoir si elle proposait des services de traiteur. Elle avait répondu qu'elle connaissait une personne excellente dans ce domaine. Cette conversation lui avait donné une idée. Béthanne savait organiser des fêtes et des réceptions. Jusqu'à présent, elle n'avait fait que des anniversaires d'enfants, mais elle voulait agrandir son affaire et travailler en collaboration avec d'autres professionnels. Les possibilités étaient infinies. Elle pouvait même devenir conseillère en réception de mariage…

— Je sortirai avec quelqu'un si tu le fais aussi, déclara Paul après un long silence.

— Je pense que ce serait plus sage pour nous deux.

Tel un jeune garçon à qui l'on aurait donné des devoirs à faire, il posa les coudes sur la table.

— A ton avis, où pourrais-je commencer à draguer ?

Béthanne étouffa un rire.

— Dans ton entreprise ?

— Non, elles sont toutes mariées.

— Les petites annonces ?

— Non, merci.

Ils rirent tous deux, puis Paul retrouva rapidement son sérieux.

— Je ne pense pas pouvoir trouver quelqu'un qui saura me faire rire comme toi.

— Tu n'as même pas commencé à chercher ! lui dit-elle, refusant de se laisser ébranler par le compliment.

— Et toi ? Quand tu auras décidé que tu es prête, où iras-tu chercher des hommes célibataires ? En boîte ?

— Oh, non, je n'ai pas les chaussures qui conviennent pour aller danser ! répliqua-t-elle, satisfaite de le voir de nouveau rire. Je resterai à l'affût et je finirai bien par trouver quelqu'un : grâce à un ami, à mon travail ou tout simplement par hasard.

— Mais tu ne cherches pas en ce moment ?

— Non. Pas encore.

— Peut-être que tu devrais, dit-il avec un sourire contagieux.

Il tourna la tête pour regarder autour de lui.

— Paul, arrête ! C'est ridicule.

— Ah bon ? Que dis-tu du type là-bas, avec la casquette de base-ball ?

— Paul, arrête immédiatement !

Décidant de lui rendre la monnaie de sa pièce, elle attira l'attention de la serveuse. Cette dernière prit la cafetière et la leur apporta. Son badge indiquait qu'elle s'appelait Cindy.

— Salut, Cindy ! Je vous présente Paul : il est célibataire.

Cindy adressa un sourire timide à Paul.

— Vous aimeriez sortir avec un homme tel que lui ?

— Ah, oui !

— Qu'est-ce que je te disais ? fit Béthanne en se tournant vers Paul avec un regard de triomphe.

— Cindy, que faites-vous demain après 17 heures ?

— Je travaille, répondit la jeune femme, une lueur de déception dans les yeux. Mais je termine à 21 heures.

Paul et elle se mirent ensuite à discuter d'un endroit où aller.

Avec un sourire, Béthanne se leva pour partir. Paul se pencha vers elle.

— Je veux un plan de secours. Je ferai comme tu dis, mais si ça ne marche pas, je veux venir te voir pour que tu me consoles.

— Bon, d'accord !

— Bien.

Avec un sourire, il leva sa tasse en guise de salut.

40

J'aime la laine et le fil. La seule chose qui me fasse autant plaisir que le tricot, c'est la lecture.

PRISCILLA A. GIBSON-ROBERTS,
auteur de *Simple Socks, Plain & Fancy*
and *Ethnic Socks & Stockings.*

Lydia Hoffman

Dimanche après-midi, je rendis visite à maman. C'était une si belle journée d'automne que je n'eus guère envie de rester dans mon appartement vide. Le dimanche était la journée de la semaine la plus difficile pour moi. Ce jour-là, en particulier, je me sentais vraiment seule.

Maman semblait aller mieux, et la voir sourire me remonta le moral. Cela avait dû être un véritable déchirement pour elle de quitter la maison qu'elle avait habitée pendant cinquante ans. J'étais bien contente qu'elle ait accepté un tel bouleversement dans sa vie sans protester. Après deux semaines à la clinique, ce placement en maison médicalisée devait lui apparaître comme des vacances prolongées.

Je pense que, en entrant à l'hôpital, maman avait compris que rien ne serait plus jamais comme avant. Je voyais bien qu'elle était soulagée d'être déchargée de nombreuses responsabilités, même si son jardin et ses roses lui manquaient. A moi aussi, d'ailleurs, ils me manquaient.

Nous déjeunâmes ensemble dans la salle à manger de la maison de retraite, et elle me présenta ses nouvelles amies. Je n'eus pas le courage de lui dire que j'avais rencontré Ida et Francine la semaine précédente et encore la semaine d'avant. Chose curieuse, Ida et Francine ne semblaient pas se souvenir de moi, elles non plus.

Margaret m'avait invitée à dîner le dimanche soir, mais j'avais décliné l'invitation. Nous nous voyions presque tous les jours, et franchement, même si j'aimais ma sœur, j'avais besoin d'un peu d'espace pour moi. Elle aussi, je pense. J'avais prétexté une autre occupation, et elle a accepté cette excuse sans poser de question.

Des changements plus ou moins subtils s'étaient opérés entre ma sœur et moi. Elle passait plus de temps à tricoter et moi à faire du crochet. Comme si nous avions envie de nous mettre un peu dans la peau de l'autre.

Après la visite à maman, je décidai d'aller jusqu'à Green Lake. La balade d'un kilomètre et demi que nous faisions, Brad, Cody et Chase, me manquait. Jusqu'à présent, j'avais évité d'y retourner. Je résolus, dans le cas où je rencontrerais Brad et Janice, de les saluer et de passer mon chemin. L'exercice physique était bon pour moi. Pourquoi m'en priver ? Par crainte de faire une rencontre indésirable ? Il était temps d'affronter les choses désagréables. Pour Brad aussi.

C'était une belle journée. Les feuilles avaient commencé à se parer des couleurs de l'automne, et une douce brise soufflait depuis le lac. Après m'être garée, je chaussai mes baskets, cachai mon sac dans le coffre et, mes clés à la main, m'engageai sur le sentier.

J'avais à peine parcouru une centaine de mètres qu'un golden retriever passa devant moi comme une flèche. Malheureusement, je n'eus pas la présence d'esprit de me saisir de la laisse qui traînait derrière lui. Je supposai que son propriétaire était à sa recherche. L'espace d'une seconde, je pensai à Chase, mais ça ne pouvait être lui. Le chien de Cody n'était pas aussi grand.

Quelques secondes plus tard, cependant, je reconnus la voix du petit garçon.

— Chase ! Chase ! Reviens !

Me retournant, j'aperçus Cody, qui arrivait en courant vers moi. Il s'arrêta net en me voyant, regarda derrière lui, puis devant et de nouveau derrière.

— Lydia ! s'écria-t-il en se précipitant vers moi.

Je le pris dans mes bras et le serrai très fort.

— Il faut que je rattrape Chase, me dit-il avec un regard implorant.

— Vas-y.

— Ne t'en va pas ! me supplia-t-il en s'élançant derrière le chien.

— D'accord, promis-je.

Mais je n'étais plus très sûre de supporter une rencontre avec Brad et Janice.

Nul doute qu'elle exulterait, si nous nous retrouvions nez à nez. Il ne m'avait pas fallu longtemps pour comprendre à quel point elle était narcissique et que le rôle de mère ne l'intéressait pas. Elle serait certainement ravie de me montrer qu'elle pouvait récupérer son mari et son fils dès qu'elle le voulait. Ce qui n'était pas faux. Il lui avait suffi de claquer des doigts.

Je me détestais d'être aussi négative. Je fus tentée de regagner ma voiture et de partir, mais je me retins. J'avais donné ma parole à Cody.

J'entendis soudain Brad, qui appelait son fils. Il ne semblait pas enchanté de courir derrière le gamin.

Jetant un coup d'œil par-dessus mon épaule, je fus surprise et soulagée de voir qu'il était seul. Aucun signe de Janice. Il passa devant moi en courant, si préoccupé qu'il ne me vit pas. Puis, comme Cody, il s'arrêta net et sembla se demander s'il devait continuer ou non. Lui, cependant, ne s'avança pas vers moi les bras ouverts, prêt à m'embrasser.

— Lydia ! fit-il d'une voix haletante comme s'il courait depuis longtemps.

— Je suppose que tu cherches Cody et Chase.

Une conversation polie, c'était tout ce dont j'étais capable.

— Que fais-tu…

— Juste une balade.

Il semblait interloqué.

— Cody et Chase ne sont pas très loin, dis-je en indiquant le chemin pris par le petit garçon et son chien.

Mais, au lieu de poursuivre son chemin, Brad s'avança vers moi en me regardant d'un air qui me mit mal à l'aise. Je détournai les yeux, espérant presque voir surgir Janice pour mettre un terme à cette situation embarrassante.

— Chase s'est enfui, dit-il, comme si je ne m'en étais pas doutée.

— Il a grandi, murmurai-je.

— Chase ou Cody ?

— Les deux.

J'avais allongé ma foulée, et Brad adapta son pas au mien.

— Oui, Cody a pris presque trois centimètres cet été. Plus aucun jean ne lui va. Je lui ai racheté des vêtements pour la rentrée et…

Il ne continua pas sa phrase : Chase venait dans notre direction, tenu en laisse par un Cody bien déterminé cette fois à ne pas lâcher prise.

— Lydia ! s'écria le petit garçon d'une voix excitée, j'avais peur que tu t'en ailles.

— J'avais promis de t'attendre.

— J'aimerais que personne ne s'en aille plus, fit-il en courant vers moi et en mettant ses petits bras autour de ma taille.

Brad prit la laisse de Chase, qui resta sagement assis en laissant pendre sa langue.

— Où est ta maman ? demandai-je à Cody.

Le gamin haussa les épaules.

— Tu connais maman !

Non, justement.

— Elle est repartie, expliqua Brad.

— Quand ?

Il ne m'avait rien dit, et j'en éprouvai de la peine. S'il avait eu quelque sentiment pour moi, la moindre des choses aurait été de venir me l'annoncer.

— C'est très récent. J'avais l'intention de t'en parler.

— Mais tu ne l'as pas fait, dis-je d'une voix que je m'efforçai de garder froide et calme.

— Papa ne se sentait pas bien, expliqua Cody. Et moi non plus.

A cause du départ de Janice ? eus-je envie de demander.

— Je suppose que tu veux savoir ce qui s'est passé, fit Brad d'un ton de défi.

— Non, tu n'as pas à…

— Il faut qu'on parle…

— Peut-être plus tard, dis-je, prise d'un vertige. J'ai besoin de temps pour réfléchir.

— On peut se promener avec toi, proposa Cody, ravi de me retrouver. Tu as continué à venir ici toutes les semaines ? Pas nous. Maman pense que le vent et le soleil ne sont pas bons pour sa peau, et elle ne voulait pas qu'on vienne sans elle.

— Non, je ne suis pas venue, moi non plus.

Ce n'était pas la première fois que Cody faisait allusion à sa mère.

— Peut-être devrais-tu me dire ce qui s'est passé, fis-je à l'adresse de Brad.

— Cody, emmène Chase, ordonna-t-il en tendant la laisse à son fils. Entraîne-le à venir au pied, d'accord ?

Cody ne cacha pas sa déception.

— Je veux parler à Lydia, moi aussi, papa. Elle m'a manqué.

— Tout à l'heure. Promis.

Cody me regarda et je hochai la tête en signe d'approbation. M'adressant un grand sourire, il s'éloigna d'un pas tranquille.

— Chase, au pied !

Brad et moi les regardâmes partir, et je souris devant les efforts que le petit garçon faisait pour dresser son chien.

— Ça n'a pas marché, dit Brad. Janice est partie.

Il ne s'embarrassait pas de détails.

— Tu peux m'expliquer ?

Il fourra les mains dans les poches de son pantalon.

— Tu avais raison. Ce n'était pas moi qu'elle voulait, pas plus qu'elle ne s'intéressait à Cody. Elle voulait simplement nous empêcher d'être ensemble, toi et moi.

Je hochai la tête.

— Cody lui avait dit qu'il voulait que tu sois sa mère, et Janice a pété les plombs. Elle a décidé qu'elle ne pouvait pas laisser faire ça.

— Je vois.

— Il y a longtemps que j'ai cessé d'aimer Janice.

Je préférai ne pas faire de commentaire.

— Il fallait que j'essaie de me réconcilier avec elle. Pour Cody. Un enfant a besoin de son père et de sa mère.

— J'aime Cody, moi aussi ! m'écriai-je. Je comprends parfaitement pourquoi tu as fait ça, mais tu n'as absolument pas pris en compte mes sentiments.

— Tu peux être en colère contre moi si tu veux, dit Brad en accélérant le pas. La vérité, c'est que j'en ai assez des femmes et de leurs exigences… Tu cherches à te venger, c'est ça ?

— Pardon ?

— Tu m'as parfaitement entendu, dit-il. Tu veux que je revienne vers toi en me traînant à tes pieds ?

Je refoulai ma colère.

— Je remarque qu'il ne t'a pas fallu longtemps pour me trouver un remplaçant, conclut-il.

— Que voulais-tu que je fasse ? Que je reste assise chez moi à pleurer ?

Il hésita.

— Non.

— C'est toi qui m'as plaquée, lui fis-je remarquer.

Qu'il l'admette ou non, Brad m'avait fait énormément de mal.

Il secoua la tête.

— C'est fini, Lydia. Fini avec Janice, avec toi et avec toutes les autres femmes de la planète. Je ne vous comprends pas, et je doute d'y parvenir un jour. Je préfère passer le reste de ma vie seul plutôt qu'avec une femme irrationnelle.

— Je ne suis pas irrationnelle !

— Que tu dis ! En tout cas, je ne me traînerai pas à tes pieds.

— Eh bien, sache que je ne te cours pas après non plus.

Je voulais que ce soit clair.

Il eut un sourire sarcastique.

— Je sais et, franchement, ça me convient très bien.

41

Courtney Pulanski

Véra disait que Courtney ne pourrait bientôt plus utiliser sa bicyclette. Encore deux ou trois semaines, tout au plus. Les pluies d'automne ne tarderaient pas à arriver, et il ne serait pas prudent de circuler sur les routes glissantes, d'autant plus qu'il commencerait à faire nuit dès le milieu de l'après-midi.

Cette perspective n'enchantait guère la jeune fille. Non seulement le vélo faisait partie de son programme de remise en forme, mais il lui permettait également de se défouler tout en lui évitant de grignoter. Elle avait réussi à stabiliser son poids, ce qui n'était pas une mince affaire. Elle était de plus en plus raisonnable dans le choix de ses aliments, mais son regard s'attardait souvent sur le distributeur de friandises. Des cochonneries qui étaient un pur poison pour elle.

La situation avait évolué depuis la rentrée. Elle s'était fait des copains, dont Mike, son chauffeur. C'était le titre dont il s'affublait, et non sans panache. Il était timide, mais elle avait découvert qu'il avait un sens de l'humour tout en finesse qu'il utilisait au moment où l'on s'y attendait le moins. Il avait l'art de sortir de temps à autre une blague à vous faire rouler par terre de rire. Courtney avait espéré qu'il lui demanderait d'être sa cavalière au bal du lycée, mais elle n'avait pas tardé à comprendre qu'il n'y avait aucun risque : il s'intéressait à quelqu'un d'autre.

Elle commençait seulement à connaître ses camarades de classe. La plupart du temps, elle traînait avec Monica et Jocelyn, qui faisaient partie du même cours de trigonométrie qu'elle. Jocelyn et Mike s'aimaient bien. Courtney jouait donc le rôle d'entremetteuse.

Annie restait toutefois sa meilleure amie. Elles se téléphonaient régulièrement et se voyaient en dehors du bahut, mais elles n'avaient aucun cours en commun. Courtney aimait bien aussi Andrew. Elle l'aimait même beaucoup.

A califourchon sur sa bicyclette, elle prit un virage serré et s'engagea dans la rue de sa grand-mère, où elle s'arrêta à un stop. Elle descendit alors de son vélo et le rentra au garage. La lanière de son casque passée sur son bras, elle se dirigea vers la porte de la cuisine.

— C'est toi, Courtney ? appela sa grand-mère depuis le salon.

— Oui, répondit-elle en s'arrêtant pour boire un verre d'eau au robinet.

— Tu as de la visite, ma chérie.

Reposant son verre, Courtney se demanda qui cela pouvait bien être. Elle ne se rappelait pas avoir vu de voiture garée à l'extérieur.

En apercevant Andrew assis sur le canapé, elle faillit lâcher son casque.

— Salut ! dit-elle d'une voix à peine audible.

— Salut ! répondit-il en lui retournant son sourire.

— Regarde, ma chérie : il porte les chaussettes que tu lui as tricotées, fit remarquer sa grand-mère d'un air ravi. Bien, jeunes gens, je vais vous laisser discuter entre vous.

— Merci, madame Pulanski.

Véra hésita avant de quitter la pièce.

— J'ai des cookies à la farine d'avoine dans le congélateur. Je peux en décongeler, si vous en voulez, Andrew.

Il échangea un regard avec Courtney.

— Non, merci, madame Pulanski. Peut-être une autre fois.

— Tu n'as besoin de rien, n'est-ce pas ? demanda ensuite la vieille dame en se tournant vers sa petite-fille.

— Non, merci.

Avec un signe de tête, Véra quitta la pièce.

— Qu'est-ce que tu fais ici, Andrew ?

Inutile d'y aller par quatre chemins. Elle était en nage. Il aurait dû la prévenir de sa visite, elle ne serait pas allée faire du vélo.

— Je suis venu te parler.

— Ça fait longtemps que tu es là ?

Il consulta sa montre.

— Dix minutes. C'était sympa de discuter avec ta grand-mère. Tu étais très mignonne, comme bébé.

Courtney fit les gros yeux.

— Ne me dis pas qu'elle t'a montré des photos de moi ?

— Celles où tu étais nue.

— Non !

Courtney ne lui pardonnerait jamais ça.

Andrew eut un petit rire.

— C'est une blague.

— Ce n'est pas drôle.

Elle s'assit sur le canapé en maintenant une distance suffisante avec Andrew. Pourvu qu'elle n'ait pas trop transpiré ! se dit-elle.

Le jeune homme poussa un profond soupir avant de lui jeter un regard.

— Tu es au courant ?

Elle pensa aux derniers ragots qui circulaient au lycée. Malheureusement, elle n'était pas souvent au fait de l'actualité. Quand on lui rapportait des potins, cela concernait souvent des élèves qu'elle ne connaissait pas.

— Au courant de quoi ?

— Mélanie et moi, on ne sort plus ensemble. Disons que c'est fini entre nous.

Andrew semblait attendre une réaction de sa part. Courtney hésita, ne sachant trop comment réagir.

— Je suis désolée, dit-elle platement.

— C'est vrai ?

Pas vraiment, mais…

— Ce n'est jamais facile de rompre.

— Mélanie et moi, on n'a pas grand-chose en commun.

— Ça va poser un problème pour la soirée du lycée ?

Andrew haussa les épaules.

— Absolument pas. Si je suis élu roi de l'année, j'aurai ma cavalière, et si Mélanie est élue reine de son côté, elle aura également son cavalier. Il n'y a pas de quoi faire toute une histoire.

Courtney ne connaissait pas encore les usages en cours.

— Tu viendras à la soirée ?

Elle fit non de la tête.

Il eut l'air surpris.

— Je pensais que Mike t'avait invitée.

— Je crois qu'il essaie de rassembler son courage, répondit-elle.

Elle s'en voulut de ce mensonge, mais elle ne voulait surtout pas qu'Andrew pense qu'elle n'avait personne et qu'elle attendait qu'il l'invite.

— Il ne reste plus beaucoup de temps, hein ?

La soirée avait lieu dans une semaine exactement, et presque tous les couples étaient formés. Courtney était persuadée que Mike inviterait Jocelyn. Monica en était convaincue également et avait proposé à Courtney d'assister à la soirée, même si elles n'avaient personne pour les accompagner. Beaucoup de filles et de garçons faisaient cela.

— Pourquoi tu me poses cette question ? demanda-t-elle avec curiosité. En fait, pourquoi es-tu ici ?

— On ne peut plus venir en toute amitié, maintenant ?

Soudain, Courtney sentit son estomac se nouer.

— C'est ta mère qui est derrière tout ça, n'est-ce pas ? fit-elle en se levant et en se mettant à faire les cent pas.

Pas étonnant qu'il se montre aussi évasif ! Il s'était passé exactement la même chose quand il lui avait trouvé Mike pour la conduire au lycée. Une idée de Béthanne. C'était encore Béthanne qui avait forcé la main à son fils pour qu'il l'emmène au match des Mariners, la première fois.

— Non, ma mère n'a rien à voir avec ça.

— Bien. Puisque tu le dis !

— Ne t'énerve pas.

Se levant, il se passa les doigts dans les cheveux.

— Ecoute, il y a peut-être une meilleure façon de t'inviter à la soirée…

Courtney releva brusquement la tête.

— Tu me demandes d'être ta cavalière ?

Jamais elle n'aurait osé songer à cette éventualité, même en rêve. Etait-il sérieux ? Il n'était pas en train de la mener en bateau, n'est-ce pas ? Ce serait trop cruel.

Il opina.

— Mais il risque d'y avoir un problème avec Mélanie.

— Comment ça ?

Il haussa les épaules avec un soupir.

— Elle est du genre jaloux.

— Donc vous n'étiez pas d'accord pour rompre ?

Il hocha la tête tristement.

— Non, pas vraiment. Elle le prend mal. J'ai pensé que je devais te le dire.

Courtney fronça les sourcils.

— Pourquoi tu ne m'en as pas parlé avant ?

Andrew sourit d'un air contrit.

— J'avais peur que tu refuses de m'accompagner.

Il la regarda, plein d'espoir.

Ce n'était pas une blague. Il était vraiment sérieux ! Andrew voulait l'inviter à la soirée du lycée.

— Oh, Andrew ! chuchota-t-elle en tâchant de maîtriser le tremblement de sa voix. Ce serait un honneur pour moi.

Mon Dieu, elle n'avait rien à se mettre ! songea-t-elle. Elle aurait eu plus que jamais besoin de sa sœur.

Le visage d'Andrew s'illumina.

— Annie m'avait bien dit que tu accepterais.

— C'est une idée à elle ?

— Absolument pas, mais elle m'a donné des conseils.

Souriant, il leva un pied.

— Elle m'a dit que ces chaussettes me porteraient chance. Ça a marché ?

Courtney se mit à rire.

— Tu pourras lui dire que oui.

42

Béthanne Hamlin

Béthanne était en pleins préparatifs de fête d'anniversaire. Il s'agissait d'un petit garçon de huit ans, Todd, véritable fan des vieux westerns où cow-boys et Indiens passent leur temps à se tirer dessus. Le thème choisi par Béthanne tournait donc autour du *ranger* solitaire. Les invitations avaient été lancées et tout le monde devait venir déguisé en cow-boy. Béthanne avait prévu d'apporter sa guitare et elle avait demandé qu'on lui livre quelques bottes de paille. Les parents de Todd disposaient d'un vaste jardin et ils étaient d'accord pour qu'elle y fasse un feu de camp. Après les jeux, les enfants prendraient place autour du feu et elle les ferait chanter avec elle. Pour se mettre dans l'ambiance, elle nouerait autour de son cou un foulard rouge et porterait des bottes de cow-boy. Elle avait même acheté une petite étoile de shérif pour accrocher à sa chemise à carreaux.

Chantonnant un air de Reba McEntire, elle donna un tour de cuiller au ragoût de porc et de haricots qui mijotait sur le fourneau.

Tout était prêt, à l'exception des jeux. Elle voulait rester sur le thème des cow-boys et avait prévu d'en discuter avec Andrew à son retour du lycée.

Elise avait eu une excellente idée en lui suggérant de dresser une liste de thèmes. Ainsi, elle ne serait pas obligée de tout créer chaque fois. En parlant de créer, qui aurait imaginé que sa créativité, justement, la mènerait jusqu'ici ? Le seul inconvénient, c'était son manque de liquidité pour démarrer. Elle avait beaucoup de mal à équilibrer ses dépenses professionnelles et domestiques, mais elle avait désormais compris l'importance de bien surveiller son budget. L'argent ne coulait pas à flots. Heureusement, elle avait le soutien de ses deux enfants. Ils savaient que tout le monde devait y mettre du sien, s'ils voulaient que l'affaire tienne la route.

Le téléphone sonna. Tout en continuant à mélanger le ragoût d'une main, elle saisit le combiné de l'autre et le coinça entre son épaule et son oreille. Même si le porc et les haricots étaient les produits les moins coûteux de sa liste, elle ne voulait pas courir le risque de les laisser brûler.

— Béthanne téléphone !

Dès qu'elle pourrait se le permettre, elle demanderait une autre ligne téléphonique.

— Madame Hamlin, Gary Schroeder de Puget Sound Security.

— Oui ?

— Nous nous sommes rencontrés il y a quelques semaines au sujet d'une demande de prêt bancaire. J'espère que je ne vous dérange pas.

Béthanne essaya de se souvenir de lui, mais elle avait rencontré tant de banquiers et essuyé tant de refus... La minuterie du four se mit à sonner, indiquant que la cuisson du gâteau d'anniversaire était terminée.

— Non, vous ne me dérangez pas, répondit-elle.

— Peut-être serait-il préférable que vous passiez à l'agence.

— Ah ?

La jeune femme n'avait pas envie de se déplacer inutilement.

— Je vais essayer de m'arranger. De quoi s'agit-il ? demanda-t-elle en ouvrant la porte du four pour vérifier la cuisson du gâteau à l'aide d'un cure-dent.

— Il y a un chèque qui vous attend, madame Hamlin, dit l'employé d'un ton chaleureux.

— Un chèque ? La banque est revenue sur sa décision ?

— Nous en rediscuterons quand vous viendrez.

— Je serai là dans une demi-heure, dit-elle, le cœur battant à tout rompre.

C'était incroyable ! Elle n'avait aucune idée de ce qui avait pu convaincre la banque de lui accorder finalement ce prêt. Quelle qu'en soit la cause en tout cas, elle était prête à se jeter au cou de cet heureux messager dont elle ne gardait aucun souvenir.

Elle se gara sur le parking réservé à la clientèle, puis s'avança vers le bureau de Gary Schroeder, la main tendue.

— Je suis Béthanne Hamlin…

Puis elle s'aperçut soudain qu'elle avait encore son tablier sur elle.

— Oh ! Comme vous pouvez le constater, je suis venue en toute hâte !

— Asseyez-vous, fit-il en lui indiquant un siège.

Béthanne prit place sur le bord de la chaise.

— Merci d'avoir fait aussi vite.

— C'est normal. Je ne suis pas certaine d'avoir très bien compris, dit-elle avec franchise. La banque est finalement revenue sur sa décision ?

Il pinça les lèvres.

— En fait, non.

— Non ? Dans ce cas, pourquoi m'avoir fait venir jusqu'ici ? Je suis très occupée, monsieur Schroeder. Je dois faire tourner mon entreprise et…

La déception était si grande qu'elle ne put terminer sa phrase. Non seulement elle avait perdu du temps, mais elle n'avait presque plus d'essence. Ce n'était pas juste de lui donner de faux espoirs ! Elle se leva pour partir, mais M. Schroeder l'arrêta d'un geste.

— Vous n'avez pas de compte chez nous et…

— Et je ne suis pas près d'en ouvrir un, vous pouvez me croire ! l'interrompit-elle. Surtout si vous cherchez à attirer des clients par ce biais !

— Madame Hamlin, pardonnez-moi si je vous ai contrariée, mais la situation est un peu… inhabituelle. Je vous en prie, asseyez-vous.

Béthanne s'exécuta en essayant de chasser le nœud qui s'était formé dans sa gorge.

— Tôt ce matin, j'ai reçu le coup de fil d'un monsieur qui m'a demandé si vous nous aviez adressé une demande de prêt. Je peux vous assurer que ce n'est pas dans nos habitudes de communiquer ce genre de renseignement.

— Je l'espère bien.

— Ce monsieur, qui ne souhaite pas donner son nom, a versé cinq mille dollars pour vous.

— Pardon ? Je crains de ne pas vous suivre…

— Je comprends très bien : j'étais moi-même perdu, au début.

— Qu'est-ce que cela signifie, alors ?

— Que cette personne, qui préfère garder l'anonymat, veut vous faire don de cet argent.

— Me faire don ? répéta-t-elle.

— C'est exact.

Béthanne se pencha vers lui.

— Si j'ai bien compris, quelqu'un que je ne connais pas veut me donner cinq mille dollars. Qu'est-ce que ça cache ?

— Rien.

Elle ne savait pas s'il fallait y croire.

— Vous êtes sûr ?

Il hocha la tête d'un geste affirmatif.

— Oui. La seule condition, c'est qu'il faudra faire la même chose si quelqu'un d'autre se trouve un jour dans le besoin.

— Je vois. Enfin, à peu près.

— En d'autres termes, dit-il en ouvrant un dossier, j'ai là un chèque de la banque d'un montant de cinq mille dollars à votre nom.

Elle le regarda, bouche bée. C'était donc vrai ! Elle ne voyait pas qui pouvait faire une chose pareille. Puis il lui vint à l'esprit qu'il n'y avait qu'une seule personne susceptible de l'aider ainsi. Elle n'en était pas sûre, mais elle se dit qu'elle devait poser la question.

— J'ai un ami… Cet argent, vient-il d'un homme qui s'appelle Paul Osmond ?

M. Schroeder fit non de la tête.

— Comme je vous l'ai dit, votre bienfaiteur souhaite garder l'anonymat.

— Ce n'est pas Paul ?

— Non, répondit Schroeder avec un sourire empreint de gentillesse.

Béthanne réfléchit encore. Il lui semblait improbable que ce soit Grant. Elle savait qu'il regrettait d'avoir divorcé, mais s'il avait voulu lui faire don de cet argent, il ne l'aurait pas fait anonymement.

— Grant Hamlin ?

L'employé de la banque hocha de nouveau la tête.

— Je ne peux rien vous dire de plus. Sachez en tout cas que l'homme qui nous a contactés n'a aucun lien de parenté avec vous. Je vous suggère de ne pas chercher plus loin pour le moment. Investissez ces fonds à bon escient et montrez à ce monsieur qu'il avait raison d'avoir foi en vous.

Serrant le chèque entre ses doigts, Béthanne acquiesça et se leva lentement pour partir.

— Je n'y manquerai pas, dit-elle. Je vous assure que je n'y manquerai pas.

Elle allait accepter ce présent et suivre les conseils de Schroeder. Et, surtout, elle respecterait scrupuleusement la clause de son bienfaiteur : elle ferait preuve de générosité quand l'occasion se présenterait.

43

Courtney Pulanski

— Grand-mère, je ne comprends pas, dit Courtney, les yeux fixés sur l'enveloppe qu'elle venait de recevoir et qui ne portait aucune mention de l'expéditeur.

Tout en se délestant de son sac à dos, la jeune fille tendit la lettre à sa grand-mère.

— C'est un chèque de banque, murmura la vieille dame, apparemment aussi abasourdie que sa petite-fille.

— Ce n'est pas toi ? demanda Courtney.

— Moi ? s'exclama Véra. Si j'avais cette somme, mon enfant, ce n'est pas une robe que j'achèterais avec ! Repasse-moi la carte.

Courtney sortit la petite note dactylographiée qui accompagnait le chèque. Elle relut :

« Achète-toi une robe aussi belle que tu l'es et profite de ce bal. Ton Parrain-fée. »

Véra secoua la tête avec désespoir.

— Il doit s'agir d'une personne qui te connaît... Peut-être ton père ?

— Non, la lettre a été envoyée d'ici. Le cachet de la poste indique la date d'hier. Et pourquoi papa ferait-il une chose pareille de façon anonyme ?

Véra se contenta de hausser les épaules.

— Il faut que je raconte ça à Andrew, fit Courtney en s'asseyant sur la marche inférieure de l'escalier et en prenant le combiné.

Elle était si excitée qu'elle eut du mal à composer le numéro sur le cadran rotatif du téléphone de sa grand-mère. Ce fut Annie qui répondit.

— Annie ! s'écria-t-elle, tu ne vas jamais croire ce qui est arrivé !

— Quoi ?

— Quelqu'un m'a envoyé de l'argent pour le bal. Une grosse somme. Enorme.

— Combien ?

— Cinq cents dollars.

Annie émit un petit sifflement.

— C'est une blague ?

— Non. Andrew est à la maison ?

Depuis qu'il l'avait invitée à la soirée du lycée, ils s'appelaient plusieurs fois par jour. Pas plus tard que la veille, ils avaient passé deux heures au téléphone.

La nouvelle selon laquelle Andrew Hamlin lui avait demandé d'être sa cavalière avait fait le tour du lycée. Courtney était désormais l'objet de tous les regards. Ceux qui l'ignoraient hier encore s'étaient mis à lui parler. Mais la jeune fille n'était pas dupe. Elle sentait que cet intérêt n'était qu'artificiel et opportuniste. Tout en restant polie, elle savait que jamais elle ne pourrait être amie avec ces gens-là.

— Ah, non, désolée ! répondit Annie, qui semblait aussi déçue que Courtney. Il n'est pas encore revenu de son entraînement de foot mais, dès qu'il rentre, je lui dis de t'appeler.

Courtney aurait dû se douter qu'Andrew serait encore au lycée à cette heure-là.

— Je suis tellement excitée ! dit-elle en repensant à la robe qu'elle allait pouvoir s'acheter.

— C'est cool que tu sortes avec mon frère.

— Nous ne sortons pas ensemble ! Et ça n'arrivera peut-être jamais.

— Oh, si ! Andrew me dit des choses, tu sais ?

Courtney se retint pour ne pas questionner Annie. Cela n'aurait pas été convenable, même si elle mourait d'envie de savoir ce qu'Andrew avait bien pu lui dire. Elle y verrait peut-être un peu plus clair après cette soirée.

Annie y serait également, accompagnée d'un très bon copain de foot de son frère. Finalement, les choses se présentaient plutôt bien. Monica avait été invitée par un ami de Mike, et les quatre couples avaient l'intention de sortir après le bal.

— Comme le dirait ta grand-mère, reprit Annie, Andrew est fou amoureux.

Fou amoureux... Quelle adorable expression.

— Oh, Annie, je le trouve si... formidable !

Aucun adjectif n'aurait pu décrire ce qu'elle ressentait exactement pour Andrew Hamlin. Pour un peu, elle se serait réjouie d'avoir quitté Chicago.

— Qui t'a envoyé cet argent ? demanda Annie.

— Je n'en sais pas plus que toi.

— Ton père ? Ou peut-être ton frère ?

Courtney secoua machinalement la tête.

— Non, ni l'un ni l'autre.

— Alors qui ?

— Je n'en sais rien mais, en tout cas, c'est le plus beau présent que j'aie jamais reçu.

La sonnette de la porte retentit.

— Ça sonne, fit-elle. Grand-mère est dans la cuisine. Je ferais bien d'aller voir.

— D'accord. Je dirai à Andrew que tu as appelé.

— Merci.

Elle avait hâte de lui parler.

Elle s'empressa d'aller ouvrir et poussa une exclamation de surprise en découvrant sa sœur Julianna devant elle, une valise à la main.

— Julianna !

— Tu ne me laisses pas entrer ? Courtney, mon Dieu ! Mais regarde-toi ! Tu es magnifique ! Qui aurait cru que le fait de perdre ces kilos te changerait autant ?

Les yeux pleins de larmes, Courtney ouvrit la moustiquaire.

— Qu'est-ce que tu fais ici ? demanda-t-elle à Julianna en la serrant dans ses bras.

Riant et pleurant à la fois, les deux sœurs s'étreignirent. Le bruit de leurs voix finit par attirer Véra. Et, bientôt, ses exclamations de joie se mêlèrent aux leurs.

— Mon Dieu ! Mon Dieu ! Quelle bonne surprise ! fit la vieille dame. Mais comment es-tu venue ?

— En avion. Une chose incroyable est arrivée. J'ai reçu une lettre en Chronopost me disant que ma petite sœur avait été invitée pour le bal annuel de son établissement par la star de foot du lycée. Je le savais, bien sûr. Mais la lettre semblait dire que ma petite sœur risquait d'avoir besoin d'aide pour cette occasion extraordinaire.

Grand-mère leva les deux mains.

— Je vous assure que je n'y suis pour rien.

— L'enveloppe contenait un billet d'avion, expliqua Julianna. Il y avait également une longue liste d'instructions. La première était qu'un taxi m'attendrait pour me conduire à O'Hare. De là, une autre voiture m'emmènerait jusque Sea-Tac, puis jusque chez grand-mère. Mais, surtout, je ne devais rien vous dire.

— Eh bien, ça alors ! chuchota Courtney, les joues encore humides.

— Il y avait aussi un chèque de banque pour couvrir mes dépenses. Jamais je n'aurai besoin de tout cet argent. Mais j'y pense : nous devrions prendre rendez-vous pour toi chez le coiffeur et la manucure dès que possible.

— Le coiffeur et la manucure ? répéta Courtney, si bouleversée qu'elle avait du mal à parler.

Grand-mère semblait abasourdie.

— J'aurais dû y penser, mais même si l'idée m'en était venue, jamais je n'aurais eu de quoi lui payer tout ça.

— Le carrosse de Madame est avancé, annonça Julianna. Mais le cocher est en livrée. Je veux dire qu'il porte un uniforme. Vous n'avez pas l'impression que c'est comme dans *Cendrillon* ?

— Pourquoi la voiture attend-elle ? demanda Courtney, qui

avait, en effet, l'impression d'avoir été parachutée au milieu de son conte préféré.

Dans la partie la plus intéressante. Quand marraine la fée apparaît avec sa baguette magique. Ou plutôt parrain la fée avec un chèque à la place de la baguette.

— Le chauffeur va nous conduire au restaurant Morton, dans Fourth Avenue. Après le repas, il nous déposera, Courtney et moi, au centre commercial, avant de te ramener à la maison, grand-mère. Nous sommes censées ensuite convenir d'un endroit pour qu'Andrew vienne nous rejoindre quand nous aurons fini.

— Je n'arrive pas à y croire ! s'écria Courtney en laissant libre cours à son excitation.

— Eh bien, dis donc, tu as un parrain-fée ! dit Julianna sur le ton de la plaisanterie.

— Laissez-moi juste prendre un pull, dit Véra. De toute façon, je n'avais pas envie de faire la cuisine, ce soir.

Courtney conduisit sa sœur à l'étage pour qu'elle dépose sa valise dans l'une des chambres d'amis.

— Jusqu'à quand peux-tu rester ?

— Samedi après-midi. Celui qui a arrangé ça semblait le savoir.

— Tu en as parlé à Jason ?

Julianna secoua la tête.

— Ce n'est pas lui, répondit-elle en riant. Il n'a pas un sou. En fait, il me taxe toujours, comme si j'avais du fric.

Le téléphone sonna juste au moment où elles s'apprêtaient à quitter la maison. Courtney se demanda s'il fallait répondre, puis elle se dit que c'était peut-être Andrew. Le téléphone de sa grand-mère était une antiquité. Il ne fallait donc pas compter sur l'option affichage du nom. Les coups de fil étaient toujours un mystère.

— Allô ? fit-elle en espérant que c'était Andrew.

— Tu as appelé ?

— Oui. Oh, Andrew, il m'est arrivé une chose formidable ! Mais je n'ai pas le temps de t'expliquer maintenant.

— Ah bon ? Pourquoi ?

— Parce que, répondit-elle, ivre de joie, ma sœur est ici et il y a une voiture qui nous attend pour m'emmener faire du shopping et… Ecoute, Andrew, Annie peut tout te raconter !

— C'est le jour des bonnes nouvelles.

— Comment ça ?

Tout le monde l'attendait, mais elle voulait savoir.

— Ce ne sera pas officiel avant demain, mais j'ai été élu roi de l'année.

— Oh, Andrew ! Félicitations !

— Rien au monde ne pourra me rendre plus fier que de t'avoir à mes côtés vendredi.

Le cœur empli d'allégresse et un sourire aux lèvres, Courtney rejoignit sa grand-mère et sa sœur, qui l'attendaient dans la voiture. Elle ne savait pas ce qu'elle avait fait pour mériter une telle générosité, mais elle serait toujours reconnaissante à son parrain-fée.

Elle doutait qu'il puisse exister un bonheur plus grand que le sien.

44

Dans le doute, prenez une pelote de laine et soyez créative.

SASHA KAGAN, *Sasha Kagan Knitwear.*

Lydia Hoffman

Une semaine s'était écoulée depuis ma rencontre avec Brad. Ma colère était tombée et je regrettais certaines de mes paroles. Le mardi matin, en ouvrant le magasin, je scrutai la rue pour voir si je l'apercevais. Il était encore trop tôt pour qu'il ait démarré sa tournée, mais je gardais l'espoir. Je n'avais pas réfléchi à ce que je lui dirais si je le voyais, mais je savais que je ne me laisserais pas emporter par mes émotions, comme cela avait été le cas à Green Lake.

Tant d'événements s'étaient produits. Le vendredi après-midi, Courtney était venue me présenter sa sœur avec une histoire incroyable d'un parrain-fée qui avait fait en sorte que le bal du lycée se déroule dans les meilleures conditions possibles pour elle. J'ignorais totalement de qui il pouvait s'agir, même si Courtney était persuadée que je détenais la clé du mystère.

Le samedi, ce fut au tour de Béthanne de venir me raconter une histoire semblable. Quelqu'un lui avait fait don d'une importante somme d'argent. Et c'était bien un don, pas un prêt. Avec une seule condition : celle d'aider une autre personne dans le besoin, si l'occasion se présentait.

Au comble de l'excitation, elle s'était précipitée de l'autre côté de la rue, dans le magasin où travaillait Alix. Elle avait, disait-elle, une proposition à lui faire concernant le travail.

J'étais heureuse pour Courtney et Béthanne. Si ce parrain-fée disposait d'encore un peu de poussière magique, j'aurais été preneuse, même si je n'attendais aucun événement surnaturel dans ma vie.

Le carillon tinta et Margaret fit son entrée.

— Bonjour ! dit-elle joyeusement.

— Bonjour.

J'eus envie de lui demander les raisons de sa bonne humeur, mais j'hésitai. Peut-être qu'elle m'en parlerait elle-même.

— On dirait que tu as passé un bon week-end, lui dis-je prudemment.

— Et comment !

Son pas était allègre. Je la suivis dans le bureau.

— Tu t'es amusée ? demandai-je.

Peut-être était-elle allée au restaurant ou bien au cinéma.

— Tu n'as pas idée ! répondit-elle en souriant.

Pas un de ces sourires qu'elle nous faisait d'habitude et qui ressemblait plutôt à une grimace, mais un vrai sourire franc qui la métamorphosait.

Elle ouvrit son sac à main et en sortit une enveloppe qu'elle me tendit d'un geste théâtral.

— Qu'est-ce que c'est ?

— Ouvre et tu verras.

D'une main impatiente, je décachetai l'enveloppe. A l'intérieur se trouvaient une carte et un chèque. J'eus une exclamation de surprise en découvrant le montant — dix mille dollars, soit la somme que je lui avais avancée. Je lus ensuite la carte écrite par mon beau-frère et signée par tous les deux pour me remercier de mon geste.

— Que… quoi ? bégayai-je, incapable de trouver mes mots.

— Matt a un nouvel emploi.

Un emploi qui n'avait certainement rien à voir avec celui de peintre en bâtiment, me dis-je.

— L'argent…

— Une prime d'embauche.

— Mais…

— Nous en avons discuté, Matt et moi. Il était si touché de ton geste. Tu n'as pas idée du soulagement que cela a été lorsque nous avons appris que nous pourrions garder la maison. Nous n'avions jamais été aussi en retard dans nos échéances… Nous te sommes vraiment reconnaissants de ce que tu as fait, mais pour nous, cet argent a toujours été un prêt.

— Mais…

J'étais incapable d'aligner deux mots. Pourtant, d'habitude, il m'en faut plus pour me laisser sans voix.

— La chose la plus étonnante est que Matt n'avait jamais posé sa candidature auprès de cette compagnie. Le département ressources humaines l'a contacté jeudi. Ils lui ont dit de déposer rapidement une demande. C'est ce qu'il a fait. Et ça n'a pas traîné : ils l'ont recontacté et le contrat a été signé.

— C'est merveilleux !

— Comme tu dis ! J'ai rarement vu Matt aussi excité. On aurait dit un petit garçon quand il a appris la nouvelle. Il a commencé hier. Je voulais t'en parler vendredi, mais nous avons préféré attendre que tout soit en place pour pouvoir te rendre ça, dit-elle en désignant le chèque.

— Margaret, tu es vraiment sûre ? Je veux dire, il y a certainement une foule de choses dont tu as besoin. Garde cet argent, tu me rembourseras quand tu pourras.

— Non, répondit-elle fermement. Cet argent t'appartient. Ni Matt ni moi n'accepterons qu'il en soit autrement.

— Eh bien, fis-je à voix basse, on dirait que la poussière magique fait également son effet ici.

A mon avis, ma sœur ne devait pas se rendre compte à quel point ce prêt avait été un point décisif dans ma vie, et cela de plus d'une manière. Pour la première fois depuis que j'étais adulte, je m'étais vraiment souciée de quelqu'un d'autre que moi. Je sais que ça peut paraître étrange, mais c'est à cause de la vie que j'ai menée pendant toutes ces années : une vie qui tournait entièrement autour de ma maladie et, par conséquent, autour de ma personne. Ce n'est qu'en ouvrant le magasin sur Blossom Street que j'ai mesuré à quel point j'avais été préoccupée par moi-même.

L'été avait été particulièrement difficile. J'avais appris à prendre en considération des besoins et des soucis autres que les miens. Je n'avais pas forcément les moyens d'aider Matt et Margaret, mais j'avais désespérément besoin de remercier ma sœur et sa famille pour tous les sacrifices qu'ils avaient dû faire à cause de moi.

Puis il y avait eu maman. J'avais compris que, désormais, les rôles étaient inversés. Il était temps pour moi de m'occuper d'elle. Toute la paperasse, l'organisation financière et matérielle m'avaient pris un temps fou et s'étaient révélées éprouvantes pour les nerfs. Mais c'était ce que mes parents avaient fait pour moi quand j'avais été atteinte du cancer. Maintenant, c'était mon tour.

Ma troisième leçon sur le plan émotionnel était peut-être la plus douloureuse. Je l'avais reçue quand Brad m'avait parlé de Janice. M'apitoyant sur mon sort, je m'étais complètement effondrée. Ce n'était que plus tard que j'avais été capable de voir au-delà de ma douleur. J'avais alors compris que Brad avait agi ainsi par amour pour son fils. La réconciliation avec Janice n'était pas ce qu'il voulait, mais il aimait suffisamment Cody pour mettre de côté ses propres sentiments et essayer de lui donner la famille dont il avait besoin. Moi, au contraire, j'avais été incapable d'une telle grandeur d'âme. D'accord, une fois ma douleur un peu apaisée, j'avais compris ses raisons, mais j'aurais pu faire preuve de davantage de compréhension et de gentillesse.

Le carillon tinta, m'annonçant l'arrivée de ma première cliente de la journée. Je crus que Margaret se précipiterait, mais elle était occupée avec des bons de commande. Je déposai donc le chèque sur mon bureau et courus jusqu'à la boutique.

En découvrant Brad, je crus que mon cœur allait s'arrêter de battre.

— Bonjour, beau gosse ! lui dis-je.

— Salut, beauté !

Nous restâmes là à nous regarder et à nous sourire pendant une éternité. Puis il ouvrit les bras. Je n'eus pas besoin d'une autre invitation. Mes pieds touchaient à peine le sol lorsque je me précipitai vers lui. Toute personne passant devant le magasin et jetant un coup d'œil par la vitrine aurait vu deux amoureux. Enlacés, nous nous embrassâmes encore et encore.

Ce fut à contrecœur que nous nous séparâmes.

— Tu as raison, fis-je en lui caressant le visage, tellement mon besoin de le toucher était grand. Je me suis comportée comme une idiote. Par jalousie, je t'ai menti. Il n'y a personne d'autre que toi dans ma vie. Pardonne-moi, Brad. Je suis désolée.

— Moi aussi, pour ce que je t'ai dit la semaine dernière. Je ne peux pas te résister. C'est comme les éclairs au chocolat d'Alix.

En riant, je mis mes bras autour de sa taille et me serrai contre lui. Comme c'était bon de le retrouver !

— Alors, comme ça, il n'y a pas d'autre homme dans ta vie ?

— Il n'y a jamais eu personne. Tu es mon unique amour.

— Pour toujours ?

Plongeant le regard dans le sien, je murmurai :

— On peut faire en sorte que oui.

Ses épaules se détendirent.

— Il était temps, Lydia. J'ai failli te perdre. Je t'aime, Lydia. Je n'ai jamais cessé de t'aimer. Cody t'aime, Chase t'aime, je…

D'un baiser, je l'interrompis. Il n'avait pas besoin d'en dire plus.

Son étreinte autour de ma taille se resserra tandis qu'il me soulevait légèrement.

— Cela signifie-t-il que tu acceptes de m'épouser, Lydia Hoffman ?

— Oui.

Je faillis nuancer ma réponse en le mettant en garde. Le cancer pouvait revenir… Mais je n'abordai pas le sujet, finalement. Ce mariage concernait aussi Brad et Cody. Nous allions devenir une famille.

— Lydia ? fit Margaret d'un ton hésitant en s'avançant vers nous.

Je lui adressai un sourire.

— Que dirais-tu d'être ma demoiselle d'honneur ?

Elle se tourna d'abord vers Brad, puis vers moi.

— Vous allez vous marier ?

Je fis oui de la tête.

— Tu te sens d'attaque pour un mariage ?

— Et comment ! s'écria-t-elle.

Les bras autour de la taille de Brad, j'appuyai la tête contre son épaule.

Je pourrais jurer qu'il y avait de la poussière magique dans toute la pièce.

45

Elise Beaumont

D'après Aurora, Maverick était rentré de son tournoi de poker dans les Caraïbes, mais il n'avait pas cherché à joindre Elise. Aurora avait dû dire à son père qu'Elise était désormais au courant pour son cancer. Pendant les semaines qui avaient précédé leur dernière entrevue, il l'avait invitée de nombreuses fois à venir chez lui, mais elle avait toujours refusé.

Etant donné ce qu'elle lui avait dit, il n'avait plus réitéré son invitation, et elle ne lui en voulait pas. Elle regrettait maintenant son éclat. Incapable de supporter son silence plus longtemps, Elise décida d'aller le voir chez lui.

Il habitait dans un ravissant immeuble, non loin de chez Aurora et à proximité du centre-ville de Seattle. Elle remarqua que le quartier était bien pourvu en pharmacies et cabinets médicaux.

Le poids qu'elle avait ressenti en apprenant que Maverick avait une leucémie devenait chaque jour de plus en plus oppressant. Elle se sentait blessée de ne pas avoir été mise au courant mais, en même temps, elle comprenait les réticences de Maverick. A plusieurs reprises, quand ils étaient blottis l'un contre l'autre dans son lit à une place, elle avait senti qu'il voulait lui dire quelque chose. Mais elle ne l'avait pas questionné. Leurs nuits ensemble étaient trop précieuses : elle ne voulait pas les gâcher.

— Oui ? fit la voix de Maverick lorsqu'elle sonna à l'Interphone.

Il semblait fatigué.

— C'est moi. Je peux monter ?

— Bien sûr.

Elle entendit le bouton de déclenchement de l'ouverture automatique.

L'appartement se trouvait au quinzième étage. Elle sortit de l'ascenseur pour découvrir Maverick, qui l'attendait sur le palier.

Elle faillit chanceler en voyant qu'il lui souriait. Tout ce qu'elle avait fait pendant des semaines avait été de le harceler avec son amertume. La culpabilité la rongeait, maintenant. Elle avait raté tant d'occasions ! Sachant qu'il allait mourir, elle éclata en sanglots. Cela ne lui ressemblait pas, mais elle ne pouvait s'en empêcher. Les épaules secouées par les pleurs, elle se couvrit la bouche des deux mains.

Aussitôt, Maverick fut à ses côtés. La prenant dans ses bras, il la fit entrer chez lui et referma la porte d'un coup de pied.

— Elise, Elise, chuchota-t-il en lui prenant le visage en coupe. Qu'y a-t-il ? Ma chérie, ne pleure pas !

— Je... me sens... si mal...

Sa compassion, la douceur de sa voix ne faisaient qu'ajouter à son sentiment de culpabilité.

— A cause de quoi ? demanda-t-il, son regard cherchant le sien.

— De tout. Oh, Maverick, j'ai été si méchante, si pleine de rancœur à ton égard !

— Je t'ai donné de nombreuses raisons de l'être.

— Je n'ai jamais été une épouse à la hauteur et...

— Pas plus que je n'ai été un époux à la hauteur.

— Je t'aime, Maverick, avoua-t-elle en sanglotant.

Même si elle avait affirmé le contraire à une époque, elle l'avait toujours aimé, corps et âme. Quand elle avait appris qu'il devait venir chez Aurora, elle avait tenté de le fuir, car elle connaissait la nature de ses sentiments, et cela la terrifiait.

L'attirant plus près de lui, Maverick lui embrassa les cheveux.

— Je t'ai toujours aimée. Toujours.

Elle leva vers lui un regard brouillé par les larmes.

— Je sais, mais…

— Pourquoi crois-tu que je ne me suis jamais remarié ?

Sa question sous-entendait qu'il avait eu des occasions de le faire, et peut-être des aventures. Cela n'étonnait pas Elise. Mais rien de tout cela n'avait d'importance, maintenant. Même plus le fait qu'il joue ou non au poker.

— Toutes ces années perdues… Toutes ces années vides, complètement vides, dit-elle d'une voix brisée. Maintenant… maintenant, il est trop tard… Aurora m'a dit… Elle m'a dit que tu étais… mourant.

Elle avait du mal à prononcer le mot.

Un profond soupir souleva la poitrine de Maverick.

— Je craignais qu'elle le fasse.

— Non, non, j'avais besoin de savoir, dit-elle en redoublant de larmes.

Elle ne supportait pas l'idée de perdre Maverick si tôt après l'avoir retrouvé.

Il resserra son étreinte autour d'elle.

— Je ne suis pas encore mort.

En d'autres temps, ce ton ironique l'aurait fait sourire, mais son chagrin était trop grand.

Elle prit une profonde inspiration.

— Je sais… mais je regrette tant. Je ne sais pas par où commencer.

— Nous avons tous les deux des regrets, ma chérie.

Elise s'agrippa à lui. Qu'il puisse encore l'appeler *ma chérie*, après tout ce qu'elle lui avait fait subir, était révélateur de l'homme qu'elle aimait. Un homme passionné, casse-cou, qui était capable de pardon. Un homme qui voyait toujours le meilleur chez les gens, qui riait de lui-même. Un homme qui l'aimait.

— J'aimerais venir vivre avec toi, lui annonça-t-elle. Si tu veux de moi.

Il sourit.

— Je préférerais que tu m'épouses, dit-il.

— Oui, chuchota-t-elle. Oui.

Lui soulevant le menton, il plongea son regard dans le sien.

— Je vais probablement continuer à jouer jusqu'à ce que je ne puisse plus.

Elle acquiesça d'un petit signe de tête. Le jeu tenait une place tellement importante dans sa vie. Elle aimait Maverick, ce qui signifiait qu'elle devait l'accepter tel qu'il était.

— Je suis désolée que tu aies perdu le tournoi, chuchota-t-elle. Désolée pour toi.

— Tu m'as vu à la télévision ?

Elle fit non de la tête.

— Aurora et les garçons m'ont raconté.

— La deuxième place n'est pas si mal que ça.

Il était d'humeur particulièrement enjouée.

— Tu le prends bien, murmura-t-elle.

Il avait toujours été d'un naturel optimiste.

— Marions-nous dès que possible, dit-il. Le mois prochain ? Peut-être pour Thanksgiving ?

Comme elle acquiesçait, il dit :

— Nous avons beaucoup de choses à organiser pour notre mariage. Je veux t'acheter un diamant.

— Maverick, non !

Il fronça les sourcils.

— Tu veux commencer notre vie conjugale par une dispute ?

— Non, mais une simple alliance en or suffira.

Il secoua la tête.

— Laisse-moi m'occuper de tout ça. Je veux aussi engager les services de Béthanne.

— Je ne sais pas si elle est équipée pour prendre en charge une telle organisation, dit Elise, qui, en son for intérieur, lui était reconnaissante d'avoir pensé à son amie.

Elle n'offrit aucune résistance lorsqu'il la fit taire d'un baiser. Dans ses bras, tous ses doutes et ses questions s'envolaient. S'il voulait engager Béthanne, eh bien, c'était ce qu'ils feraient ! Après tout, leur mariage ne serait rien de plus qu'une fête. N'était-ce pas ce que Béthanne avait dit ? Elise sourit en imaginant leur gâteau de mariage en forme de dinosaure ou avec des décorations sur le thème d'*Alice au pays des merveilles*.

— Oui, demandons à Béthanne de s'en occuper. Et je prendrai Aurora comme demoiselle d'honneur.

Les bras autour de sa taille, elle le regarda avec un sourire.

— Je veux que tu invites tes amies du tricot.

— Et mon groupe de lecture ?

— Autant d'amis que tu voudras.

Elle fronça les sourcils. Toutes ces dépenses étaient inutiles.

— Ce n'est pas nécessaire, dit-elle. Je serai heureuse juste de…

— C'est pour moi, déclara Maverick.

Elle ne protesta plus. Cependant, elle pensa qu'il était juste de lui rappeler sa situation.

— Maverick, n'oublie pas que je suis en plein procès.

— Quel rapport avec notre mariage ?

— C'est un méli-mélo judiciaire et financier.

— Ça va s'arranger. Promets-moi seulement de ne pas t'inquiéter, fit-il en la dévisageant avec intensité.

Elise s'avança dans l'appartement et se laissa tomber sur le bord d'un canapé en cuir marron.

— Comment faire pour ne pas m'inquiéter ? Tu n'as pas idée de l'argent que j'ai perdu. Je n'arrive pas à l'oublier.

— Non, mais tu ne vas pas te rendre malade à cause de ça. Il arrivera ce qui doit arriver. Rien de ce que tu feras ne changera quoi que ce soit. L'affaire est entre les mains de la justice, n'est-ce pas ce que tu m'as dit ?

Elle hocha la tête.

— A partir de maintenant, je vais m'occuper de tes problèmes financiers.

Comme elle protestait, il déclara :

— Elise, je veux t'aider. Je suis un homme riche.

Elle cligna deux fois les yeux. Riche ? Maverick ?

— N'aie pas l'air si choqué.

— Tu es un joueur, Maverick. Personne ne devient riche en jouant au poker.

Il poussa un profond soupir.

— J'ai perdu toutes ces années de ma vie à attendre le jackpot, je le reconnais. J'aurais pu faire une foule d'autres choses, mais rien ne m'intéressait autant. Je suis né pour jouer aux cartes, fit-il avec un petit haussement d'épaules amusé.

Elise se rappela qu'il n'avait jamais oublié de payer sa pension alimentaire. Elle s'était toujours demandé comment il réussissait à respecter ses engagements. Elle voulait bien croire qu'il gagnait un peu d'argent, mais de là à être riche.

— Tu as perdu ce tournoi de poker aux Caraïbes, murmura-t-elle.

— C'est vrai. Mais le deuxième prix était de huit cent mille dollars.

Elise eut une exclamation de surprise.

— Tu as beau dire, mais ces chaussettes que tu m'as tricotées m'ont porté chance.

Heureusement, Elise était assise. Sinon, ses jambes se seraient dérobées sous elle.

— Huit cent mille dollars ? répéta-t-elle d'une voix qui ressemblait plus à un couinement. Tu plaisantes ?

Elle n'aurait jamais cru que l'on pouvait gagner autant d'argent au jeu.

— Apparemment, tu n'as pas conscience de la récente popularité du poker.

Abasourdie, elle secoua la tête.

— J'ai placé le gros de cette somme dans un trust au nom d'Aurora, de David et des garçons. De plus, j'ai fait ce que ma mère appelait *quelques bonnes actions*.

Redressant brusquement la tête, Elise le regarda, les yeux écarquillés.

— C'était toi ? chuchota-t-elle. C'est toi qui as donné à Béthanne l'argent dont elle avait besoin ?

— Si tu le dis…

Son ton était nonchalant, mais il y avait sur ses lèvres l'ombre d'un sourire.

— Oui, je crois vraiment que c'est toi.

Tout concordait. Maverick l'avait attendue dans la voiture, chaque fois qu'elle s'était rendue à son atelier de tricot, et sur le chemin du retour, elle le mettait toujours au courant de la situation de ses amies.

— Tu as fait venir la sœur de Courtney pour le bal. Comment diable l'as-tu trouvée ?

Une petite lueur s'alluma dans les yeux de Maverick.

— Pulanski n'est pas un nom courant !

— Et le mari de Margaret ?

— Il a eu ce poste grâce à ses compétences, affirma Maverick. J'ai juste fait intervenir l'une de mes vieilles connaissances. Un mot dans la bonne oreille. Mais la prime à l'embauche, c'est une autre histoire.

Elise n'était pas au courant de ce détail.

— Tu fais ça souvent ?

— Parfois. J'aime pratiquer ce que les gens appellent *des actes de gentillesse au hasard*.

— Seulement, ceux-là, tu ne les as pas tellement faits au hasard.

— C'est vrai. Je l'avoue.

Elise le regarda d'un air de franche admiration.

— Tu as toujours été aussi formidable et je ne m'en suis jamais rendu compte ? Ou bien est-ce nouveau ?

Il se mit à rire.

— Tu ne crois quand même pas que je vais te répondre ?

Elle mit la main sur sa joue et le regarda, les yeux emplis d'amour.

— Oh, Maverick, je t'aime ! Riche ou pauvre, je t'aime. Nous allons passer des jours merveilleux ensemble, aussi longtemps que Dieu le voudra.

— Si je me fie à mon instinct, chuchota-t-il, ce sera très longtemps.

Elise espérait de toutes ses forces qu'il ait raison.

46

Courtney Pulanski, un an plus tard

Après son dernier cours, Courtney s'empressa de regagner sa chambre avec l'espoir qu'elle aurait une carte d'Andrew. Ils communiquaient par mail au moins une fois par jour, parfois plus. Dans son dernier mail, Andrew lui conseillait de guetter le facteur dans les prochains jours. Il avait obtenu une bourse pour suivre des études de sport à l'université de Washington. La jeune fille, quant à elle, se trouvait à l'université de l'Illinois à Chicago.

A la grande surprise de Courtney, la terminale s'était révélée sa meilleure année de lycée. Quand elle était arrivée à Seattle, elle était en surpoids, seule, malheureuse et convaincue qu'elle allait passer une année affreuse.

Au cours des treize mois qui avaient suivi, elle avait tissé des liens plus étroits avec sa grand-mère. Elle avait beaucoup appris pendant que son père se trouvait en Amérique du Sud. Sa grand-mère avait partagé avec elle des bribes d'histoire familiale que personne d'autre ne connaissait. Au début, Courtney pensait que la maison de Véra était pleine de vieilleries. Ce n'était pas absolument faux, mais certains des objets qui s'y trouvaient étaient des trésors de famille. Il ne s'agissait pas d'antiquités que l'on aurait pu vendre sur eBay ou qui auraient intéressé les connaisseurs de l'*Antiques Road Show*[1]. Mais chaque objet était porteur

1. Emission télévisée où les présentateurs parcourent le territoire américain à la découverte d'antiquités cachées.

de l'histoire familiale, ce qui lui conférait une puissance et une valeur particulières. De temps à autre, grand-mère ressortait un trésor caché. Elle lui avait, par exemple, montré la jolie layette qu'elle avait tricotée pour son père quand il était bébé, ou encore son diplôme du baccalauréat.

Véra avait présenté Courtney à ses amies. C'était comme si la jeune fille s'était retrouvée avec dix aïeules. Encore maintenant, dans les vestiaires pour femmes, elle ne prenait jamais la douche du milieu, en souvenir de Leta. Courtney continuait à nager deux fois par semaine.

Mais le changement le plus significatif avait été l'atelier de tricot. Alors qu'elle se sentait abandonnée et seule, elle s'était fait trois amies en quelques semaines. Trois *bonnes* amies. Bien que les autres aient été nettement plus âgées, elle avait tissé avec elles des liens d'amitié qui restaient solides, même un an après. Elle s'était créé autour du tricot une sorte de famille élargie qui incluait Jacqueline, Carol, Alix et Margaret. Elles lui avaient toutes apporté leur soutien à un moment de sa vie où elle en avait grand besoin.

Traversant la pelouse d'un pas pressé, Courtney gravit l'escalier qui menait à la résidence où elle avait sa chambre. Elle passa par la loge pour voir si elle avait du courrier. Oui ! Andrew lui avait bien écrit. Elle reconnut son écriture sur l'enveloppe qui portait l'adresse de la Washington State University. Elle était fière de lui, fière qu'il ait obtenu une bourse de renom. Elle ne s'attendait pas à ce que leur relation tienne la distance. Comme le lui rappelait souvent sa grand-mère, ils étaient tous deux beaucoup trop jeunes pour envisager quelque chose de sérieux. Andrew, cependant, était le lien qui la rattachait à cette année formidable qu'elle avait passée. Andrew et elle étaient avant tout des amis, et elle voulait préserver ce lien. Pour toujours, espérait-elle, même si le côté romantique venait à disparaître. Andrew partageait ce point de vue.

Une fois dans sa chambre, elle décacheta l'enveloppe et découvrit une carte humoristique qui représentait un chat dormant au soleil sur un lit de roses. Le matou ressemblait à celui de Lydia,

Moustache, qui passait son temps assoupi dans la vitrine. A l'intérieur, il était écrit : « Réveille-toi et sens les roses. » Andrew avait griffonné quelques lignes d'encouragement pour un prochain test qu'elle devait passer.

C'était l'une des raisons pour lesquelles elle aimait tant Andrew. Il était très attentionné. Contrairement aux autres athlètes qu'elle connaissait, il n'était pas seulement préoccupé de lui-même. Bien au contraire. Il l'entourait de petites attentions prouvant qu'il pensait à elle.

Courtney avait également gardé le contact avec Annie, qui se retrouvait seule à la maison avec sa mère, cette année ; un changement qui avait nécessité quelques ajustements. L'amitié de l'adolescente manquait beaucoup à Courtney. Elle se rappelait à quel point Annie était pleine de colère et d'amertume quand elles s'étaient rencontrées. Une colère essentiellement dirigée contre la nouvelle épouse de son père — une femme dont elle ne voulait pas prononcer le nom et qu'elle rendait responsable de tous ses malheurs. Bien sûr, elle avait également été en pétard contre son père, mais cela semblait s'arranger. Courtney avait été heureuse d'apprendre qu'elle allait déjeuner ou dîner avec lui une fois par semaine. Annie disait que son père avait commis une énorme erreur et qu'il devait maintenant l'assumer.

S'asseyant sur son lit, Courtney relut la carte d'Andrew avant d'allumer son ordinateur pour lui envoyer un message. Sa boîte de réception lui indiqua qu'elle avait un mail de son père. Il avait de nouveau mis leur maison de Chicago en location. Courtney n'y voyait aucun inconvénient, cette fois-ci. Elle avait récupéré des affaires ayant appartenu à sa mère, mais elle ne considérait plus cette maison comme la sienne. Son père se trouvait encore au Brésil, sur un autre chantier, et il semblait s'y plaire. Financièrement, la situation s'était nettement améliorée.

Courtney répondit au mail de son père avant d'écrire à Lydia pour la mettre au courant des progrès accomplis par ses copines au tricot.

Lorsque les filles de la résidence avaient découvert que Courtney savait tricoter, elles lui avaient demandé de leur apprendre. Et, très vite, elles avaient toutes possédé une paire d'aiguilles à tricoter. Des aiguilles circulaires, en fait, car c'étaient les chaussettes qui avaient le plus de succès. Courtney en avait tricoté une douzaine de paires. Son père appréciait beaucoup les siennes et il les portait souvent. Même son frère fanfaronnait avec. Quant à Andrew, elle avait dû lui en tricoter trois ou quatre paires. Sous l'égide de sa mère, Annie s'était également mise au tricot.

On frappa à la porte.

— Courtney ? Tu as deux minutes ? demanda Heather, l'une des étudiantes qui habitaient l'étage.

— Bien sûr, entre ! répondit Courtney en abandonnant le mail qu'elle écrivait à Lydia.

Heather entra avec sous le bras une pelote de laine et son tricot.

— Ça m'ennuie de te déranger, fit-elle d'un air coupable.

— Mais tu ne me déranges pas.

Elles s'assirent toutes deux sur le bord du lit, et Courtney examina l'ouvrage de son amie.

— Je crois que j'ai laissé échapper une maille, murmura Heather.

— Ne t'en fais pas. J'ai ce qu'il faut pour la rattraper.

Elle alla chercher un crochet dans le tiroir de son bureau et se rassit avec la chaussette à moitié tricotée.

— Je ne peux pas regarder ça, dit Heather en détournant la tête.

Courtney sourit.

— J'ai fait la même chose avec Lydia, la première fois que j'ai laissé échapper une maille. Elle m'a dit que ça nous arrivait à tous de temps en temps. C'est comme dans la vie, tu ne trouves pas ?

— Oui, c'est vrai. On est parfois si occupé qu'on laisse passer les choses. On peut les rattraper ou les laisser filer… Mais je n'avais jamais pensé au tricot sous cet aspect-là.

— Moi non plus, avoua Courtney, jusqu'au jour où j'ai découvert l'atelier de Lydia.

Une fois les dégâts réparés, elle rendit son tricot à Heather.

— Elles t'ont appris beaucoup de choses, ces tricoteuses de Seattle, n'est-ce pas?

— Oui.

Plus qu'on ne pouvait le croire.

Elise avait presque l'âge de sa grand-mère. En tout cas, elle était beaucoup plus âgée que ses autres amies, et pourtant c'était bien une amie aux yeux de Courtney. Elles avaient toutes gardé le contact. Elise lui téléphonait régulièrement. Béthanne aussi. Courtney regrettait que son père n'ait pas pu rester plus longtemps à Seattle. Elle lui aurait présenté Béthanne. Elle savait que la jeune femme voyait de temps en temps des hommes. Elle ne tenait pas ces informations d'Annie, mais d'Elise et de Lydia. Par contre, Annie ne se privait pas de signaler que les affaires de sa mère marchaient très bien.

Toutes ses amies de Blossom Street — Béthanne, Lydia, Elise et les autres — l'avaient aidée à surmonter le chagrin dû au décès de sa mère. Cinq ans s'étaient écoulés depuis la disparition de cette dernière, et même si la douleur n'était plus aussi vive, Courtney n'avait jamais vraiment réussi à combler le vide. Elle avait vu comment l'amour que Béthanne portait à Annie et à Andrew l'avait aidée à surmonter l'épreuve difficile qu'avait été son divorce. Peut-être plus tard, lorsqu'elle aurait des enfants, réussirait-elle à trouver cette même force et cette plénitude. L'amour de Béthanne pour ses enfants, celui d'Elise pour Aurora, de Lydia pour Cody, tous ces liens de mère à enfant lui rappelaient ce qu'elle avait perdu. C'était un sentiment mêlé de gratitude et de tristesse. Courtney comprenait maintenant la profondeur de l'amour que sa mère lui portait.

La relation entre Lydia et Margaret lui rappelait celle qu'elle avait avec sa propre sœur. Julianna et elle étaient aussi proches l'une de l'autre que l'étaient Lydia et Margaret. Elles se serraient les coudes, mais pouvaient tout aussi bien se chamailler. Courtney trouvait ça naturel. Une fois, elle avait entendu Lydia dire qu'il n'en avait pas toujours été ainsi. A les voir travailler ensemble, c'était difficile à croire.

Lydia leur avait également parlé de l'épreuve qu'elle avait

traversée avec le cancer. Courtney ne se serait jamais doutée que la jeune femme avait dû subir des séances de chimiothérapie et de radiothérapie. Lydia avait été ravie d'entendre cela. C'était la preuve, avait-elle dit, qu'elle était « sortie d'elle-même ». Courtney n'était pas sûre de comprendre ce que cela voulait dire exactement, mais elle était heureuse de la réaction de Lydia.

— Merci, Court, dit Heather en quittant sa chambre.

— Heureuse d'avoir pu t'aider, répondit Courtney en se rasseyant devant son ordinateur.

Elle relut le mail qu'elle avait commencé à écrire à Lydia :

> « Je me suis rendu compte que mon séjour à Seattle m'a été bénéfique à plus d'un titre. Au fil des jours... »

Elle en était là quand Heather était arrivée. Mais elle savait exactement ce qu'elle voulait dire ensuite.

47

Béthanne Hamlin

— Maman ! Téléphone ! cria Annie depuis l'étage.

— Quelle ligne ? demanda Béthanne, qui préparait des hamburgers dans la cuisine.

— Professionnelle. Tu veux que je décroche ?

— Je prends !

Béthanne faillit pousser un grognement. Ses affaires marchaient si bien qu'elle avait des réservations des mois à l'avance. Elle se lava les mains et se rendit dans la pièce qui avait été autrefois le bureau de Grant et qui était maintenant le sien. C'était là qu'elle tenait son cahier de réservations.

Elle décrocha, convint d'un rendez-vous pour un devis et retourna dans la cuisine, où elle était en train de préparer des petites boulettes de viande accompagnées d'olives vertes pour l'anniversaire d'un gamin de six ans. Annie ne tarda pas à descendre.

— Tu veux que je t'aide ?

— Pas maintenant, mais plus tard, oui.

Annie lui avait été d'une aide précieuse pendant l'été, et continuait de l'être, même pendant son année de terminale. Béthanne l'avait embauchée à mi-temps et seulement en cas de besoin, ce qui leur convenait à toutes deux. Elle avait d'autres assistants, mais l'avantage avec Annie, c'est que ce travail en commun les rapprochait et créait des liens entre elles.

— C'est pour ça que je te paie un salaire de ministre, tu sais ?

— Très drôle, maman.

Le téléphone se remit à sonner. Le regard de Béthanne alla de ses mains à sa fille.

— Tu veux répondre, cette fois-ci ?

— Il faut bien que je mérite mon prétendu salaire de ministre, n'est-ce pas ? répliqua la jeune fille avant d'aller décrocher. Fêtes et célébrations par Béthanne, fit-elle d'un ton professionnel.

De temps à autre, Béthanne prenait conscience avec une surprise mêlée de fierté que sa fille était en passe de devenir une adulte. Dans un an, ses deux enfants seraient à l'université et elle se retrouverait seule à la maison. Cette pensée ne la terrifiait plus. Elle serait en mesure de leur payer leurs études, et cette perspective l'enthousiasmait. Elle ne se sentirait certainement pas seule ou perdue… Loin de là. En fait, elle avait des plans pour son entreprise qu'elle comptait agrandir de façon peu conventionnelle. L'un de ses projets impliquait Lydia. Béthanne pensait donner une réception autour du tricot. Elle s'occuperait de l'aspect traiteur tandis que Lydia enseignerait le tricot à l'assistance. Le projet n'était encore qu'à l'état d'ébauche. De même qu'elle envisageait une fête pour enfants autour d'histoires et de contes. Cette fois-ci, elle comptait mettre Elise dans le coup.

— C'est Paul, dit Annie. Tu veux que je lui dise que tu le rappelleras ?

Les rencontres entre Paul et Béthanne s'étaient espacées. Leur dernière entrevue remontait déjà à plusieurs mois.

— Oui. J'ai une course à faire. Je rentrerai après 18 heures.

— Où tu vas ?

— Chez Lydia, répondit Béthanne en disposant ses boulettes de viande sur un plateau.

— Tiens ! fit Annie en lui tenant le combiné contre l'oreille. Dis-lui ce que tu as à lui dire.

En deux mots, la jeune femme convint de retrouver Paul au French Café en face de la boutique de Lydia.

— Bon, alors, à tout à l'heure !

— De quoi s'agit-il ? demanda Annie.

— Je pense que Paul va m'annoncer que c'est sérieux entre Angela et lui.

Cette perspective lui faisait plaisir. Sa relation avec Angela semblait prometteuse.

— Pourquoi vas-tu chez Lydia ? demanda Annie d'un air soupçonneux.

— Tu es bien curieuse !

— Les esprits curieux veulent savoir.

Béthanne se mit à rire et hocha la tête. Elle aurait dû s'apercevoir qu'avec Annie il était inutile de vouloir dissimuler les choses.

— Puisque tu insistes, sache que j'ai besoin d'une autre pelote de laine.

— Qu'est-ce que tu tricotes en ce moment ?

Béthanne poussa un soupir de résignation.

— Un pull-over pour ma fille.

— Ce pull en cachemire rose est pour moi ? s'écria Annie.

A en juger par son sourire, cette nouvelle la ravissait.

— Oui, c'est pour toi, mais ça n'est plus une surprise.

— Maman, *j'adore* ce pull, et je suis tellement contente que tu le tricotes pour moi !

Béthanne tricotait presque tous les soirs. C'était son unique détente. Il lui semblait que des siècles s'étaient écoulés depuis le jour où sa fille avait pris l'initiative de l'inscrire à cet atelier de tricot. Elle était passée des chaussettes aux pulls, et avait l'intention de tricoter un afghan pour l'offrir à Andrew au moment de Noël.

La jeune femme plaça les boulettes de viande dans le four et demanda à Annie de les retirer trente minutes plus tard.

Assise derrière son volant, elle repensa au jour où Grant était parti. Cela avait été le pire moment de sa vie, mais chaque jour qui s'était écoulé depuis s'était révélé meilleur que le précédent. Elle était indépendante et heureuse. Ses enfants réussissaient bien. Ils avaient fait des efforts pour mieux s'entendre avec leur père, et ils étaient plus sereins. Elle savait que Grant n'était pas heureux, et se sentait désolée pour lui. Cependant, il avait fait ses choix. Cela ne la concernait plus. Elle avait sa propre vie à mener.

Elle eut la chance de trouver une place juste devant la boutique de Lydia. Elle sortit de la voiture et alla prendre un ticket à l'horodateur. Il ne restait que quelques minutes avant la fermeture du magasin.

— Je craignais de ne pas arriver à temps, fit-elle en entrant dans la boutique.

— Béthanne ! s'exclama Lydia, visiblement heureuse de la voir.

Contournant le comptoir, elle l'embrassa avant de prendre la pelote de cachemire rose qu'elle avait mise de côté.

— C'est la même laine. Je suis contente de te voir, ajouta-t-elle en retournant derrière la caisse.

— Moi aussi, dit Béthanne. Je suis libre vendredi prochain. Je viendrai donc à l'atelier caritatif. Comment vont les autres ?

Cela faisait deux semaines qu'elle n'avait pas assisté à l'atelier, et ses amies lui manquaient.

— Bien. Jacqueline est toujours au septième ciel depuis qu'elle a sa petite-fille. Elle a rapporté des photos.

— Encore ? fit Béthanne en riant.

Elle régla sa pelote de laine et jeta un coup d'œil autour d'elle. Il était clair que les affaires de la petite boutique marchaient bien. Lydia avait encore élargi l'éventail de ce qu'elle proposait, et Béthanne trouvait ces nouveaux modèles très jolis. Oui, la boutique faisait florès et Béthanne espérait qu'il en irait de même pour sa propre entreprise.

— Je peux dire aux autres que tu viendras ? demanda Lydia en lui tendant son paquet.

— Oui, tu peux l'annoncer sur tous les toits, répondit la jeune femme en plaçant dans son sac à main le sachet qui portait le nom de la boutique.

Lydia sourit.

— Tu as vraiment l'air en forme.

— Merci, fit Béthanne en rougissant légèrement.

C'était une remarque qu'on ne cessait de lui faire depuis quelque temps. Elle se sentait bien dans sa peau et cela devait se voir. La vie était belle. Son monde avait été complètement chamboulé et il avait fallu du temps pour que tout se remette en place.

Lorsqu'elle quitta la boutique de Lydia, elle vit Paul déjà installé à une table du French Café. Il se leva en la voyant entrer et lui fit signe. Elle lui rendit son salut et adressa un sourire à Alix, qui se trouvait derrière le comptoir.

— Angela ne va pas tarder, expliqua Paul en indiquant d'un geste la troisième tasse.

— Comment va-t-elle ? demanda Béthanne en s'asseyant en face de lui.

— Elle est fiancée.

— Fiancée ? répéta-t-elle, choquée.

Puis elle comprit le sens de ses paroles.

— Tu veux dire fiancée à toi ?

— J'espère bien ! fit Paul en riant.

— Félicitations.

Béthanne se leva à demi pour l'étreindre.

Son instinct ne l'avait pas trompée, et cette nouvelle était tout ce dont elle avait besoin pour la conforter dans l'idée qu'elle avait bien fait de prendre ses distances. Il leur aurait été tellement facile de tomber amoureux l'un de l'autre. Cela aurait été comme se réfugier dans un port tranquille au lieu de se risquer à affronter des mers plus agitées. Il lui avait fallu du courage pour prendre une telle décision, d'autant que Paul refusait de s'engager avec quelqu'un d'autre. Au début, il avait trouvé difficile de passer du rôle d'amant potentiel à celui d'ami. Le temps et la distance avaient fait leur œuvre.

— Je ne pensais pas que je pourrais retomber amoureux, avoua-t-il. En fait, c'est même mieux la deuxième fois.

— Oh, Paul…

— C'est ton tour.

— Peut-être, mais je ne suis pas pressée.

C'était vrai.

La porte s'ouvrit sur une jolie brune élancée. Son regard fit le tour de la pièce et, quand elle aperçut Paul, un sourire illumina son visage.

Il se leva et tendit les mains vers elle. Béthanne les observa tandis qu'Angela s'avançait vers eux. Paul lui déposa un baiser sur la joue et la jeune femme prit place aux côtés de Béthanne. Elles s'étaient brièvement rencontrées, quelques mois auparavant. Il était manifeste qu'Angela avait désormais une place spéciale dans le cœur de Paul.

— Je crois que les félicitations s'imposent, fit Béthanne.

Angela la remercia d'un signe de tête.

— Nous avons décidé de nous marier cet hiver. Nous serions ravis si vous acceptiez d'organiser la réception.

Béthanne sourit. Elle n'avait organisé qu'un seul mariage, jusque-là — celui d'Elise et de Maverick —, et si celui-ci se passait aussi bien... Rien ne lui ferait plus plaisir que de s'occuper du mariage de son cher ami.

— J'en serais enchantée, dit-elle.

— Et comme je l'ai dit, insista Paul, un bras passé autour des épaules de sa fiancée, ce sera ton tour ensuite.

Sans se départir de son sourire, Béthanne haussa les épaules. Loin de lui faire perdre ses illusions concernant l'amour et le mariage, son divorce n'avait fait que confirmer l'importance de la famille et de l'engagement. Le remariage n'était pas une priorité dans sa vie, mais une simple éventualité pour plus tard.

En attendant, elle avait ses enfants, ses amis et son travail. Elle s'était redécouverte, était devenue la femme qu'elle voulait être, et prenait un plaisir renouvelé à faire les choses qu'elle aimait : le jardinage, la lecture et, par-dessus tout, le tricot.

Elle n'en demandait pas plus.

48

Elise Beaumont

Elise jeta un autre coup d'œil à la recette et ajouta des graines de lin et des myrtilles à sa préparation. Elle avait décidé de veiller à ce que Maverick prenne des repas sains et nutritifs. Elle était convaincue que cela l'aiderait à lutter contre la maladie.

Jusqu'à présent, ses progrès étaient encourageants. Maverick en conclut aussitôt que c'était grâce à elle et aux repas qu'elle préparait avec tant de soin. Elise, cependant, répliquait que oui, un régime approprié pouvait aider, mais que c'était plutôt l'amour qui avait maintenu Maverick en vie pendant si longtemps.

— Et maintenant, qu'est-ce que tu nous prépares de beau ? demanda Maverick, assis dans le salon, où il lisait le journal.

Du quinzième étage, ils avaient une vue imprenable sur Seattle.

— Des gâteaux.

— Les garçons adorent tes gâteaux, tu sais ?

Elise sourit. Il ne faisait pas allusion à leurs petits-fils, même si ces derniers étaient impressionnés par les talents de pâtissière de leur grand-mère. A peine mettaient-ils les pieds dans l'appartement qu'ils se dirigeaient aussitôt vers le bocal à biscuits, sûrs d'y trouver de quoi se régaler.

— A quelle heure doivent-ils venir ? demanda-t-elle en glissant le plateau de muffins dans le four préchauffé.

Les *garçons* étaient des amis de Maverick qui venaient deux ou trois fois par semaine faire un poker avec lui. Il les avait rencontrés à la salle de jeux, la première fois qu'il s'était remis à jouer en vue d'être qualifié pour le tournoi.

— A 15 heures.

Apparemment, Maverick était une figure connue dans le monde du jeu. Ses échecs au début de leur mariage emplissaient Elise de colère et de crainte. C'était cette peur qui l'avait poussée à penser que son mari était un homme imprévoyant qui ne vivait qu'au jour le jour. En réalité, il avait remporté beaucoup de succès dans ce monde. Cependant, il n'encourageait personne à vivre la même vie que lui. Il tentait même de dissuader ceux qui prenaient le même chemin que lui. Avec le recul, il regrettait de ne pas avoir vécu différemment.

Elise rejoignit son mari dans le salon et s'assit sur le bras de son fauteuil. Il l'enlaça par la taille et, fermant les yeux, poussa un profond soupir. Il était fatigué, elle le savait. Il avait subi plusieurs examens médicaux, ce jour-là, et ça l'avait complètement épuisé. Mais les derniers résultats leur avaient remonté le moral. La progression de la maladie avait sérieusement ralenti. Ils avaient un sursis. Elise ne savait pas combien de temps cela durerait, mais, pour elle, chaque jour passé en compagnie de Maverick était une bénédiction inattendue.

— Pourquoi ne ferais-tu pas une sieste avant qu'ils n'arrivent ? suggéra-t-elle.

— Tu as raison.

Elle quitta le bras du fauteuil et alla s'asseoir en face de lui tandis qu'il renversait la tête et fermait les yeux. Elle prit son panier en osier blanc et sortit son ouvrage. Dans le silence de l'appartement, on n'entendit plus que le cliquetis des aiguilles. C'était un bruit rassurant.

Cela faisait un an qu'ils vivaient ensemble, et pas un instant elle n'avait regretté de s'être remariée avec lui. Chaque jour était une lune de miel. Il avait assuré l'avenir de leur fille et de leurs petits-enfants grâce à cet argent qu'il avait placé en leur nom.

Le procès qu'Elise avait intenté à l'entrepreneur immobilier avait été jugé, et l'affaire, réglée. Elle avait réussi à récupérer une partie de son argent — moins que ce qu'elle aurait souhaité, mais déjà plus que ce à quoi elle s'attendait. Elle avait placé cette somme. Ce chapitre de la vie d'Elise était clos, et elle s'estimait heureuse de s'en être sortie.

Elle n'avait jamais dit à ses amies de l'atelier de tricot que Maverick était à l'origine de leur bonne fortune. Elle avait été tentée, pourtant, mais elle avait finalement gardé le silence. Tandis que Courtney décrivait la belle robe qu'elle avait portée pour le bal du lycée et la visite de sa sœur, Elise avait écouté en silence, félicitant intérieurement Maverick. Ses yeux s'étaient emplis de larmes tandis qu'elle essayait de mémoriser chaque parole de la jeune fille pour les rapporter à son mari.

L'impact de ce don était encore plus flagrant dans le cas de Béthanne. Elle avait parlé à Elise de cet inconnu qui lui avait donné un coup de pouce pour démarrer ses affaires, lui disant à quel point ces quelques milliers de dollars avaient fait la différence. Cet argent avait bouleversé sa vie et était arrivé à point nommé.

Elise était impressionnée par les talents de Béthanne et sa capacité à se projeter dans l'avenir. Il ne serait pas surprenant que l'entreprise de la jeune femme se transforme en franchise d'ici quelques années. Elle avait des idées originales et innovantes. Par sa générosité, Maverick avait contribué au succès de Béthanne. Un jour, celle-ci ferait de même pour aider un entrepreneur à démarrer. Cette perspective plaisait à Elise, qui en tirait une grande fierté.

Pas une fois Béthanne n'avait soufflé mot de cet argent à ses amies de l'atelier. C'était aussi bien. Si elle en avait parlé dans la foulée de ce que Courtney avait dit, elles auraient eu des soupçons. Maverick ne voulait pas de remerciements. Il préférait garder l'anonymat.

Tout en continuant à tricoter, Elise sourit. Elle était sûre que Lydia se doutait de quelque chose. Elle n'avait jamais directement posé la question à Elise, mais, un jour, elle avait glissé dans la conversation qu'il y avait parmi eux un parrain-fée. Elise avait essayé de détourner l'attention en disant que c'était peut-être le père de Courtney, mais Lydia avait hoché la tête. Heureusement, elle n'avait plus abordé le sujet par la suite. Elise ne voulait pas mentir à une personne qu'elle considérait comme étant l'une de ses meilleures amies.

Le minuteur du four se mit à sonner et Elise posa son tricot pour aller vérifier la cuisson des muffins. Elle éteignit le four, puis sortit le moule qu'elle déposa sur une grille en attendant que les gâteaux refroidissent. L'odeur des myrtilles emplit la cuisine. Elle avait l'intention de couvrir les gâteaux de crème fraîche glacée avant de les servir à Maverick et à ses amis.

Une demi-heure plus tard, Maverick se réveilla, l'air plus reposé. Il consulta sa montre : le jeu allait commencer dans moins de vingt minutes.

Comme prévu, l'Interphone sonna à 15 heures et Bart, le premier du groupe, arriva, suivi rapidement de Fred et d'Al.

— Ça sent drôlement bon ici ! dit Bart.

Puis, avec un clin d'œil à Elise :

— Personne ne fait d'aussi bons gâteaux que vous.

Elise sourit devant ces propos ouvertement flatteurs.

— Je vais voir ce que je peux faire pour que vous en mangiez un, Bart.

Il sourit.

— J'apprécie le geste, madame Beaumont.

Alléchés par l'odeur, Al et Fred, qui se trouvaient juste derrière lui, se dirigèrent vers la cuisine.

— Vous avez encore fait des gâteaux ? demanda Al, son chapeau à la main, et les yeux écarquillés de façon comique.

Maverick et elle échangèrent un sourire complice.

— Tu gâtes mes amis, murmura-t-il.

— C'est pour nous, ça ? demanda Fred en se frottant les mains. Pour nous, pauvres vieux affamés ?

— Vous voulez bien arrêter, tous les trois ? dit Elise en s'efforçant de garder son sérieux. Vous savez très bien que je fais de la pâtisserie tous les mardis.

Bart donna un coup de coude dans les côtes d'Al.

— C'est bien pour ça qu'on est ici !

— Je croyais que vous veniez jouer au poker ! lança Maverick.

— Oui, aussi.

Tout en riant, ils se rassemblèrent autour de la table de la cuisine. Maverick sortit un paquet de cartes et les battit. Chacun misa vingt dollars. Le gagnant du « tournoi » remporterait la totalité de la mise.

En quelques minutes, ils furent complètement absorbés par le jeu.

Elise fit son glaçage avant de reprendre son tricot. Lorsque le jeu se termina, elle leur servit les muffins avec du café, récoltant en retour maints compliments et remerciements.

Le regard de Maverick chercha le sien, et elle adressa un sourire à cet homme qu'elle aimait. Le fait d'être amoureuse vous changeait une femme, se dit-elle. Aucun autre sentiment, aucune autre expérience ne pouvaient l'égaler.

49

Tricoter des chaussettes nous apprend à avancer pas à pas : le revers, le talon, le pied — et à ne pas se laisser déborder par l'image entière du projet.

KATHY ZIMMERMAN, *Kathy's Kreations*, Ligonier, PA.
www.kathys-kreations.com

Lydia Hoffman

Profitant d'un instant d'accalmie après une matinée bien chargée, je décide de faire une pause dans mon bureau. Margaret se chargera des clients pendant que je me reposerai. Je n'ai pas arrêté de courir, ce matin.

Les affaires vont bien — très bien — et j'en suis heureuse. J'ai parfois l'impression de vivre un rêve. Je sais pourtant que non, car le diamant qui brille à mon doigt et l'amour que je porte à Brad et à Cody sont bien réels. Je suis la plus heureuse des femmes. Je suis fiancée au plus séduisant et au plus formidable des hommes. Dans quelques mois, je partagerai ma vie avec Brad, Cody et Chase. Moustache, heureusement, tolère la présence du chien de Cody. Il lui apprendra peut-être à être un peu plus discipliné.

Je ne crois pas que l'on puisse espérer davantage.

L'ouverture du Fil des jours était ma déclaration de vie. En créant cette boutique, j'affirmais que j'étais bien vivante. J'étais, cependant, loin de m'imaginer tout le chemin que je parcourrais en deux ans. Je me suis fait des amies. Jacqueline, Carol et Alix pour commencer. Elles me sont très chères.

J'ai monté plusieurs ateliers depuis le projet des couvertures pour bébés. Ils ont tous bien marché, mais jamais je n'ai éprouvé la même complicité qu'avec mes trois premières élèves. Du moins, jusqu'à ce que je monte cet atelier de chaussettes. Elise, Béthanne et Courtney sont entrées dans ma boutique et dans ma vie. Je ne pensais pas pouvoir de nouveau tisser des liens d'amitié avec des élèves. Je me trompais.

Je me rappelle à quel point la relation avec Elise avait été difficile, ce jour-là. En fait, elle était perturbée par la venue prochaine de son ex-mari. Et Béthanne, qui avait perdu toute confiance en elle à cause de son divorce. Et Courtney, une adolescente esseulée, en surpoids, malheureuse comme les pierres depuis la disparition de sa mère. C'est le tricot qui nous a rapprochées. Qui aurait cru qu'une paire de chaussettes pouvait vous changer la vie ? Chacune de ces femmes m'est chère, aussi chère que Jacqueline, Carol et Alix.

Et puis il y a ma sœur. Jamais je n'aurais imaginé qu'un jour viendrait où je pourrais considérer ma sœur comme ma meilleure amie. Eh bien, ce jour est arrivé. Nous sommes enfin très proches. Tout a démarré quand elle est venue travailler avec moi.

Elle et moi nous partageons la responsabilité de maman, dont la santé décline rapidement. Je crois qu'elle ne restera pas longtemps avec nous, ce qui rend chaque moment passé avec elle encore plus précieux. Elle est toujours aussi perdue sans papa.

Margaret et moi nous efforçons de l'occuper. Nous faisons en sorte qu'elle ait une foule de petites choses à attendre pour la semaine d'après : une visite, une sortie, des courses, un livre… N'importe quelle activité qui — nous le savons — pourra la rendre heureuse.

Maman fait davantage de tricot, maintenant, et Margaret va la chercher le vendredi après-midi pour qu'elle participe à l'atelier caritatif. Elle apprécie ces moments qui lui font sentir qu'elle aussi appartient à un groupe. Elle tricote vite et, à elle seule, elle a fait une couverture entière pour le projet Warm Up America, ainsi qu'une autre pour le projet Linus. Je pense que papa serait très content de nous voir tricoter toutes les trois ensemble.

Je suis tellement perdue dans mes pensées que je ne remarque même pas Margaret qui se tient devant moi.

— Je vais chercher maman, m'annonce-t-elle.

— Super! dis-je en baissant mes pieds que j'avais surélevés.

D'habitude, je ne suis pas aussi fatiguée le vendredi matin, mais Brad, Cody et moi sommes allés au match des Mariners hier soir, et il y a eu des prolongations. Il était plus de minuit quand je me suis couchée, et j'ai dû me lever tôt ce matin parce que j'avais rendez-vous avec un représentant.

A peine Margaret partie, voilà Elise qui arrive avec son tricot. Quiconque la verrait ainsi métamorphosée ne douterait pas des vertus du mariage. Elle est beaucoup plus détendue et vraiment heureuse.

Je suis sûre que Maverick est notre parrain-fée. Je n'ai jamais directement interrogé Elise à ce sujet, et elle ne m'en a jamais parlé, elle non plus.

— Où est Maverick?

Il l'accompagne presque tous les vendredis. J'ai fait l'acquisition d'un fauteuil spécialement pour lui. Ainsi, il peut lire pendant que nous tricotons et que nous discutons. Le visage de Maverick est peut-être caché derrière un livre, mais je sais qu'il écoute. Il a toujours prêté une oreille attentive aux discussions, du moins d'après Elise. Nous avons tous plus ou moins adopté Maverick. Je sais que son état de santé est stationnaire et, bien que nous nous en réjouissions tous, nous ne pouvons nous empêcher de nous faire du souci pour lui. Son système immunitaire a souffert des nombreux traitements qu'il a reçus. Mais Elise s'occupe bien de lui. Ces deux-là sont si heureux ensemble, si indulgents l'un avec l'autre. Il semble presque que l'amour est ce qu'ils vivent en ce moment.

— Il est en train de garer la voiture, répond Elise. Il sera là d'un instant à l'autre.

— Comment va-t-il?

— Vraiment bien.

A voir la lueur dans ses yeux, je sais qu'elle dit vrai et je me sens soulagée.

— Béthanne est là aussi. Elle discute avec Alix. Je pense qu'elles n'en ont pas pour longtemps.

— Super.

Un colis envoyé par Courtney est arrivé en début de semaine. Il contenait des pièces tricotées pour le projet Warm Up America. Plusieurs filles dans sa résidence se sont mises au tricot avec elle. Le paquet contient aussi une longue lettre que je compte lire au groupe.

D'après Béthanne, Courtney a gardé le contact avec Annie et Andrew. Ce sera intéressant de voir si la relation entre Courtney et Andrew tiendra en dépit de la distance. Je sais que Béthanne les a encouragés tous deux à sortir avec d'autres garçons et filles, et je crois que c'est ce qu'ils font. Ils sont néanmoins restés très bons amis, et j'espère que cette amitié continuera.

En parlant de Béthanne, je ne la vois plus aussi souvent que je le souhaiterais. Nous sommes si fiers d'elle. Et pas seulement à cause du succès de ses affaires. J'ajoute que nous l'avons chargée de la réception de notre mariage, Brad et moi. Je ne confierais cette tâche à personne d'autre.

Non, si je suis fière d'elle, c'est parce qu'elle s'est complètement reconstruite après son divorce. Elle a retrouvé confiance en elle et dans les autres. Si mes souvenirs sont bons, ce n'était pas elle qui s'était inscrite à l'atelier. C'était sa fille qui m'avait téléphoné.

Je pense que nous toutes — et en particulier Elise — sommes pour quelque chose dans cette transformation.

La cloche de la porte d'entrée retentit et voilà Brad qui entre d'un pas tranquille. Depuis que la date du mariage a été fixée, nous nous voyons quasiment tous les jours. Alix s'est proposée pour préparer le gâteau, et Jacqueline a insisté pour que la réception ait lieu au Country Club, mais l'organisation entière en reviendra à Béthanne. Margaret est d'accord pour être ma dame d'honneur, et j'ai six demoiselles d'honneur. Six ! Ce n'était pas difficile de décider qui je voulais avoir à mes côtés : mes plus chères amies. Mes amies du tricot.

— Bonjour, beauté ! me lance Brad en poussant son diable d'une main experte. Comment vas-tu par ce bel après-midi ?

Je lui rends son sourire. Bien. Je vais même mieux que bien. Heureuse et très amoureuse de lui et de la vie dans cette boutique sur Blossom Street.

Debbie Macomb
Retour à
BLOSSOM
STREET
Jade

Retour à Blossom Street,

DEBBIE MACOMBER

Découvrez le 1er chapitre du 3e roman
de la série Blossom Street

Roman à paraître le 1er août 2009

J'adore le Fil des jours et je savoure chaque instant passé dans ma boutique de Blossom Street. J'aime contempler mes pelotes aux couleurs chatoyantes, sentir sous mes doigts leurs textures si diverses… J'aime mes stages de tricot et les amies qu'ils m'ont permis de rencontrer. J'aime chercher de nouveaux modèles. J'aime regarder par la vitrine, observer cette rue grouillante de vie, au cœur de Seattle. En fait, j'aime tout de mon existence et de l'univers que je me suis créé.

Le tricot m'a sauvé la vie. Je l'ai maintes fois répété, je sais, mais c'est la vérité. Aujourd'hui encore, après presque dix ans sans récidive de cancer, mes journées tournent autour du tricot. Grâce à mon magasin de fils à tricoter, je fais désormais partie d'une communauté des tricoteuses et d'amies.

Je suis mariée, aussi. Avec Brad Goetz. Si mon magasin fut ma première véritable chance de vivre enfin, Brad fut ma première chance de connaître l'amour. Ensemble, nous élevons notre fils de neuf ans. Si j'affirme que Cody est *notre* fils, c'est qu'il l'est à tous les égards. A mes yeux, il est autant mon enfant que celui de Brad. Je ne l'aimerais pas davantage si je l'avais mis au monde. Certes, Cody a une mère, Janice, et je sais qu'elle l'aime. Mais l'ex-femme de Brad est… Bien que j'hésite à le dire, le terme d'« égoïste » est le premier qui me vient à l'esprit. Janice n'intervient dans la vie de Cody que par intermittence, quand l'envie lui en prend ou bien quand ça l'arrange, malgré l'accord conclu au moment du divorce. Hélas, elle ne voit son fils qu'une ou deux fois par an. Cet éloignement contrarie Cody, c'est évident. L'attitude désinvolte de

Janice envers son fils me met en colère. Comme lui, je n'en parle pas. Il n'a pas besoin que je défende ou que j'incrimine Janice. Il est capable de se forger sa propre opinion. Pour un enfant, je le trouve remarquablement clairvoyant.

En ce matin de février, j'étais bien au chaud dans ma boutique pleine de couleurs. Quand le micro-ondes a sonné, j'ai versé de l'eau bouillante dans ma théière. Il pleuvait et le ciel était morne et gris, comme souvent, en hiver. Je me suis dit qu'il était grand temps de démarrer un nouveau stage de tricot. Je donne quelques cours, j'anime des groupes de bénévoles et, quatre ou cinq fois dans l'année, je démarre un nouveau stage.

Tout en réfléchissant à ce projet, je pensais à ma mère. Elle s'adaptait assez bien à sa résidence pour personnes âgées dépendantes. J'ai parfois l'impression que son déménagement fut presque plus éprouvant pour ma sœur Margaret et moi que pour elle. Naturellement, notre mère n'avait aucune envie de renoncer à son indépendance, mais elle semblait soulagée de ne plus avoir à entretenir sa maison et son jardin. Le jour de la vente, j'ai pleuré. Margaret aussi, sans doute, mais elle ne m'a pas montré ses larmes. Vendre cette maison, c'était comme abandonner notre enfance et nos souvenirs de jeunesse. C'était la fin d'une époque pour nous deux comme pour notre mère.

En buvant mon thé, je feuilletais de nouveaux catalogues arrivés la veille. J'ai vite repéré un châle. Depuis quelque temps, j'en avais remarqué plusieurs, de niveau de difficulté divers. Celui-ci serait parfait pour ma mère.

Confortable et chaud, le châle connaissait un regain d'intérêt. Récemment, plusieurs clientes m'avaient demandé des modèles. J'en avais trouvé un idéal pour mon stage. Je décidai d'en parler à ma sœur. Elle avait le sens des affaires et sentait quelle orientation je devais donner à mes cours. Je ne m'en suis rendu compte que quand elle est venue me rejoindre au magasin. Elle a d'abord travaillé à temps partiel, avant de passer à un temps complet. Si elle est moins douée que moi pour le relationnel, c'est en revanche une employée modèle. Elle est aussi mon amie. Il n'en a pas toujours été ainsi. Bien que sœurs, nous avons eu longtemps des relations tendues qui se sont améliorées grâce à ma boutique.

Margaret n'arriverait que dans une demi-heure, pour l'ouverture du magasin. En attendant, j'avais un tas de choses à faire : des factures à régler, des commandes à passer. Pourtant, j'étais assise à mon bureau avec ma tasse de thé, et je me sentais incroyablement heureuse.

Inutile de préciser que je n'ai pas toujours été aussi épanouie. Quand j'avais une vingtaine d'années, mon cancer a récidivé. J'ai survécu, mais pas mon père. Il s'était tellement battu pour moi… Quand je m'en suis enfin sortie, il est mort soudainement d'une crise cardiaque. Comme si ma guérison lui avait donné le signal qu'il pouvait partir tranquille.

Avant la mort de mon père, j'étais méfiante vis-à-vis de l'existence. J'avais peur d'être heureuse, peur de l'avenir. Il y avait comme un vide qui planait sur moi et qui m'effrayait. Mon père me donnait de la force. Sans lui, j'avais désormais ma vie entre mes mains. Confrontée à une décision cruciale, j'ai choisi… l'indépendance. J'ai décidé de faire partie du monde dont je m'étais retirée depuis des années.

Le plafond craqua au-dessus de ma tête. Colette était levée. Colette Blake louait le petit appartement situé au-dessus du magasin. C'est très pratique, car il possède une entrée privative, outre celle du magasin.

Pendant les deux premières années, j'ai moi-même habité ce logement, qui fut mon premier chez-moi, loin de ma famille.

Après mon mariage avec Brad, je ne savais pas très bien qu'en faire, de sorte qu'il est demeuré vide pendant un moment. Quand j'ai rencontré Colette, j'ai tout de suite senti qu'elle serait la locataire idéale. Cet appartement la consolerait. Il l'aiderait à retrouver un équilibre. De plus, elle s'occupe de Moustache en mon absence. Mon chat est un personnage incontournable du magasin, qu'il considère comme son territoire. Certaines clientes passent uniquement pour lui dire bonjour. Il aime dormir dans la vitrine, recroquevillé au soleil. Moustache fait l'objet de nombreux commentaires et de sourires. Les animaux ont le don de relier les gens par le biais de joies simples.

Colette me rappelle comment j'étais, il y a trois ans, quand j'ai ouvert ce magasin. C'est un peu avant Noël que Susannah Nelson, ma voisine fleuriste, me l'a présentée. Ce n'est pas le cancer qui a bouleversé son univers, c'est la mort. Colette est en effet une jeune veuve de trente et un ans. Derek, son mari, policier à Seattle, est décédé il y a un peu plus d'un an, le 14 janvier. Quand j'en parle, les gens pensent en général qu'il est mort en service. Pas du tout. Après des pluies diluviennes, il est monté sur le toit de leur maison pour réparer une fuite. Nul ne sait ce qui s'est passé exactement, mais Derek a glissé et il est tombé. Deux jours plus tard, il a succombé à ses blessures à la tête.

Au cours des semaines suivant son installation, Colette n'a évoqué l'accident qu'une seule fois, comme si elle avait du mal à parler de son mari. J'ai découvert une personne facile à vivre, joviale, même si son chagrin est palpable, parfois, voire écrasant. Je comprends sa souffrance. Je ne me rappelle que trop bien cette angoisse, cette peur du lendemain. Colette redoutait l'avenir, comme moi naguère. J'espère que mon amitié lui a apporté un peu de bonheur et de consolation. Des amies comme Jacqueline et Alix en avaient fait autant pour moi.

Après avoir racheté la boutique de fleurs de Fanny, Susannah Nelson avait engagé Colette, qui avait une grande expérience de ce métier, puisque sa propre mère avait été fleuriste et qu'elle l'avait souvent secondée durant ses années de lycée.

Colette n'avait eu aucun mal à vendre sa maison, et elle devait déménager rapidement. La plupart de ses affaires se trouvaient dans un garde-meubles. Elle s'accordait quelques mois de réflexion pour décider de son avenir.

Les marches craquèrent sous ses pieds tandis qu'elle descendait l'escalier. Depuis que Colette était ma locataire, nous prenions souvent le thé ensemble, le matin. Elle n'abusait jamais de mon temps et j'appréciais nos conversations à bâtons rompus.

— Le thé est prêt.

Je pris une tasse et la servis sans même lui demander son avis.

— Merci, dit-elle.

Elle était mince. Un peu trop, peut-être. Elle flottait dans ses vêtements, mais elle avait tant de goût qu'elle parvenait à le dissimuler avec astuce. L'une des choses que j'aimais en elle, c'est qu'elle était ravissante sans avoir l'air de s'en rendre compte. Malgré ses silences, Colette savait se montrer chaleureuse et sympathique. J'étais sûre qu'elle réussirait dans toutes ses entreprises. Elle n'avait guère parlé de l'emploi qu'elle avait quitté, mais il était certainement bien plus exigeant que de servir les clients chez une fleuriste.

Ce tournant dans sa carrière était lié à la perte de son mari. Elle avait laissé s'écouler une année avant de faire le ménage dans sa vie : la vente de sa maison, son déménagement, sa démission... Des bouleversements drastiques, d'un certain point de vue, mais compréhensibles.

Colette avait de longs cheveux bruns, avec une raie au milieu. Ils lui tombaient sur les épaules et ondulaient vers l'intérieur. Sa coiffure semblait naturelle, au contraire de celle de tant d'autres femmes qui passent des heures à apprivoiser leur tignasse à grand renfort de gel et de laque.

Si elle n'était pas à Blossom Street depuis longtemps, Colette faisait bonne impression à tous ceux qui la rencontraient. Tout le monde, sauf ma sœur. Egale à elle-même, Margaret gardait ses distances, comme si elle se méfiait d'instinct de la jeune femme. Ma sœur est comme ça. Elle a l'esprit de contradiction. Selon elle, louer l'appartement était une grossière erreur, car on ne pouvait faire confiance à un locataire, quel qu'il soit. Elle semblait croire que Colette allait se faufiler dans le magasin en pleine nuit et dérober toutes les pelotes de laine afin de les troquer contre de la drogue, dans quelque ruelle sombre.

En y pensant, je ne pouvais m'empêcher de sourire : non seulement j'avais toute confiance en Colette, mais je possédais un système d'alarme sophistiqué.

Margaret se montre très protectrice à mon égard, c'est le moins que l'on puisse dire. Etant l'aînée, elle a tendance à se sentir responsable de moi, bien plus qu'il ne le faudrait. J'ai mis longtemps à comprendre ma sœur et encore davantage à l'apprécier, mais c'est une autre histoire.

Colette porta la tasse à ses lèvres, puis s'interrompit.

— Aujourd'hui, Derek aurait eu trente-trois ans, dit-elle doucement.

Elle regarda au loin avant de se tourner vers moi.

Je lui fis un signe de tête pour l'encourager à se confier. Elle ne m'avait parlé qu'une seule fois de Derek. Je savais d'expérience que le fait de partager sa souffrance lui ferait le plus grand bien.

— Derek voulait des enfants… On a essayé, mais je ne me suis pas retrouvée enceinte, et maintenant…

— Je suis certaine que tu auras des enfants un jour, dis-je avec conviction.

Colette ne resterait pas seule toute sa vie. Elle se remarierait et fonderait une famille.

Elle m'adressa un sourire plein de tristesse.

— Ce matin-là, Derek et moi avions parlé d'avoir un bébé. Et je me suis retrouvée en train de choisir un cercueil. C'est cruel, non ?

Ne sachant que lui dire, je la pris dans mes bras.

Mon geste de compassion dut l'embarrasser un peu, car elle baissa les yeux.

— J'aurais mieux fait de ne rien dire. Je ne voulais pas que ta journée commence sur une note de tristesse. En fait, c'est en voyant la date sur le calendrier de ton bureau que je me suis rendu compte qu'il s'agissait d'un anniversaire.

— Je suis désolée pour toi, Colette.

— Merci, dit-elle en haussant légèrement les épaules. C'est la vie.

— Je sais…

Elle déposa sa tasse vide dans l'évier.

Soudain, la porte du fond s'ouvrit et se referma brutalement. C'était Margaret, bien sûr, qui pestait contre le mauvais temps. Depuis que Colette avait emménagé à l'étage, Margaret garait sa voiture dans la ruelle, de toute évidence pour surveiller les allées et venues de ma locataire.

Après avoir jeté son énorme sac sur la table, elle aperçut Colette et parut aussitôt contrariée.

— Bonjour ! lançai-je avec entrain, ravie de la voir, en dépit de son humeur morose. Belle matinée, n'est-ce pas ?

— Il pleut ! répliqua Margaret en toisant Colette, comme si elle avait été une intruse.

— Le mauvais temps, c'est bon pour le tricot, lui rappelai-je.

Pour moi, il n'y avait rien de plus agréable qu'un après-midi de pluie pendant lequel je travaillais sur mon ouvrage, avec une tasse de thé. Quand il pleut, les gens cherchent à faire quelque chose de productif. Par chance pour moi, certains optaient parfois pour le tricot.

Margaret ôta son manteau et l'accrocha près de la porte du fond.

— C'est Julia qui m'a déposée, ce matin, annonça-t-elle en passant.

C'était un événement d'importance.

— Tu as permis à Julia de conduire ta nouvelle automobile ?

La veille encore, Margaret avait affirmé qu'il était absolument hors de question que sa fille aînée, qui était en terminale, prenne le volant de sa voiture.

C'était la première fois que la famille s'offrait un véhicule flambant neuf. Matt et elle avaient toujours acheté des voitures d'occasion. La dernière en date étant irréparable. Margaret et son mari avaient décidé d'en changer. Ils avaient réfléchi pendant des semaines avant de se décider sur un modèle très demandé, d'une résistance incroyable. Ensuite, il avait fallu attendre la livraison deux mois et, finalement, ils avaient vu arriver une voiture magnifique, bleu métallisé.

— Je sais, je sais, grommela Margaret. J'ai déclaré que je ne la laisserais pas la conduire, mais je n'ai pas pu m'en empêcher. Elle a quelque chose à faire après les cours et elle a réussi à me convaincre que son avenir dépendait du fait que je lui prête la voiture.

Margaret esquissa une moue en reconnaissant que Julia était venue facilement à bout de sa résistance.

Colette se mit à rire.

— Les enfants sont comme ça, dit-elle.

Margaret réagit à ce commentaire par un geste de la tête un peu méprisant.

Colette croisa mon regard.

— Je te verrai plus tard, Lydia, dit-elle avant de remonter.

Margaret suivit la jeune femme des yeux.

— Tu l'aimes bien, n'est-ce pas ?

— Elle est super.

J'aurais aimé que ma sœur accorde au moins une chance à Colette. Je décidai de miser sur la compassion.

— Aujourd'hui, c'est l'anniversaire de son mari. Elle était en train de m'en parler quand tu as déboulé.

Margaret eut au moins l'air honteux.

— C'est dur, admit-elle en regardant Moustache descendre l'escalier.

— Je sais que l'argent du loyer te rend service, mais je ne lui fais pas confiance.

Je poussai un soupir. J'avais entendu cette phrase trop souvent, et je ne comprenais toujours pas.

— Pourquoi ? demandai-je, sur la défensive.

— Réfléchis, reprit Margaret. Colette est manifestement bien plus capable qu'elle ne le laisse supposer. Pourquoi travaille-t-elle chez la fleuriste ? Elle pourrait trouver du boulot n'importe où.

— Elle vient de perdre son mari, fis-je à voix basse.

— Ça fait un an ! D'accord, c'est tragique et je suis désolée pour elle, mais de là à se cacher…

— Elle ne se cache pas !

Je n'en avais pas la certitude, mais j'avais envie de prendre la défense de Colette, que j'appréciais sincèrement. Ma sœur exagérait et cela me dérangeait qu'elle passe son temps à soupçonner tout le monde.

— Alors, pourquoi travaille-t-elle à côté pour un salaire de misère ? insista Margaret. Je te dis qu'elle cache son jeu et, jusqu'à ce qu'on sache ce qu'elle dissimule, mieux vaut ne pas se montrer trop amicale.

— Chacun gère son deuil à sa façon, répliquai-je, même si je n'avais aucune réponse à fournir à sa question.

Certes, Colette avait changé beaucoup de choses dans sa vie, et cela en peu de temps. Mais je ne savais pratiquement rien sur elle.

— Je doute que tout cela ait un rapport avec son mari, de toute façon, reprit Margaret en se tournant de nouveau vers l'escalier. Crois-moi, cette fille nous cache quelque chose.

Parfois, les propos de ma sœur sont choquants.

— Tu es ridicule !

Margaret haussa les épaules.

— Peut-être, mais quelque chose me dérange, chez elle. Je sais que tu l'aimes bien — Susannah aussi, d'ailleurs — mais je réserve mon jugement tant que je n'en saurai pas davantage.

Je secouai la tête. Mon instinct me disait que Colette était quelqu'un de bien.

Margaret fronça les sourcils face à ma réponse tacite.

— Promets-moi d'être prudente.

Prudente ? A l'entendre, Colette était une braqueuse en cavale.

— Tu lis trop de romans policiers ! dis-je, connaissant le goût de ma sœur pour ce genre littéraire.

Elle avait toujours un livre de poche dans son sac à main, et elle adorait discuter des intrigues. Moi, j'ai tendance à écouter des romans enregistrés. Ainsi, je peux « lire » et tricoter en même temps. C'est ma conception de la polyvalence.

— Colette t'a-t-elle dit où elle travaillait avant le Jardin de Susannah ? me demanda Margaret.

— Non… Pourquoi l'aurait-elle fait ?

Margaret posa sur moi un regard qui me disait que j'étais trop crédule. De toute évidence, elle avait une imagination plus fertile que la mienne.

— Je doute qu'elle fasse l'objet d'un programme de protection des témoins, si c'est à cela que tu penses.

J'allai lever le store et retourner la pancarte « Ouvert ». La pluie avait redoublé d'intensité. Moustache bondit dans la vitrine et se recroquevilla en ronronnant doucement.

— Je voulais te parler d'un nouveau stage de tricot, dis-je à Margaret.

En allumant l'enseigne, je vis mon amie Alix Townsend à travers la vitrine embuée du French Café. Elle y travaillait en tant que pâtissière. Il pleuvait des cordes, au point que les gouttes rebondissaient sur le trottoir avant de ruisseler dans le caniveau. Cela faisait presque quinze jours que je n'avais pas parlé à Alix et elle me manquait. Il faut dire qu'elle n'avait pas une minute à elle, à cause des préparatifs de son mariage.

Beaucoup de choses avaient changé depuis mon arrivée à Blossom Street. Le French Café, bien sûr, et le Jardin de Susannah. Il y avait aussi une nouvelle librairie, un peu plus loin dans la rue, juste en face de l'ancienne banque transformée en appartements de standing. Ces logements s'étaient vendus si vite que même les agents immobiliers n'en revenaient pas. Plusieurs riveraines s'étaient inscrites à mes cours de tricot, et je commençais à les connaître.

— J'irai peut-être voir Alix, ce matin, déclarai-je.

Je prenais rarement un petit déjeuner, mais j'avais envie de manger quelque chose de sucré. Avec un peu de chance, Alix pourrait se joindre à moi le temps d'un muffin et d'une tasse de café.

— Tu détournes encore la conversation, me fit remarquer Margaret.

— Ah bon ?

Margaret se tourna vers moi.

— C'est toi qui as fait bouger le quartier, déclara ma sœur. Tu as donné le ton. Les gens sont bien, ici.

Les compliments de Margaret étaient si rares que ses paroles me firent plaisir.

Malgré la pluie et notre désaccord à propos de Colette, je savais que nous allions passer une bonne journée.

Romans de la série Blossom Street,
parus ou à paraître dans la collection Jade

Un printemps à Blossom Street, avril 2009
Au fil des jours à Blossom Street, juin 2009

A paraître en 2009

Retour à Blossom Street, août 2009

DANS LA MÊME COLLECTION

Par ordre alphabétique d'auteur

JINA BACARR	*Blonde Geisha*
MARY LYNN BAXTER	*La femme secrète*
MARY LYNN BAXTER	*Un été dans le Mississippi*
JENNIFER BLAKE	*Une liaison scandaleuse*
BARBARA BRETTON	*Le lien brisé*
BENITA BROWN	*Les filles du capitaine*
MEGAN BROWNLEY	*La maison des brumes*
CANDACE CAMP	*Le bal de l'orchidée*
CANDACE CAMP	*Le manoir des secrets*
CANDACE CAMP	*Le château des ombres*
CANDACE CAMP	*La maison des masques*
MARY CANON	*L'honneur des O'Donnell*
ELAINE COFFMAN	*Le seigneur des Highlands*
ELAINE COFFMAN	*La dame des Hautes-Terres*
ELAINE COFFMAN	*La comtesse des Highlands*
JACKIE COLLINS	*Le voile des illusions*
JACKIE COLLINS	*Reflets trompeurs*
JACKIE COLLINS	*Le destin des Castelli*
PATRICIA COUGHLIN	*Le secret d'une vie*
MARGOT DALTON	*Une femme sans passé*
EMMA DARCY	*Souviens-toi de cet été*
CHARLES DAVIS	*L'enfant sans mémoire*
SHERRY DEBORDE	*L'héritière de Magnolia*
BARBARA DELINSKY	*La saga de Crosslyn Rise*
BARBARA DELINSKY	*L'enfant du scandale*
WINSLOW ELIOT	*L'innocence du mal*
SALLY FAIRCHILD	*L'héritière sans passé*
MARIE FERRARELLA	*Une promesse sous la neige*****
ELIZABETH FLOCK	*Moi & Emma*
CATHY GILLEN THACKER	*L'héritière secrète*
GINNA GRAY	*Le voile du secret*
GINNA GRAY	*La Fortune des Stanton*
JILLIAN HART	*L'enfant des moissons*
CHRISTIANE HEGGAN	*L'héritière de Calistoga*
METSY HINGLE	*Une vie volée*

… / …

DANS LA MÊME COLLECTION

Par ordre alphabétique d'auteur

FIONA HOOD-STEWART	*Les années volées*
FIONA HOOD-STEWART	*A l'ombre des magnolias*
FIONA HOOD-STEWART	*Le testament des Carstairs*
FIONA HOOD-STEWART	*L'héritière des Highlands*
LISA JACKSON	*Noël à deux***
RONA JAFFE	*Le destin de Rose Smith Carson*
PENNY JORDAN	*Silver*
PENNY JORDAN	*L'amour blessé*
PENNY JORDAN	*L'honneur des Crighton*
PENNY JORDAN	*L'héritage*
PENNY JORDAN	*Le choix d'une vie*
PENNY JORDAN	*Maintenant ou jamais*
PENNY JORDAN	*Les secrets de Brighton House*
PENNY JORDAN	*La femme bafouée*
PENNY JORDAN	*De mémoire de femme*
MARGARET KAINE	*Des roses pour Rebecca*
HELEN KIRKMAN	*Esclave et prince*
ELAINE KNIGHTON	*La citadelle des brumes*
ELIZABETH LANE	*Une passion africaine*
ELIZABETH LANE	*La fiancée du Nouveau Monde*
CATHERINE LANIGAN	*Parfum de jasmin*
RACHEL LEE	*Neige de septembre*
RACHEL LEE	*La brûlure du passé*
LYNN LESLIE	*Le choix de vivre*
MERLINE LOVELACE	*La maîtresse du capitaine*
JULIANNE MACLEAN	*La passagère du destin*
DEBBIE MACOMBER	*Rencontre en Alaska*****
DEBBIE MACOMBER	*Un printemps à Blossom Street*
DEBBIE MACOMBER	*Au fil des jours à Blossom Street*
MARGO MAGUIRE	*Seigneur et maître*
ANN MAJOR	*La brûlure du mensonge*
ANN MAJOR	*Le prix du scandale**
KAT MARTIN	*Lady Mystère*
ANNE MATHER	*L'île aux amants****
CURTISS ANN MATLOCK	*Sur la route de Houston*
CURTISS ANN MATLOCK	*Une nouvelle vie*

… / …

DANS LA MÊME COLLECTION

Par ordre alphabétique d'auteur

CURTISS ANN MATLOCK	*Une femme entre deux rives*
MARY ALICE MONROE	*Le masque des apparences*
CAROLE MORTIMER	*L'ange du réveillon*** **
DIANA PALMER	*D'amour et d'orgueil****
DIANA PALMER	*Les chemins du désir*
DIANA PALMER	*Les fiancés de l'hiver*****
DIANA PALMER	*Le seigneur des sables*
DIANA PALMER	*Une liaison interdite*
PATRICIA POTTER	*Noces pourpres*
MARCIA PRESTON	*Sur les rives du destin*
MARCIA PRESTON	*La maison aux papillons*
EMILIE RICHARDS	*Mémoires de Louisiane*
EMILIE RICHARDS	*Le testament des Gerritsen*
EMILIE RICHARDS	*La promesse de Noël***
EMILIE RICHARDS	*L'écho du passé*
EMILIE RICHARDS	*L'écho de la rivière*
EMILIE RICHARDS	*Le refuge irlandais*
EMILIE RICHARDS	*Promesse d'Irlande*
NORA ROBERTS	*Retour au Maryland*
NORA ROBERTS	*La saga des Stanislaski*
NORA ROBERTS	*Le destin des Stanislaski*
NORA ROBERTS	*L'héritage des Cordina*
NORA ROBERTS	*Love*
NORA ROBERTS	*La saga des MacGregor*
NORA ROBERTS	*L'orgueil des MacGregor*
NORA ROBERTS	*L'héritage des MacGregor*
NORA ROBERTS	*La vallée des promesses*
NORA ROBERTS	*Le clan des MacGregor*
NORA ROBERTS	*Le secret des émeraudes*
NORA ROBERTS	*Un homme à aimer**
NORA ROBERTS	*Sur les rives de la passion*
NORA ROBERTS	*La saga des O'Hurley*
NORA ROBERTS	*Le destin des O'Hurley*
NORA ROBERTS	*Un cadeau très spécial***
NORA ROBERTS	*Le rivage des brumes*
NORA ROBERTS	*Les ombres du lac*
NORA ROBERTS	*Un château en Irlande*
NORA ROBERTS	*Filles d'Irlande*
NORA ROBERTS	*Pages d'amour*
NORA ROBERTS	*Rencontres*
NORA ROBERTS	*Une famille pour Noël*****
NORA ROBERTS	*Passionnément*
NORA ROBERTS	*Passions*

… / …

DANS LA MÊME COLLECTION

Par ordre alphabétique d'auteur

ROSEMARY ROGERS	*Le sabre et la soie*
ROSEMARY ROGERS	*Le masque et l'éventail*
JOANN ROSS	*Magnolia*
JOANN ROSS	*Cœur d'Irlande*
MALLORY RUSH	*Ce que durent les roses*
EVA RUTLAND	*Tourments d'ébène*
PATRICIA RYAN	*L'escort-girl****
DALLAS SCHULZE	*Un amour interdit*
DALLAS SCHULZE	*Les vendanges du cœur*
KATHRYN SHAY	*L'enfant de l'hiver*
JUNE FLAUM SINGER	*Une mystérieuse passagère*
ERICA SPINDLER	*L'ombre pourpre*
ERICA SPINDLER	*Le fruit défendu*
ERICA SPINDLER	*Trahison*
ERICA SPINDLER	*Parfum de Louisiane*
ERICA SPINDLER	*Un parfum de magnolia*
ERICA SPINDLER	*Les couleurs de l'aube*
LYN STONE	*La dame de Fernstowe*
CHARLOTTE VALE ALLEN	*Le destin d'une autre*
CHARLOTTE VALE ALLEN	*L'enfance volée*
SOPHIE WESTON	*Romance à l'orientale****
SUSAN WIGGS	*Un printemps en Virginie*
SUSAN WIGGS	*Les amants de l'été*
SUSAN WIGGS	*L'inconnu du réveillon***
SUSAN WIGGS	*La promesse d'un été*
SUSAN WIGGS	*Un été à Willow Lake*
SUSAN WIGGS	*Le pavillon d'hiver*
SUSAN WIGGS	*Retour au lac des saules*
LYNNE WILDING	*L'héritière australienne*
LYNNE WILDING	*Les secrets d'Amaroo*
BRONWYN WILLIAMS	*L'île aux tempêtes*
REBECCA WINTERS	*Magie d'hiver***
REBECCA WINTERS	*Un baiser sous le gui*****
SHERRYL WOODS	*Refuge à Trinity*
SHERRYL WOODS	*Le testament du cœur*
LAURA VAN WORMER	*Intimes révélations*
KAREN YOUNG	*Le passé meurtri*
KAREN YOUNG	*Le fils du destin*

… / …

DANS LA MÊME COLLECTION

Par ordre alphabétique d'auteur

KAREN YOUNG	*Un vœu secret***
KAREN YOUNG	*L'innocence bafouée*

* *titres réunis dans un volume double*

** *titres réunis dans le volume intitulé* : Magie d'hiver 2007

*** *titres réunis dans le volume intitulé* : Passions d'été

**** *titres réunis dans le volume intitulé* : Magie d'hiver 2008

7 TITRES À PARAÎTRE EN AOÛT 2009

Composé et édité par les
éditions Harlequin

Achevé d'imprimer en Allemagne
par GGP Media GmbH, Pößneck
en mai 2009

Dépôt légal en juin 2009
N° d'éditeur : 14311